I Want To See You

I Want To See You

葛秋谷 著

SPM
南方传媒 | 花城出版社

中国·广州

图书在版编目（ＣＩＰ）数据

两颗西柚 / 葛秋谷著. -- 广州：花城出版社，
2023.1
ISBN 978-7-5360-9846-6

Ⅰ．①两... Ⅱ．①葛... Ⅲ．①随笔－作品集－中国－
当代 Ⅳ．①I267.1

中国版本图书馆CIP数据核字(2022)第235534号

出 版 人：张　懿
责任编辑：陈诗泳
技术编辑：凌春梅
视觉设计：章　良

书　　名	两颗西柚	
	LIANGKE XIYOU	
出版发行	花城出版社	
	（广州市环市东路水荫路 11 号）	
经　　销	全国新华书店	
印　　刷	佛山市迎高彩印有限公司	
	（佛山市顺德区陈村镇广隆工业区兴业七路 9 号）	
开　　本	787 毫米 ×1092 毫米　16 开	
印　　张	13.5	
字　　数	85,000 字	
版　　次	2023 年 1 月第 1 版　2023 年 1 月第 1 次印刷	
定　　价	88.00 元	

如发现印装质量问题，请直接与印刷厂联系调换。
购书热线：020-37604658 37602954
花城出版社网站：http://www.fcph.com.cn

"愿你如秋野澄澈，如山谷明亮"

I Want To See You 目录 CONTENTS

自带阳光，且行且歌

——写给小谷

自带阳光的人，运气永远不会太差。无论身处人生低谷，还是冬日阴霾笼罩，带上你的阳光，像花束，像彩虹，像宁静的大海，又像温暖的晨光。当朋友出现在你的生活中，就会感受到生命的温暖和力量。

不是每一扇贝壳里都有珍珠，但珍珠一定生长在贝壳中；不是每个努力的人都会成功，但成功的人一定很努力！这一年，海西与你相遇相识，携手并肩，共同见证你用真诚去不断打碎、重新塑造角色，用突破去沉浸于创作、勾画美丽的风景。这一年，海西与你相知相伴，共同期待你演技攀升，星途坦荡。

沉淀多年，你走过的黑夜、品尝过的苦涩，终将酝酿成未来的甜蜜。愿你继续做一个善良的人、努力的人，你会遇见更好的自己。

生无所息，继续保持奋斗的姿态，让世界变得如此灿烂，让你的人生曼妙多姿！

在前行的道路上，且行且歌，一路阳光。

郑斌彪

2022 年初秋

‹01›
写在 27 岁的边上

2022 年 10 月 28 日，我跨入了 27 岁的大门，许下新岁的愿望。

奔向新的年岁，感慨颇多。我想，时光对于我而言，是成长，也是一种"馈赠"。感谢我出演的影视剧、代言的产品，感谢剧组的工作人员送来的生日祝福，也感谢一直同行相伴的每一位粉丝朋友。我很感动，有时候也深觉不安。感动，是因为能够得到大家的喜欢与祝福；不安，是因为不知自己是否担得起大家的深爱与期待。不管你从什么时候开始认识我，我想说，二十七年，我依然是我，永葆初心，砥砺前行。

从我开始尝试学习表演至今，正好十年。这十年，是我在演艺事业成长的十年，回首过往，历历在目：第一次只身一人到北京参加中戏表演培训班、为学表演和父母争吵、到天津学习表演、到北京见剧组试戏，等等。

这十年，我在追求梦想的道路上不断地探索。拍了人生中第一部影视剧《二婶》，又相继拍了《爱的元宇宙》《上元锦绣》等多部作品，我尝试挑战不同类型的角色，也从配角一直演到男一号。除了出演影视作品之外，我还参与了综艺节目《你好星期六》《少年出游记》的录制，发行了单曲《假装诙谐》《时光写手》，也参加了一些公益活动。对我来说，这些都是我演艺道路上最珍贵的"宝藏"。我也在不断寻求进取的过程中，成为更好的自己。

　　这十年，我经历了人生的低谷，又慢慢站了起来。我有过挣扎，却也始终坚强面对，努力坚持。支撑我走下去的，是对表演的热爱。我感谢挫折，它让我痛苦，也让我成长，它磨砺了我，让我对人生有了更真切的体会。我也要感谢无论什么时候都在我身边或远方支持、鼓励我的每一个你，或许，如果没有曾经的跌到谷底，没有你们的不离不弃，也没有今天的葛秋谷。

　　说这些，不是"为赋新词强说愁"，而是希望借这个机会，将自己这一路的成长经历与心路历程写出来，对自己二十七年的人生做一个总结和回望，希望更好地投入下一个十年的创作中。

　　现在，我有了多重身份。如果问我最喜欢哪个身份，我最喜欢演员。如果问我对未来有什么期待，我希望以后当人们提到葛秋谷的时候会说，小谷是个好演员。

感谢愿意打开我的故事的你，

愿你也能时时看见自己。

‹ *02* ›

秋光中想起淮南

一个平常的秋日午后，阳光穿过窗外那株高大的银杏树的缝隙洒进窗台，一阵风起，金光点点，闪烁跳动，树影摇曳。从满树的苍翠，到一点点变黄，再到全部金黄。若不留神，一切变化似乎就在一瞬间；若稍加留意，就能清晰地看见脉络间的点点变换。时光的流逝，有时候就在不经意间，却也处处留下了痕迹。

窗台下，一只胖梨花猫正在酣睡，大约是想抓住仅剩不多的温暖时光。再往后，日光渐短，北风席卷，寒冬就要来了。随着树叶越来越黄，天空越来越高远，太阳落得越来越早，一场盛大的秋日光影，就在这时间的点点流动中降临了。

难得有一些独处与放空的时间，我放下手机，站起身来，想看看窗外的风景，却不知不觉，就被眼前的场景带入了岁月的深处。那些过往的记忆，争前恐后地在脑海浮现。也许懒洋洋、蓝湛湛、黄灿灿的秋天，就是用来怀念的。

院子的草坪上，有老人在晒着几篮草药、果子和辣椒，不时翻动一下，为了让它们更好地吸收阳光的馈赠，晒干水分，让它们更凸显原本的滋味。我想起小时候在安徽农村生活的情景。那时候，每到秋天，爷爷奶奶也会将采来的辣椒、黄花、柿子、红薯、青菜等，用竹编的扁筐装好，在秋风送爽的时候，放到院子里晾晒，晒干后再装好储存起来，它们就成为冬天的礼物。

　　虽是乡下，但我们的房子也是典型的徽派建筑，白墙青瓦，错落有致，古老而美丽。黄色的菊花、红色的辣椒、绿色的蔬菜、橙色的柿子，平铺在青瓦之上，绘出一幅喜庆丰收的图景，秋天顿时变得五彩斑斓。当太阳光渐渐落下，炊烟袅袅升起，干活的人们收工归来，一家人其乐融融地围在一起吃晚饭。那时候我天真地以为生活永远都会是这样子，却不知道，时光不会永远这么温柔，许多我们当时习以为常的事物，却是往后许多岁月里，常常会忆起的温暖的记忆。

　　我的家乡在安徽淮南，顾名思义，在淮河以南，是一座具有两千多年历史的古老的城市，有着"中州咽喉，江南屏障"之称。许多人知道淮南，是因为学生时代学过的一篇古文《晏子使楚》，里面有一句流传千年的名句：橘生淮南则为橘，生于淮北则为枳。这是形容水土对事物的影响之深，我的家乡在这一点上就非常典型。

　　淮河是中国南北分界线，我家所在的淮南就在这南北分界带上，所以我们的这个城市兼具了南北的特点，别人看我们这里的人也觉得我们兼具了南北的特征。很多次，当有人问我是哪里人，我说我是安徽人，他们会说，你真的长得很像安徽男生的那种脸。至今我也没有明白，安徽男生的那种脸具体是怎样的，但我相信，一方水土养一方人，或者，这就是淮南这个地方，来自南北的交融，它的气候地理、风土人情、地域文化，在我的身上留下的深刻的烙印吧！是一种说不清道不明、只可意会不可言传的东西。

　　上大学之前，我一直生活在淮南，那里承载了我的家人、我的童年、我18岁前的所有记忆。

我的人生，从这里开始；
我的故事，也从这里开始。

‹03›

童年，自由快乐是主题

我们家是一个四口之家，有我的爸爸、妈妈以及哥哥。爸爸妈妈感情比较好，所以我们从小家庭和睦，相亲相爱。同时，我家还是一个比较民主的家庭，环境和氛围比较自由，父母不会给我们施压，遇到事情我们会进行良好的沟通。童年对人的影响是巨大的，甚至可以持续一生，很多时候，童年奠定了人一生的基调。我很庆幸，我拥有一个幸福的家庭，也拥有一个美好的童年，这构成了我成长的基础，同时也给了我的人生一个很好的开始。

可以说，快乐是我童年的底色。

家门口的小院是一个奇妙的地方，每到吃饭时间，或者闲来无事，大家就会聚在那里，吃饭聊天，小朋友嬉戏玩耍。我们有一帮小伙伴，像所有的小孩子一样，肆无忌惮地尽情玩耍。每天，我们各种各样地串门，自由自在，无拘无束。我们一起研究一个东西怎么玩，发明各种各样的玩具，热热闹闹，玩得不亦乐乎。那是我童年记忆中最深刻的场景之一，充满了邻里的和睦友善和生活的烟火气息。

家的旁边有一个砖窑厂，窑厂的人就在周边挖土烧砖，挖出来的泥土堆成小山，被挖掉的地方形成了一条条小河涌。我们常去那里玩，爬上小山堆，从山上往下滑，像玩滑梯一样。不同的是，滑梯的面是光滑的，而小山堆表面坑坑洼洼，崎岖不平，时不时就有突出的小石块。我们从上面往下滑，风从脸上掠过，欢呼声此起彼伏，那种自由滑落的感觉，刺激而快乐。现在想起，难道屁股不痛吗？当时完全没有这样的感觉。

  但也有过惊险的时刻，有一年夏天，我和几个朋友到那里游泳，也许是因为水性不好，也许是因为水流太快，也或许是河涌太深，总之，那一次，我溺水了，差点淹死。幸运的是，我哥及时出现，把我救了上来，至今想起都感觉后怕。虽然我和哥哥经常吵架，甚至打架，有一次打得比较严重，我半年没有理过他，但是关键时刻，哥哥是我的救命稻草。或许这就是手足情谊，不管平时怎么吵闹，关键时刻总会第一时间冲出来保护对方。转眼多年过去，哥哥有了幸福的家庭，也有了可爱的宝宝，一家人和和美美。

  妈妈经常说我，小时候就咋咋呼呼，比较跳脱，还差点因此出车祸。但随着年纪的增长，就慢慢变得安静了。我喜欢黏着爸爸妈妈，无论他们做什么，我都希望他们能带着我一起，我喜欢很多人一起待着，不喜欢独处。也许是从小胆子就比较小的缘故，我很怕黑，直到现在，我依然怕黑，害怕一个人在黑暗的环境中，总感觉黑暗有一种魔力，让人恐惧。

　　人们常说，幸福的人用童年治愈一生，不幸的人用一生治愈童年。我很感谢，我的家庭给了我一个美好的童年，塑造了我健全的人格，成为我往后人生的重要力量源泉，支撑我度过许多艰难的时刻。

　　但生活不会永远一帆风顺，岁月不会永远静好。后来，因为爸爸生病，有几年时间，我们的生活变得灰暗。再后来，我去了另外一个城市生活，接触了新的环境、新的朋友、新的语言，所有一切都是新的。也许是因为不适应，在很长一段时间，我甚至有点自卑，也尝试自我调整，学习让自己变得更加坚强。

这是一个艰难而缓慢的过程，
但终归一切都在变好。

⟨04⟩

妈妈教我独立，也教会我"臭美"

可能我从小就是个好学生。小学时，我的成绩很好，在班上名列前茅。但上了初中后，也许是因为换了新环境、新同学，一时间难以适应，我的成绩开始下滑得厉害。不过爸爸妈妈比较理解我，不会逼迫我学习，也不会给我施加压力。很多时候，我们都能比较好地沟通。

特别是妈妈，对我的影响很大。因为爸爸常年不在我们身边，大部分时间，都是妈妈带着我和哥哥。妈妈要工作，也没有太多时间照顾我们，所以我和哥哥从小就要学习做一些力所能及的事情。比如上小学时，妈妈就让我们洗一些自己的衣服，做饭时就让我们站在旁边学习怎么做饭。妈妈希望我们从小学会独立，学会一些生存的基本技能，以后无论走到哪里，都能够自己照顾好自己。但是我们学得最多的就是"臭美"，因为妈妈很爱"臭美"，哈哈！所以导致我和哥哥都非常爱"臭美"，喜欢打扮自己。

可能有些人会觉得，爱"臭美"、爱打扮是贬义词，但我并不这样认为，相反，我觉得这是一种生活态度，一种积极向上、热爱生活的心态。无论处于什么样的境况下，都不忘把自己最好的一面展现出来。这样的人，他的内心是充满希望的，是热爱生命的，无论什么挫折、遭遇都不能把他打倒。所以，如果你们也喜欢"臭美"、喜欢打扮自己，我希望你们能够永远保持这种美好的心态，以最好的状态面对生活中的风风雨雨，那么，你一定能够活出自己的精彩。

　　在成长时期，我也尝试做过许多事情。高中时，因为家中经历一些变化，我也想锻炼一下自己，所以暑假我就出去打工。我的第一份工作是在我们当地一个很大的饭店当传菜生。第二年暑假，我又到一个很小的餐厅打工，洗菜、洗碗、拖地、上菜，什么活都做。我渐渐感觉到，餐馆就是一面镜子，照出了社会中的千人千面。我想起曾经看过的老舍的话剧《茶馆》，所有的故事就发生在一家普普通通的小茶馆，却浓缩了半个世纪的社会风云变化，塑造了许多具有那个时代特征的小人物形象，揭示了中国社会半个世纪的黑暗腐败、光怪陆离，以及社会芸芸众生的生存状态，成为文学史上永恒的经典。

而一个小餐馆就是一个现代"茶馆"。在那里，我看到形形色色的人：有腰缠万贯的富商，也有衣衫褴褛的乞丐；有其乐融融的家庭聚会，也有孑然一身借酒消愁的买醉；有人对待服务员的态度温和客气，也有人颐指气使、目中无人……他们给我带来不同的感受，同时也让我开始揣测他们背后的故事，而那些感受，最终也转化为自己的阅历。

这段打工经历让我体会到工作的艰辛，增加了人生的经验和阅历，同时也看到了不同的人，让我对人有了更深的了解。后来，我成为一名演员，在演绎很多角色时，心里的共情力可能就会更强一些。因为我亲身经历过，也可能是因为我本身就是一个很容易共情的人。总之，那段经历其实是在帮助我成为演员，帮助我揣摩、塑造人物的心理和行为。

有一句话说，人生没有白走的路，每一步都算数。很多时候真的感觉如此，你永远不知道你所经历的，会在未来什么时候再次与你相遇，给你的人生带来不一样的色彩。

这种打工经历一直延续到我上大学。大学时，我也是一边学习，一边工作。从大二开始，我就自己工作挣学费，自食其力。这也是一件让人很有成就感的事情。

可以说，在高三之前，我一直都是按部就班地生活、学习，直到高三那一年，一切开始发生改变。

⟨*05*⟩

我问自己，表演是什么？

　　高中的日子似水般无声地流淌，青春之河映照着梦想之光，绚丽而迷人。只是，那时候的我们身在其中，并不懂得它的珍贵。

　　一次，在我们当地就读艺术高中的朋友突然问我：我觉得你长得还可以，有没有考虑去学表演？一时之间，我不知道如何回答，因为我不知道表演是什么。也许是因为他在艺校的缘故，知道什么样的人适合走表演这条路，而我连表演两个字都理解不了，更何况是学表演。但他的话却一直留在我的心中，时不时就冒出来提醒我，好像在冥冥之中慢慢地帮我打开一扇窗，让我想去了解窗外面的世界。

　　直到一年暑假，我无意中看了张国荣先生的一部电影，突然间就豁然开朗了——原来演戏是这样子的！你可以在这个故事里，通过角色去诠释想要诠释的内容，无论喜怒哀乐，都可以通过另一种状态，或者另一个人物表达出来。我觉得好爽，好酷。于是我便开始研究，表演到底是什么？

　　了解越多，我对表演的兴趣就越大，越来越着迷。看影视剧时，我会不知不觉把自己代入其中，感受人物的悲欢离合、歇斯底里、撕心裂肺，一部剧看下来，感觉自己过了一遍剧中角色的人生。看的剧多了，体验的人生经历也就多了。或许，这就是演戏的魅力。

那时的我还是一个电脑白痴，只会打开百度这种简单的操作，于是我便在网上搜索表演培训。也就是那一次搜索，让我进入了中戏的培训班，开始了我的表演道路。所以，你永远不会知道，不经意间的一句话、一个举动，会给你的人生带来什么样的改变。

因为参加中戏培训班，我第一次来到北京，一个人。一开始，面对偌大的北京，我有点茫然。在一个完全陌生的地方，举目无亲，人会产生天然的恐惧，特别是当一个人面对漆黑的夜晚，常常有巨大的孤独感袭来。

那时我住在妈妈的一个朋友家里，从我住的地方到上学的地方很远，大概要坐一个半小时的地铁，中间换乘4次。我们早上七点半上课，所以我每天早上要五点多出门，才不会迟到。很多同学为了方便都在学校旁边租房子，所以他们不用像我这样山长水远地赶路，午休时大家也能回到有暖气的房子；而我因为住得远，只能在教室里待着，与寒冷为伴。

每天我都是摸黑从住家出发，走20分钟路到地铁站。那时正好是冬天，早晨五点多的北京依然沉浸在一片漆黑之中，黎明的曙色尚未到来，昏黄的路灯无精打采地亮着，零下十几摄氏度的温度，风吹在脸上就像刀割一样。虽然我裹着厚厚的大衣，依然感觉寒冷入骨。空荡荡的大街，人影寂寥，只有几个匆匆而过的行人和寒风中作业的环卫工人。就这样，我每天早出晚归，度过了我的培训时期。或许从那个时候开始，我就有一种很深的孤独感。

　　但在这座城市生活时间久了，一切就都改变了。这个陌生的城市，这个竞争无比激烈的城市，却又能给人安慰，给人庇护，给人安全感。我觉得我是一个缺乏安全感的人，但是在北京，这种不安的感觉渐渐退去，北京成为一个能让我安定的地方。我也慢慢喜欢上了北京，喜欢它的四季，喜欢它的底蕴，喜欢 CBD 的繁华，喜欢胡同里的烟火，喜欢它从内而外散发出来的帝都皇城的气息，喜欢它以博大的胸怀容纳千千万万像我一样，来自五湖四海的追梦人。

　　后来，我参加艺考，报了好几个学校。通过考试，我渐渐发现，不同地域的学校，喜欢的学生样貌和类型是不一样的，比如北方的学校可能不太喜欢秀气的，南方的学校可能不太喜欢粗犷的，而我正好兼具了南北方的特点……

　　很遗憾，第一次艺考，我没有考上心中所想的学校，一些想要我的学校又太遥远，因为我希望能去北京上学，如果不行，也要在离北京近一点的地方，这是我选择学校的标准之一。艺考期间，我经常会跟我的发小联系，他比我早一年考上天津音乐学院，因为是发小，加上艺考的经历，我们经常聊天，他也会告诉我他的一些经验。那时候，他便叫我去天津，我没有当一回事，最初的我一心只想考北京的学校，中戏、北影是我梦想的殿堂，可惜没能"上岸"。他就不断给我"洗脑"，告诉我天津如何如何地好，天津的环境如何好，天津的美食如何好，天津的学校如何好。好话说得多了，我也渐渐心动了，想去看看他口中所说的城市到底有多好。当然，最重要的一点还是因为天津离北京近，随时可以到北京，机会也会更多。

　　再三考虑之后，我最终选择去了天津音乐学院，就读表演专业，这一点，从来没有变过。

⟨*06*⟩
一个人北上求学

　　最开始学表演时，家里人是反对的，他们都比较懵懂，因为他们不知道表演是什么东西，不知道演员要过什么样的日子，这超出了他们的认知范围。特别是奶奶，知道我要去学表演，以为我以后只能演躺在地上的那种角色，就是尸体之类的。为此，我还和爸爸妈妈争论过到底要不要学表演。

　　最初我也不知道表演是什么东西，直到我去研究它、去学习它，特别是在艺考培训的过程中，我爱上了表演。所以，我觉得家里反对，只是因为他们不理解，但我理解呀，而且这是我所热爱的，我愿意为它付出，即使有一天我演不了戏、成不了名，我在这条路上走不下去了，我也无怨无悔，至少我曾经努力过，我也甘心了。而且我也是那种认定了一件事情就一定要去做的人，所以即使家里反对，我也坚持了自己的选择，坚持走自己想走的路，我相信总有一天他们会理解的，所以我坚定地选择表演专业。父母拗不过我，也知道我决定的事情不会改变，最终尊重了我的决定。

　　9 月的淮南依然炎热，风从北方吹过淮河，带来了秋天即将到来的信息。翻开录取通知书，看着报到的时间一点一点临近，我知道，我该出发了。

　　这不是我第一次独自出远门，上次到北京参加艺考培训时，我也是这样一个人。一个人去北京，一个人找培训班，一个人找住家地址，一个人学习、生活，一个人搞定所有的事情，似乎都已经习惯了。不同的是，这一次，我不会再像上次一样感到那么孤独恐惧了。

　　爸妈不在家，我一个人打包好行李之后，就拖着行李箱出门了。我给我妈打电话，说我收拾好东西，准备去坐车了。她说，你来找我，我在店里，我带你去吃个饭。于是我就拖着行李箱去找她，她陪我吃了饭，然后我就自己打车去高铁站，踏上了去天津的高铁。

　　进站的时候，我回头看了一眼熟悉的城市，行人依旧，烟火寻常。这是一个普通得不能再普通的日子，但也是许多人人生中的重要一天。回头的那一刻，我在心中跟妈妈告别，跟淮南告别，跟熟悉的一切告别。我就这样开始了大学生活。

　　找到靠窗的位置坐下，这是我的习惯，或许也因为这个区域能给人安全感。列车疾驰着向北驶去，窗外的风景快速向后退去，我离淮南越来越远，离家人越来越远。我知道，从这一刻开始，我便是那只远飞的风筝，故乡亲人，都会成为遥远的牵挂和符号。

往后的跬会怎么样呢？
十八岁的我并不知道。

‹07›

初遇天津

从高铁站出来，学长学姐们早已在车站门口等候接站，在他们的指引下，我登上了学校统一接站的大巴车。

车行驶在宽敞整洁的街道上，我就这样与天津相遇了。

对我来说，这一切都是新的——新的城市，新的学校，新的朋友，新的生活，新的旅程。

我确信，这是一个新的开始。

车匀速地走着，窗外的风景从眼前一一掠过，现代化的高楼，充满历史感的建筑，全钢结构的桥梁极具工业感，仿佛回到一百年前的民国时代。九国租界的建筑，让人仿佛到了大上海。夜幕降临，巨大而闪着光芒的"天津之眼"矗立在海河之上，一河两岸，流光溢彩。

这是一个新与旧非常明显，却又非常和谐交融的城市。

这是一个很有魅力的城市，虽然因为离北京太近，常常被笼罩在北京的光环之下。

但这个城市有自己的文化。只要了解中国的历史就会知道，天津与中国近代历史的许多重大事件息息相关，比如开埠通商、九国租界、辛亥革命、民族工业等。在天津的许多街道，都能看到与这些历史相关的建筑遗迹。后来，我常常穿行在天津的大街小巷中，静静感受这种历史气息给自己带来的渲染，让我深受感动。

这个城市很有自己的味道。炸糕、麻花、狗不理包子，是这里的三大著名小吃。这里的狗不理包子与我在其他地方吃的确实是不一样，来天津是一定要吃的，而且不会让人失望，如果说有什么缺点，那就是有点小贵。

这个城市很有自己的语言。郭德纲从这儿走到北京，历经坎坷，吃尽苦头，将德云社做到全国最大，让相声深入人心，让许多年轻人爱上传统文化。我有空的时候，偶尔也会到剧院听听相声，让北京小曲深入我心，有时候也会不自觉地哼上几句。让年轻人愿意走进剧院听相声，这是郭德纲的贡献，也是天津独特的语言文化。

这个城市很有自己的艺术。杨柳青的年画与苏州桃花坞的年画并称为"南桃北柳"，鲜明活泼，喜气吉祥，特别是胖娃娃深入人心，让人一看到年画，就想到过年的气息。

许多次，我站在海河边，常常会想起家乡的淮河，好像我走到哪里，身边都有一条河陪伴着我。

我所能知道的，所能感受到的，不过是这个城市的浅表部分。天津很低调、安静、不喧闹，有实力，但不显山露水。

我也理解了我的发小为何总说天津如何如何地好，不单单是为了让我到天津来，而是天津本来就拥有许多迷人的地方，只有一步步深入了解才能发现。

我开始对这座城市、
对未来 4 年的大学生活有了期待。

‹08›

我的大学生活

我们班有 30 人，15 个男生，15 个女生，男女生各占一半。

大学的课程很多，专业课要上，文化课也要上。对于艺术生来说，文化课总是会偏弱一点，但文化也是基础，没有文化作为底蕴的表演，很容易变成人们口中的"花瓶"，很难达到理想的境界。因此，文化课与专业课一样重要，一个是内在的沉淀，一个是技艺的打磨，二者相得益彰，缺一不可。

专业课包括声乐课、表演课、台词课、形体课，后来还有戏剧身段的培训，包括化妆课、镜头表演课等，而我最喜欢的课程是表演课。表演是群体性合作，需要大家在一起排练磨合，我们定好脚本，分好角色，演绎呈现，经常会被同学的夸张表演逗得忍俊不禁，甚至哄堂大笑，所以每次上表演课都是欢乐的时光。即使排练到很晚也不觉得累。有时候因为表演得好，交的作业会得到老师的肯定和表扬，或者在各种比赛中取得好成绩，就慢慢地会有成就感。

我很喜欢我的表演课老师，她对我的影响很大。她教会了我很多道理，她跟我说表演是怎么一回事，如何才能在表演中让自己变得更加自如，如何处理好自己的角色，通过哪些方式能够让角色变得更加饱满、更加细腻，等等。

　　我的老师像妈妈一样，端庄大气，非常漂亮，也非常温柔。她说话总是
轻声细语，娓娓道来，让人如沐春风；即使是批评的话语，从她的口里说出
来，也很容易让人接受。除了当我们的老师，她还是天津人艺的一位演员，
经常到处巡演，我也会经常去看她的戏剧。每一场戏，我都会被她的表演所
感动，她对人物性格的塑造、现场节奏的把控、内心活动的百转千回、矛盾
冲突的自然爆发，都是那么地恰到好处，富有感染力；同时我也更加理解了
她平时教给我们的东西。即使毕业多年，我们也依然保持着很好的联系，除
了逢年过节的问候，我也时不时会跟老师分享我的现状。当我有一点进步时，
老师会为我感到开心，同时也不忘提醒我；当我遇到挫折打击时，老师也会
帮我分析，鼓励我往前走。只要她在北京演出，我一定会去看。

俗话说，做艺如做人。我很幸运，

在我人乊路上的不同阶段，总能遇到这样的良师益友，

他们教导我成长，

给予我支持，这是我一辈子的财富。

‹09›
第一次真正意义上的拍戏

《二婶》是我拍的第一部真正意义上的戏，我进入影视圈是从这部电视剧开始的。

2015 年我 18 岁，刚上大一。在一个朋友的介绍下，我认识了一位经纪人，那也是我第一次认识经纪人。从那之后，没有课或者周末的时候，我就去北京见剧组人员。在那里，我拍了我人生中第一部真正的戏——《二婶》。

第一次到剧组试戏时，我非常紧张，压力也非常大，因为从来没有试过。虽然大学时就已经试过戏，但那时候会提前拿到剧本，做好功课，到了之后就在那儿排队等，因为前面有其他演员在试戏，轮到自己的时候才进去试，试完之后就回去等通知。

这部作品是汪锡宏导演执导的，王骏毅、黄曼、斯琴高娃、李东霖等国内一线实力派演员都参演了，所以能出演这部戏，对我来说是一个非常大的惊喜和鼓励，但同时，因为没有太多经验，要跟实力派演员老师搭戏，也是非常大的挑战。

　　《二婶》是一部情感励志大戏，主要是以女性视角呈现了中华美德。我在里面饰演"梁东子"这个角色，从一开始的懦弱、退缩、没主见以及逃避责任，到最后的勇敢、果断、坚持、有所担当，主要表达这个角色的成长过程。虽然他一开始任性、懦弱、没主见，但也还是有他的可取之处，比如他有"暖男"的一面。他和"熊明夏"从小青梅竹马，他对感情专一大胆，对明夏百般依赖和爱护。他们本想一起南下打工，一起努力守护和经营爱情生活，却被双方家庭拆散，不准相见。而男一号"周俊河"受到熊明夏勇敢、真诚、细心、暖心的感染开始移情于熊明夏，他们三个人之间也开始了朴拙隐忍的三角关系纠葛。面对自己喜欢的人和事，梁东子勇敢守护和坚持，最后和熊明夏一起努力冲破双方长辈的阻挠与束缚，成功守护了他们的爱情。

　　这是第一次真正意义上的拍戏，一开始，我是蒙的，迟迟没有进入状态，因为舞台表演和镜头表演完全是两回事。我什么都不懂，经常走错位置，但我也在慢慢学习，不断提醒自己。我深知，这是走演员这条路必须经历的过程。只有所有人都发挥到最好，才能让整部戏拍得更好，作品才能完美地呈现。年轻不是借口，没有经验也不是借口，我不想成为作品中的那个短板。

　　因为热爱表演，学的就是表演专业，所以我一直希望自己能够成为一名演员。大学时，我对自己的职业规划很简单，就是希望能离北京近一些，空余时间或者假期能够到北京去实践，慢慢拍戏，积累经验，从小角色一步步演到主演，有更好的角色和机会表现自己，让大家认识我。

‹10›

北京是我梦开始的地方

北京是我梦开始的地方。

因为演艺圈的根、演戏的机会，很多还是在北京，我最喜欢的城市也是北京。这也促使我一直提醒自己，要努力地往前奔跑，让自己变得更好，才能得到自己想要的，才能有更好的生活，才能在这座城市留下来。

每个城市都有自己的特点，天津和北京挨得很近，在语言、饮食等方面没有太大的区别，但是它们的文化底蕴、城市的内在气质还是不一样的。比如北京更古老，天津更时髦；北京更守正，天津更开放，等等。虽然在天津生活了 4 年，只是偶尔到北京，但我还是更喜欢北京。因此，当我毕业时，我毫不犹豫地选择到北京发展，我相信，无论是工作还是生活，都不会有太多的不适应，也不会觉得陌生。

到了北京，第一件事就是租房子。当时的经纪人告诉我，让我住在她那个小区，我觉得也挺好的：一是离得近方便联系，二是不用自己辛苦找房，所以我就在那个小区租了一个一房一厅的房子。

对我来说，家是安放自己身体的空间，也是心灵休憩的场所，无论在外面如何风吹雨打、日晒雨淋，回到这个空间，就能够得到疗愈，所以生活环境对我来说很重要。找房子的时候，也看了好几家，最终租下了一个空房子，因为空房子好布置。我请工人把墙面重新进行粉刷后，就去买了一些家具，布置成当时自己比较喜欢的一个状态。安家的过程有点辛苦，要请工人帮忙，要盯着工程，还要购买各种家具，但这是在一点一滴、一砖一瓦建设自己的生活，所以觉得很有意义，也很有必要。看着最终成果就是自己心中设想的样子，心里是满满的幸福感和成就感。

这是我在北京的第一个家，从此我就在北京生活了。

回想高三那年，为了上表演培训班，我只身一人从安徽来到北京。那也是我第一次一个人到离家那么远的地方求学生活，孑然一身，举目无亲，会感到恐惧，常常被巨大的空虚感侵袭，这是每个人必然经历的过程。现在，我大学毕业了，不仅从自己喜欢的表演系毕业，也如愿以偿来到北京，成为一名演员，做自己想做的事情，也算是实现了第一次来北京时的愿望。应该说，我是幸运的。所以，我很感谢那个时候的自己，如果那时候没有到北京培训，没有迈出这重要的一步，或许今天会截然不同。

　　有时候站在窗前，望着窗外的北京城，万家灯火，祥和安宁。熙熙攘攘的人都是来自天南地北，如我一般，带着梦想来到这里，奔赴各自的星辰大海，共同组成了这个丰富多彩的北京。我总觉得有点不真实，但这就是实实在在的生活。

‹11›

努力演好每一个角色

从我拍的第一部剧《二婶》到现在，总共拍了十几部影视剧，其中有青春爱情偶像剧、温情励志校园剧、奇幻爱情题材都市喜剧、现代悬疑刑侦剧、维和军旅题材剧，也有古装神话轻喜剧等。这些角色不一而同，有些跨度还挺大，比如，《二婶》中的梁东子是阳光暖男，《道士觉醒》中的陆星辰是不苟言笑、时而正义、时而市侩的矛盾纠结体，《燃烧》中的周游嘴贫、冲动却热爱维护正义，《班长大人》中的黄楠幽默搞怪，《追着彩虹的我们》中的白海川是温暖学霸，《穿过谎言拥抱你》中的韩东霖痞帅风流，《爱的元宇宙》中的萧然是反转魅力的霸道总裁，《上元锦绣》中的巽元崇心怀天下，等等。我一直希望能挑战不同风格的角色，不断拓展自己表演的可能性，能遇到一个风格特别、内容深刻的角色，我觉得是一件非常幸运的事情。每个角色都不一样，没有好坏之分，认真演好每一场戏就是演员的本分。

功夫达到至高境界是无招胜有招，音乐达到至高的境界是无声胜有声，表演的至高境界呢？我觉得是演谁就是谁，将自己变成了角色。我最喜欢的演员是张国荣先生，他让我看到了一个演员的生命力和演技的最高境界。

《霸王别姬》中的程蝶衣，芳华绝代，眉目如画，一颦一笑、一举一动皆成戏，"一笑万古春，一啼万古愁"；《春光乍泄》中的何宝荣，妩媚动人，虽然一直在作死，却让人讨厌不起来，惹人心疼，每看一次都能让人看到新的东西；《阿飞正传》中的旭仔，反叛青年，渴望高飞，却只做着风流浪子；《胭脂扣》中痴情但懦弱的富家子弟"十二少"，散发着高贵气质，有种让人敬而远之的华美；《英雄本色》中的宋子杰，像个孩子，面容光洁，笑靥灿烂，骑着摩托意气风发……

　　我从来没有见过一个演员像张国荣先生那样，戏路如此之宽，演什么就是什么。搞笑时能让人喷饭，煽情时能使人肠断，调皮时是可人儿，耍酷时是君王，美丽时使人爱不释手，颓丧时让人惊艳，温情脉脉时能熔化世界，性感迷人时能要人命……使人沉浸其中，不能自拔。

　　张国荣先生演的每一个角色，都是用自己全部的生命来演绎到无可挑剔。他是我最喜欢的演员，也激励着我在演艺之路上不断前行。遗憾的是，还没等我长大，哥哥已经离我们而去，如今我也只能遥寄哀思，感谢他带给我的对表演的理解。

　　我对自己表演能力的期待就是，演哪个角色，就成为哪个角色。我知道，要达到这个目标还有很长的路要走，但我不会放弃每一次提升自己的机会。努力演好每一个角色，我相信他们会成为我成长路上的一块块砖石。

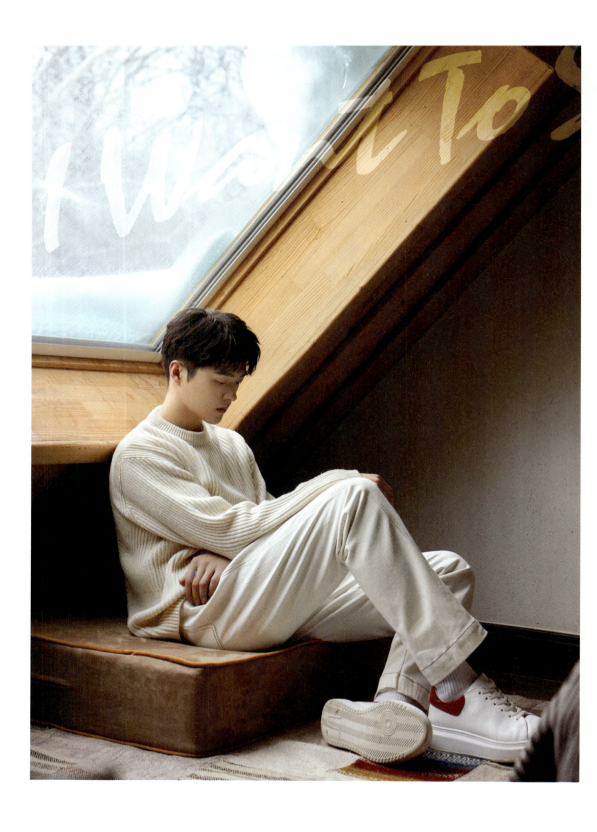

⟨ *12* ⟩

每一个角色，
都是不同时期的自己

　　经常有人问我，在我演过的角色中，最喜欢哪个角色。在我看来，演过的每一个角色，我都很喜欢，他们代表的是那一个时期的自己，代表了自己在每一个阶段的状态和水平。不同时期，因为年龄、阅历、领悟、演技等原因，对于角色的理解和呈现能力不同，演出来的结果也不一样。而且，不同风格的角色也很难进行对比，他们代表了你对不同风格的感受能力、驾驭能力、演绎能力，代表了一个人的可塑性，而这些都是没有办法做到统一标准的。所以我没有办法说最喜欢哪个，但有一些记忆是比较深刻的。

　　比如《追着彩虹的我们》里的白海川，当时拍摄完后，我已经完全沉浸在这个角色里了。我记得有一场对青春告别的哭戏，拍完之后，我走了好远，还一直在哭，走不出来的那种状态，甚至杀青之后一段时间我都没有办法完全走出来。这是最让我心疼的一个角色，对这个角色，其实我有很深的体会，因为我有似曾相识的经历，所以他会勾起我的一些回忆，让我仿佛回到曾经经历的场景。有时候，我分不清我是白海川，还是白海川是我。

　　《追着彩虹的我们》讲的是一个充满酸甜苦辣的青春成长故事。白海川是一个长相帅气、性格沉稳的学霸，他虽然家境优渥，学习成绩优异，却一直活在父亲的极强控制欲下，令他从小就习惯隐藏自己的内心。直到遇上时泛团，他才一步步打破规则，希望有一天可以挣脱家庭束缚，按照自己的方式活着。可以说，寻找自己，为自己而活，是白海川这个人物的价值主线，也是他的精神追求。每个人都有过青春，都有亲情、友情、爱情、师生情，这些伴随我们成长的温暖关系，以及年少时的萌芽与悸动，而白海川这个角色的成长过程，也让我重新体验了青春本来的模样。

　　青春期和父母吵架是难免的，让我感触最深的是，剧中有一段白海川与父亲爆发激烈争吵的剧情，让我想起了高中时期为了学表演和父母发生的争执，那是青春期少年对父母的反抗。但有一说一，我和海川其实都不算叛逆。白海川很渴望被父亲认可、理解，我觉得这也是许多青春期叛逆的孩子内心深处的渴望，只是两个人都不懂得表达，所以才会以争吵、对抗这种形式来反映。其实孩子的自信心很大程度上是来自他的家庭，如果孩子从小就一直接受来自父母的鼓励，长大之后一定是个自信的人。父母的认可对孩子来说真的非常重要，这种幸福感和自我满足感是会超越一切的。白海川的成长经历是中国式父子关系的真实反映，他不断寻找成长与生活的真相，并在对青春的感悟中成为更好的自己。

　　经过了两次令观众无比揪心的争执后，白海川与父亲终于和解了。父亲在给白海川的信中写道："从今天起，你的人生由你做主，我会永远站在你的身后，做你的堡垒，也希望能成为倾听你的朋友。"而在《追着彩虹的我们》收官之际，我也手写了一封长信，跨时空与白海川对话：

　　致白海川：

　　嗨，海川，我是来自未来的你，有些话我想对你说。

　　你是一个自律且有自己想法的人，希望你能慢慢理解爸爸，别总是跟爸爸斗嘴，在学习上他是严苛了些，内心其实是想要好好跟你相处的。我知道当时你真的恨不能快一点高考，考上大学就能逃离爸爸的专断与掌控了。后来的这些年，我愈发懂得了他望子成龙的心态，他只是担心你因为一时的分心、玩乐而满盘皆输，怕你没有足够的能力保护好自己。都说父爱如山，我们都该早点互相理解的。

　　现在的我和爸爸早已走进了彼此的世界，明白了对方的所思所想，父子之间的情感连结越来越深，一切都变得美好起来。

　　雨季总会过去，天空总会放晴，好好珍惜高中最后的时光吧，还有身边这些好朋友，祝福你能按照自己的意志启航，继续兴致盎然地与这个世界交手。

‹13›

在生活中打磨自己

　　艺术来源于生活，生活是最好的老师。

　　在平时生活中，我也会注意打磨自己，最主要的方法就是观察、感受。我是一个共情力很强的人，有时候走在路上，看到一个路人，根据他呈现出来的特征，我不由自主会想：他经历了什么？为什么会成为我现在看到的样子？他生活的环境大概是什么样子的。特别是具有明显特征的人，更会勾起我进一步探究的兴趣。

　　很多角色其实在生活中都有迹可循，一个人物呈现的至高境界就是自然而然，看不到表演的痕迹，很多生活中的人与事，比表演更真实。每个人的经历有限，想了解更多的人生体验，就需要不断去观察生活中的人，他们的性格、他们的行为、他们的说话方式，以及举手投足间不经意散发出来的细节等。当你观察多了，对这一类人物就有一个基本的概念，如果哪天需要演绎这类角色，日常生活中的观察与积累就能自然而然地融入角色里。

　　另外一个提升自己的方式就是看剧、看电影，看当下观众喜欢什么。我喜欢看一些经典的好电影，比如张国荣先生的电影，包括《霸王别姬》《阿飞正传》《东邪西毒》《胭脂扣》《英雄本色》等，每一部电影我都很喜欢；外国的经典电影，比如《阿甘正传》《肖申克的救赎》《壮志凌云》等；国内近年来比较好的电影，如《地久天长》《爆裂鼓手》《烈日灼心》；还有一些电视剧，比如《知否知否应是绿肥红瘦》，我都很喜欢。看优秀作品是一个很好的学习过程。如果说课堂上老师讲的是理论，那么优秀的影视作品就是一个个真实的案例，通过观看，研究、揣摩演员老师如何表演，优秀的演员对一个角色是从哪些方面去理解和呈现的，如何演绎出角色的心理变化，哪怕是一场哭戏、一个眼神的变化，都有丰富的层次和内涵，能够展现出人物的心理变化，这也很考验演员的演技。而通过优秀的影视作品，能够观察演员如何通过这些细节去塑造一个经典的人物形象。

　　还有就是看书。我喜欢看书，特别是在经历人生的低谷期时，看书在一定程度上帮我缓解了内心的焦虑，让我安定。看书不仅能够让自己沉静下来，同时也能够通过文字感受作者对人物的塑造和刻画，这是一个人物最初的表达，然后经过剧本的转换，才到演员的表演。所以通过读书，能从文字中揣摩、感受作者最初对于角色的设定。更重要的是，阅读是一个不断积累的过程，能够帮助我们提升自己的学识，沉淀内在的涵养，丰富我们的内心，开阔我们的视野。所谓腹有诗书气自华，读书多了，人自然而然会发生改变，而且是好的改变。

⟨*14*⟩
选剧本主要看角色和兴趣

我选剧本，主要还是看角色的特点，首先他是什么样类型的角色，其次是这个角色的人物形象是否饱满，当然，最主要的还是自己的兴趣。

《二婶》中的梁东子是一个大傻小子，从学生演到二十多岁，但这个角色发挥的空间不是特别大，加上经验不是很足，所以现在看会有点青涩。但那是我真正意义上的第一次拍戏，所以意义可能会比角色本身更大一些。

《班长大人》中的黄楠，在拍摄时觉得挑战还是蛮大的：这部戏的风格就是二次元的风格，黄楠这个角色在戏中是一个气氛担当，是非常活跃的一个逗比，他经常会做很多夸张的事情。我从来没有尝试过这样的表演，所以一开始很难说服自己接受这样的表演方式，只能一步步做自己的心理建设，一步步调整自己的状态，最终顺利拍完，而且我感觉呈现得还不错，算是一个惊喜。从中我也领悟到，跟所有事情一样，即使是最初不擅长的角色，只要用心去表演，结果就不会太差。

《燃烧》集合了经超、张佳宁、奚美娟、谭凯、林籽、张峻鸣、张志坚、邬君梅等一众老戏骨，我在里面饰演的周游是一个警察，大学刚毕业就进入警队，他性格大大咧咧，有时候说话不过脑子，比较冲动。但别看周游嘴贫，其实他时刻都在问自己："我算是一个好警察吗？"虽然这一路上受过伤、流过血，但是他明白，成为一名真正的好警察，任重而道远。因为有很多老戏骨，所以拍摄的时候我挺紧张的，特别是跟老戏骨对戏的时候，担心自己太弱了，所以也是一边拍一边自我调整。虽然都是前辈，但老师们都非常和善，也经常会指导我，我很感谢他们。

《蓝盔特战队》是一部维和军旅剧，讲述了中国维和部队青年军人在执行国际维和任务期间，经历生死考验，为维护地区稳定、实现世界和平做出贡献，获得联合国认可并褒奖的故事。我饰演的秦沐阳是网络天才，他与维和部队的队友一起，在异国他乡，为守护世界和平战斗着。

《爱的元宇宙》是一部都市奇幻喜剧，讲的是一个连接虚拟与现实的浪漫奇遇。萧然是一个投资人，是一个霸道总裁，也是我演的真正意义上的第一个霸总。他表面喜欢装酷，看似冷静果断，实则是内心单纯的大男孩儿。

《上元锦绣》是一部古装轻喜剧，讲述的是古代理工女和"奸商"太子在因缘际会下相遇、相知、相爱，上演了一段奇妙有趣的甜蜜爱恋故事。我在剧中搭档孟子义，希望通过这部剧给大家带来不一样的惊喜。

　　确定角色之后，我会先认真读剧本，把人物的剧情走向和性格捋清楚，思考应该如何呈现，比如霸道总裁要如何演才不那么油腻，然后开始做一些案头的工作，找这一类的角色进行参考等。之后这个角色就一直在我的脑海里，我会尝试扫自己代入角色，不断设想这个角色呈现出来大概是什么样子的，然后根据人物的性格，从说话的方式，包括自己的声线、语速等方面进行调整。

　　总之，这一阶段的主要任务就是对剧本进行研究，过每一场戏，梳理人物的关系，等等。如果用一句话概括，那就是：戏前代入，戏中投入，戏后反思。

‹15›

向内看自己，向外看天地

选好剧本，定好角色，就要为拍摄做准备了。

比如《追着彩虹的我们》，这算是我到目前为止的代表作之一。因为这部剧讲述的是青春校园的成长故事，我饰演的男二号白海川是一个高中生，意味着时隔多年之后，我要以高中生的身份，再次踏入到那段时光，这既让我感到兴奋，也是一个挑战。在拍摄的时候，我最担心的是我的少年感，因为剧中有大量的校园戏，合作的演员们大多还处于和剧中人物设定相似的年龄段，而我早已毕业多年，离高中校园生活相对遥远。我需要考虑如何在一群真实的高中生、大学生中不会显得突兀，同时又能够展现角色的特点。

在我的理解，少年感是眼神的清澈、处世的纯粹、健康轻盈的姿态，所以，首先是外形上需要像一个高中生，为了能更贴近这个角色，我用两个月时间减重了近 20 斤，这从我接到这个角色的时候就开始准备了。

外形成立之后，接下来就需要和人物的内核同频。当初决定出演白海川，是被他人物的丰满性吸引，我的性格却与白海川内向、习惯封闭自己的气质正好相反，生活中我的还是比较开朗、主动、善于活跃气氛，想要一直保持白海川那样温温的、不与人交流的状态，还是有一定的难度。

　　当角色性格和自己的性格产生巨大的反差时，就需要找到化解的方式，我的方法就是在生活中尽量变成白海川的样子，也就是"戏中代入"。从日常的着装到生活状态，在拍摄的周期里，我让自己活成了他。包括平时和同组演员沟通时，我还是让自己保持白海川的状态，不太会用葛秋谷的性格来跟大家相处。用现在比较流行的话语形容，就是"沉浸式"表演吧。

　　真正表演时，我会收敛起自己的性格，尽可能抓住白海川的内向感，这种内向不是高冷，他只是比较封闭自己，不太知道怎么去跟大家相处。他其实是暖的，不是那种高冷男神。所以，在进组之前，我其实已经在心中勾勒出了白海川的轮廓，在拍摄过程中也会跟导演进行沟通，做一些微调，多个方面因素一起发力，共同成就了观众看到的白海川。

　　有一场戏我记得很清楚，就是白海川因为父亲不让他参加艺术节而被反锁在家的那场戏，我觉得算是表演的一个小高潮。白海川常年生活在一种强压式的家庭环境下，想要在艺术节上表演却被父亲驳回，从饭桌上的对峙到争吵，随着剧情的递进，白海川的眼睛逐渐变红，说出"在一起相处了十几年的家人，却一点都不了解自己的孩子"时，眼里满是对父亲的失望和苦涩，这段情感上的表现我自己还挺满意的。其实这种情绪上大张大合的戏，是对我表演能力的一次检验，我也在一路的经验中吸取教训，总结办法。

　　其实像这种大的情绪戏，如果反复演，情绪很容易就会被消耗掉，所以一定要自己先想好，等情绪饱满了再去演，不然后面情绪掉了就很难再把它拔起来。这是我从以往的表演经历中积累总结出来的，经过不断试错，我也逐渐找到比较适合自己的处理方式，才能在很多情绪戏上争取做到一条过。

　　我希望能通过生活的点滴，将自己代入角色，让这个人物变得立体，变得生动、有灵魂。比如和时泛团第一次碰到手臂，两人对视时下意识躲闪的眼睛；校园艺术节历经阻碍最终成就的一段舞蹈；乖小孩爆发后站在床上和父亲对峙时所有委屈的释放。我希望呈现的白海川，不再只是一个学习成绩好、没有情绪的机器，而是在他平静的外表下像太阳一样炙热的内心。

　　这是我 2022 年 9 月接受"金牌经纪人"公众号专访时，讲到对于白海川这个角色的塑造时的一些体会，同时也是我在拍摄时的做法和经验，他们把文章标题取名为《向内看自己，向外看天地》，我很喜欢这个标题，这也是我对表演的态度。

　　我也会在每一部剧杀青或者收官的时候，记录下诠释这个角色的心路历程，或者写下拍摄时候的感悟，或是实时追剧、隔空告别，也以此提醒自己下次演绎入戏时更精进一些。

16

印象深刻的拍摄场景

在拍戏过程中，有许多让我印象深刻的场景。

《蓝盔特战队》有一部分剧情是夏天时在桂林拍的，那是我第一次到桂林，才知道原来桂林是一个非常热的地方，体感温度达到了 50 多摄氏度。我们每天在山沟沟里拍摄，有很多爆破的场景，装备也很沉，身上的服装造型加起来大概有 40 斤，另外还有枪。

有一个剧外的细节我记得很清楚：无论我们到哪里拍，总有当地的三轮车跟着我们跑，在我们休息间隙就过来卖冰镇饮料。我觉得很奇怪，也一直在想：他们是如何知道我们哪天在哪里拍摄的，而且始终跟着我们走？不管我们在哪个山头、哪个山沟，卖饮料的人永远都在。见得多了，我也渐渐理解了，这是他们的谋生方式，每个行业、每一种人都有自己的生存方式。他们也很不容易，顶着 30 多摄氏度的高温，每天跟着剧组到处跑，不知道他们一天能卖多少，但这也是一种谋生方式。

　　这部戏的拍摄过程其实挺辛苦的，本来气温就很高，加上很多的爆炸点，还有火在旁边烤着，我们每天都是负重拍摄，也是在这个拍摄过程中，我中暑了几次。印象最深的一场戏，因为跑了很多遍，当时我感觉已经受不了了，我觉得我不能再跑了，但还是咬牙坚持到拍完，然后就直接晕倒，醒来发现自己被人拖出来了。这要感谢我当时的一个好朋友，是他发现我晕倒了，因为我们是分开行动，等队长下达完指令之后，我们分开跑出去，我就一头摔倒。他发现了我，喊来了大家，然后大家把我抬出来，给我浇水，喂藿香正气水，我才慢慢醒过来。

　　虽然拍摄辛苦，但大家都能苦中作乐，整个剧组都很欢乐，演员之间也相处得非常好。一部剧从剧本创作、修改、投资、选角、拍摄，到后期制作、审核等，是一个团队共同合作完成的，只要一个人不配合，或者出了差错，整部剧的质量就会大打折扣，乃至受到观众批评，或者面临更加严重的结果。只有每个人尽心尽力，克服困难，全力以赴，才能共同将最好的作品呈现给观众。

　　我始终觉得，演得好不好是能力问题，但能不能好好演是态度问题，这是作为演员的基本素质和起码的职业操守。演技可以打磨提升，但是态度和性格却难以改变，不好的态度和性格，最终会伤害到自己，包括资源、口碑、形象、未来等。所以这也是我时时牢记、引以为鉴的。

　　说回这部剧，这是一部充满正能量的主旋律作品，能够出演这样一部作品，能够向世界展现中国维和军人的形象，能够展现中国的大国担当、维护和平的决心，我觉得挺自豪的。

　　就像《蓝盔特战队》官方微博发的："看这个世界的精彩，从来都不是行走的意义，让世界一样精彩、一样和平、一样光明才是我们的希冀。"也是通过这部作品，向中国维和军人致敬。

‹17›
好老师是一辈子的收获

　　我觉得我很幸运的一件事，就是在我的成长路上遇到很多好老师。或者说，我觉得眼前道路上遇到的每一个人都是好的老师，不论给我带来的是好的收获还是不好的遭遇，都能教会我很多道理。我通过对这些事情进行思考，会得出很多实用的经验和结论，让我更好地去面对生活、工作和人际关系，当下一次遇到类似情况的时候，就知道如何更好地处理。所以，人的一生，无论好与不好都是一种经历，好是精彩，不好是磨砺。

　　无论是生活上，还是表演上，这些都是经历，都是经验，都是营养。那些伟大的作家、艺术家，那些伟大的作品，无不是经历了痛苦的洗礼才能成就的。这样一想，面对那些遭遇到的不好的事情，就都能看淡了。

　　在上学的那些年，特别是大学学习表演的 4 年，我遇到了很多好老师，他们教我知识，教我表演的技艺，教我做人的道理，他们以身作则，给我做出榜样，让我受益终身。许多老师与我至今依然保持着良好的联系，成为生活中的良师益友，在学校之外，我们以另外一种方式延续着美好的师生情。

拍戏这么多年，我也遇到了很多好的导演，他们教会了我很多。比如拍戏过程中，他们会指导我，这个时候怎样才能让自己的情感更饱满；在有些大情绪期，导演会保护好我的情绪，比如让现场保持安静，给我时间让我自己酝酿情绪；在表演哭戏的时候，因为人的情绪哭几遍就没了，有时候导演就会先拍近景，扫特写，然后再拍全景，等等。每个导演都有自己的方式，他知道怎样才能对你有帮助，怎样才能让你呈现最好的状态，达到想要的效果。当然，有时候也会被导演骂，这是再正常不过的事情，但这也是一种成长方式，虽然最开始还是会挺难过的。而在这个过程中，如何汲取这些营养，无论是正向还是反向的，都是需要思考的，要把所有的感受放到心里消化、接受，变成自己成长的阅历。未来再次面对的时候，就有这份阅历帮你抵挡，让你学会去冷静处理很多事情。

好的演员也是我学习的榜样。我喜欢的演员其实挺多的，其中最喜欢张国荣先生。如果让我用一句话来评价，我觉得是"陌上人如玉，公子世无双"。他最让我钦佩的地方在于，他能做到把所有的角色都演绎得入木三分、淋漓尽致，而且我从他的角色中看不到他本人的影子。

比如《霸王别姬》中的程蝶衣，是张国荣先生塑造得最经典、最深入人心的角色之一，也是我最喜欢的角色之一。他将一种宁为玉碎、不为瓦全的爱情悲剧，演绎得可歌可泣。他的内心孤僻而清冽，他的眼神面对着不同对象变换着不同的温度，他的举手投足透露出深入骨髓的阴柔之美。他巧妙地把握住了程蝶衣与虞姬间的角色更替，把主人公的双重性格塑造得淋漓尽致。他用性格表演，和角色融为一体，让人无法判断他与角色之间的本质区别。可以说，他就是虞姬，虞姬就是他，他用灵魂式的表演把虞姬演活了。

《胭脂扣》中，张国荣先生把一个痴情但懦弱的富家子弟刻画得入木传神。他所演的"十二少"颓废、慵懒、娇生惯养，终日游走于烟花之地，与如花如泣如诉的情感纠葛让人难忘。他有一种儒雅风流的气质，仿佛他就是"十二少"本人。影片最后有一幕让我记忆深刻，老泪纵横的"十二少"空茫地瞪着找回人间的如花，眼神中透露着难以言说的复杂情感，有后悔、有惊恐，有惭愧、有羞恼，有无奈甚至愤怒，一个眼神便演绎出多重的内心挣扎和情感的复杂变化，让人不知不觉就代入其中。

　　《东邪西毒》中，张国荣先生饰演欧阳锋，演技堪称炉火纯青。那个沙漠尽头的西毒，开场时的锋芒毕露，中间的冷漠淡然，独白时的真情流露，他用外表的冷漠与刚强来掩饰内心的柔情与脆弱，将一个孤独、骄傲、追悔、痛苦的欧阳锋诠释得丝丝入扣。

　　有人说，既演得了大户人家的骄矜少爷，也演得好底层叛逆不羁的小人物，这就是张国荣先生独特的演技魅力。《阿飞正传》中，他把那个看似放荡不羁，实则内心落寞的男孩旭仔演得淋漓尽致。旭仔有眉目如画的外表，迷人的气质和高超的技巧，还有一颗抓不住的心。身世命运让他无枝可依，他像一只无脚的鸟，只能拼命地往前飞。他将这个角色诠释得让人心疼。

　　还有很多经典的角色，无法一一列举。他能做到让每一个角色都不带自己的影子，呈现给大家，每个角色都是立体的。这是我需要不断学习提升和用心打磨的地方。而张国荣先生也成为我心中永远的榜样。

‹18›

低谷更能磨炼人

大约从 2019 年开始，整个影视行业迎来一个较大的调整期。彼时我所在的公司是一家比较小的经纪公司，行业的调整对公司的业务造成冲击，导致公司往外推演员非常困难，公司的发展方向也进行了相应的调整。那时候我并没有意识到，从行业到公司的调整将会给我带来那么大的影响。

在上一家公司两年多的时间里，我大部分时候都处于比较煎熬及焦虑的状态，公司和我一直都在寻找办法，试图共同解决当时遇到的问题。那段时间正是选秀节目大热的时候，团队想让我去参加选秀，但被我拒绝了。他们找我聊了很多次，试图说服我，但我依然拒绝。我还是想保持自己的初心，专心拍戏，走好演员这条路。后来老板亲自找到我谈话，跟我聊了两次，我们终于达成一致，可能公司跟我的方向不太一样，我们决定分开发展。

我就这样从上一家公司离开了。没想到在多种因素共同影响下，整个影视市场一下子变得非常差，就像进入了寒冬。我想找新的公司，也见了很多公司，可能大家都跟我有一致的想法，就是双方考量，有时候双方都觉得不太合适，有时候我也会觉得不适合我。那段时间的运气可以说很差，不知道是不是冥冥之中有什么力量在主导着，人一旦不顺的时候，方方面面都会陷入困境。

那段时间，我见了很多公司，更多地感觉到大家对于年龄的一个建议，可能当下公司更想签下的演员是出生在 1998 年以后，甚至 2000 年的，而我是"95 后"，大家会觉得我可能年龄有点偏大。所以，在两年半的时间里，我一直在做两件事：见剧组、找公司，但一直在碰壁，一直在试错，可以说是屡战屡败、屡败屡战。也就是说，那两年半的时间，我一直处于空闲的状态，没有拍过任何作品。但我依然坚持每天早上斗志满满地去寻找机会，却一次又一次地碰壁，一次又一次地品尝失落的滋味。到后面，击垮我的是，我实在没有办法去调节自己的心态，因为我不断地去面试，每天要见很多人，每个人都只会指出你身上各种不好的地方，指出你的问题。或许他们说的并没有错，只是当我把所有这些归拢下来、承受下来的时候，长期积累造成的结果就是，我对自己产生了深深的怀疑，觉得我连一个正常人都算不上。那时候，我已经不知道如何去调节自己的心态，最后那半年，我整个人是抑郁的，每天晚上都很崩溃，但第二天，当太阳升起来的时候，我依然提起这口气，笑呵呵地去面对外面的世界。我每天都在精心准备，每天都在被否定，日复一日重复着同样的事情，陷在一个死循环里面。

两年半的时间，我就处于这种崩溃的状态中。如果说这已经成为常态了，那么最让我难受的一次就是，我见了一个朋友，他直接问我：你是退圈了吗？现在不当演员了吗？我说没有。他说，你现在任何动态都没有，我以为你退圈了。我只能笑着说，我最近在休息。

后来我在拍摄《九色鹿王》的时候，我很"高调"地发了个朋友圈调侃，说我"复出"了。还挺好笑的。我宁愿跟大家说我那段时间正在休息，现在复出了，也不愿意逢人就说自己的遭遇，变成现代版的"祥林嫂"。我想，经历过黑暗和低谷的人都能明白。

　　后来我想到王勃在《滕王阁序》中写到的"时运不济，命途多舛"，命途多舛可能算不上，因为我的人生总体还是比较顺畅，以后的事难以预料，但至少到目前如此，只是偶尔会有一些小波折。或者对我来说，可能这个时期更多是时运不济吧！

低谷是痛苦的，
　　当如今回头看，
低谷也是最能磨炼人的。

‹*19*›

寻觅光照的方向

　　原始太初，上帝创造了天地。地面一片空虚混沌，渊面黑暗，只有上帝的灵运行在水面上。上帝说："要有光！"于是，就有了光。上帝把光和暗分开，把光称为白昼，把暗称为黑夜。夜晚过去后，清晨接着来临，这是第一天。

　　这是我读《圣经·旧约》"创世纪篇"中的一段话。

　　灰暗日子的光在哪里呢？我在寻觅。

　　煎熬的日子依然持续，我的日常生活从自主变得被动，我的想法被很多的说法覆盖。我每天强迫自己，最后似乎所有的动作都变成了强迫，目的就是，要让自己变得更好，让别人满意。但深陷其中的我已经不知道，也不会去思考，人是无法做到让每个人都满意的，哪怕是一个正常状态的人。

　　不知不觉口，别人的话语已经左右了我的生活、左右了我的思想。说我胖，我就减肥；说我太瘦，我就增肌；说我阅历少，我就做很多的运动，射箭、保龄球、高尔夫、滑雪。每天都在学习，每天都在尝试，时间一长，就变成了强迫性的动作。每个人的说法都不一样，有人说你胖，有人说你瘦，有人说你阅历少，有人说你接触外面的事情太多……似乎我无论做什么，无论怎样做都是错，到最后变成，只要葛秋谷这个人出来，就是错的，大家都觉得我的状态不对。

　　我不知道如何去度过这样的一段时间，我每天焦虑到睡不着，开始掉头发，我去医院检查身体，结果是抑郁症，已经是很严重的一个状态。我积极配合治疗，给自己做了很多心理建设，告诉自己，只要你努力，只要你表现得再好一点，总会有机会的。这么多项目，这么多的戏，无论大小都可以去尝试，让自己动起来、转起来，让大家看到葛秋谷还在这个行业里面，从来都没有离开过。

　　每一天结束之时，我都会对这一天进行盘点，进行反思，今天做过的事情中，哪里有问题，明天可以怎么样改进，才能做得更好。我告诉自己，一切都会好起来的，上天对每个人都是公平的，只要你足够努力，老天不会永远这么不眷顾你的。每天临睡之前，我都给自己加油打气：没事的，小谷，明天就是新的一天，每一天都是新的，太阳总会升起，守得云开见月明。

　　因为知道自己的状态不好，我把每天的生活安排得满满的，看剧、看电影、写文章，尽量让自己的生活更充实一点，激励自己，让自己没有多余的时间去想太多。

　　这段时间我有崩溃痛哭过吗？当然有。有一次，我跟经纪人打电话，聊工作，那时我已经病得很严重了，但我还是不想停下来。我跟经纪人说，还有什么项目，我想去见一下，你帮我推一下好不好？说完之后我就绷不住了，一直以来压抑在心里的委屈、彷徨、无助、痛苦，不能跟任何人宣泄的情绪，终于在这一刻再也抑制不住一起爆发了，心理的防线崩塌了。我在电话里对着经纪人痛哭，我不知道该怎么办，生活都是灰暗的，我很迷茫，很无助。经纪人也没有说太多，只是让我痛快地哭一场，把所有压抑的情绪都宣泄出来，等我哭过之后，她要求我回家休息，让我什么都不要想。起初我没有同意，已经坚持这么久了，我不想中途放弃，我一直抱着一丝念头，也许希望就在转角呢？所以我还是挣扎了一段时间，最后不得已回去了。

〈20〉

感谢经历，让我成长

我拎着两个行李箱回到北京的家时已是深夜，打开门，没有熟悉的声音，打开灯，没有熟悉的身影迎上来，迎接我的只有空落落的房子和自己落寞的身影。以往，当我回家的脚步声响起，它们就会叫个不停。这一刻，我多么希望它们能够在这里。

是的，因为二作原因，我把陪伴我多年的狗送回了老家，如今，就连它们也不在我身边了，陪伴自己的只有孤独的影子。我放下行李，坐在沙发上，孤独感深深地笼罩着我。我很想它们，我没有照顾好它们，我的内心充满了负罪感。我打开手机，翻看以前的照片和视频，回想我们在一起的温馨、美好的时光，越看越难过，不知什么时候，泪水已经湿了脸庞，在这个空荡荡的家，我一个人哭了很久。

所有人都安慰我，都说会触底反弹。我问他们什么时候才是底，我不知道到底怎么样才见底，那时候我觉得我的人生已经在最低谷了，没有办法更低了，我甚至为能不能在北京活下来而感到担忧。我不知道有什么样的动力让我再去坚持，可是我依然在坚持着，我不知道最后会不会变好，但我总觉得一定会好的，我没有给自己的人生设限，总觉得要再等等看、再试试看。

现在再回头看那些经历，我依然会感觉到痛苦，依然会想哭。长时间备受打击的经历，已经深深烙印在我的记忆中，即使时过境迁，所有事情都在好转，但是经历过的，永远都会在那里提醒着我，曾经在泥泞中独自走过这样一段漫长而看不到光的路。

但我觉得人生不能，也不可能永远一帆风顺，总要经历一些挫折、打击，经历过这些自我怀疑的时刻，才能让自己的抗压能力更强，才能让自己变得更有底气，往后再次面对困难打击时，就不会轻易被打趴下，因为不知不觉中你已经比之前更坚强了。当面对巨大的荣誉和掌声的时候，也不会那么容易就飘起来，因为你知道这些荣誉背后自己经历了什么，也就不会看得太重。

我不觉得人一直顺利就是好事，总要经历一些挫折，才学会感恩，懂得知足。人的欲望是无穷尽的，如果一直在不断膨胀的欲望里生存，欲望会越来越得不到满足，就会越来越危险，甚至会因为想满足不断膨胀的欲望而铤而走险去做一些危险的事情，结果就会爬得越高，跌得越重。可当你拥有了这些不好的经历，只要得到了一点点好的，就会感到开心幸福。所谓知足常乐，因为知足的幸福很重要，它会让你变得轻松，会让你时刻保持清醒，就像头上永远有一盆水，你不能低头，否则就会被浇一身。这个社会很浮躁，对于影视圈中的年轻人更是如此，能让自己保持稳定的心态，保持清醒的头脑，是一件很重要的事情。

　　人们常说，没有在深夜痛哭过的人，不足以谈人生。而今，我也是在深夜痛哭过的人，这段经历，让我对人生有不一样的感触和理解。或许是因为之前的生活一直太顺利了，自己对生活、对人生的理解也都比较正面，但同时也比较单薄，所以老天要在我顺畅的人生中，设置这样一道坎，让我摔倒，让我体验，让我学会更深层次的理解和体悟。生活不会一直这么美好，它还会有很多不如意、不完美的时候，只有对生活、对自己有更深层次的认识，在塑造角色的时候，才能有真切的体会，才更能深入角色的内心，而不是停留在表面的表演。

所以无论从哪个角度看，我都很感谢那段经历，即使它让我痛苦、彷徨、怀疑，但我依然感谢它。没有那段经历，就没有今天的葛秋谷，在某种意义上，它成就了今天的我。

就像最近《南都娱乐周刊》中对我的专访里的一段话：一路走来，葛秋谷并未一帆风顺，他曾如同大多数表演系毕业生的缩影，经历过不断试戏、不断被否认、不断自我怀疑的过程，也曾在迷茫徘徊的时刻，一度陷落在被现实击垮的边缘。但好在，在事业的低谷期与人生的至暗时刻，葛秋谷并未放弃，自评很"轴"的他，坚定地走到今天，也在丰富自己的过程中逐渐重拾了自信。

我坦率地和记者说，我也曾渴望一夜成名，但在经历了种种后，我不再空想，也不再憧憬，今天的葛秋谷，更希望打磨好每一角色，雕琢好每一部作品，希望当人们认识我时，能够看到我的作品很好，希望那时，我已是丰富而有底气的状态。

〈21〉

学会理性地接纳各种声音

　　作为一个演员，接受观众好的或者不好的评价，都是工作的一部分。每当我看到好的评价，当然会觉得开心；面对不好的评价，甚至人身攻击，也会觉得难过，甚至难以接受。这都是人之常情，哪怕演员也不能例外。

　　我是一个心思很重的人。心思重不是说心机深沉、很有城府，而是说我容易怀疑自己，害怕别人给我机会我却没有做好，让帮助我的人失望。所以，我经常会给自己很大的压力，逼迫自己一定要做好，虽然无法保证自己能做到最好，但我会尽当下的能力将所有事情做好。我怀疑自己，但我也肯定自己，我只是害怕会让身边的人失望。对自我的要求太高，这种性格的人其实活得挺累的。

　　每个演员都希望能被观众喜欢，可我一直坚信一点，特别是经历了那段灰暗的日子，我更加明白，任何一个人都做不到让所有的人喜欢你，所以，对于观众的看法和评价，我们无法阻止，但可以淡然处之。对于喜欢我的人，我很感谢你对我的认可和肯定。不喜欢我的人会给我警醒，我希望我能做得更好，等你下次再看到我的时候，或许你会改观。但如果是天生带着恶意的人，我只能说，谢谢，好走不送。

当一部剧播出之后，我也会看观众的评价。如果是有道理的评价，能够让我变得更好的，我很感谢他，让我注意到我没有注意的事情。如果是负面评价，有道理的，我会反思，可能人家说的是对的，那我就记住了。如果我觉得说得不对，只是为了骂而骂，我就不理会。

曾经，我在各种声音之中迷失自己，后来我想明白了，那些声音对自己并没有太大的意义，反而会让你对自己产生怀疑。所以，在做好自己的同时，也要学会有意识地过滤各种声音和信息，不要让这些声音对自己造成太多负面影响。每个人都不是完美的人，接受自己的缺点，接受自己的不完美，也是人生的必修课程。

可能这也是演员或艺人这个行业的特殊性。艺人是一个很大的概念，成为一名艺人，意味着自己的方方面面都要呈现给大家，且容易被放大，自然会有各种各样的声音向你涌来。不仅好的声音要接受，批评的声音也要接受，这是成为一名演员之前要做好的心理准备。

所以说挫折让人成长，
学会理性看待各种各样的评价和声音，
是我经历那段低谷时光最大的收获之一。

‹22›

与人为善，多做善事

  我是一个人泪点很低的人，一个容易哭的人，有时候刷视频，看到流浪狗、流浪猫被打、被故意伤害，我就会流泪；看到上了年纪的老人没有子女在身边照顾，寒冬酷暑还要去卖菜，饿着肚子在饭馆面前徘徊却舍不得吃一口饭，我也会流泪；看到进城务工人员衣衫褴褛一身灰尘，怕弄脏了公车地铁的座位而坐在地板上，我都会流泪。因为经常在半夜刷视频，看到这些更睡不着。人间疾苦，很多时候我们都看不到，能看到的不过是冰山一角。是因为有人懂得拍摄上传我们才能看到，很多比这些人活得更苦得多的人，都没有条件被大家看到。每当看到这些，也是在提醒我们，要知足，我们已经很幸福了，在我们自己过得好的同时，不要忘记我们身边的人，不要忘记社会各个角落正在受苦的人，要与人为善，多做善事。

在我力所能及的范围内，我会尽量多地参与一些公益事业，比如 SEE 海洋保护项目守护者、小红花公益筑梦官、世界读书日公益助力官……尽自己的一份社会责任，也希望以自己作为艺人的一点影响力，号召大家一起行动起来，让我们生活的社会和国家变得更好。

　　虽然到目前为止，我参与的官方公益活动不多，或许是我的能力和影响力有限，但我始终觉得有多大的能力，就做多大的事情，公益无大小，我们可以从身边的小事做起。比如，我一直在关注山区的消息，希望能够为山区的百姓做一些事情。我看到很多山区贫困学生的事迹，前两天，我也看到一则视频新闻，是西藏山区的一对姐弟上学的故事。隆冬时节，滴水成冰，姐弟俩每天早上天不亮就起来，冰天雪地中步行两个小时去学校。姐弟俩都没有吃早餐，饿了渴了就吃挂在树上的冰凌子，吃完继续赶路。零下二三十摄氏度的天气，他们连一件像样的外套都没有，更没有手套。姐姐的衣服已经短了很多，弟弟的冻疮裂开了，加上漫长的路途，疼得直哭。姐姐只能在一旁安慰，拿出作业本纸帮他擦拭，等弟弟哭完，两个人又再次上路了。在结冰的山路上，他们玩起了滑冰，将艰苦的上学路涂上一点欢乐的色彩。这是西藏山区一对姐弟每天的上学之路，看完我只感觉揪心地疼。我希望有机会或者途径，能够资助山区贫困儿童上学，为山区教育做一点力所能及的事情。

　　我喜欢宠物，我有陪伴我多年的狗，我们有着很深的感情。俗话说，老吾老以及人之老，幼吾幼以及人之幼，宠物也是一样。所以我见不得宠物流落街头、被人伤害，我也一直在做宠物公益方面的一些事情，包括让团队帮我联系一些宠物救助，我也想把这个事情做好。

　　我希望未来的葛秋谷是一个让大家觉得惊喜和值得的人，能够不辜负大家对我的期望。同时也希望做一些力所能及、有益于社会的事情，让自己成为一个更好的自己。

〈23〉

缓慢生长，自求多福

我看过一个词，叫"不愧少作"，深有同感。

现在回过头看曾经演过的角色、拍过的戏，我不会觉得有羞耻感，只是会觉得当时真的很稚嫩，经验真的很少。但那也是正常的，15 岁的年龄，不可能演出 30 岁的心态、视野和思想，十年前对事情的理解也不能与今天相比。年少有年少的特点，成熟有成熟的魅力，每一个角色，都代表了自己成长的每一步，代表每一个时期的自己，如果无愧于曾经的时光，便无需为那时候的作品感到惭愧。但我会把每个阶段的作品拿出来做对比，就能清楚地看到自己一步步走过来的足迹。如果一上来就是一个很完美的人，早晚会被爆出不完美的一面，刻意隐藏的东西早晚会翻车，唯有真实面对，才能长久。人都有成长的空间，我们要允许自己成长。

我很喜欢李安导演说过的一句话：在我们这个行业里面要缓慢生长，自求多福。这也是我之前很长一段时间微信朋友圈的签名。人是没有办法一下子就一飞冲天的，出道即巅峰，没有给自己再进步的空间，我觉得也是蛮可怕的。所以，我希望大家看到的葛秋谷是一步一步在改变，一直在成长的，无论是演技、思想、外形、专业水平，无论是剧里还是剧外，无论在工作中还是生活中。

　　以前，我常常感到焦虑，觉得是因为太闲了，后来我在非常忙的时候也会有焦虑，所以，我渐渐明白，其实人在任何一个阶段，在任何一个位置，都会感到焦虑和不安。比如我有两年半的时间没有拍戏，我很焦虑，我想要拍戏，想要工作，想让大家看到我一直在工作的状态。但我现在一直在工作，日程安排得很满，每天下来也会觉得很忙很累。可能人就是这么矛盾。

　　很多时候，我都觉得自己是一个挺拧巴的人，一直处于矛盾纠结中，所以我经常需要学会与自己和解。后来我发现，坦然面对自己的优缺点，承认自己在某些方面确实不足，承认自己性格上面的缺点，这件事情就已经发生了改变，就不会让你处于长期的焦虑中。比如，我承认自己的身材不够好，我没有办法始终保持在最好的状态，承认自己因为休息不好导致上镜浮肿。比如，当我听到一些不好的声音时，我会思考事实是否真的是这样子，如果确实如此，我会承认并接受批评，但很多东西并非表面看到的那样，我反思了，反思之后发现不是自己的问题，因为有些东西最后呈现出来是很多因素构成的，并非只是单纯的某个人的问题，我只要做好自己就行了。

　　所以，想与自己达成和解，就需要自己经常跟自己对话，毫无隐瞒地对话，坦然接受所有的不如意与不足，想到一个好的调整方案，看是否能够改变，然后尽力去做，那么这件事就已经在解决了。

‹24›

希望我的歌能给人温暖

收工回家，如往常一般，独自待在自己的房间里，打开喜欢的音乐，给自己一段放空的时间，也是自我疗愈和恢复的过程。

打开手机，浏览网页，看到一句话："周杰伦"三个字于我而言，似乎更像是一个符号，上面载满了过往的时光。

我怔了一下，像是被什么东西击中了内心，绵柔却很生疼。

那年夏天，我们坐在课室里，夏日的阳光明晃晃地照着，趁着老师不注意，我们把耳机藏在袖子里，边写作业，边撑着头听歌，似乎写得很入神的样子，其实是听得入神：不是《七里香》，就是《夜曲》。

那时候，我们穿着运动服，穿着球鞋，在篮球场上挥汗如雨，酣畅淋漓。运动结束了，我们捡起背包，第一件事，就是从包里掏出耳机，打开音乐，选择周杰伦的歌曲，一边哼着，一边向校门口走去。夏日的风吹起衣角，也吹进了青葱岁月里。

　　我有一个精美的本子，是专门用来抄写好词好句的，但往往抄得更多的是歌词，偶尔在作文中用上一两句，就觉得很骄傲。

　　我们也会为哪首歌更好听、哪句歌词更好而争得面红耳赤，却不会绝交。

　　我们骑着自行车，穿过一条又一条的街道，去购买周杰伦的专辑。那时候，我希望周杰伦能够来淮南，我愿意用我积攒的所有零花钱买一张门票。

　　除了歌词、旋律和风格，他在歌里面表达了很多内容，也渐渐地感染了我。他会在《听妈妈的话》里面，劝告不懂事的孩子理解妈妈，"不想叫你输，所以叫你读书"。让我对妈妈有了更多的理解。他会在《稻香》里面，安慰矢意的人，"请你打开电视看看，有多少人为生命在努力勇敢地走下去，我们是不是该知足，珍惜一切就算没有拥有"。许多次受挫难过的时候，我总会不自觉地打开《稻香》，仿佛是他在鼓励我。

今年，我也发行了两首单曲，分别是《假装诙谐》和《时光写手》。

《假装诙谐》是我的第一首单曲。在这之前，我一直很忐忑，因为我深知这不是我的领域，但它终究还是来了。通过这首歌，希望我们在回望感情里的自己时，都能放下过往，无论是以何种方式告别，都能坦然地走向自己的新世界。这是我人生中的第一首单曲，想送给一直关心、支持、鼓励我的你们，也是送给自己 27 岁的一份礼物。

而《时光写手》想表达的是，时光像是一只隐藏在黑暗中的温柔的手，推着你不断向前，恍惚之间，物是人非。那些美好的、难过的、开心的、悲伤的，随着时间流逝，慢慢变得模糊不清，可是回忆却历久弥新。就像歌词里所描述的：

回忆像多情的时光写手，
记录过往云烟难忘温柔。
月色作笔画面悄悄拼凑，
爱藏在风里代替我问候。

这是我初次听到就很喜欢的一首歌。也希望把这首歌，献给所有经历过遗憾，却依旧相信"爱意弥漫永久"的你们。

我希望我的声音能在一些人的青春里留下记忆，希望我的歌能够给人力量、给人希望。我希望你们听到我的歌曲时，知道这是葛秋谷的声音，会感到舒缓放松，会觉得他的歌很温暖，就足够了。

⟨*25*⟩

最爱北京城，
最喜欢大海与文艺

如果你问我最爱的城市，那一定是北京。

北京是我梦开始的地方，同时也是我想永远留下来的城市。它给我一种莫名的安全感，同时也给我内在的力量，让我想要更努力地在这座城市生活下去。

有一次，我跟妈妈进行了一场很深的聊天，我对她说，有件事，我说了你别不高兴，无论是在外地游玩或者工作回北京，当飞机在北京上空即将降落那一刻，我心中的安全感就涌上来，就会觉得心中很踏实。反而是回到老家，反倒没有了归属感，只有回到北京才有归属感。虽然北京的房子只有我一个人住，没有亲人，但能让我有一种安定的感觉，我不知道这是为什么。是日久他乡即故乡吗？是因为我在北京努力打拼的原因吗？我没有办法解释。所以，相比回老家，我更喜欢让父母来北京陪我。

　　北京是我最爱的城市，没有之一。但如果说我喜欢去旅行的城市，我很喜欢三亚。我喜欢海，喜欢有海的城市，特别是一到晚上，夜幕降临时，漫步海边。坐在海滩上，听着海浪的声音，这一刻好像一切尘世的东西都与自己无关，我也会觉得很安宁。我是一个追求内心平静的人，因为我的内心容易波动，想的事情比较多，所以我喜欢特定的环境带给我的安宁。我很喜欢张雨生的《大海》："如果大海能够，带走我的哀愁，就像带走每条河流……"当你站在海边，面对浩瀚无垠的海洋，会感到天地之间，人是如此渺小。"寄蜉蝣于天地，渺沧海之一粟。"既然人是这样的渺小，那么困扰自己的那些哀愁，又算得了什么？面对大海，人的胸怀会变得宽广，那些愁绪也会被带走。所以大海是很能治愈人的地方。如果时间允许，我喜欢到三亚，找个民宿待上几天，将心情过滤，让思绪清空，再重新投入烟熏火燎的生活，也会有更多的力量来抵御纷繁复杂的尘世。

　　我也喜欢云南，喜欢文艺的地方，比如大理、腾冲的古城。这些地方会让我觉得宁静，让我的心变得平静。我喜欢找个古老的民居，在庭院中放把椅子，泡上一壶茶，身边绿植环绕，阳光从头顶洒落，静坐一个下午，会感觉这才是生活应该有的样子，会觉得人生充满惬意。城市的生活与工作太过奔忙，我喜欢偶尔让自己放空，卸下平日的伪装，放下太多的压力，找回生活本来的样子。

‹26›

新疆，令人沉醉

　　这一次拍摄是我第一次到新疆。从前的新疆，大抵只存在于影视、文学、图片和我的脑海中。幅员辽阔的疆域、一望无际的草原、巍峨雄浑的山脉、荒无人烟的大漠、漫长冰冷的冬天、神秘莫测的西域、大漠孤烟的边塞、瑰丽多彩的人文等，可以说新疆是一个无法用语言来形容的地方。但我印象最深的还是新疆的美食——葡萄干和羊肉串，因为我小时候很喜欢吃葡萄干，停不下来的那种。我也喜欢吃羊肉，特别爱吃羊肉串。因为美食，一直以来，我对新疆充满向往。所以得知这次要去新疆拍摄，我很兴奋，也很期待。此外，有一个误区就是，我以为新疆跟西藏一样，去到那儿会有高原反应，其实并没有。

　　准备出发的时候我还在浙江横店拍戏，从凌晨 5 点化妆，一直拍到第二天凌晨四点半。因为飞机起飞的时间已经非常紧了，拍完之后我马上赶回酒店，拿上行李，从横店赶到杭州坐飞机到北京，受疫情影响，我的航班被取消了十几次，一直在不断改变行程。赶到北京之后，我大概有两个小时的时间可以从机场回家带几件厚衣服，虽然我们这里气温还可以，但新疆已经很冷了，滴水成冰的天气。飞机落地之后，我立马赶回家，拿上衣服后又立马赶到机场，从北京飞到乌鲁木齐，从乌鲁木齐飞阿勒泰，再从阿勒泰机场坐车到酒店。那一天的 20 多个小时都是在赶行程，我已经 20 多个小时没有睡过觉，到酒店之后，我已经没有力气和心思想别的了，一直在睡觉。第二天开始边走边拍，最后去了禾木。

位于北疆哈纳斯胡畔的禾木村，有着令人向往的绝美风光，被称为"中国第一村"，可见其风景之美、名气之大。这里是图瓦人的聚居地，房子全部用原木搭成，一座座小木屋、成群结队的牧群与雪峰、森林、草地、白云、蓝天，构成令人沉醉的边境山村景致。如果你在秋天来，能够看到万山红遍，层林尽染，放眼望去 小河、木房、炊烟、桦树林及牧群，无论从哪个角度看，都是迷人的金色 夕阳西下，炊烟在秋色中冉冉升起，形成一条条梦幻的烟雾带，白桦树林在夕阳的余晖下闪动着金色的光芒，折射出一幅优美恬静、色彩斑斓的油画。禾木村的风景如诗如画，让人产生"此景只应天上有，人间能得几回见"的错觉。

这是我去禾木村的路上，从照片上看到的景色。然而此时已是冬天，早已看不到禾木的秋色 虽然是一个遗憾，但就当留点念想给下一次吧，希望能在秋天的时候再来一次新疆。

　　此时，禾木村已经非常寒冷，我虽然穿着厚厚的外套，依然抵挡不住寒风刺骨的冷。当我们下车时，都不由自主地发出一声惊呼：哇，太美了！在群山环抱的开阔地上，禾木村静静地躺着，尖顶的小木屋、牲口围栏肆意地散落在村庄的各个角落。皑皑的白雪像轻柔的毯子，盖在了禾木村身上，天地间一片白茫茫，仿佛连说话也不敢太大声了，怕惊动了沉睡的雪山之神。静谧的村庄沉浸在冰雪的世界中，天是白的，地是白的，天地之间浑然一色，分不定是谁倒映了谁，俨然一幅淡雅、朴素的中国水墨画。雄壮的冰山在阳光下更加耀眼，冬日的阳光从密集的松针树林的缝隙间照射出来，形成一束束梦幻的光束。远处的雪山和近处的白雪，在阳光的照耀下分外妖娆。炊烟在雪白的房顶冉冉升起，仿佛一不小心就闯进了阿尔卑斯山，又像到了日本北海道。这一刻，已经无法用语言来形容禾木的美了。

　　第一次在国内见到如此美丽的雪景，我们一行人都兴奋得不行，我说我们再也不用去北海道看雪了，在我们中国禾木就可以看到。而且禾木这个名字也很浪漫，禾苗生长，草木葱茏，第一次听到，就让人想到乡村、想到大地、想到美好的万物，单是听到这两个字，仿佛就能够闻到禾苗和树林的味道。

‹27›

在禾木那个好笑又惬意的下午

　　此次到新疆是为了拍摄这部写真集，在我最初的设想中，这应该跟旅行差不多　可以悠闲、轻松地睡到自然醒，然后再出去拍摄，拍完大家一起吃新疆的美食，开心地聊天。

　　但当我们到了新疆开始拍摄时，才发现是我想多了。

　　实际情况是，每天早晨六七点，天还没亮，我们就得起床化妆拍摄，一直拍到晚上，吃完饭继续拍，有时候夜晚 12 点我们还在拍夜景。虽然天气非常冷，但是大家都很拼，也都处在兴奋的状态中，可能是大家都是第一次来到新疆的缘故，所以辛苦并快乐着。

拍摄过程还发生了一件特别好笑的事情：那是倒数第二天我们在禾木拍摄的时候，要拍一个湖面的镜头，摄影师一直在跟我商量怎样拍出来的效果会更好。我说从远处的桥上拍，水中有一块石头，我站在石头上，旁边都是水，会很好看，而且很高级。摄影师怕我摔倒，我说没事，我们就决定这样拍。谁知当我踏上石头，还没等我反应过来就已经掉到水里了。我没想到石头因为一直泡在水里，长了很多很滑的苔藓，我直接滑进了水里。

　　见我掉到水里，团队的人叫我赶紧出来别拍了，因为太冷了。我说不行，我都已经掉进来了，赶紧拍。就这样，我在零下二三十摄氏度的天气中，站在水中拍了很久，下半身都湿透了，两只脚已经麻木到没有知觉，他们又回去帮我取了干的鞋子。

拍完人水里出来之后，我们就去咖啡厅喝咖啡暖暖身子，然后换个鞋再去拍摄。我坐在咖啡厅里悠闲地喝着咖啡——没想到我想象中悠闲的生活、轻松的工作，竟然是因为这样才得以短暂地实现。嗯，那还得感谢掉到水里才帮我实见了愿望。其实我们本打算先喝完咖啡再去拍摄的，但因为怕天黑得快，要仓光线，没有时间，所以就直接去拍摄了，才发生了上面这一幕。

不过也算是因祸得福吧，让我们在禾木有一点时间在咖啡厅里喝杯咖啡，聊聊天，新疆冬日的阳光晒在身上，好舒服，还遇到了一只帅气又有点萌的可爱的阿立斯加犬。那天可能是这次新疆拍摄之旅中最幸福、最惬意的一个下午。最后拍出来的照片效果也很好，真是一件令人开心的事，哪怕掉水里也值了！

‹28›

这是一片神奇的土地

也许是因为新疆实在太大了，而新疆的人口又不多；也或许是因为天气太冷的原因，大家都没有出门，我们在新疆没有遇到太多的当地人，吃饭的时候有一半以上的餐厅还是处于关闭的状态。但这一点都不影响我的心情，新疆美食，真的很好吃！

我完全没有想到，新疆的食物这么符合我的口味。新疆大盘鸡可能是大家比较熟悉的，但新疆除了大盘鸡，还有很多很多的美食。

牛羊肉是每天必不可少的美食。因为天气太冷了，牛羊肉的高热量可以帮助人们更好地抵御严寒。我们在那儿撸羊肉串也撸得非常开心，试想一下，外面冰天雪地、呵气成冰，室内炉火正旺，新鲜的羊肉串在炉子上烤得嗞嗞作响，香气四溢。再来上一点啤酒，难以形容的满足。

我们吃当地的鱼，我忘记叫什么鱼，非常特别，不知道是不是因为气候、水质的原因，跟我们平时吃的鱼完全不一样。

我们向当地人问路，他们非常热情和淳朴。他们的脸颊通红，眼眶深邃，眼神非常清澈、干净，那是多好的演技也演不出来的。

听当地人说，他们经常会遇到各种各样生活中见不到的动物，果不其然，最后一天拍摄的时候，在山道上，我们遇到了一只狐狸。司机告诉我们，它应该是太饿了，所以迫不得已下山来觅食，否则一般很难见到它们。我在心中为它祈祷，希望它能够顺利找到食物，顺利度过严冬。我们还给它拍了照片。

新疆真是一片神奇的土地，我从来没有想过在我行走的路上能够出现一只狐狸或者其他动物，但是新疆能够让你感受大自然的美和神奇，这里很多事物是我们平常生活中不会遇到的，这些都是我们新疆之行美丽的意外。

拍摄之旅很短暂，但新疆留给我的记忆却很深刻。新疆真是太美好了，好到让人想起就想流泪。新疆是非常值得去的地方，它是我们祖国镶嵌在西北的一块瑰宝，一块还没完全被开发出来让大众熟知的瑰宝。我希望以后能够经常有机会来这里，感受当地的风土人情，领略无数绝美的风光，体验特别的人文气息。

我爱新疆！

‹*29*›

每一天都是新的

　　新疆拍摄之旅，虽然短暂，却深深地留在我的心中。很快，我们便回到北京，重新投入原来的生活中。新疆像是波澜不惊的生活中美丽的意外。我把每次美好的旅行，都当成是向上天借来的美好时光，让我的人生在日复一日的重复之余，有了更多的惊奇和期待，也让生活更加丰富多彩。

　　密集的工作之后，或是很累的时候，回到家，我最喜欢做的事情就是放空，或者收拾衣服、收拾房间，这是我的解压方式。不想见人的时候，我就自己一个人完完全全在家待着，看书、看剧、看电影，偶尔写写文章，我有一个自己私密的公众号，偶尔会发布一些文章，但已经很久没有写了。这是我给自己充电的方式。以前狗狗在的时候，我会带它们去玩，跟它们玩游戏互动，让它们陪着我，我给它们做好吃的。

有时候我也喜欢跟朋友在家吃饭，我做饭，邀请朋友来家里吃饭聊天，一起看剧、看电影、聊八卦。我也喜欢跟朋友出去逛街，挑战一些业余活动，射箭、打保龄球、打高尔夫、野营、爬山等，每天都想办法让自己的生活更充实，更充分地感受生活的乐趣。

我是一个挺喜欢做饭的人，我喜欢朋友吃我做的饭，吃完之后他们觉得很好吃，跟我说什么时候再做一下，我就有一种莫名的成就感和满足感。

我觉得我是一个很温暖、很会照顾人，也很会照顾自己的人。我心思细腻，喜欢观察别人，我会尽量让自己在有能力的时候照顾别人，不会让别人感到不舒服。我也会照顾好大家的情绪，根据每个人的性格爱好去调整我们的相处方式。

无论什么时候，我都很热爱生活。无论从事什么样的职业，只有热爱生活，才能把工作做得更好。我们允许自己失落，允许自己沮丧，允许自己怀疑自己，但是更多时候还是要给自己充电，让自己变得更好，更积极地面对生活。如果一个人为心充盈，有对生活的渴望、对自我价值体现的需要，就会让我们有追求，就会斗志满满。

　　我在那两年低谷期之后遇到了海西，它就像是一道光，让我不仅在工作事业上，而且在所有的自己的内在成分上，都有一个很大的起色和底气。来到海西之后，我的工作和生活发生了翻天覆地的变化，我从配角演到男一号，我有了更多拍戏的机会，我很感激，同时我也会担心我能不能承受住这么多的信任与期待，我害怕会让大家失望。每个人都不是只有一面，现在的葛秋谷也一样，不是完全的统一，但我也接受，因为这是真实的自己。现在的我一直忙碌着拍戏，还参加了综艺节目、发行了单曲。海西对我来说，是像家一样的存在，同时也是我最大的底气，它与我更像是一种携手共进的亲情。

　　我喜欢很多话，其中最喜欢的一句，也是我的签名：每一天都是新的。这也是提醒我们，要给自己的每一天注入新的希望，无论今天过得多么糟糕，哭过了，伤心过了，第二天起床的时候，就要告诉自己，今天又是新的一天，只要太阳照常升起，就没有过不去的事情。

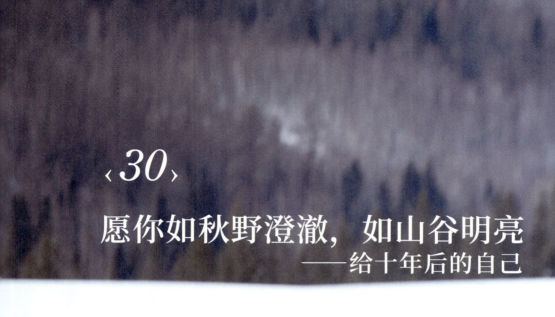

‹30›
愿你如秋野澄澈，如山谷明亮
——给十年后的自己

不知不觉间，我的故事就到尾声了。

回首这十年的路，我不敢说自己做得有多好，但我可以问心无愧地说，在演员这条路上，我一直都没有放弃，一直都脚踏实地向着梦想努力前行。

虽然今天，我还没有取得很好的成绩，但我可以问心无愧地说，我没有忘记自己的初心，没有辜负这一路的经历，希望也没有辜负每一份期待和热爱。

很多时候我也会忍不住想，十年后的葛秋谷，会在哪里？做着什么样的事？

　　我不知道十年后的自己，有没有成为自己想要成为的人，有没有过上自己想要的生活，但我还是希望对十年后，乃至更长时间以后的自己说：秋谷，无论怎样，活得潇洒一点，日子过得精致一点，永远不要忘记热爱生活。因为无论怎么打拼，无论拥有什么样的成就，我们最终的目的，就是让自己过得好一点，让身边的人过得好一点，再有一点能力的话，让多一点的人过得好一点。

　　我希望十年后的自己，能去享受当下的生活，无论眼前的自己正处于何种境地，是一种什么样的状态；也希望自己能自信一点，不要再怀疑自己，坦然地跟自己相处，学会接受自己，面对自己。

杨英杰 著

中国式现代化道路

创造人类文明新形态

人民日报出版社

北京

图书在版编目（CIP）数据

中国式现代化道路创造人类文明新形态 / 杨英杰著 . --
北京 : 人民日报出版社，2023.1
　　ISBN 978-7-5115-7575-3

　　Ⅰ . ①中⋯ Ⅱ . ①杨⋯ Ⅲ . ①现代化建设－研究－中
国 Ⅳ . ① D61

　　中国版本图书馆 CIP 数据核字 (2022) 第 211973 号

书　　　名：**中国式现代化道路创造人类文明新形态**
　　　　　　ZHONGGUOSHI XIANDAIHUA DAOLU
　　　　　　CHUANGZAO RENLEIWENMING XINXINGTAI
作　　　者：杨英杰

出 版 人：刘华新
责任编辑：张炜煜　贾若莹
版式设计：阮全勇
封面设计：李尘工作室

出版发行：人民日报出版社
社　　　址：北京金台西路 2 号
邮政编码：100733
发行热线：（010）65369509 65369512 65363531 65363528
邮购热线：（010）65369530 65363527
编辑热线：（010）653695_4
网　　　址：www.peopledailypress.com
经　　　销：新华书店
印　　　刷：大厂回族自治县彩虹印刷有限公司
法律顾问：北京科宇律师事务所 010-83622312

开　　　本：710mm×1000mm　　1/16
字　　　数：250 千字
印　　　张：19.25
版　　　次：2023 年 9 月第 1 版
印　　　次：2023 年 9 月第 1 次印刷

书　　　号：ISBN 978-7-51_5-7575-3
定　　　价：56.00 元

"以中国为方法"视野中的人类文明新形态

（代序）

杨英杰

习近平总书记指出："面对快速变化的世界和中国，如果墨守成规、思想僵化，没有理论创新的勇气，不能科学回答中国之问、世界之问、人民之问、时代之问，不仅党和国家事业无法继续前进，马克思主义也会失去生命力、说服力。"党的二十大胜利召开，报告所提出的一系列重大理论创新，为今后一个历史时期中国的持续稳定发展指明了科学方向。党领导人民成功走出中国式现代化道路，创造的人类文明新形态徐徐展现于世人面前。

"以中国为方法"探索现代化道路

习近平总书记在党的二十大报告中强调："中国式现代化，是中国共产党领导的社会主义现代化，既有各国现代化的共同特征，更有基于自己国情的中国特色。"中国式现代化的"中国特色",从学理上来讲,即从以中国为方法的维度所视之的现代化特征。

国外曾有汉学家专门著有《作为方法的中国》一书,希望在研究中国历史时实现方法论的转变,即"以世界为方法"转变为"以中国为方法"。当然,这里的"以中国为方法",绝不是一种排斥世界先发国家和地区的"世界",也不是建构"以中国为中心"的"世界标尺"。"以中国为方法"只是观察世界、考察历史的方法之一,并不是否定和排斥其他方法。

回望百年前,清帝国在西方列强的坚船利炮之下不堪一击,被强行拖入了经济全球化的大潮,国人心目中的天朝上国在东亚乃至世界的核心位置似乎出现了飘移动摇。从器物自卑、制度自卑,最终到文化自卑,一个领先世界数千年的文明帝国瞬间崩塌,实乃"数千年未有之变局"。今日世界面临百年未有之大变局,中国的和平崛起引起全球产业链重塑、地缘政治格局重整、意识形态重构,一些西方发达国家采取冷战思维,企图与中国全面脱钩。

党的二十大报告指出,中国坚定奉行独立自主的和平外交政策,始终根据事情本身的是非曲直决定自己的立场和政策,维护国际关系基本准则,维护国际公平正义,坚决反对一切形式的霸权主义和强权政治,反对冷战思维,反对干涉别国内政,反对搞双重标准。中国永远不称霸、永远不搞扩张。

我们所宣示的理念绝不是权宜之计,中华文明数千年积淀的和平、和谐、和睦之"和为贵"的基因,已经成为人类文明基因库的重要成分,绝不是那些试图渲染"中国威胁论"者所能妄图抹杀的。中国的现代化进程历尽曲折,取得了举世瞩目的成就,其中一定有中国的方法,亦即中国特色。我们不再妄自菲薄,但也绝不能妄自尊大。我们有的是日益强烈的文化自信,有的是汲取世界文明、融入世界文明的胸怀。相信随着中华民族伟大复兴不可逆转之历史进程的持续推进,全党全国各族人民志气、骨气、底气的日渐增强，我们不信邪、不怕鬼、不怕压，知难而进、迎难而上，统筹发展和安全，一定能够全力战胜前进道路上各种困难和挑战，依靠顽强斗争打开事业发展新天地。

中国式现代化内蕴人类文明新形态

从党的二十大报告中我们可以深切感知到，以中国式现代化所全面推进的中华民族伟大复兴，必将创造人类文明新形态。其重要特征主要有五个方面：中国式现代化是人口规模巨大的现代化，是全体人民共同富裕的现代化，是物质文明和精神文明相协调的现代化，是人与自然和谐共生的现代化，是走和平发展道路的现代化。

人口规模巨大的现代化，其蕴含着人口发展所带来的未富先老的重大挑战。解决此问题的基本旨向是物质文明的不断提升，通过不断做大蛋糕来解决发展中的人口问题。"未富先老"使得我国现代化迥异于西方国家现代化之初的人口背景，这一特点决定了必须首先实现以工业化为基础的经济现代化，以人的全面发展为旨向不断提升人力资本水平。

实现全体人民共同富裕的现代化，需要解决的是如何实现共同富裕、实现社会的公平正义。西方发达国家在现代化进程中，经历了贫富差距急剧扩大的过程，导致社会分裂、经济停滞、政治动荡，这些值得我们反思。全体人民共同富裕，是中国式现代化的一个基本特征，凸显了我国现代化的社会主义性质，丰富了人类现代化的内涵。

物质文明和精神文明相协调的现代化，其基本旨向是精神文明的不断提升。虽说是强调二者之协调，但更注重的是精神文明不能落后于物质文明的发展，更强调在现代化进程中实现精神思想的现代性。思想现代化是精神文明建设的重要内涵，是构建社会主义核心价值体系的基石。我们党始终注重物质文明和精神文明协调发展，避免了西方发达国家曾经因经济飞速发展而带来精神空虚造就出所谓"垮掉的一代"之社会悲剧。

人与自然和谐共生的现代化，其基本旨向是生态文明的不断提升。中国式现代化坚决按照自然规律办事，抛弃那种以破坏自然为代价的现代化模式，绝不走西方国家先污染后治理的现代化老路，坚定不移走节约资源、保护环境、绿色低碳的新型发展之路，建设人与自然和谐共生的现代化。

走和平发展道路的现代化，其基本旨向是政治文明的不断提升，亦即政治现代化。政治现代化指的是由危机诱发的政治领域响应，主要表现为较高的解决问题能力之保障与制度化。社会主义政治文明与资本主义政治文明有着完全不同的本质，是人类历史上新型的政治文明。它抛弃了资本主义政治文明中作为维护私有制、压迫劳动人民工具的本质部分，并代之以一种新的政治关系、政治制度和政治文化模式。中国共产党领导人民创造的全过程人民民主，恰是人类文明新形态的重要构成。

中国式现代化所彰显的人类文明新形态，极大地拓展了发展中国家走向现代化的途径，给世界上那些既希望加快发展又希望保持自身独立性的国家和民族提供了全新选择，这也正是中国共产党人为构建人类命运共同体所贡献的中国智慧、中国方案。

以中国原理回答世界之问

"世界怎么了、我们怎么办？这是整个世界都在思考的问题，也是我一直在思考的问题。"这是习近平总书记 2017 年 1 月 18 日在联合国日内瓦总部演讲时首次发出的时代之问。2019 年 3 月 26 日，在中法全球治理论坛闭幕式上，他再次提出"世界怎么了、我们怎么办"之问。2020 年 11 月 10 日，在上海合作组织成员国元首理事会第二十次会议上，总书记又一次提出这一时代之问。"回答这些时代之问，我们要不畏浮云遮望眼，善于拨云见日，把握历史规律，认清世界大势。""回答这个问题，首先要弄清楚一个最基本的问题，就是我们从哪里来、现在在哪里、将到哪里去？""我们要站在世界历史的高度审视当今世界发展趋势和面临的重大问题。"习近平总书记的一系列提问和回答，无不在告诫世人，回答时代之问，绝不是个别国家的责任，也绝不是某一民族的义务。

在庆祝中国共产党成立100周年大会上的讲话中，习近平总书记指出：中国共产党关注人类前途命运，同世界上一切进步力量携手前进，中国始终是世界和平的建设者、全球发展的贡献者、国际秩序的维护者！

当下，世界之变、时代之变、历史之变正以前所未有的方式展开，给人类提出了必须严肃对待的挑战。人类还未走出世纪疫情阴霾，又面临新的传统安全风险；全球经济复苏仍脆弱乏力，又叠加发展鸿沟加剧的矛盾；气候变化等治理赤字尚未填补，数字治理等新课题又摆在我们面前。

面对诸多挑战，习近平总书记在党的二十大报告中发出真诚呼吁：世界各国弘扬和平、发展、公平、正义、民主、自由的全人类共同价值，促进各国人民相知相亲，尊重世界文明多样性，以文明交流超越文明隔阂、文明互鉴超越文明冲突、文明共存超越文明优越，共同应对各种全球性挑战。中国人民愿同世界人民携手开创人类更加美好的未来！

和平、发展、公平、正义、民主、自由的全人类共同价值，既是全人类的，也是中华民族的。习近平总书记指出，要"研究阐释中华文明讲仁爱、重民本、守诚信、崇正义、尚和合、求大同的精神特质和发展形态，阐明中国道路的深厚文化底蕴"。仁爱与自由、民本与民主、诚信与公平、和合与和平、大同与发展、传统正义与现代正义，虽不能一一对应，但其中所蕴含的中华优秀传统文化创造性转化和创新性发展空间之广大，以及在中国现代化伟大进程中践行之伟大业绩，正说明了以中华优秀传统文化为主要内涵的"中国原理"之普世性。中国坚持对外开放的基本国策，坚定奉行互利共赢的开放战略，不断以中国新发展为世界提供新机遇，推动建设开放型世界经济，更好惠及各国人民。

　　在中华民族伟大复兴战略全局和世界百年未有之大变局"两个大局"交织激荡的重大历史关头，党的二十大胜利召开，科学地回答了中国之问、世界之问、人民之问、时代之问，正是此次大会的人类历史意义之所在。

　　（本文原载于《新华日报》2022 年 11 月 1 日 10 版，原标题"'以中国为方法'：深刻认识党的二十大的重大意义"）

目　录

习近平在庆祝中国共产党成立 100 周年大会上指出，走自己的路，是党的全部理论和实践立足点，更是党百年奋斗得出的历史结论。中国特色社会主义是党和人民历经千辛万苦、付出巨大代价取得的根本成就，是实现中华民族伟大复兴的正确道路。我们坚持和发展中国特色社会主义，推动物质文明、政治文明、精神文明、社会文明、生态文明协调发展，创造了中国式现代化新道路，创造了人类文明新形态。[①] 党的十九届六中全会审议通过的《中共中央关于党的百年奋斗重大成就和历史经验的决议》指出，党领导人民成功走出中国式现代化道路，创造了人类文明新形态。[②]

在党的二十大报告中，习近平庄重提出中国式现代化的本质要求，即坚持中国共产党领导，坚持中国特色社会主义，实现高质量发展，发展全过程人民民主，丰富人民精神世界，实现全体人民共同富裕，促进人与自然和谐共生，推动构建人类命运共同体，创造人类文明新形态。[③]

中国式现代化，不是简单延续我国历史文化的母版，不是简单套用马克思主义经典作家设想的模板，不是其他国家社会主义实践的再版，也不是国外现代化发展的翻版。中国共产党带领中国人民英勇探索现代化道路的百年奋斗历程，是把马克思主义基本原理同中国具体实际相结合、同中

---

① 习近平：《在庆祝中国共产党成立 100 周年大会上的讲话》，人民出版社 2021 年版，第 13—17 页。
② 《中共中央关于党的百年奋斗重大成就和历史经验的决议》，人民出版社 2021 年版，第 64 页。
③ "高举中国特色社会主义伟大旗帜 为全面建设社会主义现代化国家而团结奋斗——习近平同志代表第十九届中央委员会向大会作的报告摘登"，《人民日报》2022 年 10 月 17 日第 2 版。

华优秀传统文化相结合，不断推进马克思主义中国化的百年历程。

百年来，我们党牢牢坚守初心和使命，在不同的历史时期，紧紧围绕面临的主要任务，领导人民浴血奋战、百折不挠，创造了新民主主义革命的伟大成就；领导人民自力更生、发愤图强，创造了社会主义革命和建设的伟大成就；领导人民解放思想、锐意进取，创造了改革开放和社会主义现代化建设的伟大成就；领导人民自信自强、守正创新，创造了新时代中国特色社会主义的伟大成就，以中国式现代化创造人类文明新形态。

理论逻辑：现代化是人类文明的
必由之路

第一章　"现代化"概念及其理论

第一节　"现代化"的概念

关于"现代化"语词的出现和概念及其在中国的最早出现与最初流行，有学者做了初步的梳理①，兹不赘言。费正清对如何定义"现代化"一词表示担忧，认为："这个术语有可能成为一只方便的篮子，像'生活'这个字眼那样拿来盛放许许多多基本上不知其为何物的东西，未经诠释的信息和没有解答的玄理。"②在英文里（法文、西班牙文、德文、俄文等也同样），"现代"（modern）一词至少有两层含义：一层是作为时间尺度，它泛指中世纪结束以来一直延续到今天的一个"长时程"（une longue duree，借用"年鉴学派"术语）；一层是作为价值尺度，它指区别于中世纪的新时代精神与特征。③

亨廷顿认为，"现代"和"传统"这两个范畴是在二战以后被具体化了，并且认为，大多数现代化理论家主张现代社会和传统社会的主要区别在于现代人对其自然环境和社会环境有更强的控制能力，而这种控制能力又建立

---

① 黄兴涛、陈鹏："民国时期'现代化'概念的流播、认知与运用"，《历史研究》2018年第6期，第70–90、189页。
② 费正清：《剑桥中国晚清史》（下卷），中国社会科学出版社1985年版，第6页。
③ 罗荣渠：《现代化新论》，北京大学出版社1993年版，第5–6页。

在科学和技术知识扩大的基础之上。① 亨廷顿认为，现代化包括工业化、城市化，以及识字率、教育水平、富裕程度、社会动员程度的提高和更复杂而多样化的职业结构。它是始于 18 世纪科学知识和工程知识惊人扩张的产物，这一扩张使人类可能以前所未有的方式来控制和营造他们的环境。仅以人类的生活水平为例，1820 年，地球上 94% 的人陷于极端贫困之中，即根据通货膨胀和当地购买力调整后，每天生活费不足 1.90 美元。这一比例在 1981 年下降到 44.3%，1999 年下降到 29.1%，2015 年下降到 9.6%，不能不说是人类发展的奇迹，这正是现代化的结果之一。② 现代化是一个革命进程，唯一能与之相比的是从原始社会到文明社会的转变，即文明本身的出现，它发端于大约公元前 5000 年的底格里斯河和幼发拉底河流域、尼罗河流域和印度河流域。现代社会中人的态度、价值、知识和文化极大地不同于传统社会。③

"文明"是中文对英语 civilization 的译词。它源于拉丁语的 civis（市民）和 civitas（城市），原意是城邦组成的社会，后引申为先进复杂、高度发展的人类社会。在 18—19 世纪，文明作为新生概念与"野蛮"一词相对。文明指有语言文字、政治组织、艺术哲学、文化习俗、科技发展等具有现代性特征的高级社会，而野蛮则是没有上述元素、原始蛮荒的社会。在当时进化论思潮的影响下，人类社会的发展被理解为具有从初级变成高级的演变过程，即从混沌野蛮状态开始，不断推进到文明的境界。

西里尔·布莱克认为："现代的开端可以追溯到十二世纪的文艺复兴，更直接的根源则可以追溯到十七世纪的科学革命。"④ 布莱克在区分"传统"

---

① 塞缪尔·亨廷顿："导致变化的变化：现代化，发展和政治"，见《比较现代化》，杨豫、陈祖洲译，上海译文出版社 1996 年版，第 41 页。
② Norberg, Johan. 2016. Progress: Ten Reasons to Look Forward to the Future. Oneworld:75–76.
③ 塞缪尔·亨廷顿：《文明的冲突与世界秩序的重建》，周琪等译，新华出版社 1998 年版，第 58 页。
④ 西里尔·布莱克：《比较现代化》，杨豫、陈祖洲译，上海译文出版社 1996 年版，第 12–13 页。

与"现代"时强调："对于西欧各国而言，传统体制就是中世纪的那些体制，现代性对传统体系的挑战发生于十二至十八世纪。"① 强调现代化发端于 12 世纪，即意大利文艺复兴时期。当然，就一般的学者共识来看，文艺复兴"被用来作为欧洲现代史初期阶段，也就是从 1350 年到 1600 年这么一个广阔而又多样化的历史时期的标签"②。尽管文艺复兴所跨越的时期有所不同（因为"在中世纪与文艺复兴时期之间，并没有遽然的断裂或容易划分的界限"③），但对其所表征的基本理念则意见一致，那就是文艺复兴所"复兴"的人文主义价值理念及其内蕴的科学精神。

之所以说文艺复兴所体现的人文主义价值内蕴着科学精神，是因为中世纪经院哲学传统和对亚里士多德的研究，不仅维持了下来，没有被人文主义的研究所取代，而且还在大学里得到了繁荣和发展，并对哥白尼和伽利略开始的科学思想的革命性变化作出了不少的贡献（有人甚至认为比人文主义的贡献还要大）。④ 中世纪经院哲学最为强调的就是"理智"（Reason）和"信仰"（Faith）的逻辑关系。经院哲学早期导师彼得·阿贝拉尔（Peter Abelard，1079—1142）即致力于透过正反辩证的方式去理解真理与基督超自然的启示。他曾说："怀疑是探究的途径；经由探究，我们认识真理。"⑤ 阿贝拉尔的这种治学态度成为后世经院哲学家的求知典范。十三世纪最具影响力的经院哲学家托马斯·阿奎那（Thomas Aquina，1225—1274）终其一生坚信对神学的信仰可以通过理性的探究而更加踏实。他认为知识来源有二：一是教会所传承延续的学术传统，即神学；二是人类通过理性所推衍出的真

---

① 西里尔·布莱克：《现代化的动力》，段小光译，四川人民出版社 1988 年版，第 11 页。
② 阿伦·布洛克：《西方人文主义传统》，董乐山译，生活·读书·新知三联书店 1997 年版，第 7 页。
③ 阿伦·布洛克：《西方人文主义传统》，董乐山译，生活·读书·新知三联书店 1997 年版，第 9 页。
④ 阿伦·布洛克：《西方人文主义传统》，董乐山译，生活·读书·新知三联书店 1997 年版，第 7—9 页。
⑤ Dampier, W.C. 1966. A History of Science. Cambridge University Press:80.

理，即哲学。这两种学问皆出自于神，因此必然不是对立的，信仰和启示是一种关于命题与表象的信念，而神的存在可以借由理性思考而获得澄清。阿奎那的思想体系主要是建立在亚里士多德的逻辑学与科学之上。亚里士多德的三段论使人们可以从直觉自明的公理出发，进而推导出可靠的论证。对于当时亟欲为神学建立坚实理性基础的阿奎那而言，亚里士多德的逻辑学确实提供了一套可用的理论工具。就某种程度而言，在结合神学与哲学的信念下，阿奎那致力于使亚里士多德学说为基督教义服务的企图相当明显。虽如此，阿奎那仍旧为中世纪晚期开启了一个理性主义的时代，他使经院哲学到达一个前所未有的高峰，也为 17 世纪的科学革命预先建立起一个信念：大自然是一个具有规律性与统一性的系统，每个事件之间事实上都有一个紧密的关联，并且存在一个普遍性的原则。只是这样的知识信念与方法被中世纪晚期和文艺复兴初期的哲学家吸收运用之后，却反倒回过头造成经院哲学的衰微（正如威廉·塞西尔·丹皮尔所说：经院哲学造就了自身却反而摧毁了其本体 [1]）。[2]

伴随文艺复兴而起的人文主义价值观，是"现代"区别于"传统"即中世纪的鲜明标识，其次才是由此精神价值、思想解放而演化的以科技工业为标识的物质文明的跟进以及社会结构、政治模式的变迁。

欧洲文艺复兴时期可以说是近代西方文明的一个转折点，上承中古时期的经院哲学，下启 17 世纪的科学革命思潮。文艺复兴肇始于 14 世纪欧洲知识阶层逐渐不再独尊基督教的观点来诠释世界，转而开始审视个人身处浩瀚宇宙中的角色与整体社会文化的关系。换句话说，思考的焦点从"天上"转到了"人间"。这种思考风格的转变得归因于当时所盛行的人文主义（humanism）。然而文艺复兴时期的人文主义很难从单一面向去审视或解读，

---

[1] Dampier, W.C. 1966. A History of Science. Cambridge University Press:96.
[2] 刘柏宏："文艺复兴时期的科学精神于现代通识教育中的意涵——理念与实践"，《通识教育季刊》2005 年第 4 期。

不过最明显的表征是人文主义学者对"上天"与"世人"间的宇宙万物基本上抱持一种怀疑的态度去觉察、解读自身地位，去了解古典文化。虽然他们也是虔诚的基督徒，但是研究重点不只在于了解基督，更在于了解人性尊严与价值。人文主义学者将研究对象从基督所创立的教义转移为基督所创造的世界，也因此开始对大自然现象产生好奇并展开观察，开启现代科学的大门。阿伦·布洛克即指出，西方思想分成三种不同模式看待人和宇宙，第一种模式是超越自然的，即超越宇宙的模式，集焦点于上帝，把人看成是神创造的一部分。第二种模式是自然的，即科学的模式，集焦点于自然，把人看成是自然秩序的一部分，像其他有机体一样。第三种模式是人文主义的模式，集焦点于人，以人的经验作为人对自己、对上帝、对自然了解的出发点。[①] 第一种模式在中世纪占支配地位；第二种科学的模式要晚些，到了 17 世纪才形成；而文艺复兴时期的思想则是属于第三种模式。

　　古希腊思想最吸引人的地方之一是，它是以人为中心，而不是以上帝为中心的。苏格拉底之所以受到特别尊敬，正如西塞罗所说，是因为他把这学校从天上带到地上。人文主义者不断反复要求的就是，哲学要成为人生的学校，致力于解决人类的共同问题。[②] 布洛克感慨道，文艺复兴时期的人文主义所代表的思想，它对人的经验的价值和中心地位，即人的尊严的坚持，力量是太大了，它们一旦被恢复和重新提出，就无法加以永远的压制。[③] 深受文艺复兴影响的"十八世纪启蒙运动把一切都压在这样的一个信念上：如果每个个人的能量都得到解放，它们的成就是无可限量的"[④]。对个人自由

---

　　① 　阿伦·布洛克：《西方人文主义传统》，董乐山译，生活·读书·新知三联书店 1997 年版，第 12 页。
　　② 　阿伦·布洛克：《西方人文主义传统》，董乐山译，生活·读书·新知三联书店 1997 年版，第 14 页。
　　③ 　阿伦·布洛克：《西方人文主义传统》，董乐山译，生活·读书·新知三联书店 1997 年版，第 67 页。
　　④ 　阿伦·布洛克：《西方人文主义传统》，董乐山译，生活·读书·新知三联书店 1997 年版，第 134-136 页。

的解放与追求包括思想的解放和自由，是文艺复兴至启蒙运动的一条红线。文艺复兴所提倡的人文主义价值理念对欧洲哲学影响至深，这样注重实践的人文主义思想也被马克思主义哲学所继承。年轻的马克思指出："哲学家们只是用不同的方式解释世界，问题在于改变世界。"①

所以，现代化既包含有物质文明或工业化的内涵，亦有精神文明或人类道德价值普遍提升的含义，是一个发展过程与价值提升的融合体。马克思和恩格斯在《共产党宣言》中指出，未来的社会，"将是这样一个联合体，在那里，每个人的自由发展是一切人自由发展的条件"②。马克思和恩格斯认为："人是本质、是人的全部活动和全部状况的基础。"③诺贝尔经济学奖获得者阿玛蒂亚·森批评了以往单纯的经济发展观，在发展中赋予人类自由价值，提出"以自由看待发展"的新理论，认为"发展可以看作是扩展人们享有的真实自由的一个过程"④。现代化的目的就是实现人的全面发展、自由发展，当然，这一价值尺度需要物质文明的支撑。人的全面发展、自由发展，究其实质来说，就是通过人的本质力量的对象化不断发展和完善自身，即"人以一种全面的方式，也就是说，作为一个完整的人，占有自己的全面的本质"，并显示其"人的本质客观地展开的丰富性"⑤。随着现代化的发展、人类文明的进步，我们希望能够实现恩格斯的憧憬，即"人终于成为自己的社会结合的主人，从而也就成为自然界的主人，成为自身的主人——自由的人"⑥。

亨廷顿归纳了现代化过程的九个特征：⑦（1）现代化是革命的过程。它涉

---

① 《马克思恩格斯选集》（第一卷），人民出版社 2012 年版，第 136 页。
② 《马克思恩格斯选集》（第一卷），人民出版社 2012 年版，第 422 页。
③ 《马克思恩格斯文集》（第一卷），人民出版社 2009 年版，第 295 页。
④ 阿玛蒂亚·森：《以自由看待发展》，中国人民大学出版社 2002 年版，第 30 页。
⑤ 马克思：《1844 年经济学哲学手稿》，人民出版社 2014 年版，第 81、84 页。
⑥ 恩格斯：《社会主义从空想到科学的发展》，人民出版社 2018 年版，第 81 页。
⑦ 塞缪尔·亨廷顿："导致变化的变化：现代化，发展和政治"，见《比较现代化》，杨豫、陈祖洲译，上海译文出版社 1996 年版，第 44—47 页。

及人类生活方式从传统性到现代性的根本的整体性的转变。（2）现代化是复杂的过程。它包含着人类思想和行为一切领域的变化。（3）现代化是系统的过程。一个因素的变化将联系并影响到其他各种因素的变化。（4）现代化是全球的过程。现代化起源于 15 世纪和 16 世纪的欧洲，但通过现代思想和技术以欧洲为中心的传播，同时部分地通过非西方社会内部的发展而遍及全世界。（5）现代化是长期的过程。从传统性向现代性过渡所需要的时间要用世纪来计算。（6）现代化是有阶段的过程。从传统阶段开始，以现代阶段告终。（7）现代化是一个同质化的过程。传统社会有许多不同的类型，现代社会却基本相似。（8）现代化是不可逆转的过程。某个社会经过十年后在城市化、文化和工业化方面达到某个水平，那么在以后十年内，它不会大大降低这个水平。（9）现代化是进步的过程。从长远的观点来看，现代化增加了全人类在文化和物质方面的幸福。

　　亨廷顿的这篇论文写于 20 世纪 70 年代，具有十分鲜明的乐观主义精神。西方现代化过程中逐渐显现出来的所谓"现代化反噬"（The Backfiring Modernization）当时表现得并不十分明显，所以亨廷顿提出了最后两点，即现代化是不可逆的和进步的过程。另外，亨廷顿于此多多少少有些西方中心主义，认为现代化的同质性肯定会表现为西方现代社会的某些特质，一如李普塞特所强调的经济增长和民主之间的正相关关系。[①]殊不知无论现代化道路也好，民主制度也好，都必须与本国国情相结合，才能够行稳致远，才能够对本国民生福祉有积极的促进作用。

　　钱端升解释了现代化的含义而非定义，在《现代化》一文中，他从哲理背景、政治表现、经济或物质表现三个方面做了说明。从哲理背景来看，主要是指古代思想的解放，指的是摆脱中世纪宗教的束缚。由此而有科学

---

① Lipset, Seymour. 1959. "Some social requisites of democracy: Economic development and political legitimacy." American Political Science Review, 53:245-259.

的发达、自由传统的养成、相信进步。从政治表现看，一是法律平等；二是知识普及；三是君权神授被推翻而民主渐倡；四是行政改革，即人民参与行政使得行政效率大大提升。现代化在物质方面的表现，主要是可以控制自然。具体有三：一是产业革命的形成，二是国民财富的增加，三是有闲阶级的产生（此阶级有时间去倡导科学、争取政权）。钱端升认为，所谓现代化，必须要看这三个方面的表现而定，三者缺一不可，否则，便是假的或不健全的现代化。① 用现在的语言来说，钱端升是从思想、制度和经济三个方面来看现代化的。只有思想的解放，才会有保障科技创新的制度的创设，也才会有经济的发展。

综上所述，所谓现代化，是自 18 世纪中叶英国工业革命爆发以来，人类社会在以科技进步和工业化为代表的不断发展的生产力基础之上，持续走向人的自由全面发展的历史进程。其"有两点。一个是科学，科学造成了工业革命，工业革命就是近代科学的应用。另一个是民主，民主制规定人人平等，人人享有一系列的民主权利——生存权、自由权和追求幸福之权"②。即现代化的标识是工业化和民主化。顺便指出，"工业革命"这一名称最早是由恩格斯于 1844 年 1—2 月写就的《英国工人状况十八世纪》中起的。③

---

① 钱端升："现代化"，《中国青年》1944 年第 10 卷第 6 期，第 1—6 页。
② 《何兆武思想文化随笔》，科学出版社 2012 年版，第 9 页。
③ 约翰·德斯蒙德·贝尔纳：《历史上的科学（卷二）：科学革命与工业革命》，伍况甫、彭家礼译，科学出版社 2015 年版，第 399 页。

第二节　"现代化"的起源

现代化起源于西欧，研究西欧现代化，一般是从文艺复兴讲起。这是因为，在欧洲，人们的思想不从神学的禁锢中解放出来，树立人文主义世界观，现代化就无从谈起。①

恩格斯指出："从 15 世纪中叶起的整个文艺复兴时期，本质上是城市的从而是市民阶级的产物。"② 他认为，文艺复兴"摧毁了教皇的精神独裁，重新展现了希腊的古代，同时展现了新时代的最高度的艺术发展，打破了旧世界的界限，并且第一次真正地发现了地球"③。"是人类以往从来没有经历过的一次最伟大的、进步的变革，是一个需要巨人并且产生了巨人的时代。"④ 恩格斯认为，正是因为文艺复兴，"旧世界的界限被打破了；……教会的精神独裁被摧毁了，日耳曼语各民族大部分都直截了当地抛弃了它，接受了新教，同时，在罗曼语各民族那里，一种从阿拉伯人那里吸收过来并从新发现的希腊哲学那里得到营养的开朗的自由思想，越来越深地扎下了根，为 18 世纪的唯物主义做了准备"⑤。高扬的人文精神、开朗的自由思想，使得"自然科学在这场革命中也生机勃勃"⑥。恩格斯高度评价文艺复兴对欧洲经济发展的巨大推动作用，"直到这个时候才真正发现了地球，奠定了以

---

① 吴承明："现代化与中国十六、十七世纪的现代化因素"，《中国经济史研究》1998 年第 4 期。
② 《马克思恩格斯全集》（第二十八卷），人民出版社 2018 年版，第 363 页。
③ 《马克思恩格斯全集》（第二十六卷），人民出版社 2014 年版，第 461 页。
④ 《马克思恩格斯全集》（第二十六卷），人民出版社 2014 年版，第 466 页。
⑤ 《马克思恩格斯全集》（第二十六卷），人民出版社 2014 年版，第 466 页。
⑥ 《马克思恩格斯全集》（第二十六卷），人民出版社 2014 年版，第 461 页。

后的世界贸易以及从手工业过渡到工场手工业的基础，而工场手工业则构成现代大工业的起点"①。以文艺复兴为代表的一系列思想变革导致了启蒙运动的产生。② 当然，观念、观点、想法、创意等都属于思想的范畴。简单而言，思想就是能够将沙子变成芯片的东西。

启蒙运动的学者们相信，如果人类能从恐惧和迷信中解放出来（包括天启宗教的假偶像），他们就会在自己的身上找到改造人类生活条件的力量。霍克海默等指出："就进步思想的最一般意义而言，启蒙的根本目标就是要使人们摆脱恐惧，树立自主。……启蒙的纲领是要唤醒世界，祛除神话，并用知识替代幻想。"③德国著名哲学家阿诺德·盖伦评价道："启蒙运动的时代，比自希腊人时代以来任何的时代都更具有一种天才的气息；它洋溢着满足和自信，充满了无穷无尽的创造力和想象力。在欧洲硕果丰富的土壤上，古老的和新生的花蕾再一次相互滋润，于是令人眼花缭乱的多样性产品就繁花似锦般地怒放开来。"④

启蒙运动的学者们相信，思想自由和言论自由是进步的条件，人的发明和智力是钥匙，科学经验则是最有力量的触媒剂。他们相信，进步是可能的，即使不是肯定的，而进步的可能性不在莫测高深的天意，也不在无法捉摸的命运，而在人自己手中。这些学者们对科学所抱的信心，由18世纪每一个科学部门所取得的进步和一系列技术发明证实了。比如作为19世

---

① 《马克思恩格斯全集》（第二十六卷），人民出版社2014年版，第466页。
② 莫基尔：《增长的文化：现代经济的起源》，胡思捷译，中国人民大学出版社2020年版，第276页。
③ 马克斯·霍克海默、西奥多·阿道尔诺：《启蒙辩证法》，渠敬东、曹卫东译，上海人民出版社2006年版，第1页。我们对霍氏等人于此所言有不同意见。因为有时候，比如婴儿嘴里噙着奶嘴儿的时候是很幸福的，并没有感觉到恐惧，反而感觉到一种依赖的被动的幸福。我们认为，在这里，自主非摆脱恐惧应是启蒙的根本目标。当然，霍氏此处的摆脱恐惧，或许有工具理性之意。所以可以说，启蒙的根本目标，是在于不断增强人的主体性意识，对一切支配主体性的异己的力量，比如公权力、所谓"规律"，时刻保持警惕和怀疑，并由此出发而始终保持一种自主性的存在。
④ 阿诺德·盖伦：《技术时代的人类心灵问题：工业社会的社会心理问题》，何兆武、何冰译，上海科技教育出版社2003年版，第98页。

纪工业革命基础的詹姆斯·瓦特发明的蒸汽机。①启蒙运动中的人文主义思想对工业革命的巨大威力，随着瓦特蒸汽机的发明，在火车和蒸汽轮船的轰鸣中向世界做出了一个全新的展示。正如布洛克所说："造成英国产生第一个工业社会的那些变化，人们往往将之与一定的思想联系起来。但是这些思想并没有什么新鲜之处，它们都是来自十八世纪的启蒙运动。……这些思想的核心是对自由的信念，还有对人类精力从迷信的桎梏、传统的重压以及政府干预所加的限制下解放出来后会产生的好处，所抱的信念。"②

尼日利亚学者詹姆斯·奥康内尔直截了当地指出："现代化是探索性和创造性思想态度的发展，它既是个人的思想态度，也是社会的思想态度。这种态度隐藏在技术和机器使用的背后，引起个人之间社会关系产生新形式。"③奥康内尔指出了具有普遍性特质的现代化的三个方面：（1）对事物的相互联系和因果关系的存在，有坚定的信念。这种信念维持着一种连续不断的、系统的和创造性的知识探索——换言之，便是具有分析因果关系式的观念和创造发明的观念；（2）产生于第一种观念并加以促进的工具和技术的大量增加；（3）在个人和社会结构的基础上形成了接受不断变化的愿望，与此同时又具有保留个人和社会特色的能力。④简言之，第一个方面指的是要形成科学的方法论，第二个方面强调的是为科学研究创造出的新技术新工具，第三个方面则是为着前两个方面的可持续性，必须形成对社会结构的灵活性与连续性的认同。也就是说，"为了不断追求知识，人们始终对新思想敞开大门，适应新发明给他们带来的思维和生活，人类的头脑中必须有

---

　　① 阿伦·布洛克：《西方人文主义传统》，董乐山译，生活·读书·新知三联书店1997年版，第89页。
　　② 阿伦·布洛克：《西方人文主义传统》，董乐山译，生活·读书·新知三联书店1997年版，第133页。
　　③ 奥康内尔："现代化的概念"，见《比较现代化》，杨豫、陈祖洲译，上海译文出版社1996年版，第32页。
　　④ 奥康内尔："现代化的概念"，见《比较现代化》，杨豫、陈祖洲译，上海译文出版社1996年版，第25页。

接受变化的愿望和能力。但是，如果人类的头脑不能维持个人和社会的连续认同，便往往会出现解体情况"①。因此，一个社会若要充分现代化，就必须对自己充满信心，对欢迎变革的社会成员抱有信心，对可以加以改造而又不至于被破坏的社会结构抱有信心。这既是敞开大门欢迎新思想的前提，也是思想发挥作用的首要条件。西里尔·布莱克也认为，现代化"发源于那种社会能够而且应当转变、变革是顺应人心的信念和心态"②。正是这种信念和心态或曰思想，催生了现代化。

经济史学者乔尔·莫基尔也认为要特别注意随后的启蒙运动和工业革命之间的内在联系，正是前者促成了知识的理性化和传播，两者之间的关联可以解释工业革命为什么紧随启蒙运动而发生。启蒙运动所产生的科学精神，即一种对自然现象有序性、理性和可预测性的忠实信念，被固化在工程师和发明者的心目中。③ 莫基尔直截了当地指出："开门见山地说，欧洲之所以会出现'新思想'的高产出、科技的飞跃发展并最终走向了工业革命，是因为出现了'启蒙运动'。"④

关于启蒙运动，布洛克指出："启蒙运动的了不起的发现，是把批判理性应用于权威、传统和习俗时的有效性，不管这权威、传统、习俗是宗教方面的，法律方面的，政府方面的，还是社会习惯方面的。提出问题，要求进行试验，不接受过去一贯所作所为或所说所想的东西，已经成为十分普遍的方法论……我们很难认识到在十八世纪时把这种批判方法初始于古旧的制度和态度时所造成的新奇感和震惊。"⑤ 启蒙运动所表现出的在任何问

---

① 奥康内尔："现代化的概念"，见《比较现代化》，杨豫、陈祖洲译，上海译文出版社1996年版，第29页。
② 布莱克：《现代化的动力》，段小光译，四川人民出版社1988年版，第11页。
③ Mokyr J. 2004. The Gifts of Athena: Historical Origins of the Knowledge Economy.Princeton University Press:39.
④ 莫基尔："李约瑟之谜与东西方分途——从科技史视角看大分流"，《量化历史研究》2017年第Z1期，第70—89页。
⑤ 阿伦·布洛克：《西方人文主义传统》，董乐山译，生活·读书·新知三联书店1997年版，第84—86页。

题上对已有观念的挑战，恰恰是一种思想的开放形式。

　　莫基尔认为"启蒙运动""独特地标志着欧洲成为了经济现代性的发源地"[①]。莫基尔更是直白地指出："科学精神意味着开放思想，意味着一旦与新事实不符就应该抛弃传统教条，意味着深信没有什么自然现象不能被全面地深究，还意味着信奉只有被检验后的演绎假说才能成立的信条。"[②] 这也正是新增长理论的代表、诺贝尔经济学奖获得者保罗·罗默所特别强调的"元思想"（Meta-Ideas）——诸如17世纪英国人发明的保护发明的现代专利思想、北美在19世纪发明的现代研究型大学和20世纪发明的同行评议的竞争性基础研究拨款——的重要性所在[③]。罗默在与人合著的2010年的文章中指出，思想、制度、人口和人力资本现在是增长理论的核心，实物资本固有的核心地位已被边缘化。而且，因为思想作为非竞争商品，能够带来规模效应并改变经济制度；在更好地理解人类历史的广度方面，规模效应比制度更重要。作者进一步强调："一个考虑到思想的模型表明，制度比新古典主义模型曾经提出的更复杂、更重要。"[④] 思想这一重要变量对制度的影响可见一斑。在经济增长模型中，以索罗—斯旺（Solow-Swan）模型为代表的新古典增长模型或外生增长模型，强调资本和劳动对经济增长的促进作用，并认为技术进步是外生给定的。[⑤] 罗默认为，一个包含完全竞争和外生技术变革的新古典主义模型忽视了思想。[⑥] 罗默在其1986年的开创性论文中则

---

　　① 莫基尔：《增长的文化：现代经济的起源》，胡思捷译，中国人民大学出版社2020年版，第249页。

　　② Mokyr J. 2004. The Gifts of Athena: Historical Origins of the Knowledge Economy, Princeton University Press:40.

　　③ Romer,P.M. 2009. "Economic Growht", in D.Henderson(ed), The Concise Encyclopedia of Economics, Liberty Fund Inc. pp.128−131.

　　④ Jones, Charles I. and Paul M. Romer. 2010. "The New Kaldor Facts: Ideas, Institutions, Population, and Human Capital." American Economic Journal: Macroeconomics, 2(1):224−45.

　　⑤ Solow, Robert M. 1956. "A Contribution to the Theory of Economic Growth." Quarterly Journal of Economics, 70,1:65−94. Swan, Trevor W. 1956. "Economic Growth and Capital Accumulation." Economic Record, 32,63: 334−361.

　　⑥ Romer, P.M. 1992. "Two strategies for economic development: Using ideas and producing ideas." Proceedings of the World Bank Annual Conference on Development Economics:63−115.

提出了内生增长模型。[①] 罗默认为，技术进步是经济增长的源泉。他认为知识资本具有递增的边际生产率，而物质资本具有递减的边际生产率。罗默在连续时间模型的基础上提出，由于给定知识具有递增的生产率，在知识递增的边际生产率足以超过物质资本递减的边际生产率时，模型中决定无限增长的知识存量水平就有可能产生递增的边际生产率。罗默的内生增长理论通过强调经济增长是一个经济系统的内生结果，而不是外部力量冲击的结果，将自己与新古典主义增长区分开来。内生增长理论抛弃了新古典模型的两个核心假设：技术变迁的外生性以及世界各国都有同样的技术机会。[②] 简言之，内生增长模型是为了将"索罗残差"即"全要素生产率"（TFP）作为其模型内确定的东西，而不是假设为完全外生的。在这里，罗默其实是强调了作为经济增长的重要外生变量——作为推动知识资本不断积累的思想的重要性，这也为以查尔斯·琼斯为代表的学者提出半内生增长模型（semiendogenous model）奠定了基础。琼斯认为，因为思想收益递减的特性，经济的规模效应会被逐渐消散，这意味着人口增长是经济增长的唯一长期决定因素。[③] 但我们以为，琼斯这句话和凯恩斯的"从长远看，我们都已经死了"这句话性质类似。思想虽然也具有一般商品的效用递减特性，但作为一种特殊的商品，即使关于某一领域的单一思想，其所具有的对人类生活的贯穿性、彻底性作用，不能因为日用而不自觉即认为其效用衰减至零。经济增长是人类的活动，唯一的长期决定因素肯定是人自身。但需要指出，保障人类繁衍的物质基础，人口数量只是其一，人口质量即人类的思想和智慧在决定经济增长中乃是起着极其重要甚至决定性作用的。

[①] Romer,P.M.1986. "Increasing Returns and Long-run Growth. " The Journal of Political Econom,94:1002−1037.

[②] Romer,P.M.1994. "The origins of endogenous growth. " Journal of Economic Perspectives,8:3−22.

[③] Jones, C. I. 1995. "R&D-Based Models of Economic Growth." Journal of Political Economy, 103:759−784.

关于思想推动经济社会发展的力量，许多学者都指出过。米塞斯在《自由与繁荣的国度》中指出："人类的进步大多是通过以下方式实现的：即从一小部分人偏离大多数人的思想和生活习惯开始，直到他们的行为最终得到大多数人的认同和接受，从而形成了人的观念和生活方式的更新。"[①] 凯恩斯也指出："经济学家以及政治哲学家之思想，其力量之大，往往出乎常人意料。事实上统治世界者，就只是这些思想而已。许多实践家自以为不受任何学理之影响，却往往当了某个已故经济学家之奴隶。……或早或晚，不论是好是坏，危险的倒不是既得利益，而是思想。"[②] 哈耶克也同样注意到思想的力量。他在 1944 年出版的《通往奴役之路》里写道："思想的改变和人类意志的力量塑造了今天的世界。"[③] 哈耶克还说道："在社会演化中，没有什么是不可避免的，使其成为不可避免的，是思想。"[④] 罗默将商品分为两类：思想和物品；他甚至提出了"思想经济学"（economics of ideas）和"物品经济学"（economics of objects）[⑤] "思想"这一商品最大的特点是其非竞争性和排他性并存。其非竞争性意味着新的创新者可以在他们自己的研究活动中自由使用这些思想；其排他性则表现在每一项由此思想产生的创新都会得到垄断租金的奖励，正是这些租金的前景推动了旨在发现新品种的研究活动。[⑥]

此处再举晚清一例。康有为当时观察到，庚子后"人心大变"，实"二百年所未有"。关键在于，"向者不过变自小民，今则变自士夫矣"；以前士人"犹望复辟之自强，今则别谋革命自强"[⑦]。读书人思想方式在西方冲击下发

① 米塞斯：《自由与繁荣的国度》，韩光明等译，中国社会科学出版社 1994 年版，第 92 页。

② 凯恩斯：《就业、利息和货币通论》，高鸿业译，商务印书馆 1999 年版，第 396—397 页。"危险思想"从哪里来？施存统说，一切"危险思想"，都不过是经济事情底反映。（施存统："唯物史观在中国的应用"，见《社会主义讨论集》，上海：新青年社 1922 年，第 429—430 页）

③ Hayek,F.A.1944.The Road to Serfdom. George Routledge & Sons:12.

④ Hayek,F.A.1944.The Road to Serfdom. George Routledge & Sons:50.

⑤ Romer, P.M. 1993. "Two strategies for economic development: Using ideas and producing ideas." Proceedings of the World Bank Annual Conference on Development Economics 1992:63−115.

⑥ Aghion P, Howitt P.2009.The economics of growth. MIT, Cambridge:80.

⑦ 康有为："答南北美洲诸华商论中国只可行立宪不能行革命书"（1902 年 5 月），见《康有为全集》（第六集），中国人民大学出版社 2007 年版，第 332 页。

生转换，遂促成后续制度由帝制而共和之剧变发生。傅斯年曾论"王安石变法"说："其改革之总用意，亦为富国强兵，以雪契丹之耻"。故不仅其用心不可非，"即其各法，亦多有远见之明，此固非'不扰民'之哲学所赞许，却暗合近代国家之所以为政也。"①罗志田认为这是一个非常深刻的观察，盖王安石的"变法"实已触及社会结构的根本改变，成败当从制度及其背后的基本价值观念看。②罗志田将傅斯年此观点与晚清学者夏曾佑关于清季立宪的观点相垺。罗志田认为夏曾佑很早就意识到立宪这一改革的根本性和整体性，故在1905年就提出，仿效外国立宪"当师其意，而不必袭其名"。因此，他希望朝廷在"改政体时，不当尽求之于法学家，而必求之于哲学家"③。罗志田认为这一看法不仅在当时没引起什么反响，后来也少见跟进，唯与傅斯年的看法略相近。据此，罗志田感叹，传统政治哲学早已为体制所固化，只有从基本价值观念上开始转变，并据此对体制进行更易，才有成功的可能。夏、傅二位的睿见提示着后之研究者，当从基本的思想层面去认识和思考制度的变革。④罗氏之睿见亦反映出思想层面之变化对制度变革的强烈影响，甚至暗示着某种由此及彼的因果关系。

尽管学者们对"思想"等非实物因素在推动经济增长进而推进工业化、现代化过程中的重要作用从理论上高度重视并进行充分的论证也仅仅是最近的事情，但马克思恩格斯文献中提供给我们的某种直觉的认知，恰恰反映了马克思主义创始人对人类社会发展进程的充分的理论把握。

以色列著名学者什洛莫·阿维内里在其《马克思与现代化》一文中也认为："马克思论述欧洲现代化的重要之处，在于他没有把欧洲的现代化归

---

① 傅斯年：《中国民族革命史》（手稿），台北：中研院史语所藏。转引自罗志田"革命的形成：清季十年的转折（上）"，《近代史研究》2012年第5期。
② 罗志田："革命的形成：清季十年的转折（上）"，《近代史研究》2012年第3期。
③ 夏曾佑："论日胜为宪政之兆"（1905年5月），见《夏曾佑集》，上海古籍出版社2011年版，第341页。
④ 罗志田："革命的形成：清季十年的转折（中）"《近代史研究》，2012年第6期。

因于工业革命和技术变革……而是认为技术的变化与革新乃是由社会制度、习俗和社会行为的变化所引起的。"① 而后者的"变化"恰恰激发于伟大的文艺复兴运动和启蒙运动。可以说，思想的变迁所引发的制度及文化的演化推动了技术革命和工业的发展。乔治·莫基尔总结了启蒙运动所塑造的文化观念，他认为这些特殊的文化观念为后来科技的进步乃至工业起飞提供了坚实的思想基础。② 莫基尔把这些文化观念的特征概括为以下几方面。（1）遵循"培根准则"，即科学研究的方向应该是务实目标，为人类的物质条件的改善而努力。这一务实特点对于科技的提升十分重要，因为这使得"新思想创造过程"区别于其他纯粹为满足思辨需要的旧思想活动（巫术、宗教等）。（2）应该创造桥梁让科学和技艺相结合，互相借鉴。（3）人类社会的进步不仅仅是值得向往的，也是真切的，可以通过知识研究实现。（4）所有的知识、思想，无论新旧，都可以挑战、批评，不存在绝对的权威。（5）所有的知识、思想都应该不断被检验（如重复实验），使之更为可靠。③

对于思想在历史发展过程中的更能之理解，亦有完全相反之看法。"那种认为其他时空之中思维活动（conscious life）的产物具有影响显示能力的想法，或者将它们作为追求真理的努力加以认真对待的想法，很早以来一直受到来自各个方面的攻击。一方面有来自'深层'和行为主义心理学的主张，另一方面则是来自各种社会科学、语言决定论、福柯的'话语'霸权理论等等。任何人，只要他强调思想在人类事务中的作用（尽管思想被设想是一种积极的思维过程，而不是既定的态度或'心态'〈mentalities〉），他就必定会被人们怀疑为具有软心肠的（tender-mindedness）、精英主义的、

---

① 塞缪尔·亨廷顿等：《现代化：理论与历史经验的再探讨》，上海译文出版社1993年版，第9—10页。
② 莫基尔："李约瑟之谜与东西方分途——从科技史视角看大分流"，《量化历史研究》2017年第Z1期，第70—89页。
③ 莫基尔："李约瑟之谜与东西方分途——从科技史视角看大分流"，《量化历史研究》2017年第Z1期，第70—89页。

'非科学的'态度，以及对于利益（不管如何界定）在人类事务中的决定作用采取了唯心主义的漠视态度。"① 这种批评顺便又错误地把经济决定论作为唯物主义的代名词，对这种批评态度我们当然抱以批评的态度。

当然，正如英格尔哈特在其名著《发达工业社会的文化转型》中所言："在本书中，我们的论证不是一种文化决定论，我们同样也不赞同经济、技术、社会或政治决定论。因为在我们看来，这些因素彼此密切相关，考察它们的关联能提供很多信息并且也很有趣，但是断言其中任何一个是推动其他因素的最终动因则都是没有意义的。不过我们还是要做出一个有限的断言，即文化是促进社会形成的本质因素。"② 亦如波兰尼所说："历史不是由任何单一因素形塑的。"(History is not shaped by any single factor)③ 我们在此想说的是，虽然我们的论证不是思想决定论，但我们也要做出一个有限的断言，即思想是促进社会形成的本质因素。毕竟，思想是文化的种子。"思想是人事的种子。人事的功能，全在思想，人事的发生与继续，全赖这个思想，而万事的毁灭，就是思想的断绝。"④

当然，思想的觉醒和形成，进而对社会创新产生强大的推动作用，离不开传递思想的渠道和方式。麦克洛斯基之所以特别推崇修辞在工业革命形成中的甚至居于至高无上之地位，就是看中修辞这一思想的表象通过某种方式传播于社会人心之功效。⑤ 明治维新时期，日本企业家们自称为实业家并以此为自豪。⑥ 萧公权认为，此一经济成长的关键性看法，对日本工业

---

① 本杰明·史华兹：《古代中国的思想世界》，程钢译，江苏人民出版社 2013 年版，第 3 页。
② 英格尔哈特：《发达工业社会的文化转型》，张秀琴译，社会科学文献出版社 2013 年版，第 12 页。
③ Polanyi, Karl.2001. The Great Transformation: The Political and Economic Origins of Our Time. Beacon Press:227.
④ 杜任之编：《民族社会问题新词典》，1936 年民国觉民书报社刊本，第 108 页。
⑤ McCloskey, Deirdre N.2010.Bourgeois Dignity: Why Economics Can't Explain the Modern World. The University of Chicago Press.
⑥ Hirschmeier, Johannes. 1964. The Origins of Entrepreneurship in Meiji Japan. Harvard University Press:173.

和商业的开拓具有实质上的贡献。① 在谈到各类创新失败的社会根源时，美国学者佩德拉萨 - 法里纳提出了一种"社会网络型创新失败"的思想，认为其根源在于具有互补知识或专长的社群之间缺乏社会互动。其实质，是有关新思想的信息受到了阻碍，无法达到受众。因此作者建议需要制定有效的制度措施推进新思想在社会的自由流动。② 修辞渠道或者制度渠道，对于某种思想对解决社会或科学复杂问题之功效或促成思想而为社会思潮，皆具重大作用。

---

① 萧公权：《近代中国与新世界：康有为变法与大同思想研究》，汪荣祖译，江苏人民出版社 1997 年版，第 298 页。

② Pedraza-Farifla,Laura. 2017. "The Social Origins of Innovation Failures." SMU Law Review,70:377-446.

第三节　现代化理论的两个流派

英格尔哈特指出："现代化理论分为两大学派：一个是马克思主义学派，宣称经济、政治和文化紧密联系，经济发展决定了一个社会的政治和文化特征；另一个是韦伯主义学派，宣称文化塑造经济和政治生活。"[①] 此观点认为，关于现代化理论，马克思主义是经济决定论，韦伯主义是文化决定论。杨庆堃在谈到韦伯的《新教伦理与资本主义精神》一书时也指出："相对于马克思学派的唯物论，他（韦伯）提出一套强而有力的不同见解：理念与理想并非总是物质环境的反映，它可以成为引发社会经济变迁的真正独立自发的动力。"[②] 这种观点失之偏颇，下文还将对认为马克思主义是经济决定论的观点进行批评，此处暂不赘述，仅仅提前指出一点：马克思主义历史唯物主义是从发生学的意义上来看待经济基础与文化或思想等上层建筑之关系的，即先有一定的生产方式和生产关系才有文学宗教等，并没有说有什么样的生产方式和生产关系就会有什么样的文学宗教；相反，马克思恩格斯十分重视宗教、文化、制度等对生产力的促进或阻碍作用。另外，韦伯主义的文化决定论如果从发生学意义上看，是错误的。但是如果超越了人类历史的一定发展阶段，比如人类跨越自然神及与之伴随的前农业（采摘游猎）阶段，进入人造神及与之伴随的农业阶段之后——当然包括工业化（现代化的主

[①] 罗纳德·英格尔哈特：《现代化与后现代化：43个国家的文化、经济与政治变迁》，严挺译，社会科学文献出版社2013年版，第73页。
[②] 马克斯·韦伯：《韦伯作品集（Ⅴ）中国的宗教、宗教与世界》（附录一），康乐、简惠美译，广西师范大学出版社2004年版，第337页。

要指标）阶段与后工业化阶段，文化的力量在决定现代化走向中的权重越来越大。这也就是为什么英格尔哈特随后即说："我们解释的联系表明，至少其中一种现代化理论的版本是正确的。"[①] 当然，作者此处不言自明，其倾向于韦伯主义的文化决定论，当然是在误判马克思恩格斯文本的背景之下。

有此观点的学者一般认为，在卡尔·马克思看来，经济条件和结构塑造了文化，但在韦伯看来，文化力量塑造了经济条件。这意味着，有些思想家认为经济环境和生产关系是塑造人们文化和决定他们命运的力量，而另一些人则认为文化习俗和价值观是塑造经济条件和决定人们未来的力量。休斯敦大学教授穆罕默德·瑞比认为："卡尔·马克思是最早提出社会中潜在的经济力量对宗教和意识形态等文化产品负有责任的历史哲学家之一。相比之下，马克斯·韦伯则认为，文化会产生某种形式的经济行为和职业道德，从而促进经济进步。这两种观点虽然基本上是合理的，但都是片面的，因此无法单独提供一个令人满意的解释，说明社会如何应对生活经济条件的变化，或是对规范生活的传统和价值体系的转变。在文明环境中，文化在改变经济行为中起着至关重要的作用；在过渡时期，经济力量和技术创新引领变革，并导致社会文化转型。"[②] 瑞比的观点和英格尔哈特的观点接近，都把马克思和韦伯作为两个截然对立的观点表述者。瑞比还指出："马克斯·韦伯观察了美国宗教团体的不同经济成就，他正确地指出，不同的宗教信仰和价值观在很大程度上导致了不同的经济结果。不同的态度、职业道德和观点能够产生不同的经济成就。卡尔·马克思观察到资本主义对人们的生活方式和社会关系的破坏性和腐蚀性影响，他也正确地认为，改变的物质条件和经济结构在很大程度上是改变人们的生活方式、态度和价值观的原因。然而，我认为，无论是文化本身，还是经济条件本身，都无法导致甚

---

① 罗纳德·英格尔哈特：《现代化与后现代化：43 个国家的文化、经济与政治变迁》，严挺译，社会科学文献出版社 2013 年版，第 73—74 页。
② Rabie, M. 2013. Global Economic and Cultural Transformation. Palgrave Macmillan:36.

至解释社会文化、社会经济和社会政治的深刻变革。"① 但最后，瑞比还是不得不承认文化的巨大作用："当我们共同努力改变我们的世界、创造历史时，正是文化使我们成为人类，能够彼此生活，彼此相爱。"②

我们这里对韦伯主义的文化决定论或思想决定论做一简要梳理，在随后的对经济决定论进行批判时我们再详述马克思的观点。

以《新教伦理与资本主义精神》等著作为代表，韦伯的基本命题是：近代资本主义之所以自发地出现在西方社会，根本上在于其独特的文化因素。西方社会的生活具有全面合理化的倾向，如近代官僚制度的组织化、资本主义文明的显现、世界观的世俗化、科学世界观的发展、民主主义的进步、家计与经营的分离等。其基本逻辑在于：一方面，西方资本主义产生了其他任何区域所没有的合理的劳动组织，这种劳动组织不但有利于物质资源的充分利用，而且有利于劳动力的充分流动和有效配置；另一方面，行为理性化使得社会信任从共同体内部转向社会个体之间，从而促进了市场半径的扩大及社会消费方式的转变。同时，韦伯认为，西方社会的资本主义精神兴起主要源于新教改革运动，新教改革使得人们的关注从精神领域转向世俗领域，并在传统的禁欲主义和工具理性的指导下不断发展和壮大工商业。因此，工具理性、世俗生活和禁欲主义就成为西方资本主义兴起的基础。

在《新教伦理和资本主义精神》中韦伯认为，新教及其相应的宗教革命是形成资本主义精神的强有力因素，从而也是形成资本主义制度本身的强有力因素。一般认为，传统的天主教注重来世，其最高理想具有强烈的禁欲和苦行色彩，从而对现世利益往往会显得无动于衷，但新教徒抨击这种禁欲理想，而看重现世的物质享乐，尤其强调世俗的工作。不过，韦伯反对这种将苦修来世、禁欲主义、宗教虔诚与身体力行的资本主义对立起

---

① Rabie, M. 2013. Global Economic and Cultural Transformation. Palgrave Macmillan:168.
② Rabie, M. 2013. Global Economic and Cultural Transformation. Palgrave Macmillan:198.

来的观点，而是认为，新教徒将一种异乎寻常的资本主义商业意识和一种渗透并支配着整个生活的极其狂热的宗教虔诚天衣无缝地结合在一起。在韦伯看来，正是在宗教的感召下，西方社会形成了一个独特观念：个人对天职负有责任，这成为资产阶级文化的根本基础。[①] 韦伯认为，16—17 世纪资本主义"精神"作为一种全新的态度或动力源自路德新教改革，尤其是加尔文主义的天职观。但是，也有人认为："英格兰具有一种韦伯式的'新教伦理'（Weberian 'Protestant Ethic'）——不仅在新教改革之后，而且在新教改革之前很久。……从乔叟的作品和 14 世纪以来的法律档案可以看出，英格兰正在完成一种攫取的、贪财的、理性的、非互嵌的资本积累。"[②] 当然，此处的异见只是仅就这种"精神"出现的早晚而言，而非涉及其功能。

路德的天职观可以概括为：将上帝的召唤从中世纪的基督徒整体恢复到基督教早期的个人，同时摒弃了基督教早期的轻视尘世的倾向，通过上帝赋予基督徒个人在尘世各种不同的职业和身份，互相服务，继续上帝的创世的工作。天职具有世俗性、神圣性和平等性，并且不限于职业，人的各种身份及职责，都是上帝赋予的天职。[③] 路德强烈反对当时天主教教徒以托钵乞食为生的行为方式，而是强调苦行主义，不仅要求坚守传统的消费标准，还要辛苦劳动。在路德看来，履行世俗义务是上帝应许的唯一生存方式。其理由是，上帝使个人所处的客观历史环境直接地表达了上帝的意志，每一种正统的职业在上帝那里都具有完全同等的价值。为此，个人就应当永远安守上帝给他安排的身份、地位和职业，把自己的世俗活动限制在生活中既定的职业范围内。正是基于这种阐释，新教的职业概念就包含了对人们日常活动的肯定评价，并赋予了个人道德获得所能采取的最高形式。同

---

① 马克斯·韦伯：《新教伦理与资本主义精神》，于晓等译，生活·读书·新知三联书店 1987 年版，第 28 页。

② 艾伦·麦克法兰：《现代世界的诞生》，管可秾译，上海人民出版社 2013 年版，第 59 页。

③ 林纯洁："天职观与马丁·路德的世界重构"，《历史教学》2009 年第 22 期。

时，正是由路德发其端，职业思想就成了所有新教教派的核心教理：上帝应许的唯一生存方式，不是要人们以苦修的禁欲主义超越世俗道德，而是要人完成在现世里所处地位赋予他的责任和义务，这就是天职。①

　　路德宗强调神的呼召是在职业之中体现出来的，使得职业本身近乎成了固定的、不可变更的选择，从而隐含着一定程度的消极服从的特征。路德的天职观中本身有积极的因素，也有消极的因素。积极在于赋予尘世劳动以神圣性，使人更加积极地投入尘世的职业中；消极在于路德过分强调人对权威和现状的顺从，这也渗透到天职观中。路德的天职观，无法摆脱保守主义的束缚，与资本主义精神更是没什么联系。②

　　加尔文宗则认为只要能最大限度地彰显神的荣耀，职业本身作为一种工具是可以变换的，"职业的成就"才是彰显神的荣耀的关键所在。加尔文以一种与自由意志相反的形式复活了古代的预定论学说：基督受死以后救赎的不是全体世人，而只是为上帝所特选的被救赎者；挑选出来的灵魂预先注定要被拯救，而其他人的灵魂则被抛弃。同时，加尔文将预定论学说和"神的感召"学说结合起来：上帝赋予每一位信徒一种世俗的作用，让他有机会证明其价值。进而，证明自身价值，以及显示是否是上帝选民的机会就是世俗的成功，它是一种获得赦免的显而易见的标志。这样，日常经济动机就被赋予了强烈的宗教激励，进而就转化为人们看重经济成就的强大动力。同时，加尔文教派还继承了基督教禁欲主义的传统，这就使得新教徒在世俗成功中获取的经济收益只能用作进一步投资，进行追加资本的积累，如此循环往复就促进了资本主义的不断发展。

　　韦伯说："近代资本主义扩张的动力首先并不是用于资本主义活动的资本额的来源问题，更重要的是资本主义精神的发展问题。不管在什么地方，

---

① 朱富强："建党百年重审韦伯新教伦理命题"，《东北财经大学学报》2021 年第 4 期。
② 林纯洁："天职观与马丁·路德的世界重构"，《历史教学》2009 年第 22 期。

只要资本主义精神出现并表现出来，它就会创造出自己的资本和货币供给来作为达到自身目的的手段。"① 韦伯将西方打破传统主义障碍的精神动力归之于加尔文教派的"天职观"。因为天职观念使劳动获得了新的含义：它是对上帝的责任，是一种绝对的自身目的。用韦伯自己的话说："劳动是一种天职，是最善的，归根到底常常是获得恩宠确实性的唯一手段。"② 于是，一种全力以赴的工作态度出现了，雇佣劳动者和企业家缺乏专注和创新精神的问题就这样因他们自身的心理转变而被克服了。与此同时，加尔文教徒还拒绝享受他们创造出来的财富。因为在他们看来，"人只是受托管理着上帝恩赐给他的财产，他必须像寓言中的仆人那样，对托付给他的每一个便士都有所交待"。③ 这样，当谋利活动与消费的限制结合在一起的时候，"一种不可避免的实际效果也就显而易见了：禁欲主义的节俭必然导致资本的积累"。因此，韦伯认为加尔文教派对于西方资本主义精神的产生"发挥过巨大无比的杠杆作用"。④

美国社会学家巴巴利特认为："韦伯对马克思的历史唯物主义不是一种针锋相对的批判，而是温和的反驳。"⑤ 而美国社会学家塔尔科特·帕森斯认为，韦伯的《新教伦理与资本主义精神》是专为反对马克思的历史唯物主义而作的，这似乎有些夸大。⑥ 因为韦伯在论述这一问题时，并没有否认马克思所注重的经济和制度因素。在《世界经济通史》中分析资本主义产生的前提条件时，韦伯列举了生产资料私有制、经济生活的商品化、自由市

---

① 韦伯：《新教伦理与资本主义精神》，于晓等译，生活·读书·新知三联书店 1987 年版，第 49 页。
② 韦伯：《新教伦理与资本主义精神》，于晓等译，生活·读书·新知三联书店 1987 年版，第 140 页。
③ 韦伯：《新教伦理与资本主义精神》，于晓等译，生活·读书·新知三联书店 1987 年版，第 133 页。
④ 韦伯：《新教伦理与资本主义精神》，于晓等译，生活·读书·新知三联书店 1987 年版，第 135 页。
⑤ Barbalet, Jack.2008.Weber, Passion and Profits: 'The Protestant Ethic and the Spirit of Capitalism' in context. Cambridge University Press:3.
⑥ 转引自柴惠庭《英国清教》，上海社会科学院出版社 1994 年版，第 229 页。

场以及为了生存而在市场上自由出卖劳动力的工人阶级存在等，[①] 这同马克思在《资本论》中的论述几乎完全一致。即使在专论资本主义精神的《新教伦理与资本主义精神》中，他也忘不了郑重申明："必须首先考虑经济状况，因为我们承认经济因素具有根本的重要性。"[②]

韦伯认为历史唯物主义低估了思想文化的地位和作用。在他看来，思想文化并不只是"经济状况的反映，或曰是其上层建筑"[③]。思想文化因素是自主的，它们能够以同等的重要性同经济因素发生交互影响。他认为资本主义之所以兴起于西方世界，除了那里具有历史唯物主义提到的物质因素之外，还有一种独特的、源于西方文化深处的精神动力在起作用。这就是"资本主义精神"，即合理地、系统地追求利润的态度。要是没有这样一种精神，资本主义在西方的兴起同样是不可能的，这种精神即来源于以新教伦理为代表的宗教思想。我国学者贺麟曾对韦伯于此之观点做了总结：韦伯的"总结论，是认为近代资本主义的实现，并非由于物质的自动，经济的自决，乃凭借许多理智的，政治法律的，精神的道德的，宗教的条件而成。他叫作'合理的长时间存在的企业，合理的簿记，合理的技术，合理的法律，与合理的精神态度（Gesinnung），生活态度，和合理的经济道德'"[④]。

那么，新教运动果真是资本主义的起因吗？其实，韦伯的基本命题自提出伊始就引起了争论和质疑。后来韦伯本人也意识到这一说法的局限，并将新教精神列为诸多促进资本主义发展的因素之一。尽管如此，这一观点还是受到历史学界的广泛质疑。比如英国史学家理查德·托尼在其《宗教与资本主义的兴起》一书中提出，"资本主义精神"同历史一样古老，它并

① 韦伯：《世界经济通史》，上海译文出版社1981年版，第234-235页。
② 韦伯：《新教伦理与资本主义精神》，于晓等译，生活·读书·新知三联书店1987年版，第15页。
③ 韦伯：《新教伦理与资本主义精神》，于晓等译，生活·读书·新知三联书店1987年版，第39页。
④ 贺麟："物质建设现代化与思想道德现代化"，《今日评论》1940第3卷第1期，第6-16页。

不像人们有时所说，是清教（清教属于新教的一个分支，信奉加尔文主义）的产物。但它确实在后期清教的某些方面找到一种激励因素，这种因素激发了它的力量，增强了它原本就具备的朝气。①托尼其实赞同经济学大师凯恩斯对现代资本主义的看法："现代资本主义是绝对反宗教的，它没有内部联合，没有多少公共精神，通常（虽说并非总是）仅仅是一群有产者和逐利者的聚合体。"②

托尼最有影响力的批评是，重要的资本主义制度，如银行和长距离信贷，先于宗教改革。在他对中世纪晚期经济史的调查中，托尼发现企业家精神并不匮乏，并观察到，"说资本主义企业只有当宗教变革已经产生出一种资本主义精神之后才能出现，这种说法有点牵强附会。……韦伯忽略了，或者说至少是太少触及思想运动，这种运动有助于商业企业的发展，有助于一种对待经济关系的个人主义态度，但它同宗教没有什么关系。文艺复兴的政治思想就是其中之一。正如布伦塔诺指出，马基雅弗利对于传统伦理限制产生的消解作用至少同加尔文的作用一样强大。生意人和经济学家关于金钱、价格和外贸的思考是第二种。这两种思想都导致全神贯注于金钱利益的倾向，也就是韦伯所理解的资本主义精神"③。托尼在此提出了一个十分重要的观点，那就是思想对于经济发展的极端重要性。当然，如果把韦伯关于新教伦理精神理解为一种思想，也并非不妥。

瑞典经济历史学家库尔特·萨缪尔森也提出了最有力的批评，他对韦伯论文的三个基本主张提出了质疑：（1）现代资本主义的实践早于宗教改革；（2）韦伯误解和夸大了清教徒主义的影响；（3）资本主义不需要世俗的禁欲主义。像托尼一样，萨缪尔森认为，有大量证据表明，资本主义在16

①　托尼：《宗教与资本主义的兴起》，赵月瑟、夏镇平译，上海译文出版社2006年版，第136页。
②　Keynes, J.M. 1972. The Collected Writings of John Maynard Keynes: Volume IX: Essays in Persuasion. Cambridge University Press for the Royal Economic Society:267.
③　托尼：《宗教与资本主义的兴起》，赵月瑟、夏镇平译，上海译文出版社2006年版，第209页。

世纪之前就已经扎根了。萨缪尔森认为，加尔文主义对资本主义伦理的矛盾程度远远超过韦伯所理解的。他还声称，新教徒的节俭也不能解释资本主义突破所需要的足够的积累。①

麦克罗斯基也呼应了托尼对韦伯的反驳。对麦克罗斯基来说，是创新而不是积累解释了西方资本主义的突破。与其说是改革中假定的节俭和职业道德，不如说是这个时代出现的一种新的"无限创新"修辞（即语言上的修辞），为工业资本主义提供了政治力量和道德理由。② 从这个意义上讲，新教可能通过在西北欧的资产阶级中提供一种新的语言修辞上的激励和新的信心而变得重要。

以往对韦伯命题的研究主要集中在概念分析、神学思辨和定性方面，缺乏足够的定量证据。贝克尔和沃斯曼于2009年发表的文章《韦伯错了吗？》，首次从量化研究方面对韦伯命题进行了检验。③

作者在研究中指出，新教倡导人人可以阅读圣经，从而提高了人们的识字率，推动了人力资本水平的提升。是人力资本，而不是新教的思想伦理，导致了经济的增长。研究韦伯假说，普鲁士是非常值得关注的地区。这里既是韦伯思想形成的地方，又是路德新教改革活动风起云涌的地方。1517年10月31日，马丁·路德在德国维滕堡城堡教堂大门上张贴《九十五条论纲》，是新教改革的标志性事件。到了19世纪，普鲁士地区大约有三分之一的人信新教，三分之二的人信天主教。作者认为，新教改革的确促进了教育的发展。马丁·路德在倡导人人阅读圣经的同时，也间接提高了新教教徒的识字比例，增加了学校的供给，促进了教育的发展，提高了人力资本。作

---

① Samuelsson, Kurt. 1993. Religion and Economic Action: A Critique of Max Weber. University of Toronto Press.

② McCloskey, Deirdre. 2010. Bourgeois Dignity: Why Economics Can't Explain the Modern World, University of Chicago Press.

③ Becker, Sascha O. and Ludger Woessmann. 2009. "Was Weber Wrong？ A Human Capital Theory of Protestant Economic History." Quarterly Journal of Economics ,124(2): 531−596.

者发现，新教教区县比天主教区县的识字率高出 9.9%。鉴于当时德国平均识字率仅为 87.5%，这个差距还是很有实际意义的。作者最终认为新教倡导人人可以阅读圣经，从而提高了人们的识字率，推动了人力资本水平的提升。是人力资本导致了经济的增长，而不是新教的思想伦理。

2016 年，贝克尔领衔对宗教改革的相关文献做了总结。该文对宗教改革研究做了系统的梳理，有助于更全面地认识宗教文化和社会经济变迁的关系。[1] 作者认为，新教改革是过去一千年中发生的决定性事件之一，500 年过去了，需要对此进行认真梳理。

为了更好地了解宗教改革，16 世纪的政治经济背景不容忽视。当时欧洲天主教是唯一的宗教资源供应商，凭借这种垄断地位，教廷与封建王公结成了联盟关系，掌握巨大的资源。但是，宗教垄断地位带来了四个难以解决的问题。第一，随着经济的发展，更多新的世俗和属灵需求不断产生，而这种多样化宗教需求难以由垄断的宗教供应商——天主教来提供。第二，垄断必然带来腐败和低效。第三，为了控制大量的信众，天主教会不得不投入巨大的资源提供物质上和精神上的福利。如果福利不能得到充分的供给，信众就有背叛的风险。第四，虽然天主教与封建王公形成了一个政教联盟，但是由于天主教要价太高，封建王公可能选择出价更低的新教，支持新教以谋取其自身利益的最大化。

到新教改革前夕，天主教的以上弱点和优势并存。因此，当宗教改革发生时，不同地区将依据当地具体条件决定是选择新教，还是坚持天主教。各地诸侯的不同选择，需要结合当地的情况具体分析。关于宗教改革的动力，贝克尔等人认为，宗教改革的动力可以从供给侧和需求侧两个角度来分析。供给侧包括了多种正反因素的影响。第一，印刷机的传播和书商的竞争，

---

[1]　Becker, Sascha O., S. Pfaff , and J. Rubin .2016. "Causes and Consequences of the Protestant Reformation." Explorations in Economic History,6:1−25.

促进了新教的传播。第二，奥斯曼帝国的入侵。为了应对伊斯兰教代表的更大的宗教威胁，哈布斯堡王朝将镇压新教的资源，改投到抗击土耳其人的前线，从而有助于新教传播。第三，受到宗教意识形态影响的德国大学生。不同宗教控制的城市中大学生的来源地不同。那些在新教城市接受大学教育的学生将把新教传播到他的家乡，那些在天主教城市接受大学教育的学生有助于巩固其家乡的天主教信仰。

在宗教改革的需求侧，也包括多种因素。第一，一个国家的"邻国"接受新教时，该国会更容易接受新教。第二，经济表现更低效的地区（更高的农业潜能却拥有更低的人口），更容易选择新教。因为经济低效是天主教的宗教垄断导致的，于是封建王公有动力抛弃天主教。第三，信仰和文化因素。例如，圣徒崇拜降低了改信新教的可能。实行长子继承制的地区被认为更难接受新教，因为这些地区的阶层更稳定。

关于宗教改革的影响，也有正反两个方面。关于积极影响方面，一是提升了人力资本，如前所述，贝克尔等人 2009 年的研究认为，新教区拥有更高的识字率。二是在工作伦理方面更积极。是否真的存在工作更加努力和储蓄更加积极的新教伦理呢？现代德国微观数据表明，新教徒的确工作时间更多。在瑞士关于延长休假的公投中，新教徒投票赞成的比例较天主教徒低 40%。也有研究使用欧洲和全球数据，发现新教徒失业时，其幸福感有更多的下降。三是提升了经济绩效。通过人力资本和工作伦理两个路径，新教将影响到经济发展。现有研究也的确能找到一些证据。例如，新教改革后，新教国家收入开始超过天主教国家，这一差距一直维持到 19 世纪 60 年代。使用神圣罗马帝国城市数据也发现，在推出了教会法令（Church Ordinances）将大众教育正式化的新教城市拥有更快的人口增长率。此外，新教徒少数派（生活在天主教徒区域的新教徒）将比天主教少数派（生活在新教徒区域的天主教徒）更可能成为企业家。宗教改革还对大学专业选择产生了影响，由于关闭修道院等原因，大学生开始更多地转向法律等世俗专业，而不是神学。① 关于政治影响方面，贝克尔等人的研究表明，宗教改革对国家体系、议会制度、社会福利等有一定积极作用。

关于宗教改革的消极方面，贝克尔等人认为，不能忽视宗教改革带来的负面影响。例如，在猎巫盛行的近代早期，宗教冲突更多的地方，会出现更多审判巫师的行为。这是由于两个教派通过审判巫师的方式争抢地盘。还例如，宗教改革之后，由于新教徒开始涉足传统上由犹太人经营的高利贷行业，基督教和犹太人冲突加剧。于是，新教地区的反犹情绪上升。新教地区拥有更高纳粹支持率和自杀率。②

也有学者对新教在中国的传播影响经济增长的绩效做了实证研究。鸦片战争，既是近代中国苦难的开始，也是西方文化思想在中国传播的起点，大规模的传教也从无到有，而国内大部分教会举办的医院和学校也如雨后春笋般出现，在这段历史的土壤里，也可能孕育着解答韦伯命题在中国是否成立的证据。

白营（Ying Bai）和龚启圣（James Kai-sing Kung）将目光聚焦于1840年到1920年这段历史：1840年鸦片战争后，西方传教士大量进入中国；1900年前后爆发的义和团运动也成为推动传教士在中国发生地理迁移的外生力量。通过这些历史观测窗口，两位作者捕捉到了宗教传播对中国经济社会发展产生的影响。③

1840年的鸦片战争是中国近代历史的起点，也是中国融入世界发展体系的开始。尽管中国此后经历了漫长的战乱，但以往"闭关锁国"的国策

---

① Becker, Sascha O. and Ludger Woessmann .2009. "Was Weber Wrong？ A Human Capital Theory of Protestant Economic History." Quarterly Journal of Economics ,124(2): 531-596.
② Becker, Sascha O., S. Pfaff , and J. Rubin .2016. "Causes and Consequences of the Protestant Reformation." Explorations in Economic History ,6:1-25.
③ Ying Bai and James Kai-sing Kung. 2015. "Diffusing Knowledge While Spreading God's Message: Protestantism and Economic Prosperity in China, 1840-1920." Journalof the European Economic Association,13(4): 669-698.

也被一系列的开放通商口岸的条约打破，从那时起，西方传教士开始大规模进入中国，传教活动在很多县市经历了从无到有。到 1920 年，新文化运动、五四运动呈燎原之势，中国知识分子已经开始自发地引进西方的"民主"与"科学"。因此，从 1840 年到 1920 年，西方宗教在中国自由传播，这一时期也成为良好的观测和研究窗口期，但仅凭此优势，依然无法排除宗教传播与经济发展之间潜在的反向因果关系。

经济基础条件好的地区，更容易接受上帝福音，因而牧师也更愿意去传教，我们不否认这种可能，但却给研究带来了不容小觑的内生性干扰。因此，急需一个外生冲击，使得教区选址既不是来自传教士的主观意愿，也不是来自当地的社会经济条件，而是一个随机选择。1900 年左右的义和团运动为研究提供了一个有价值的外生冲击。义和团运动起初是抵制西方传教士，后来才逐步演化成全面的"排外"运动。与此同时，长江以南多个省份联合签订"东南互保协定"，明确主张保护西方传教士。

因此，在此期间，一旦某个县市爆发义和团运动，传教士便纷纷逃到签署"东南互保协定"的省份。义和团运动冲击了原有传教士的分布格局，逃难的路上以及避难的目的地都留下了传播福音的踪迹，若能捕捉到这种外生冲击产生的踪迹，便可得到评估宗教对经济增长的影响的工具变量。

传教士在中国除了传播上帝的福音之外，还建立了各级学校和医院。因此，作者将每万人的教会初小学生数量、高小学生数量、中学学校数量和医院数量作为教会活动度量的控制变量加入回归方程，发现新教传播对经济增长的影响不再显著，而教会活动对城市化率的影响主要来自高小、中学和医院，而不是初小。初小主要是扫盲教育，高小和中学则提供职业培训和系统的西方科学知识教育，而医院则带来了西方的医疗知识，由于所有的信众占总人口的比例还不足 0.1%，因而作者认为新教对于经济繁荣的影响不可能是来自工作伦理或识字率，而是科学技术知识的传播。作者通过进一步控制读经学校的数量，发现宗教观念的传播对城市化率没有显著影响，证实了"知识传播"假说的稳健性。随后作者通过一个三阶段估计发现，新教对于经济繁荣的贡献90%来自知识的传播。

虽然韦伯认为新教可能不会像在欧洲那样在中国起作用，然而白营和龚启圣的证据表明，新教传播对20世纪初期中国经济增长具有显著贡献，但这种贡献不是来自识字率的影响，而是来自教会建立的学校和医院传播了大量现代经济增长所需的"有用"知识。这一观点印证了莫基尔在《雅典娜的礼物：知识经济的历史起源》中的论述，即有用知识的创造、扩散和应用在现代西方经济增长中发挥着重要作用。[①] 关于有用的知识，莫基尔的定义是："有用知识是针对自然现象而言的，这些知识具有转化为实际应用的潜力，如可以生产出人工器物、材料、能源和生活用品。"[②]

诺贝尔经济学奖获得者库兹涅茨指出，促进人均产出增长最伟大的因素，是经过检验的、有用知识的存量不断增长。[③] 麦克洛斯基认为："识字教育也会阻碍新技术的吸收，它会产生不利于创新的死记硬背的文牍主义。在这种情况下，人力资源的积累可能是个坏主意、负资本。若社会学和政治学有碍创新，例如在中华帝国末期，教育也可能不利于经济增长。"[④]

根据台湾学者熊秉元的统计，从对历史上各朝编修全书的统计可知，从最早的东汉班固（32—92年）编撰的《汉书·艺文志》开始，到清朝的《四库全书总目》（1781年），有资料可循的，共编修过八次。民国之前的历次盘点中，经史子集书籍的数量在全书中所占的比例都超过70%，最高的时候，是1368—1644年的《明史·艺文志》，达到95%以上。西方文艺复

---

① 莫基尔：《雅典娜的礼物：知识经济的历史起源》，科学出版社2011年版。
② 莫基尔：《雅典娜的礼物：知识经济的历史起源》，科学出版社2011年版，第3—4页。
③ Kuznets, S. 1960. "Population Change and Aggregate Output." In: Demographic and Economic Change in Developed Countries. Princeton University Press, Princeton, NJ.
④ McCloskey, Deirdre N.2010.Bourgeois Dignity: Why Economics Can't Explain the Modern World. The University of Chicago Press:162—163.

兴前夕（14世纪前）比例是90%左右，而在明清两代，西方发生工业革命时（1776年），升到95%。[1]

由此可见，和自然相关的有用知识的匮乏对于中华帝国之工业革命滞后起着相当的作用。所以，不能简单地把人力资本或知识存量归为经济增长的重要拉动因素，重要的还有人力资本的结构、知识的结构。

不同的人力资本结构形成的原因，同样是一个大课题，我们只是简单做一描述。我们同意熊秉元的看法，具体而言，在地理结构上，中华大地是一个完整而相对平坦的区块，南有峻岭，东有大海，西有沙漠，只要北方的长城能挡住敌人，基本上无忧。当舟车器具进步到某一个程度，很容易就形成"单一权威"（single authority）的局面。自居为中土（The Central Empire），视周围规模不大的国家为藩属——这种主客观条件下形成的大一统，似乎比魏特夫的"洪水治理说"[2]更有说服力。李约瑟也是持这样一个观点。[3] 中华传统帝国有几点特质是显而易见的。首先，以读书人来运作庞大的官僚体制，比倚靠武将或商贾，明显要安全可靠得多。其次，和社会其他部门相比，行政体系是资源最多和力量最集中的利益集团。对皇权和官僚体系而言，"士农工商"的排序，最符合政权和读书人的利益。再次，维持皇权/官僚体系的地位，除了贬抑商业活动之外，最好避免各式各样的风险。尝试探险、发明创新、科学实验等，除了可能累积人力物力的资源之外，也隐含浓厚的不确定性和风险。而且，熟读经史子集的知识，并不足以了解机械器具。这些"奇技淫巧之末"所意味的未知和风险，当然愈少愈好。最后，农业，基本上是静态的；工商活动，基本上是动态的。无论是境内的商业活动，或对外的贸易，人员物资的流动性大，对行政体系而言，掌握不易，而且有潜在的风险。对帝国（皇权）和政权（行政官僚）而言，

---

① 熊秉元："李约瑟之谜幕前幕后"，《读书》2019年第7期。
② 魏特夫：《东方主义——对于极权力量的比较研究》，中国社会科学出版社1989年版。
③ 王思明："李约瑟与中国农史学家"，《中国农史》2010年第4期。

以农立国大概是最稳妥的发展轨迹。① 由此而形成的社会发展路径依赖机制，导致自秦至清，生产方式始终未有巨变，始终无法跳出以农业为主的生产方式转向以工业为主的生产方式。必须有鸦片战争之后西方文明的巨大冲击而产生的思想大转变，才可以跳出旧有的路径依赖机制，走向以工业文明为主导的现代文明发展方向。

关于宗教在全球经济增长中到底扮演了什么样的角色，戈德斯通认为，宗教扮演了一个中性的角色。"世界每个主要宗教都产生过卓越的思想家和全球贸易商，都经历过经济迅速增长的时期。但有一点似乎很明显：当有多种不同的宗教观点并存于一个多元化的、宽容的国家时，经济发展的活跃程度往往是最高的。反之，如果一个国家强制推行单一、僵化的宗教思想时，经济发展往往受到束缚并逐渐衰退。每种宗教的发展都面临过这种选择——是允许信仰自由还是推行正统宗教，在世界史的经济增长历程中，一个国家对待宗教信仰的态度往往比某一宗教自身的特点更重要。"② 其实，戈德斯通在这里并不是谈的宗教，而是一个国家的意识形态特点，即是开放的还是封闭的，是自由的还是压抑的。抑或说，作者误解了宗教思想中的一以贯之的理念在不同的历史时期，会有意无意地被当权者歪曲，或者是选择性运用。比如儒家思想中的"民主"理念，在传统中国根本没有得到真正的贯彻执行，而执政者所偏好的往往是那些儒家思想中对秩序的强调，如所谓"三纲五常"。

所以，韦伯的命题，从根本上说，是正确的。没有思想上的激变，就不可能有现实中利益格局的大调整，也不会有知识结构的调整、人力资本存量的变化，也就不会有大规模的实现工业革命突破所需要的"有用知识"的生产和传承。何兆武认为，对当时新教方面的宗教改革所产生的最强烈

---

① 熊秉元："李约瑟之谜幕前幕后"，《读书》2019 年第 7 期。
② 杰克·戈德斯通：《为什么是欧洲？》，关永强译，浙江大学出版社 2010 年版，第 62 页。

的反弹，乃是天主教方面的反改革运动（Counter-Reformation）。成为反改革运动急先锋的则是耶稣会，他们极力维护正统的神学世界观及其思想方法论，以之作为其反对近代科学和近代思想的武器。而明清之际，正是天主教方面反改革运动的传教士（尤其是耶稣会士们）担当了新西学东渐的唯一传播者，其主要人物利玛窦、汤若望等，均属于这个行列。假如当时中国方面所接触的不是由天主教传教士所传入的传统的神学世界观和思想方法论，而是近代经典科学的体系（哥白尼—开普勒—伽利略—牛顿）和近代的新思维方式（培根和笛卡尔）；那么中国的思想文化必然会呈现为另一种大为不同的新局面，从而大大有助于向近代社会的转化。因为众所周知，在西方，近代科学与近代思想引发并推动了近代社会的出现。所以，何兆武认为，思想固然要受时代与社会的制约，但是反过来，思想也可以左右时代与社会发展的趋向和步伐。近代科学与近代思想在西方近代史上所起的作用，就提供了一个例证。①

当然，学者们可以找到许多证据证明"不能将 1500—1850 年不同国家的经济发展或工业化水平简单地归因于各自的宗教信仰"②。但是，我们想说的是，韦伯命题的真理性在于其作为经济增长或现代化的必要条件，是不可或缺的。有了这种类似新教的精神，对于现代化不是万能的；但缺失此精神，则现代化是万万不能的。

当然，纯粹去追求所谓"有用的知识"而忽略"无用的知识"，也容易走上极端，毕竟，"无用的知识"往往会在不知何时发挥出巨大的生产力量，促进人类文明的发展。比如麦克斯韦、赫兹的物理学研究，高斯的数学研究，起初并不能看到这些研究到底有何用处，然而正是这些当时看似"无用的知识"，在人类探索文明的道路上起到了强大的推动作用。这就需要有一个能

---

① 何兆武："明末清初西学之再评价"，《学术月刊》1999年第1期。
② 杰克·戈德斯通：《为什么是欧洲？》，关永强译，浙江大学出版社2010年版，第56页。

够让思想自由畅想，让"好奇心"自由发挥的环境。正如弗莱克斯纳在其《无用知识的有用性》一文中所提出的："只要解放了一代代人的灵魂，这所机构就足以获得肯定，无论从这里走出的毕业生是否为人类知识做出过所谓'有用'的贡献。一首诗、一部交响乐、一幅画、一条数学公理、一个崭新的科学事实，这些成就本身就是大学、学院和研究机构存在的意义。"①

---

① Flexne,R. Abraham.1939. "The Usefulness of Useless Knowledge." Harper's Magazine, 179:551.

第二章　马克思恩格斯眼中的现代化与文明

第一节　文明的果实：基于科技创新的生产力

在马克思和恩格斯的讨论和考察中，文明往往是和现代社会联系在一起的。而在马克思眼里，"现代社会"即是资本主义社会。马克思在许多地方谈到"资本主义社会"时，往往在其前面冠以"现代"二字，称为"现代资本主义社会"，有时干脆称为"现代社会"。由于资本主义社会伴随着现代大工业和现代商业，因而马克思所讲的"现代社会"又通常指商业社会和工业社会。恩格斯即认为："'资产阶级社会'是指资产阶级、中等阶级、工业和商业资本家阶级在社会和政治方面是统治阶级的社会发展阶段；现在欧洲和美洲的所有文明国家在某种程度上就是处于这种阶段。因此，我们建议用'资产阶级社会'和'工业和商业社会'这样的说法来表示同一个社会发展阶段……'商业和工业社会'这个说法更多的是专门指这个社会历史阶段所特有的生产和分配方式。"① 同时，马克思凡是提到文明的时候，常常使用"现代文明""资产阶级文明""资本主义文明"，以及"现代资产阶级文明"表述，以区别于传统社会的古老文明。在马克思眼里，"文明"即

---

① 《马克思恩格斯全集》（第四十九卷），人民出版社2016年版，第238页。

等同于"'资本主义生产'这个历史阶段"①。而且，"不同的文明国度中的不同的国家，不管它们的形式如何纷繁，却有一个共同点：它们都建立在资本主义多少已经发展了的现代资产阶级社会的基础上"②。

之所以这样讲，是因为马克思和恩格斯很明确地把文明和生产力的发展联系在一起，以生产力发展的不同阶段体现文明的发展程度和阶段。比如："用来使被加工的材料产生某种机械变化的劳动工具，最早是以牲畜为动力，如犁；只在很晚的时候才以水（在更晚的时候才是风）为动力，如磨。第一种形式是文明的很早阶段就已固有的，那时尚未发展到工场手工业，而仅仅达到了手工业生产。同样，水磨也没有引起工业革命；在中世纪，水磨与手工业生产共存，而晚些时候又与工场手工业等共存。"③而且把"财富的增长和文明的进步"作为生产力发展的"最文明的民族"的表征④。马克思指出："手推磨产生的是封建主的社会，蒸汽磨产生的是工业资本家的社会。"⑤马克思把"已经获得的生产力"称作"文明的果实"。⑥而且，马克思第一次把生产力与人的本质力量联系起来，认为生产力的发展实质上就是人的本质力量的实现和发展，"工业的历史和工业的已经生成的对象性的存在，是一本打开了的关于人的本质力量的书……人们至今还没有从它同人的本质的联系上，而总是仅仅从外表的效用方面来理解"⑦。事实上，"生产力和社会关系——这二者是社会的个人发展的不同方面"⑧，"真正的财富就是所有个人的发达的生产力"⑨。马克思于此接续《共产党宣言》，重申生产力的发达与个人自由本质的应然统一性。

---

① 《马克思恩格斯全集》（第三十六卷），人民出版社 2015 年版，第 256 页。
② 《马克思恩格斯选集》（第三卷），人民出版社 2012 年版，第 373 页。
③ 《马克思恩格斯文集》（第八卷），人民出版社 2009 年版，第 330 页。
④ 《马克思恩格斯文集》（第十二卷），人民出版社 1998 年版，第 392 页。
⑤ 《马克思恩格斯文集》（第一卷），人民出版社 2009 年版，第 602 页。
⑥ 《马克思恩格斯选集》（第一卷），人民出版社 2012 年版，第 265 页。
⑦ 《马克思恩格斯全集》（第三卷），人民出版社 2002 年版，第 306 页。
⑧ 《马克思恩格斯全集》（第四十六卷）（下册），人民出版社 1980 年版，第 219 页。
⑨ 《马克思恩格斯全集》（第四十六卷）（下册），人民出版社 1980 年版，第 222 页。

在马克思恩格斯的眼里，"资产阶级在它的不到一百年的阶级统治中所创造的生产力，比过去一切世代创造的全部生产力还要多，还要大"①。这种生产力的发展，是以科技进步和工业化加速发展为代表的。"毫无疑问，随着文明的进步，人们不得不耕种越来越坏的土地。但是，同样毫无疑问，由于科学和工业的进步，这种较坏的土地和从前的好的土地比起来，是相对地好的。"② 在这里，马克思把"文明的进步"直接等同于"科学和工业的进步"。恩格斯也认为：由于蒸汽和新的工具机的出现，使得"工场手工业变成了现代的大工业，从而使资产阶级社会的整个基础发生了革命"③。相对于蒸汽机，电力的出现则更上一层楼。马克思曾这样评价说："蒸汽大王在前一世纪中翻转了整个世界，现在它的统治已到末日，另外一种更大无比的革命力量——电力的火花将取而代之，……这件事的后果是不可估计的。"④

马克思恩格斯把科技进步推动的生产力的发展作为"新时代"的标识。马克思恩格斯在经典著作中，深刻表达了科学技术对推动生产力起着关键作用的思想，深刻地揭示了科学技术必将是促进资本主义生产发展的重要生产力的观点。马克思在《资本论》中谈到机器和大工业时指出："我们首先想到的是自动走锭纺纱机，因为它开辟了自动体系的新时代。"⑤ 这里的"新时代"，代表了科技的进步和生产力的发展。恩格斯在《自然辩证法》中写道："化学上的新时代是从原子论开始的……相应地，物理学上的新时代是从分子论开始的。"⑥ 英国化学家道尔顿于1808年提出原子学说，合理地解释了当时的一些化学现象和规律，准确地阐明了化学变化是原子间的化合与分解，从此结束了化学的神秘性，完成了化学作为一门科学的第一次重大突

---

① 《马克思恩格斯选集》（第一卷），人民出版社2012年版，第405页。
② 《马克思恩格斯全集》（第二十七卷），人民出版社1972年版，第176页。
③ 《马克思恩格斯选集》（第三卷），人民出版社2012年版，第648页。
④ 拉法格等：《回忆马克思恩格斯》，人民出版社1957年版，第100页。
⑤ 马克思：《资本论》（纪念版）（第一卷），人民出版社2018年版，第501页。
⑥ 恩格斯：《自然辩证法》，人民出版社2018年版，第283页。

破。故而，恩格斯予以高度评价。恩格斯对俄国化学家门捷列夫于 1869 年所发现的元素周期表也给予了高度的评价，他认为："门捷列夫通过——不自觉地——应用黑格尔的量转化为质的规律，完成了科学上的一个勋业。"①恩格斯在《自然辩证法》一书中指出："在希腊人那里是天才的直觉，在我们这里则是以实验为依据的严格科学的研究的结果，因而其形式更加明确得多。"② 可以看出，马克思恩格斯高度认同科学在人类生产实践过程中作为推动生产力进步与发展的重要力量，科学的进步同时也是生产劳动者主体实践能力的充分展示。

马克思恩格斯把工业化作为文明的主要标志之一。恩格斯在 1847 年写道："我们现在可以看到，在文明国家里，几乎所有劳动部门都照工厂方式进行经营了，在所有劳动部门，手工业和工场手工业几乎都被工业挤掉了。"③ 恩格斯甚至认为："任何一个民族，如果被剥夺了工业，从而沦为单纯是庄稼汉的集合体，那是不能和其他民族在文明上并驾齐驱的。"④ 恩格斯还指出，"文明国家"与"野蛮国家"相比，只有前者才有繁密的铁路网⑤。

当然，有时候在对比"文明国家"与野蛮半野蛮国家时，马克思用的是反讽的语气。比如马克思在《鸦片贸易史》一文中说道："只要整个文明世界的压力还没有迫使英国放弃在印度强制种植鸦片和以武力在中国推销鸦片的做法，那么这第二次鸦片战争就会产生同样的后果。"⑥ 此处所说的"文明世界"，无论如何都不能说是"文明"的。在该文中，马克思对被称为野蛮人或半野蛮人的大清时代的中国政府与所谓的文明人组成的英国政府，做了比较："半野蛮人坚持道德原则，而文明人却以自私自利的原则与

---

① 恩格斯：《自然辩证法》，人民出版社 2018 年版，第 81 页。
② 恩格斯：《自然辩证法》，人民出版社 2018 年版，第 19 页。
③ 《马克思恩格斯选集》（第一卷），人民出版社 2012 年版，第 296 页。
④ 《马克思恩格斯全集》（第二十五卷），人民出版社 2001 年版，第 505 页。
⑤ 《马克思恩格斯全集》（第十卷），人民出版社 1998 年版，第 664 页。
⑥ 《马克思恩格斯选集》（第一卷），人民出版社 2012 年版，第 801-802 页。

之对抗。"① 此段文献中的"文明人"显然具有嘲讽意味。在《波斯和中国》一文中，马克思斥责英帝国的侵略者道："这些把炽热的炮弹射向毫无防御的城市、杀人又强奸妇女的文明贩子们，尽可以把中国人的这种抵抗方法叫作卑劣的、野蛮的、凶残的方法。"② 而在《共产党宣言》中，马克思对"资产阶级文明"这种特定社会形态的"文明"，也采用具有反讽意味的语调加以评述："因为社会上文明过度，生活资料太多，工业和商业太发达。社会所拥有的生产力已经不能再促进资产阶级文明和资产阶级所有制关系的发展。"③ 显然，上文中的"文明过度""资产阶级文明"等短语中的"文明"一词，都带有一定的反讽意味。虽然如此，但马克思此处所谈"文明"一词，其背后仍是与生产力的相对发达高度关联。

需要注意的是，马克思恩格斯谈到"文明"一词时，绝大多数场合是非静态的含义，不是某种比如以文字、城市、青铜器等为代表的文明的静态呈现，而是更强调文明由低级到高级发展的动态过程。比如，在谈到瑞士时，恩格斯说道："在这里，同时存在着文明发展的各个不同阶段——从最先进的机器工业直到地地道道的畜牧生活。"④ 他还说："大部分瑞士居民非牧即农，属于文明程度最低的欧洲人之列。……在瑞士，很多人还不知蒸汽机为何物；大工厂仅仅在少数地方才有。"⑤ 不仅在一国内不存在文明的"代差"，不同的国家之间更是如此。

比如，马克思在从人类文明发展史的角度解读19世纪末、20世纪初英国对印度的征服现象时说道，这一次的征服是"第一批文明程度高于印度而不受印度文明影响的征服者"。这样新的征服者，"使印度达到比从前在大莫卧儿人统治下更加牢固和更加扩大的政治统一，是重建印度的首要条

---

① 《马克思恩格斯选集》（第一卷），人民出版社2012年版，第804页。
② 《马克思恩格斯选集》（第一卷），人民出版社2012年版，第798页。
③ 《马克思恩格斯选集》（第一卷），人民出版社2012年版，第406页。
④ 《马克思恩格斯全集》（第六卷），人民出版社1961年版，第99页。
⑤ 《马克思恩格斯全集》（第十二卷），人民出版社1998年版，第89页。

件。不列颠人用刀剑实现的这种统一，现在将通过电报而巩固起来，永存下去"①。恩格斯在《反杜林论》一书中，接着马克思与他本人在《德意志意识形态》一书中的观点说道："在长时期的征服中，比较野蛮的征服者，在绝大多数的情况下，都不得不适应由于征服而面临的比较高的'经济状况'；他们为被征服者所同化，而且多半甚至不得不采用被征服者的语言。"② 文明"代差"的存在，更是一种发展的动力和刺激力量，推动文明向前发展。在谈到"文明"的象征"科学"时，恩格斯说道：科学在其"长期的历史发展中"，是"从认识的较低阶段向越来越高的阶段上升"③。文明乃至社会形态的变迁同样如此，人类文明是一个历史生成和演变的过程，世界"前进的发展终究会实现"④。

马克思把社会发展和人的发展划分为三个历史阶段，即人类文明演进的三个阶段或"三形态说"。"三形态说"，是人们根据马克思"伦敦笔记"（1857—1858 年经济学手稿）中对社会历史进程的看法而提出的一种论点。在这部手稿中，马克思指出："人的依赖关系（起初完全是自然发生的），是最初的社会形式，在这种形式下，人的生产能力只是在狭小的范围内和孤立的地点上发展着。以物的依赖性为基础的人的独立性，是第二大形式，在这种形式下，才形成普遍的社会物质变换、全面的关系、多方面的需要以及全面的能力的体系。建立在个人全面发展和他们共同的、社会的生产能力成为从属于他们的社会财富这一基础上的自由个性，是第三个阶段。第二个阶段为第三个阶段创造条件。"⑤ 依据马克思关于人的依赖关系、物的依赖关系、个人全面发展这三大阶段的划分，可以认为，马克思认为人类社会经过自然经济、商品经济和产品经济这三个阶段。这就是社会发展学者

---

① 《马克思恩格斯选集》（第一卷），人民出版社 2012 年版，第 857 页。
② 《马克思恩格斯选集》（第三卷），人民出版社 2012 年版，第 563 页。
③ 《马克思恩格斯选集》（第四卷），人民出版社 2012 年版，第 223 页。
④ 《马克思恩格斯选集》（第四卷），人民出版社 2012 年版，第 250 页。
⑤ 《马克思恩格斯全集》（第三十卷），人民出版社 1995 年版，第 107–108 页。

概括的"三形态说"。

"三形态说"反映了马克思根据生产力发展的历史状况，对社会发展形态所做的一种科学分期的看法。从马克思表达的整个思想来看，第一阶段，"人的依赖关系"实质上是自然经济社会的特点。自然经济社会横跨原始社会、奴隶社会、封建社会。当然每种社会形态的进一步发展期自然经济特点就会减弱，就会逐步增添商品经济的特点。在自然经济条件下，生产力低下，分工不发达，生产的直接目的是生产者的自身需要，必然采取人与人直接互相依赖的办法，来克服工具落后的状况。比如原始人必须依赖于原始群体，帮工必然依附于师傅，这就表现为个人对他人、对社会组织的依赖。第二阶段，"人对物的依赖关系"实质上是商品经济社会的特点。在商品经济社会中，生产发展了，人们生产的目的主要是为了交换，人与人之间的关系物化成商品，产生了"商品拜物教"，人依赖于商品，处于物化的、异己的关系的统治下。在高度发达的商品经济社会——资本主义社会中，人成为商品、货币、资本的奴隶。第三阶段，"个人全面发展"是商品经济消亡以后社会的特点，有人把这个社会概括为产品经济社会。在这个社会中，生产力高度发达，消灭了旧式分工，产品极其丰富，人摆脱了物及其外部关系的束缚，成为人自身的主人、社会关系的主人、物的主人，人可以自由、全面地发展。这就是马克思主义经典作家所预见的共产主义社会。人类文明就是这样一步一步由低级走向高级，最后实现个人的全面自由的发展。

第二节　制度创新推动资本主义生产力大发展

在资本主义生产力发展的同时，马克思恩格斯也特别强调制度改革创新对生产力发展的保护和促进作用。比如，在《政治经济学批判》（1861—1863 年手稿）手稿中的"所谓原始积累"一节，马克思"分别叙述了开拓殖民地、开展掠夺式的对外贸易、实行保护关税制度、信用制度和发行国债等措施在原始积累中的作用"①。在《英国工人阶级状况》1892 年英国版序言中，恩格斯更是指出，"谷物法的废除"所代表的"自由贸易意味着改革英国全部对内对外的贸易和财政政策，以适应工业资本家即现在代表着国家的阶级的利益。于是这个阶级就努力地行动起来。工业生产上的每一个障碍都被毫不留情地扫除。关税率和整个税收制度实行了根本的改革"②。不论是在原始积累阶段，还是工业化进程中，企业组织、产权、金融体系、贸易税收等方面制度的改革创新，推动了资本主义生产力的迅猛发展。虽然马克思恩格斯把某些资本主义具体制度的作用明确地提了出来，并加以赞扬，但正如诺贝尔经济学奖获得者道格拉斯·诺思正确指出的："马克思的分析框架是最有说服力的，这恰恰是因为它包含了新古典分析框架所遗漏的所有因素：制度、产权、国家和意识形态……这是一个根本性的贡献。"③马克思恩格斯更强调从框架性的宏观的方面去看待制度。马克思对制度的理解和新制度经济学对制度的理解并不完全相同，马克思多从宏观的，即

---

① 《马克思恩格斯全集》（第三十七卷），人民出版社 2019 年版，第 13 页。
② 《马克思恩格斯全集》（第二十九卷），人民出版社 2020 年版，第 319 页。
③ 道格拉斯·诺思：《经济史中的结构与变迁》，上海三联书店 1994 年版，第 68 页。

经济基础和上层建筑对立统一关系方面来理解制度的作用，而以诺思为代表的新制度经济学则多从契约等微观层次来理解。

D.C. 诺思是新制度经济学家的代表人物，给"制度"下的定义最多。诺思说："制度是人类设计的构成人类互动的约束。它们由正式约束（规则、法律、宪法）、非正式约束（行为规范、惯例和自我强加的行为准则）及其执行特征组成。它们共同定义了社会和特定经济的激励结构。"① 他指出："制度是一个社会的游戏（博弈）规则，更规范地说，它们是为决定人们的相互关系的系列约束。制度是由非正式约束（道德的约束、禁忌、习惯、传统和行为准则）和正式法规（宪法、法令、产权）组成的。"② 诺思还说："制度提供了人类相互影响的框架，它们建立了构成一个社会，或更确切地说一种经济秩序的合作与竞争关系。""制度是一系列被制定出来的规则、守法秩序和行为道德、伦理规范，它旨在约束主体福利或效用最大化利益的个人行为。"③ 尽管诺思关于"制度"的界定有不少，然而只不过是文字表述不同而已，其实质是一样的，即"制度"是一种"规范人的行为规则"。柯武刚、史漫飞、贝彼得给制度下的定义是："由人们制定的规则。这些规则约束人际交往中人们的（可能是任意的和投机的）行为。……制度是各种正式和非正式的'游戏规则'。"④

在马克思看来，制度指的是社会制度，它包括生产资料所有制度、生产制度、财产继承制度等经济制度和政治制度、法律制度、文化制度以及国家意识形态等社会制度的总称。马克思在论述 1648 年英国革命和 1789 年法国革命时说："当时资产阶级的胜利意味着新社会制度的胜利，资产阶级所有制对封建所有制的胜利，民族对地方主义的胜利，竞争对行会制度的

---

① North, Douglass C. 1994. "Economic Performance Through Time." The American Economic Review, 84(3):359-368.
② 诺思：《制度、制度变迁与经济绩效》，刘守英译，上海三联书店 1994 年版，第 3 页。
③ 诺思：《经济史中的结构与变迁》，陈郁、罗华平译，上海三联书店 1994 年版，第 225-226 页。
④ 柯武刚、史漫飞、贝彼得：《制度经济学》（第二版），商务印书馆 2018 年版，第 36 页。

胜利，遗产分割制对长子继承制的胜利，土地所有者支配土地对土地所有者隶属于土地的胜利，启蒙运动对迷信的胜利，家庭对宗族的胜利，勤劳对游手好闲的胜利，资产阶级权利对中世纪特权的胜利。"① 一个历史阶段的经济、政治和文化制度是由这个阶段的生产关系决定的，也是这个阶段生产关系的最集中表现形式。生产关系即社会性的经济关系，社会的经济基础，就是与生产力的一定发展阶段相适应的占统治地位的生产关系各方面的总和。"人们在自己生活的社会生产中发生一定的、必然的、不以他们的意志为转移的关系，即同他们的物质生产力的一定发展阶段相适合的生产关系。这些生产关系的总和构成社会的经济结构，既有法律的和政治的上层建筑竖立其上并有一定的社会意识形式与之相适应的现实基础。"② 也就是说，制度是由经济基础和上层建筑两个相互联系的层次组成的。马克思认为，对制度的研究首先要分析作为整个社会经济基础上的生产力及与之相适应的生产关系，然后才能对建立在此基础的道德和法律等上层建筑的性质作出合理的解释和说明。因此，在马克思看来，制度是以生产关系为基础的经济制度、以国家政权为核心的政治制度以及文化宗教等社会制度的总称。马克思主义认为，制度的本质反映的就是不同的人、集团和阶级之间的利益关系。人们之间不同的利益安排，又会直接影响人们经济活动的动力，从而影响经济活动的效率，因而，制度是在本质上解决人们之间的利益关系又与经济效率直接联系在一起的。

马克思特别注重研究经济制度，是因为"马克思认为经济制度是政治上层建筑借以树立起来的基础，所以他特别注意研究这个经济制度"。③ 但他并不是不研究政治法律制度，而是在研究经济制度的基础上，进而研究政治法律制度对物质生活资料的生产和交换作用。那种认为马克思主义政

① 《马克思恩格斯选集》（第一卷），人民出版社 2012 年版，第 442 页。
② 《马克思恩格斯选集》（第二卷），人民出版社 2012 年版，第 2 页。
③ 《列宁全集》第 19 卷，人民出版社 1995 年版，第 5 页。

治经济学研究的对象只是经济制度（生产关系）的观点的依据是德文版《资本论》第 1 卷第 1 版的序言中一句话："我要在本书研究的，是资本主义生产方式以及和它相适应的生产关系和交换关系。"① 只根据这句话来推断马克思主义政治经济学研究的对象只是经济制度（生产关系），不能全面反映马克思的原意。因此，我们认为马克思主义制度经济理论的制度范畴的内涵，应包括生产资料所有制度、生产制度、财产继承制度等经济制度以及政治制度、法律制度、文化制度、国家以及作为意识形态的伦理道德规范。

马克思认为，正是资本主义制度相对于封建主义制度的进步，使得资本主义能够顺应历史潮流，推动历史前进。就像奴隶制相对于原始共同体、封建制相对于奴隶制是历史的进步一样，马克思承认，资本主义相对于包括封建社会在内的前资本主义诸形态是一个伟大的历史进步，"资产阶级在历史上曾经起过非常革命的作用"。②

概要说来，马克思对资本主义有以下几个方面的肯定。

第一，资本主义在一定程度上解放了人的精神，把人从封建制度的枷锁中解放出来，把人的创造性解放了出来。"它第一个证明了，人的活动能够取得什么样的成就。""资产阶级在它已经取得了统治的地方把一切封建的、宗法的和田园诗般的关系都破坏了。它无情地斩断了把人们束缚于天然尊长的形形色色的封建羁绊，它使人和人之间除了赤裸裸的利害关系，除了冷酷无情的'现金交易'，就再也没有任何别的联系了。"③ 资本主义把人与人之间的各种复杂的封建关系转变为简单的"赤裸裸的利害关系"，使每个人为了争取财富充分发挥自己的比较优势。中世纪，因为其普遍贫困、无处不在的人身依附和闭关自守，被马克思视为"人类史上的动物时期，是

---

① 《马克思恩格斯全集》第 44 卷，人民出版社 2001 年版，第 8 页。
② 马克思、恩格斯：《共产党宣言》，人民出版社 2018 年版，第 30 页。
③ 马克思、恩格斯：《共产党宣言》，人民出版社 2018 年版，第 30 页。

人类的动物学"。① 资本主义"无情地斩断了把人们束缚于天然尊长的形形色色的封建羁绊。……精神的生产也是如此，各民族的精神产品成了公共的产品。民族的片面性和局限性日益成为不可能，于是由许多种民族的和地方的文学形成了一种世界的文学"。② 所有这些，极大地开阔了人的视野，解放了人的精神。

第二，资本主义迫使自己必须不断创新才能生存下去，因此资本主义制度优于封建制度的一大特点就是其适应环境的能力更强，进化的速度更快。"资产阶级除非对生产工具，从而对生产关系，从而对全部社会关系不断地进行革命，否则就不能生存下去。反之，原封不动地保持旧的生产方式，却是过去的一切工业阶级生存的首要条件。生产的不断变革，一切社会状况不停的动荡，永远的不安定和变动，这就是资产阶级时代不同于过去一切时代的地方。一切固定的僵化的关系以及与之相适应的素被尊崇的观念和见解都被消除了，一切新形成的关系等不到固定下来就陈旧了。"③

第三，资本主义开创了世界市场。这个与社会化大生产互为因果的全球化进程，不仅解放和发展了生产力，而且消灭了封闭狭隘的小生产和自然经济。马克思是公认的全球化进程的最早最经典的表述者："不断扩大产品销路的需要，驱使资产阶级奔走于全球各地。它必须到处落户，到处开发，到处建立联系。资产阶级，由于开拓了世界市场，使一切国家的生产和消费都成为世界性的了……过去那种地方的和民族的自给自足和闭关自守状态，被各民族的各方面的互相往来和各方面的互相依赖所代替了。"④

第四，资本主义大大解放了生产力，以前所未有的速度生产了前所未有的财富，使人类从整体上进入过剩经济阶段。"资产阶级在它的不到一百

---

① 《马克思恩格斯全集》（第三卷），人民出版社 2002 年版，第 102 页。
② 马克思、恩格斯：《共产党宣言》，人民出版社 2018 年版，第 30—31 页。
③ 马克思、恩格斯：《共产党宣言》，人民出版社 2018 年版，第 30—31 页。
④ 马克思、恩格斯：《共产党宣言》，人民出版社 2018 年版，第 31 页。

年的阶级统治中所创造的生产力，比过去一切世代创造的全部生产力还要多，还要大。"① 这就使人类有可能摆脱无休止的"争夺必需品的斗争"，进而为共产主义社会准备了物质前提。

第五，资产阶级的经济成功必然导致政治民主，因为"商品是天生的平等派"。② 马克思不否认资产阶级开创的政治民主的局限性，也不否认它相对于前资本主义的专制的进步意义。"专制制度的唯一思想就是轻视人，使人非人化。"③ 这个被马克思称为"政治解放"和"资产阶级革命"的进程，在他看来是人类解放的总进程的重要和必要阶段。

基于以上认识，马克思认为，前资本主义诸阶段的特点是建立在天然的共同体束缚基础上的"人的依赖关系"，人类整体停留在动物式的生存水平即争夺必需品的斗争上。资本主义时代的特点则是，通过等价交换原则即"物的依赖关系"，粉碎了这些共同体，使人类得以摆脱动物式的生存，实现了政治自由和初步的精神自由。这些成就又使得一部分人开始成为全面发展的个人。

最后，资本主义发展到一定阶段，其内部必将产生向社会主义过渡的生产关系要素。在《资本论》第三卷中，马克思指出："资本主义的股份公司，也和合作工厂一样，应当被看作是由资本主义生产方式转化为联合的生产方式的过渡形式"④；股份制是"在资本主义体系本身的基础上对资本主义的私人产业的扬弃"⑤。这个判断暗含着一个重要启示：出生自资本主义的股份制，有可能为社会主义所用。

罗默在 2010 年与人合著的一篇综述性文章中写道："制度上的差异肯定

① 马克思、恩格斯：《共产党宣言》，人民出版社 2018 年版，第 32 页。
② 马克思：《资本论》（第一卷），人民出版社 2004 年版，第 104 页。
③ 《马克思恩格斯全集》（第四十七卷），人民出版社 2004 年版，第 58 页。
④ 马克思：《资本论》（第三卷），人民出版社 2004 年版，第 499 页。
⑤ 马克思：《资本论》（第三卷），人民出版社 2004 年版，第 497 页。

是增长率方面巨大差异的根本来源。"[1] 制度对长期经济增长过程极为重要这一观点，已经逐渐成为经济学界的共识[2]。

　　尽管如此，马克思恩格斯认为，资本主义制度之改革创新是"服从于一个目的"，即强化资本家对工人的剥削[3]。比如所谓产权制度，马克思即一针见血地指出："产权（the rights of property）对于资本家来说，表现为占有别人无酬劳动或产品的权利，而对于工人来说，则表现为不能占有自己的产品。"[4] 资本主义制度的虚伪性暴露无遗。英国社会学者安德鲁·韦伯斯特曾经做过这样一个分析评价，认为："某些现代化理论家可能首先关心的是：'有没有善于将剩余资本用于再投资的资本家？'而马克思关心的却是'究竟是谁创造了这些剩余资本？'"[5] 真可谓一语中的。正是从剩余价值的诞生出发，马克思揭露了资本主义社会制度的严酷和不平等，揭示了资本主义必然灭亡、社会主义共产主义必然胜利的真理性。

---

　　① Jones, Charles I. and Paul M. Romer. 2010. "The New Kaldor Facts: Ideas, Institutions, Population, and Human Capital." American Economic Journal: Macroeconomics, 2(1):224-45.
　　② Kasper, W.1998. "Rapid Development in East Asia: Institutional Evolution and Backlogs." Malaysian Journal of Economic Studies,35,Iss.1/2:45-65.
　　③ 《马克思恩格斯全集》（第二十九卷），人民出版社 2020 年版，第 319 页。
　　④ 马克思：《资本论》（第一卷），人民出版社 2004 年版，第 640 页。
　　⑤ 安德鲁·韦伯斯特：《发展社会学》，华夏出版社 1987 年版，第 41 页。

第三节　马克思恩格斯对资本主义文明的批判

在马克思恩格斯生活的时代，资本主义的迅猛发展所带来的文明的进步让他们惊叹不已，但同时，他们又深切地认识到资本主义社会的弊端，"无时不在的无政府状态和周期性的动荡这样一些资本主义生产难以逃脱的劫难"①，深切地认识到由于这些弊端资本主义必然灭亡。

对于导致资本主义必然灭亡的关于生产和分配的两个决定因素，恩格斯在《反杜林论》中做了简明扼要的概括："资本主义生产方式……正在接近它使自己不可能再存在下去的境地。……资本主义的生产形式和交换形式日益成为生产本身所无法忍受的桎梏；这些形式所必然产生的分配方式造成了日益无法忍受的阶级状况，造成了人数越来越少但是越来越富的资本家和人数越来越多而总的说来处境越来越恶劣的一无所有的雇佣工人之间的日益尖锐的对立；最后，在资本主义生产方式内部所造成的、它自己不再能驾驭的大量的生产力，正在等待着为有计划地合作而组织起来的社会去占有，以便保证，并且在越来越大的程度上保证社会全体成员都拥有生存和自由发展其才能的手段。"② 概而言之，其一，生产的社会化和生产资料的资本主义私人占有所导致的整个社会中生产的无政府状态，表现为："社会的全部生产……由盲目的规律来调节，这些盲目的规律，以自发的威力，最后在周期性商业危机的风暴中显示着自己的作用。"③

---

① 《马克思恩格斯选集》（第三卷），人民出版社 2012 年版，第 103 页。
② 《马克思恩格斯选集》（第三卷），人民出版社 2012 年版，第 529 页。
③ 《马克思恩格斯选集》（第四卷），人民出版社 2012 年版，第 192 页。

马克思在《资本论》第 1 卷第 24 章最后一节 "资本主义积累的历史趋势" 中概括了资本主义生产方式的历史趋势，马克思指出："一旦劳动者转化为无产者，他们的劳动条件转化为资本，一旦资本主义生产方式站稳脚跟，劳动的进一步社会化，土地和其他生产资料的进一步转化为社会使用的即公共的生产资料，从而对私有者的进一步剥夺，就会采取新的形式。现在要剥夺的已经不再是独立经营的劳动者，而是剥削许多工人的资本家了。这种剥夺是通过资本主义生产本身的内在规律的作用，即通过资本的集中进行的。一个资本家打倒许多资本家……资本的垄断成了与这种垄断一起并在这种垄断之下繁盛起来的生产方式的桎梏。生产资料的集中和劳动的社会化，达到了同它们的资本主义外壳不能相容的地步。这个外壳就要炸毁了。资本主义私有制的丧钟就要响了。剥夺者就要被剥夺了。"① 从这段引述可见，在马克思看来，资本主义生产方式的最终灭亡是这样一种两极对立的矛盾日益尖锐化的结局，即一方面是生产活动的日益社会化，另一方面是资本的日益集中以及少数人对生产条件的垄断。马克思认为这一矛盾的日益尖锐化将达到与资本主义生产方式这个 "外壳" 所无法容纳的地步，于是将导致这个生产方式的必然灭亡。

这里，我们应当关注引文中的这样一句话："生产资料的集中和劳动的社会化，达到了同它们的资本主义外壳不能相容的地步。"马克思这句话隐含着对资本主义纯粹由市场对资源进行配置而缺乏一种 "计划" 或政府宏观调控的批判。所谓 "生产资料的集中" 即是 "资本的集中"，"劳动的社会化" 即是 "生产的社会化"，即表现为生产的集中、生产规模的扩大和生产部门之间的相互协作及彼此的依存上。"资本的集中" 所带来的决策的集中以及对市场需求的过度依赖，决定了生产规模的盲目性不断加深；而 "生产的社

---

① 马克思：《资本论》（第一卷），人民出版社 2004 年版，第 874 页。

会化"则要求有一定程度的计划性和政府的宏观调控的存在，但资本主义生产方式不允许有真正的宏观计划性和指导性，因此"生产的社会化"在"资本的集中"所决定的决策的引导之下，实际走向与真正的"生产的社会化"所要求的适度调控背道而驰。结果是，"生产的社会化"并没有带来产品的社会化，而是产品的集中化和必然的生产过剩，商品无法实现其"惊险的一跃"，企业破产、金融危机、资本主义危机随之而来。比如 2008 年肇始于美国次贷危机的全球性金融危机，即是美国房地产市场的无序扩张所带来的作为一种商品的房产的存量过度。房产生产的社会化决策仅仅源于房地产商（表现为资本的集中），而房地产商决策的盲目性，导致房地产市场的过度开发。为满足房产存量的消化需求，通过消费信贷的方式为那些无力购房的消费者提供购买力，随着房价上涨预期的破灭，次级贷款金融链条断裂，房地产市场随之崩溃，金融危机全面爆发。

其二，马克思在《资本论》第 3 卷中指出："资本主义生产的真正限制是资本本身，这就是说：资本及其自行增殖，表现为生产的起点和终点，表现为生产的动机和目的；生产只是为资本而生产，而不是反过来生产资料只是生产者社会的生活过程不断扩大的手段。以广大生产者群众的被剥夺和贫穷化为基础的资本价值的保存和增殖，只能在一定的限制以内运动，这些限制不断与资本为它自身的目的而必须使用的并旨在无限制地增加生产，为生产而生产，无条件地发展劳动社会生产力的生产方法相矛盾。手段——社会生产力的无条件的发展——不断地和现有资本的增殖这个有限的目的发生冲突。因此，如果说资本主义生产方式是发展物质生产力并且创造同这种生产力相适应的世界市场的历史手段，那么，这种生产方式同时也是它的这个历史任务和同它相适应的社会生产关系之间的经常矛盾。"①

---

① 《马克思恩格斯文集》（第七卷），人民出版社 2009 年版，第 278-279 页。

从这段话可以看出，正是由于资本家具有无限追逐剩余价值的动机，但现实中剩余价值又总是有限的，才使得他们不断改进生产技术，由此也就在客观上推动了资本主义社会生产力的不断发展进步。同时，市场对剩余价值的竞争异常激烈，在价值规律的作用下，必然导致爆发经济危机。正是因为上述的原因，才使得资本家贪婪地榨取雇佣劳动者的血汗，占有他们创造的剩余价值，导致资本——劳动收入差距不断拉大，进而造成两大阶级的尖锐对立与矛盾。

资产阶级财富积累与工人阶级贫困积累的同步发展，两者所导致的国内市场的破坏所引发的周期性的经济危机，使得"经济的冲突达到了顶点：生产方式起来反对交换方式"①。资本主义私有制的丧钟就要响了。

虽然马克思恩格斯认为，共产主义的实现需要有资本主义高度发达的生产力为基础，比如："欧洲三个文明大国，英国、法国和德国，都得出了这样的结论：在财产共有的基础上进行社会制度的彻底革命，现在已经成为一种急不可待和不可避免的必然。尤其值得注意的是，这个结论是由上述国家各自单独得出的。这一事实无可争辩地证明，共产主义不是英国或任何其他国家的特殊状况造成的结果，而是从现代文明社会的一般实际情况所具有的前提中不可避免地得出的必然结论。"②但关于当时的俄国，马克思虽然断言："如果俄国继续走它在1861年所开始走的道路，那它将会失去当时历史所能提供给一个民族的最好的机会，而遭受资本主义制度所带来的一切灾难性的波折。"③而且，马克思也同意"俄国的伟大学者和批评家"车尔尼雪夫斯基的"俄国可以在发展它所特有的历史条件的同时取得资本主义制度的全部成果，而又可以不经受资本主义制度的苦难"④这一观点，但

① 《马克思恩格斯选集》（第三卷），人民出版社2012年版，第807页。
② 《马克思恩格斯全集》（第三卷），人民出版社2002年版，第474页。
③ 《马克思恩格斯选集》（第三卷），人民出版社2012年版，第728页。
④ 《马克思恩格斯选集》（第三卷），人民出版社2012年版，第728页。

是，马克思恩格斯在《共产党宣言》1882 年俄文版序言中仍然很谨慎地回答，俄国公社"是能够直接过渡到高级的共产主义的公共占有形式呢？或者相反，它还必须先经历西方的历史发展所经历的那个瓦解过程呢？"这个问题："目前唯一可能的答复是：假如俄国革命将成为西方无产阶级革命的信号而双方互相补充的话，那么现今的俄国土地公有制便能成为共产主义发展的起点。"① 然而到了恩格斯去世的前一年——1894 年，他在《〈论俄国的社会问题〉跋》中，鉴于俄国资产阶级革命的发展，却说道："这个问题我不能予以回答。"② 由此可见，马克思主义的创始人对于自己理论的应用范围是多么谨慎。

美国历史学家和政治评论家小阿瑟·施莱辛格的一段话代表了诸多西方学者对马克思主义的误解："当然，整个马克思主义世界对未来坚持一种决定论观点。按照这种观点，一定的原因产生一定的结果，人类正沿着一条预定的道路，通过若干预定的阶段，走向单独的一个预定的终点。因为，如果说马克思主义历史观有什么中心命题的话，这个命题是：现代化、工业化和社会及经济发展的进程一定会使每一个民族从封建主义、通过资本主义而进入共产主义。"③ 西里尔·布莱克甚至认为，马克思主义"拒绝强调传统观念和习俗的多样性，不承认现代化的社会可能采取多样的形式"④。这种对马克思主义经典文本的阅读和理解是多么的浅薄。

马克思多次强调他对"资本主义生产"起源与发展的"历史必然性"分析，其适用范围仅限于"西欧各国"：如果人们"一定要把我关于西欧资本主义起源的历史概述彻底变成一般发展道路的历史哲学理论，一切民族，

---

① 《马克思恩格斯选集》（第一卷），人民出版社 2012 年版，第 379 页。
② 《马克思恩格斯选集》（第四卷），人民出版社 1995 年版，第 450 页。
③ 转引自罗塞缪尔·亨廷顿等《现代化：理论与历史经验的再探讨》，上海译文出版社 1993 年版，第 5 页。
④ 转引自罗塞缪尔·亨廷顿等《现代化：理论与历史经验的再探讨》，上海译文出版社 1993 年版，第 5 页。

不管它们所处的历史环境如何，都注定要走这条道路——以便最后都达到在保证社会劳动生产力极高度发展的同时又保证每个生产者个人最全面的发展的这样一种经济形态"，那么这样做，"会给我过多的荣誉，同时也会给我过多的侮辱"①。

所以，在分析俄国全国范围内存在的农村公社现象时，马克思同样认为："俄国有可能不通过资本主义制度的卡夫丁峡谷，而占有资本主义制度所创造的一切积极的成果。"②因为土地公有制是俄国"农村公社"的集体占有制的基础，而且它和西欧资本主义生产同时存在的现状，则为其提供了大规模地进行共同劳动的现成的物质条件。它能够以应用机器的大农业来逐步代替小地块耕作，而俄国土地的天然地势又非常适于这种大农业。"因此，它能够成为现代社会所趋向的那种经济制度的直接出发点，不必自杀就可以获得新的生命。"③

这一"新的生命"——人类社会第一个社会主义国家，由列宁领导布尔什维克党经由十月革命的胜利得以实现。1915年8月，列宁在《论欧洲联邦口号》一文，以及翌年的《无产阶级革命的军事纲领》等文中阐述了自己的观点："资本主义的发展在各个国家是极不平衡的。而且在商品生产下也只能是这样。由此得出一个必然的结论：社会主义不能在所有国家内同时获得胜利。它将首先在一个或者几个国家内获得胜利，而其余的国家在一段时间内将仍然是资产阶级的或资产阶级以前的国家。"④

列宁认为，资本主义发展的不平衡使一些帝国主义国家受到严重削弱，在帝国主义的链条上出现了"薄弱环节"：在资本主义工业有一定发展的国家，统治阶级的统治能力不像发达资本主义国家那样强，如俄国，无产阶

---

① 《马克思恩格斯选集》（第三卷），人民出版社2012年版，第730页。
② 《马克思恩格斯选集》（第三卷），人民出版社2012年版，第828-829页。
③ 《马克思恩格斯选集》（第三卷），人民出版社2012年版，第830页。
④ 《列宁专题文集·论社会主义》，人民出版社2009年版，第8页。

级受到沉重剥削，但他们人数比较多，觉悟程度高，敢于开展反封建势力和反资产阶级的斗争，而且有无产阶级政党的正确领导，最有可能首先发生无产阶级革命。按照马克思恩格斯的判断："共产主义革命将不是仅仅一个国家的革命，而是将在一切文明国家里，至少在英国、美国、法国、德国同时发生的革命，在这些国家的每一个国家中，共产主义革命发展得较快或较慢，要看这个国家是否有较发达的工业，较多的财富和比较大量的生产力。因此，在德国实现共产主义革命最慢最困难，在英国最快最容易。共产主义革命也会大大影响世界上其他国家，会完全改变并大大加速它们原来的发展进程。"[1] "只有当资本主义经济在自己故乡和在它兴盛的国家里被克服的时候"，即西欧革命成功的时候，俄国公社才"能够把资本主义社会的巨大生产力作为社会财产和社会工具而掌握起来"。[2] 虽然"俄国不必经受资本主义制度的苦难"，但"实现这一点的第一个条件，是外部的推动，即西欧经济制度的变革，资本主义在最先产生它的那些国家中被消灭"[3]。

然而，俄国成功了。列宁的思想不仅发展了马克思主义，而且极大地武装了布尔什维克党，使俄国成为全世界社会主义革命的先锋。有学者认为，马克思的社会形态理论，其假说是"现代化即资本主义化"，这个假说早就广泛为中外学者所取用，不仅用于研究中国，也用于研究其他国家[4]。持这种观点的学者，只是看到了马克思对当时资本主义社会所带来的发达的工业文明的赞许，却并未深切感知到马克思恩格斯经过科学分析对这种工业文明同时带给人类生态、社会、精神等领域之灾难的高度认知，这也就是后来为什么马克思认为俄国有可能不经过资本主义劫难而获取新生命的缘由。事实也是如此，佩里·安德森即认为："俄国革命归根结底不是反

---

① 《马克思恩格斯选集》（第一卷），人民出版社 2012 年版，第 306 页。
② 《马克思恩格斯选集》（第四卷），人民出版社 2012 年版，第 312—313 页。
③ 《马克思恩格斯选集》（第四卷），人民出版社 2012 年版，第 639 页。
④ 吴承明："现代化与中国十六、十七世纪的现代化因素"，《中国经济史研究》1998 年第 4 期。

对一个资本主义国家。1917 年垮台的沙皇专制制度是一个封建机器，而临时政府根本没来得及用一个新的或稳定的资产阶级国家取而代之。布尔什维克进行了一场社会主义革命，但他们自始至终没有遇到西方工人运动的主要敌人（即资产阶级——引者）。"① 所以，十月革命对当时中国先进知识分子的影响力和冲击力尤其强大。

十月革命一声炮响，给中国送来了马克思列宁主义。辛亥革命后，具有政党性质的政团多达 300 余个，各种政治主张"你方唱罢我登场"，各种政治力量反复较量，但中国依然是山河破碎、积贫积弱，列强依然在中国横行霸道，中国人民依然生活在苦难和屈辱之中。在 1949 年 6 月写就的为纪念中国共产党二十八周年的文章《论人民民主专政》中，毛泽东指出："一切别的东西都试过了，都失败了。"② "国家的情况一天一天坏，环境迫使人们活不下去。怀疑产生了，增长了，发展了。"③ "走俄国人的路——这就是结论。"④ 之所以走上俄国人这条革命之路，如青年毛泽东在解释他下决心做出这一选择时所讲：走俄国人的路，实在是"无可如何的山穷水尽诸路皆走不通了的一个变计，并不是有更好的方法弃而不采，单要采这个恐怖的方法"。⑤ 美国学者斯考切波说："俄国革命在 20 世纪上半叶所追求的目标，也正是中国革命在 20 世纪下半叶要达到的目的。"⑥ 从新中国成立之日起，我们就走上了一条在曲折坎坷中不断探索前行的中国式现代化道路。

前述，马克思恩格斯并没有明确指出俄国可以通过资本主义制度的"卡夫丁峡谷"而直接过渡到社会主义社会，但在实践中，列宁领导的革命成

---

① 佩里·安德森：《绝对主义国家的系谱》，刘北成、龚晓庄译，上海人民出版社 2016 年版，第 265-266 页。

② 《毛泽东选集》（第四卷），人民出版社 1991 年版，第 1471 页。

③ 《毛泽东选集》（第四卷），人民出版社 1991 年版，第 1470 页。

④ 《毛泽东选集》（第四卷），人民出版社 1991 年版，第 1471 页。

⑤ 《毛泽东给肖旭东蔡林彬并在法诸会友信》，1920 年 12 月 4 日，见《新民学会资料》，人民出版社 1980 年版，第 148 页。

⑥ 西达·斯考切波：《国家与社会革命》，何俊志、王学东译，上海世纪出版集团 2015 年版，第 4 页。

功地实现了社会形态的转型。受此影响，中国的一些学者认为，既然中国和俄罗斯同属于东方，那么中国也可以不通过以私有制为基础的市民社会阶段，直接从亚细亚共同体进入社会主义。新中国成立以后对私有制经济进行改造，开展了集体化和国有化运动就是这种反映，但是被一些学者看作是与马克思"晚年构想"的解释框架颇为一致。[①]这里只是指出，如前所述，马克思"晚年构想"并非如此，而且恩格斯晚年对俄国能否跨越资本主义制度的"卡夫丁峡谷"仍抱有很大的疑虑，并没有做出实质性回答。从列宁晚年实施的"新经济政策"来看，如何在不发达的以农业为主的国度建设社会主义国家，理论上仍需要持续探索，中华人民共和国成立到改革开放前的经济社会发展历程充分证明了这一点。

在这里，我们对马克思、恩格斯提出的"两个必然""两个决不会"做一讨论。在《共产党宣言》中，马恩指出："资产阶级生存和统治的根本条件，是财富在私人手里的积累，是资本的形成和增殖；资本的条件是雇佣劳动。雇佣劳动完全是建立在工人的自相竞争之上的。资产阶级无意中造成而又无力抵抗的工业进步，使工人通过结社而达到的革命联合代替了他们由于竞争而造成的分散状态。于是，随着大工业的发展，资产阶级赖以生产和占有产品的基础本身也就从它的脚下被挖掉了。它首先生产的是它自身的掘墓人。资产阶级的灭亡和无产阶级的胜利是同样不可避免的。"[②]"两个必然"的论断，指明了资本主义必然被社会主义所取代的客观趋势。后来，马克思在1859年写就的《〈政治经济学批判〉序言》进一步指出："一个社会形态，在它所容纳的全部生产力发挥出来以前，是决不会灭亡的；而新的更高的生产关系，在它存在的物质条件在旧社会的胎胞里成熟以前，是决不会出现的。"[③]"两个决不会"的思想本质性地指出，资本主义被社会主义

---

① 韩立新："'市民社会派马克思主义'及其对当代中国的意义"，《日本学刊》2019年第2期。
② 马克思、恩格斯：《共产党宣言》，人民出版社2018年版，第40页。
③ 《马克思恩格斯文集》（第二卷），人民出版社2009年版，第592页。

更迭根本上是社会生产力发展的必然。从两者的关系上来说，"两个必然"是"两个决不会"运动的结果，"两个决不会"是"两个必然"这一最终结果的过程体现，两者都是对人类社会发展的基本矛盾的表达，同时，也都来自马克思对于资本逻辑历史发展的观察、分析和预测。或者说，资本逻辑自我构建的历史发展过程始终在诠释和证明着"两个决不会"的思想，未来也必将通过其自我超越证明"两个必然"的正确。需要指出的是，"两个决不会"的判断，其自身之内涵具有极强的包容性和延展性。因为，我们无法用统计数据的方式或者是排列指标的方式来判断或表明，何时或何种程度上，一种社会形态之生产力已经全部发挥出来了；一种构成新的社会形态的物质条件已经成熟了。

　　经典作家于此也只是在理论和精神上给予方向性的指点，一切都需要在实践中去摸索探求。正如当年《共产党宣言》发表之际，欧洲大陆爆发了一场大规模的资产阶级民主革命运动，无产阶级作为独立的政治力量登上了政治舞台。马克思、恩格斯积极投身这场革命，并对革命发展寄予很大希望。他们在革命失败后分析了欧洲的形势及前景，认为引起革命的社会矛盾并没有解决，无产阶级革命新高潮将会很快到来。然而，这样的高潮并没有出现。为什么？马克思通过研究发现，根本原因在于资本主义还有很大的扩展能力，它所容纳的全部生产力尚未充分发挥。他认为，已经到来的资本主义的新的工业繁荣，在英国和美国达到了很高的水平，受此影响的欧洲大陆也呈现出繁荣景象。"在这种普遍繁荣的情况下，即在资产阶级社会的生产力正以在整个资产阶级关系范围内所能达到的速度蓬勃发展的时候，也就谈不到什么真正的革命。只有在现代生产力和资产阶级生产方式这两个要素互相矛盾的时候，这种革命才有可能。"[①] 至于何时这对矛

---

　　① 　《马克思恩格斯文集》（第二卷），人民出版社 2009 年版，第 176 页。

盾才能达到"爆炸"的程度，还是要看历史的发展进程，要看各国具体实际。

改革开放以来，特别是党的十八大以来，中国共产党人对马克思主义政治经济学的创新性贡献，正是马克思主义中国化的理论成果，是马克思主义与中华优秀传统文化相结合、与中国具体实际相结合的理论成果，也一直在理论上指引着中国式现代化平稳前进。

历史逻辑:工业革命引致东西方"大分流"

第一章　"大分流"的出现

第一节　何谓"大分流"

　　"大分流"一词，源于美国学者彭慕兰 2000 年出版的著作《大分流：欧洲、中国及现代世界经济的发展》。[①] 该书甫一出版，即引起国际经济史学界的极大关注与讨论。有学者甚至认为，关于大分流的辩论动员了大量学术精力，可以毫不夸张地称之为当今全球史中最核心的辩论。[②] 该书的核心观点是：18 世纪以前，东西方处于基本同等发展水平，西方并没有任何明显的和独有的内生优势；18 世纪末 19 世纪初，历史来到了一个岔路口，东西方之间开始逐渐背离，分道扬镳，此后距离越来越大。造成这种背离（即西方走向了现代化而中国却没有）的主要原因，一是美洲新大陆的开发，二是英国煤矿优越的地理位置。彭慕兰这种观点隐含的思想很明确，如果中国有了同样优越地理位置的煤炭资源和殖民地，一样会走向现代化或工业化。以佩尔·弗里斯为代表的学者对这种解释提出了严厉的批评，并坚持认为社会基于其政治制度安排和各自的行动文化方面做出了选择。弗里斯

---

　　① 　Kenneth Pemeranz. 2000.The Great Divergence: Europe, China, and the Making of the Modern World Economy. Princeton University Press.

　　② 　Middell, Matthias, Philipp R. Rössner. 2016. "The Great Divergence Debate." Comparative, 26(3):7-24.

甚至指出:"坦率地说,如果中国有煤和殖民地,也不会先于英国实现工业化。"① 因为相应的技术和技术驱动力根本就不存在。之所以如此,作者认为,是因为中国的政治体制并不适应经济发展的结构性变化,而往往是处于对立面(opposite)。此处的"对立面",我们以为意即政治体制对经济的结构性变化不是积极推动而是产生压制作用。

日本经济史学家速水融(Akira Hayami)发明了"勤业革命"(Industrious Revolution)一词与"工业革命"(Industrial Revolution)一词相对照。速水融最先于1967年提出,1986年第一次用英语表述,② 用来概括德川幕府时期日本劳动密集型的经济发展,以区别于英国的资本/技术密集型的工业革命。麦克法兰认为,12—18世纪,只有英格兰走上"工业化"之路,而整个欧亚大陆其他地区都走上了"勤业化"之路。在麦克法兰看来,"大分流"乃是工业化的英格兰和勤业化的整个欧亚大陆其他地区之间的分化。③

关于工业革命,青年恩格斯在《英国工人状况十八世纪》中写道:"英国自上一世纪中叶以来经历了一次比其他任何国家经历的变革意义更重大的变革;这种变革越是不声不响地进行,它的影响也就越大;因此,这种变革很可能会比法国的政治革命或德国的哲学革命在实践上更快地达到目的。英国的革命是社会革命,因此比任何其他一种革命都更广泛,更有深远影响。人类知识和人类生活关系中的任何领域,哪怕是最生僻的领域,无不对社会革命发生作用,同时也无不在这一革命的影响下发生某些变化。社会革命才是真正的革命,政治的和哲学的革命必定通向社会革命;这场社会革命在英国已经进行了七八十年,目前正在向着自己的决定性关头快步迈

---

① Vries, P. 2001. "Are Coal and Colonies Really Crucial? Kenneth Pomeranz and the Great Divergence." Journal of World History, 12:401−446

② Hayami, Akira.1986. "A Great Transformation: Social and Economic Change in Sixteenth and Seventeenth Century Japan", in Erich Pauer (ed.), Silkworms, Oil and Chips (Proceedings of the Economics and Economic History Section of the Fourth International Conference on Japanese Studies, Paris, September, Bonner Zeitschrift für Japanologie, VIII:3−1.

③ 艾伦·麦克法兰:《现代世界的诞生》,管可秾译,上海人民出版社2013年版。

进。"①恩格斯这里所说的"社会革命"正是其在后文所说的"工业革命"的后果，可见"工业革命"对英国乃至西欧所产生的巨大推动作用，这种作用表现为社会上一种全面的革命，政治的、法律的、经济的革命等，也正是这种全面的革命拉开了东西方分道扬镳的序幕。现代经济史学家普遍认为，工业革命是把人类历史分开的分水岭。②当然，这里的分水岭并没有一个似乎是截然不同的一清二楚的标志性事件或年代或科技发明，毋宁说是一个渐缓渐成的过程，类似地理上之地形地貌由盆地、平原、丘陵、山地而至高原，是一个渐进的过程。英国的工业革命离不开工业革命之前的农业的发展、制度的演进、政治架构的演化等的辅助作用。

　　彭慕兰把这个东西方分道扬镳的过程称之为"大分流"。③许多西方学者称该书开启了全球经济史研究的新趋势。④之所以如此评价，是因为该书至少在以下四个方面深入回应了学界的理论需求。一是在理论上将全球经济长期增长与不平等简要地概括为全球经济大分流，并通过对工业革命之前的西欧、中国和印度等国家和地区的经济发展与生活水平定性与定量的比较研究，呈现一幅工业革命前东西方经济发展水平"惊人相似"的全球历史图景。也就是说，全球经济长期增长的不平等问题是工业革命的结果。二是对于各国各地区的比较研究，超越人均 GDP 的单一指标，用更为广泛的指标，如农业结构、预期寿命、出生率、市场整合、农民实际收入等展开。三是尝试为多个指标建立国际比较的标准框架，比如该著为比较 1800 年前后德国与印度北部人均陆地运输能力，18 世纪后期华北和欧洲农民使用的肥料，1700—1850 年法国、岭南和华北森林覆盖率与燃料供给量等主题，

　　①　《马克思恩格斯文集》（第一卷），人民出版社 2009 年版，第 87 页。
　　②　诺思：《经济史上的结构和变革》，厉以平译，商务印书馆 1992 年版，第 156 页。
　　③　史建云："重新审视中西比较史——《大分流：欧洲、中国及现代世界经济的发展》述评"，《近代史研究》2003 年第 3 期。
　　④　Patrick O'Brien. 2009. "Ten Years of Debate on the Origins of the Great Divergence." Published on Reviews in History, https://reviews.history.ac.uk/review/1008; Jan Luiten van Zanden. 2009. The Long Road to the Industrial Revolution: The European Economy in a Global Perspective, 1000-1800, Brill:6.

分别提供了标准化的国际比较框架。四是从资源禀赋和全球化等角度重新解释东西方经济大分流的起源。① 正如彭慕兰自己评价的，他的这些研究仅仅为国际学界提供一个广泛讨论的开端。②

关于工业革命的标志，大卫·兰迪（德）斯总结为三点：第一是机器替代人的机能和努力；第二是没有生命的动力资源替代有生命的动力资源；第三是大量新的原材料的使用，特别是用矿物资源替代了植物或者动物资源。③ 简言之，机器、蒸汽动力以及石油等的出现，标志着工业革命的诞生。

关于大分流的指标，首先是用各国实际工资作为比较的指标。英国学者艾伦（Robert C. Allen）在收集各国历史工资与物价的基础上，创造一种用于构建可比较各国各地区的实际工资历史数列的方法，即根据不同国家地区的资料，为这些国家和地区非技术工人构建了一个维持最低生活开支的消费品篮子。由于不同国家非技术工人每日所需的最低热量和蛋白质大致相当，即他们具有相似的维持最低生活开支的消费品篮子，因此可以使用福利比率（welfare ratios）核算他们的实际工资。所谓福利比率，主要是通过平均年收入除以一个家庭维持最低生活开支的消费费用而得到非技术工人可以购买的最低消费品篮子数量。通过这一方法，艾伦在整理 1500—1913 年 22 个欧洲城市的非技术工人名义工资数列和生活必需品消费价格的基础上，核算了 16—20 世纪欧洲各国用福利比率表示的实际工资，并以此构建了欧洲工资物价的历史数据库。④

继而，艾伦领导研究团队又对 18—20 世纪亚洲各大城市的非技术工人

---

① Patrick O'Brien. 2009. "Ten Years of Debate on the Origins of the Great Divergence." Published on Reviews in History, https://reviews.history.ac.uk/review/1008

② Kenneth Pomeranz. 2011. "Ten Years After: Responses and Reconsiderations". Historically Speaking, 12(4):20−25.

③ H.J. 哈巴库克，M.M. 波斯坦主编：《剑桥欧洲经济史》（第六卷），王春发等译，经济科学出版社 2002 年版，第 259 页。

④ Robert C. Allen. 2001. "The Great Divergence in European Wages and Prices from the Middle Ages to the First World War." Explorations in Economic History, 38(4):411−447.

工资和物价进行了收集和整理，以此构建 1738—1906 年这些城市基于福利比率的实际工资数列。[①] 与此同时，美国学者林德联合艾伦、美籍华人学者马德斌、荷兰学者范赞登等人共同构建了一个全球物价与工资历史数据库，包括了 15—20 世纪的九十多个国家的实际工资数列。[②] 从下图可以看出，从 18 世纪初开始，中国就逐渐同西方国家拉开差距，特别是 1840 年鸦片战争之后差距急速扩大。根据艾伦等人的研究，西北欧国家很可能在 19 世纪之前已遥遥领先中国。[③]

相对于印度的各国人均收入（印度 =1）

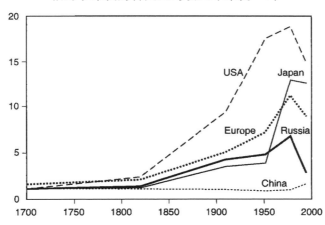

资料来源：Gregory Clark and Robert C. Feenstra, "Technology in the Great Divergence", NBER Working Paper 8596,2001.

　　① 　Robert C. Allen，Jean-Pascal Bassino, Debin Ma, Christine Moll-Murata,and Jan Luiten van Zanden.2011. "Wages, Prices and Living Standards in China, 1738-1925: In Comparison with Europe，Japan and India." Economic History Review, 64, S1: 8-38.
　　② 　Peter Lindert, Robert C. Allen, John Devereux, et al..2002. "Preliminary Global Price Comparisons, 1500-1872." Paper at Session on World Living Standards since Thirteenth Century，XIIIth Economic History Congress，Buenos Aires.
　　③ 　Robert C. Allen et al (eds.) 2005. Living standards in the past: new perspectives on well-being in Asia and Europe. Oxford University Press; Stephen Broadberry and Bishnupriya Gupta. "The early modern great divergence: wages, prices and economic development in Europe and Asia." Economic History Review, 59:2-31; Asia in the Great Divergence, Special Issue of Economic History Review 64, 2011:. 1-184.;Robert C. Allen. 2009. "Agricultural productivity and rural incomes in England and the Yangtze Delta, c. 1620-c. 1820." Economic History Review, 62:525-50.

目前，学者们与此观点基本一致，那就是 1800 年后欧洲人均收入的激增显著地使其与其他地区区别开来。统计显示，在过去 500 年中，西欧人均 GDP 增长了至少 21 倍。人均 GDP 是经济财富的跨部门和跨时期比较中最普遍接受的变量。1820—2000 年，世界人口增长了 500%，而世界国内生产总值增长了 800%，这不仅是以前闻所未闻的总体经济财富（和社会不平等）的扩张，也是人类生产力的扩张。虽然在过去两个世纪里，世界所有地区的收入都有了显著增长，但也出现了显著的世界地区差异。增长速度最快的是西北欧和北美。从 1800 年到 2000 年，美国和非洲平均水平之间的收入差距从 3 倍扩大到了 20 倍。多数学者比较认同这一主张，即在近代早期（1500 年），欧洲和中国在人均 GDP 方面可能已经势均力敌。但与这种情况相比，到了 20 世纪，贫富差距扩大，西北欧的富裕程度是中国的五六倍。然而，这种趋势直到最近才发生逆转，从 20 世纪 80 年代到 21 世纪 10 年代，中国的增长率远远高于欧洲。[①]

艾伦对中国长三角地区劳动生产率的估计也支持上述观点。即 1800 年之前中国长三角生产率要高于西欧，1800 年之后则落后于西欧。[②]

艾伦发现，1600—1700 年的长三角地区有着非常高的农业劳动生产率，高于当时欧洲任何国家。下图可以看出，在 1400 年，比利时的农业生产率比欧洲其他地区要高出 50%，而意大利、西班牙和英国彼此之间的差距不超过 10%。到了 1600 年，随着人口的增加和人地比例的变化，几乎所有这些国家的生产率都出现了下降，这一时期中国的生产率较比利时略高。而此后的 200 年中，欧洲发生了巨大的变化，荷兰和英国的农业生产率有了迅速的提高，超过了比利时；而由于意大利和西班牙生产率的持续下滑，英国

---

① Middell, Matthias., Philipp R. Rössner. 2016. "The Great Divergence Debate." Comparative, 26(3):7-24.

② Allen, R.C. 2009. "Agricultural productivity and rural incomes in England and the Yangtze Delta, c. 1620-c. 182." Economic History Review, 62(3):525-550.

和荷兰的生产率水平几乎达到了意大利和西班牙的两倍。这一迅速发展也使得它们追上了中国的生产率水平：1600 年中国农业生产率比荷兰高 26%，比英国高 66%；但 1800 年时，英国和荷兰的农业生产率都已经高出中国 10% 了。[①]

农业劳动生产率：欧洲与长三角，1300—1800 年

资料来源：Allen, R.C. "Agricultural productivity and rural incomes in England and the Yangtze Delta, c. 1 620—c. 1 82", Economic History Review, 62, 3 (2009), pp. 525—550.

另外，成年人身高被公认为与健康和长寿等要素一样，是一个反映生活水平高低的重要指标。德国学者约尔戈·巴顿和约翰·科姆洛什分析了 1860 年、1900 年和 1950 年出生人群的身高数据，得出结论，超过给定人口平均身高每一厘米，预期寿命就会增加 1.2 年。[②] 早在 20 世纪初西方的体质人类学就发起对成年人身高的研究。20 世纪 80 年代，美国学者福格尔

[①] Allen, R.C. 2009. "Agricultural productivity and rural incomes in England and the Yangtze Delta, c. 1620—c. 182." Economic History Review, 62(3): 525—550.

[②] Baten, J. and J. Komlos.1998. "Height and the Standard of Living." Journal of Economic History, 57(3): 866—870.

（Robert Fogel）等率先在经济史领域使用这一指标衡量生活水平。[1]2000 年以后，在大分流的国际学术讨论中，德国学者巴顿领导的团队致力于 19—20 世纪全球各个国家成年人身高数据的收集、整理和比较，最终建立了一个 1810—1989 年包括 156 个国家成年男性身高的数据库。[2]

鉴于数据的可获得性，约尔戈·巴顿和马蒂亚斯·布鲁姆的研究以 19 世纪 20 年代为起始点。[3] 即使如此，我们也可以看出某种趋势和端倪，那就是东西方经济大分流体现在东西方成年人的身高上。

区域平均人口身高（19 世纪 20 年代—19 世纪 80 年代）

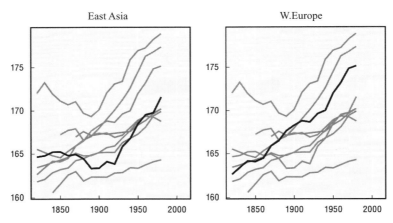

资料来源：Joerg Baten, Matthias Blum.2014.

左图是以中国和日本为代表的东亚国家成年人身高，右图是以英国、德国、荷兰、法国、意大利、西班牙和瑞典为代表的西欧国家成年人身高。

① Jan Luiten van Zanden, Joerg Baten, Marco Mira d'Erole, Auke Rijpma, Conal Smith and Marcel Timmer, eds. 2014.How Was Life? Global Well-Being Since 1820, OECD Development Centre: 119.

② Joerg Baten and Matthias Blum.2012. "Growing Tall but Unequal: New Findings and New Background Evidence on Anthropometric Welfare in 156 Countries, 1810-1989." Economic History of Developing Regions, 27, Issue Sup1, 2012:66-85.

③ Joerg Baten, Matthias Blum.2014. "Human height since 1820." How Was Life? Global Well-Being Since 1820, OECD Development Centre.

统计数据可以看出，西欧各国成年人平均身高 19 世纪 20 年代、19 世纪 30 年代、19 世纪 40 年代、19 世纪 50 年代、19 世纪 60 年代、19 世纪 70 年代、19 世纪 80 年代、19 世纪 90 年代、20 世纪 00 年代、20 世纪 10 年代、20 世纪 20 年代、20 世纪 30 年代的数据分别是 165.6 厘米、165.2 厘米、164.8 厘米、164.6 厘米、165.3 厘米、165.9 厘米、166.6 厘米、167.0 厘米、168.0 厘米、169.0 厘米、170.1 厘米、171.3 厘米；东亚各国成年人身高相应时期分别是 164.6 厘米、164.8 厘米、165.2 厘米、164.8 厘米、164.9 厘米、164.4 厘米、163.3 厘米、163.4 厘米、164.1 厘米、163.8 厘米、165.9 厘米。而身高是和国家的 GDP 正相关的。[1] 从数据可以看出，东亚国家成年人身高在 19 世纪 20 年代和西欧国家成年人身高相差仅一厘米，但到了 20 世纪 30 年代差距达到了五厘米之多。

由于人力资本积累是实现经济长期增长的重要动力，东西方大分流也必然在人力资本方面有所体现。在测量历史上各国各地区人力资本积累时，书籍产量是一个重要的指标。最早由范赞登领导的团队对 6—19 世纪英国、荷兰、比利时、德国、瑞士、法国、意大利、西班牙、奥地利、捷克、匈牙利、斯洛伐克、瑞典和斯堪的纳维亚半岛等国家和地区的手抄书和印刷品的数量进行了收集和统计，建立了一个 500—1800 年欧洲各国各地区书籍产量产值数据库。其中也对中国明中期以后以及清代书籍产量做了综合比较和估计，认为，西欧从 1522 年到 1644 年的平均年图书产量估计为 3750 本，比中国同期的最高估计高出 40 倍左右。对于清代可用的估计是，从 1644 年到 1911 年，总共出版了约 12.6 万个新版本，这意味着平均年产量为 474 个。同样，这远远低于欧洲的产量，仅 1644 年欧洲就出版了近 6000 本新书；在 17 和 18 世纪的大部分时间里，中国的图书产量甚至低于荷兰这样的小国。

---

[1] Joerg Baten, Matthias Blum.2014. "Human height since 1820." How Was Life? Global Well-Being Since 1820.OECD Development Centre.

这更令人震惊，因为中国的印刷业可能相当高效，能以相对较低的价格生产书籍（尽管可能没有欧洲那么低），这可能表明当时中国对书籍的需求比西欧要有限得多。①

这些确认"大分流"的指标的出现，往往是技术上的，是一种表象和结果。而真正导致东西方大分流的原因，是很难量化的，比如思想和文化的僵化保守，及其衍生品：阻碍经济结构性调整的腐朽落后的政治架构和运行机制。当然，从这些具体而微的技术指标上，也能反映出上层建筑的强大对经济基础的反制作用，但问题是我们一定要认识到这种上层建筑的反制是一种领先于经济基础的因素。

上述分析可以看出，以经济指标为主的"大分流"的出现，始于1800年左右。如果将亚洲和欧洲的生活水平加以比较，就会发现直到1800年前后，两大洲各主要国家的生活水平都是非常接近的。事实上，1600年前后，亚洲各国很可能还领先一些。但从1800年到1950年间，大分流出现了。欧洲发达国家的收入水平迅速提高，欧洲内部差距逐渐拉大。亚洲主要国家如日本、印度和中国的收入水平在1800年以后也趋于停滞甚至有所下降。因此到1900年时，欧洲最富有的地区已经远远超过了这些亚洲国家。欧洲的富有和亚洲的贫穷，从历史的角度来看，只是晚近才出现的情况。②

以彭慕兰为代表的加州学派其实跳出了传统史学界"西欧中心论"或"欧洲中心论"的窠臼，其意义在于提出了"中国在场论"，即中国并没有脱离世界历史的进程。我们以为，恰恰是中国改革开放以来的历史性成就，给了加州学派反向推理的底气。正如法国学者阿达所说："近几十年来以一体化体制的形象出现的世界经济，来源于一个欧洲的经济世界，或者说是

---

① Jan Luiten van Zanden.2011. "The Long Road to the Industrial Revolution: The European Economy in a Global Perspective, 1000-1800", Scandinavian Economic Aistory Review, 59(2):72-76, 188-189.

② 杰克·戈德斯通：《为什么是欧洲？》，关永强译，浙江大学出版社2010年版，第113-114页。

一个以欧洲为中心的经济世界。倘若没有日本的有影响力的发展，没有中国令人瞠目结舌的苏醒，人们还会将今天的世界经济视为欧洲经济世界的延伸。"①对于以"西欧中心论"为背景的现代化理论，德国学者于尔根·奥斯特哈默在其《世界的演变——19世纪史》中做了非常有代表性的批评：流行于20世纪60年代、迄今仍然颇受争议的现代化理论错误地将历史看作一场竞赛：一路领先的是精明能干的北大西洋人，而其他人统统都是小字辈和后来者。我们最起码应当做到，对历史非线性发展的可能性保持开放心态，只有这样，才能帮助我们摆脱"二元简化"和以欧洲为中心的历史同质论的错误视角。②正像日本学者沟口雄三所说的："为了向世界主张中国的地位，当然要以世界为榜样、以世界为标准来斟酌中国已经达到了什么程度（或距离目标还有多远），即以世界为标准来衡量中国，因此，这里的世界只不过是作为标准的观念里的'世界'、作为既定方法的'世界'，比如说'世界'史上的普遍法则等。这样的世界归根结底就是欧洲……世界对中国来说是方法，是因为世界只不过是欧洲而已。"③研究现代化的理论有意无意皆以欧洲或世界为标准来对标中国，查看是否合拍，否则即认为中国很难走上现代化道路。而中国的现代化道路实践则论证了沟口雄三所提出的"以中国为方法"的判断。"以中国为方法的世界，就是把中国作为构成要素之一，把欧洲也作为构成要素之一的多元的世界。"④

---

① 雅克·阿达：《经济全球化》，何竟、周晓幸译，中央编译出版社2000年版，第7页。
② 于尔根·奥斯特哈默：《世界的演变——19世纪史》，强朝晖、刘风译，社会科学文献出版社2016年版。
③ 沟口雄三：《作为方法的中国》，孙军悦译，生活·读书·新知三联书店2011年版，第131页。
④ 沟口雄三：《作为方法的中国》，孙军悦译，生活·读书·新知三联书店2011年版，第131页。

第二节 为什么是英国：思想进化催生"工业革命"

大卫·休谟曾说："历史上产生伟大的哲学家和政治家、著名的将军和诗人的年代，通常也涌现大批技术高超的织布能手和造船巧匠。我们很难设想：在一个不懂天文学或不注重道德的国家里，会织出精美的呢绒。时代精神对各行各业都会产生影响，人们的思想一旦从沉睡中觉醒，就会……给每项技艺、每门科学带来进步。"① 工业革命的诞生，离不开思想的孵化。正如黑格尔所指出的，思想和哲学启发了人们构建的现实世界，法国和美国革命充分证明了这一点。② 正如奴隶造不出金字塔，没有思想的自由开放，需要极其复杂工艺及人与人合作架构的工业设计发明、制度创设发生，都不会出现。

英国著名经济史学家理查德·托尼在其名著《中国的土地和劳动》中指出："最终成就近代工业的并不是机械，而是利用这些机械的头脑，以及能够使人利用这些机械的社会制度框架。"③ 这些"头脑"和制度，亦即"重大的文化变革就促成了工业革命的兴起"④。这里的"文化"一词，其定义有数百种之多。⑤ 按照美国人类学家格尔茨的理解，应当通过"删繁就简……

---

① 《休谟经济论文选》，陈玮译，商务印书馆1984年版，第19页。
② Himmelfarb, Gertrude. 2004. The Roads to Modernity: The British, French, and American Enlightenments. New York: Vintage Books:7.
③ 托尼：《中国的土地和劳动》，安佳译，商务印书馆2017年版，第139页。
④ 英格尔哈特：《发达工业社会的文化转型》，张秀琴译，社会科学文献出版社2013年版，第1页。
⑤ Kroeber, A., & Kluckhohn, C. 1952. Culture: A critical review of concepts and definitions. Cambridge, MA: Peabody Museum.

以求得出一种狭义的、专门化的，从而也是……理论上更为有力的文化概念"，格尔茨"主张的文化概念……实质上是一个符号学的概念"。他借用马克斯·韦伯提出的人是悬在由他自己所编织的意义之网中的动物的理念，认为："所谓文化就是这样一些由人自己编织的意义之网，因此，对文化的分析不是一种寻求规律的实验科学，而是一种探求意义的解释科学。"① 文化是一种体系，譬如符号体系，而决定这一符号体系之本质属性的则是思想，思想正是决定文化变革方向和内涵的核心要素。英国工业史学者托马斯·S. 阿什顿甚至说："工业革命也是一场思想革命（ The industrial revolution was also a revolution of ideas ）。"因为如果工业革命"在理解和控制自然方面取得了进展，那么它也看到了对人类社会问题的新态度的开始"② 。"在理性主义哲学的影响下，学者们从人文学科转向了物理科学，从物理科学转向了技术。"③ 思想的转向对于工业革命的兴起和发展，可以说在一定程度上起到了决定性的作用。萧公权认为，明治日本的工业革命，也有一思想革命相伴。比如政府领导人觉得经济发展有赖文化与思想，于是采取了一系列的办法来培养一种对生活的新看法。诸如鼓励到西方各国旅游，于 1870 年制定义务教育，文部省依据福泽谕吉的教学经验编订西式教科书等，其整个大目标是传播文明开化。西式楼房的建筑、西式理发与服饰的通行，更象征了此一运动。④

关于东西方"大分流"的时间是 18 世纪，还是早至 15 世纪、16 世纪？中国江南和 18 世纪的英国，到底中国的国民经济所得、消费水准是完全能够跟英国相提并论，还是说中国就是一种落后的、不发达的经济？此类问题如何回答，并不影响 1840 年鸦片战争以后中国逐步沦入半殖民地半封建

---

① Geertz, C. 1972. The Interpretation of Culture. New York: Basic Books:4-6.
② Ashton, T.S. 1948. The Industrial Revolution, 1760-1830. Oxford University Press:21.
③ Ashton, T.S. 1948. The Industrial Revolution, 1760-1830. Oxford University Press:17.
④ 萧公权：《近代中国与新世界：康有为变法与大同思想研究》，汪荣祖译，江苏人民出版社 1997 年版，第 297 页。

状态，国家蒙辱、人民蒙难、文明蒙尘。甚至有学者试图以唐宋变革论的某些组成部分去解释大分流，认为唐宋变革所引发的政治精英地方化潮流在之后的数百年里强化了地方社会的自我治理与救济能力，由此为清代的"国退民进"政治模式提供了必要的功能性条件而导致的"大分流"的出现。[①]此观点不值一驳。且看清朝洋务运动时期官督商办之各类企业，哪里有"国退民进"的影子？且从历史上看，一旦某一王朝实现了统一，强大的中央集权政治制度亦如影随形而确立。一旦中央集权弱化，作为地方精英自治力量发达，那也离王朝分崩离析不远了。

不可否认的事实是，在历史上的某一刻，中国和欧洲这两个社会之间确实出现了分流，欧洲的技术赶上并且超过了中国的技术。[②] 历史上的中国并没有形成工业革命后西方工业化国家的社会形态，或者说，中国没有走上一条"资本主义"或"现代化"道路，探索其中的因素，为中国式现代化道路提供基础性要素，才是问题之关键。然而，直到今天，学界也没有对为何会出现"大分流"达成共识。[③]

但有一点我们都承认，莫基尔所说的"有用知识"诸如各自然科学知识等对于工业革命的极端重要性。关于"大分流"为何出现，或者换另外一种表达方式说工业革命爆发于英国的原因，已经成为人类历史上最大的未解之谜。其实，我们如果弄懂了为什么会出现人类对自然科学知识的需要，也就把大分流的源头基本搞清楚了。

悉尼大学哲学史和科学史教授斯蒂芬·高克罗格强调："与中国的比较使我意识到，西方近代科学的成功可能是因为它与宗教的密切联系，而不

---

① 张泰苏："从'唐宋变革'到'大分流'：一种假说"，《北京大学学报》（哲学社会科学版）2022 年第 7 期。
② 莫基尔：《增长的文化：现代经济的起源》，胡思捷译，中国人民大学出版社 2020 年版，第 268 页。
③ 参见 Vries, Peer H.H. 2003. Escaping poverty—The origins of modern economic growth. Vienna University Press。

是试图将自己与宗教分离。"①高克罗格认为，在 12 世纪的时候，中世纪教会通过加强其知识基础来应对权力所受到的竞争威胁，以抵抗穆斯林异教徒、异端和世俗当局。因此，在严格规则和条件下，教皇允许甚至鼓励根据亚里士多德、柏拉图、托勒密、盖伦、希波克拉底和许多其他"古典权威"恢复的文本，引入自然哲学研究的学院和课程。自然哲学随着大教堂学校和修道院的建立而出现，在发展成为高等教育机构（大学原型）的必修预科课程之前，这些课程遍布中世纪欧洲的各个城市。②从经济学的角度看，竞争是教会允许研究自然科学的最大动力。那么为什么中国传统帝国没有出现一种研究科学的氛围呢？高克罗格认为："古典的希腊世界、中国、中世纪伊斯兰世界，以及中世纪巴黎和牛津的科学发展都有一个鲜明的特点。它们都表现出缓慢、不规则、间歇的增长模式，交替出现大量停滞期，人们的兴趣转向政治、经济、技术、道德或其他问题。科学只是文化中的一系列活动之一，对它的关注也会发生变化，就像对其他特征的关注可能发生变化一样，结果是在文化的整体利益平衡中存在对智力资源的竞争。"③恰恰是对优秀人才的竞争，使得传统中华帝国众多士子皓首穷经，青灯古卷，孜孜于科举，无暇顾及自然科学。科举制这种教育形式"不适应社会变革的原因来自教育水平与社会地位和权力之间具有不同寻常的密切联系。……一个人对功名的追求受到了政府以及地位相等的同伴们的鼓励和刺激，因而减缓了人才向技术专门化的方向发展"。④这是传统中华帝国有技术无科学，且技术因缺乏科学规律的传承性而大多随技术工匠消亡随之而湮灭之

① Stephen Gaukroger.2006.The emergence of scientific culture: science and the shaping of modernity 1210−1685. Oxford: Oxford University Press:18.

② Hilde de Ridder−Symoens and Walter Rüegg eds. 1996. A history of the university in Europe, Cambridge: Cambridge University Press; John Gascoigne.1998. Science, politics and universities in Europe, 1600−1800. Aldershot: Ashgate.

③ Stephen Gaukroger.2006.The emergence of scientific culture: science and the shaping of modernity 1210−1685.Oxford: Oxford University Press:18.

④ 吉尔伯特·罗兹曼：《中国的现代化》，上海人民出版社 1989 年版，第 282 页。

根本原因。进而言之，为何传统中国缺乏对自然科学之需要，亦可于竞争理论中探寻原因。因地理环境因素，中华帝国地理上的封闭性特点，使得自身产生足够的安全感。在欧洲，大部分土地都存在着白垩化、沙化、石化的现象或者长满了硬木林；而且，欧洲的降雨主要发生在冬季而不是适宜农作物生长的夏季，所以这里的土地比较贫瘠。而中国的华北平原地区被一层松软肥沃的黄土所覆盖，十分利于耕种；而且每到夏季的丰水期，黄河及其支流就可以为农业生产提供大量的灌溉水源。因此，相对于欧洲而言，中国的亩产量和人均产量更高，可以供养更多的手工业者和城市工人，能够支持更多、更大的城市发展。①

因此，东海、西山、北漠、南荒的地理格局，以及适宜的气候条件，丰富的农业资源商品产出，导致维护帝国内部稳定成为历代王朝之首选，而无意于开疆拓土，遑论向海洋讨食。结果是，时代精神或时代思想随着时间的流逝愈益保守乃至僵化。所谓重农抑商也好，文化的内敛性也好，对自然界的好奇和探索付之阙如，进而西方意义上的宗教因缺乏皇权支持而失去生长土壤环境，从而也就不存在西方曾出现过的罗马教会为竞争而允诺或鼓励教徒、知识分子对自然科学探索的现象。周谷城认为，中国的地理环境为其未能爆发产业革命（工业革命）之"根本原因"。② 沟口雄三认为中华文明圈的中心中国，从未走出中国大陆，"或许是其所处的地势条件造成的。喜马拉雅山脉、沙漠地带，加上距离的遥远，使其得以避免了同其他文明圈的冲突"③。因地理环境封闭之故，英国工业革命前之"重商主义"无法在国内形成，仅依靠国内市场而无庞大的海外殖民地市场，是无法消化产业革命所产生的堆积的商品的，因此无法诱导产业革命的爆发。

① 杰克·戈德斯通：《为什么是欧洲？》，关永强译，浙江大学出版社2010年版，第14页。
② 周谷城："论中国之现代化"，《新中华》1943年第1卷第6期，第11—20页。
③ 沟口雄三：《中国的冲击》，王瑞根译，生活·读书·新知三联书店2011年版，第93页。

从经济理论上来讲，技术进步的原因在新古典增长模型中只是一个"黑匣子"。没有技术进步，哪来的工业革命。阿布拉莫维茨讽刺说，代表技术进步参数的"索罗残差"（Solow Residual）或 TFP（全要素生产率）所测量的只不过是我们的无知①。有学者进行的跨国研究显示，"跨国人均 GDP 的变动里，有超过 60% 的变动来自生产力而非物质资本和人力资本的积累"，而且"人均 GDP 增长率 90% 以上的跨国差异归因于生产力增长率的差异，而不是投资率或入学率的差异"②。鉴于此，休伊特认为，"因而，几乎一切都可以通过'索罗残差'理论来解释。其结论是："我会倾向于以创新为基础的经济增长理论。"③而创新这一意外事件则发生于有准备的思想和开放的讨论空间之中。④

经济史学家格雷戈里·克拉克感叹道："解释工业革命仍是经济史上的终极大奖。它到目前已激励了一代又一代学者穷其一生，但总是无果而终。"⑤伊斯特林甚至认为："自从经济史作为一门独立学科建立以来，工业革命的起因一直是它的圣杯。"⑥伟大的人类学家列维-斯特劳斯甚至认为："要想搞清哪一两个国家内首先发动了工业革命这样的问题，是没有意义的。"⑦

①　M. Abramovitz.1956. "Resource and Output Trends in the United States Since 1870." The American Economic Review, 46(2):5−23.

②　Klenow, P.J. and A. Rodríguez−Clare.1997. "The neoclassical revival in growth economics: Has it gone too far?" in: B. Bernanke and J. Rotemberg, eds., NBER Macroeconomics Annual (MIT Press, Cambridge, MA) :73−103.

③　Peter Howitt. 2005. "Coordination Issues in Long−Run Growth." In K. Judd and L. Tesfatsion,eds., Handbook of Computational Economics, vol. 2, Agent−Based Computational Economics. Preprint at Department of Economics, Brown University:5.

④　Deirdre N McCloskey.2010.Bourgeois Dignity: Why Economics Can't Explain the Modern World.The University of Chicago Press:410.

⑤　Gregory Clark .2012. "A Review Essay on the Enlightened Economy: An Economic History of Britain 1700−1850 by Joel Mokyr." Journal of Economic Literature, 50(1),85−95.

⑥　Richard AEasterlin. 2004. The Reluctant Economist: Perspectives on Economics, Economic History, and Demography. Cambridge: Cambridge University Press:84.

⑦　克洛德·列维−斯特劳斯：《结构人类学》（第二卷），俞宣孟、谢维扬、白信才译，上海译文出版社 1999 年版，第 385 页。

　　然而，从马克思恩格斯的著作中，我们可以发现他们对工业革命诞生原因的分析线索。恩格斯认为，工业革命的表征——替代手工业和工厂手工业的大工业，"是由于前一世纪的各种发明，特别是由于蒸汽机的发明才可能建立的"①。如前文所述，"蒸汽机的发明"不能不上溯至文艺复兴所带来的教会独裁精神的摧毁、人文精神旗帜的高扬、开朗的自由思想的发生。麦克洛斯基在谈到工业革命诞生的原因时强调，是创新导致了工业革命；但在探寻创新背后的原因时，她特别强调是言论、道德和思想导致了创新。②我们以为，三者中，思想是最根本的，言论和道德只不过是思想的表象而已。麦克洛斯基讽刺道："那些从事增长理论和经济发展理论研究的经济学家……极度希望能相信产出不取决于与物质无关的思想，而主要取决于劳动力的投入和（特别是）现存的物理和人力资本，$Q=F(L,K)$——这个公式多么可爱，多么坚强，多么具有男子气概，而且可以无休止地数理化。"③

　　思想只不过是一种特殊商品，其品质优劣高下亦需要通过市场竞争给予客户（政府、厂商、知识分子等）以正确的信息。在竞争过程中，一些思想或想法被认为是正确的而留下，一些则被认为是错误的遭淘汰。当然，某种思想或想法的真理性短期内并不能完全得以确认，一旦采用某个当时看来是正确的思想并作为指导应用于社会或自然研究，将会出现一个长期的纠错过程。毕竟，路径依赖一旦形成，修复代价很可能非常之高，甚至会以人类的牺牲（或战争或疾病）为代价。但需要强调的是："在这一竞争性自然选择过程中，知识环境发生了变化，对'现代'政治和经济的建立产生了深远的影响。"④

---

① 《马克思恩格斯选集》（第三卷），人民出版社 2012 年版，第 723 页。
② Deirdre N McCloskey .2010.Bourgeois Dignity: Why Economics Can't Explain the Modern World.The University of Chicago Press.
③ Deirdre N McCloskey .2010.Bourgeois Dignity: Why Economics Can't Explain the Modern World.The University of Chicago Press:38.
④ Mokyr, J.2009. The Enlightened Economy: An Economic History of Britain, 1700−1850. introduction,New Haven.

　　关于工业革命或现代化之前西方社会的独特特征，即西方文明核心的体制、实践和信念，亨廷顿归纳了几点：一是古典遗产，包括希腊哲学和理性主义、罗马法、拉丁语和基督教。二是天主教和新教，从历史上说西方文明唯一最重要的特征。三是欧洲语言，西方继承了拉丁语。四是精神权威和世俗权威的分离，作为西方更文明象征的教会与国家之间的分离和一再出现的冲突，在其他文明中并不存在，这种权威的分裂极大地有利于西方自由的发展。五是法治，法治是一个文明社会的核心观念，是从罗马继承来的。法治的传统为宪政和人权保护奠定了基础，包括保护财产权不受专制权力的侵犯。六是社会多元主义，大多数西欧社会包括相对强大和自主的贵族、大量农民和虽然为数不多但很重要的商贾阶级。欧洲的多元性与同时存在于俄国、中国、奥斯曼帝国和其他非西方社会中的市民社会的贫困、贵族的虚弱和中央集权的官僚帝国形成了鲜明的对比。七是代议机构，社会的多元性最初导致了等级、议会和其他代表贵族、教士、商人和其他集团的利益的机构，这些机构提供了在现代化过程中演变为现代民主体制的代议制形式。八是个人主义，上述许多西方文明的特征促进了文明社会中所独有的个人主义意识及个人权利传统和自由传统的出现。在17世纪，对所有个人平等权利的要求——"英格兰最贫穷的人与最富有的人一样要生活"——即使没有被普遍接受，也得到了清楚的表达。①

　　"英格兰最贫穷的人与最富有的人一样要生活"，这句话出自1647年普特尼辩论中英国政治家托马斯·雷恩巴勒（the poorest he that is in England hath a life to live, as the greatest he）。② 每个人的生命同样重要，没有任何理由认为一个人的生活或生命从根本上要比其他人的更宝贵。

　　英格兰的个人主义是其与欧洲大陆自11世纪之后分道扬镳的最鲜明特

---

①　亨廷顿：《文明的冲突与世界秩序的重建》，周琪等译，新华出版社2010年版，第60—63页。
②　Thomas Rainsborough.1986. "The Puttney Debates: The Debate on the Franchise(1647)", in Divine Right and Democracy, ed. David Wootton. Harmondsworth: Penguin Books:285—317.

点。① 这里的个人主义主要反映在个人私有财产权的概念上，个人的政治与法律自由上，个人应与上帝直接交流的观点上。② 英格兰与中国、印度和西欧的大多数其他国家比较起来，其独特性在于它将个人置于经济、伦理及政治制度中心，而且英格兰法律强调私有财产权，它将经济领域与社会生活剥离开来，它赋予男人和妇女几乎完全平等的地位，它保障了平衡和开放的政治制度。③ 也就是说，英格兰特有的法律体系和政治制度同时保障着个人主义，而个人主义恰恰为英国工业革命的诞生所必需的具有创新性思想的出现提供了土壤。麦克法兰指出：与欧洲大陆相比，英格兰于 11 世纪之后变得迥然不同的主要原因："与其说是英格兰陡生变化，毋宁说是英格兰留在自己的基本结构中原封未动，而欧洲大陆上却风云突变。……在中国和日本的历史上、也在欧洲大陆的历史上，农业文明的一种常规趋势一再复现，那就是，社会的中央往往变得更加强势，表现为更加绝对和大一统的官僚体系、法律体系和政治体系。以欧洲为例，这样的体系直到 18 世纪才开始崩溃。但是英格兰从未呈现同样的趋势。英格兰虽然是一元的整体，却未曾走向绝对君主制。"④ 之所以如此，是因为至少从 13 世纪开始，英格兰的大多数平民百姓就已经是无拘无束的个人主义者了：他们在地理和社会方面是高度流动的，在经济上是"理性"的、市场导向的和贪婪攫取的，在亲属关系和社交生活中是以自我为中心的。这种高度成熟的、个人主义的市场化社会，可以导致非同寻常的富足，而且财富会广泛地分布于全民；会导致一种社会流动性极大的局面出现，流动的基础是财富，而非血缘；同时在职业群体之间、城乡之间、社会阶层之间，几乎没有牢不可破的永久屏障；而且法律之中埋藏着强烈的个人主义意识，并体现为个人权利的

---

① 艾伦·麦克法兰：《英国个人主义的起源》，管可秾译，商务印书馆 2008 年版，第 5 页。
② 艾伦·麦克法兰：《英国个人主义的起源》，管可秾译，商务印书馆 2008 年版，第 11 页。
③ 艾伦·麦克法兰：《英国个人主义的起源》，管可秾译，商务印书馆 2008 年版，第 1—2 页。
④ 艾伦·麦克法兰：《英国个人主义的起源》，管可秾译，商务印书馆 2008 年版，第 5 页。

概念，体现为思想和宗教方面的独立与自由。①

英格兰的个人主义和对自由的追求，归根到底是英格兰独特的地理环境形成的。英格兰地处欧洲边陲的北海列岛，大海环绕的天然屏障，使它形成了得天独厚的孤立而和平的地理环境。波涛汹涌的大海使其远离大陆的战火频仍，并阻隔了大陆的绝对主义，从而形塑了一个热爱自由和商业的民族。

1739 年，孟德斯鸠渡海游历英格兰后惊叹："我置身于一个与欧洲其他地方截然不同的国家。"② 这位法国启蒙学者深信地理环境对一国政体和民俗的重大影响。他在《论法的精神》中写道：岛屿的人民比大陆的人民爱好自由，海洋使他们和大的帝国隔绝；暴政不能够向那儿伸展；征服者被大海止住了；岛民很少受到征服战争的影响，他们可以比较容易保持自己的法。③ 他进而指出：这个国家的民众居住在一个大岛上，拥有大量的贸易，所以有一切便利去取得海上的势力。要保存它的自由，它就不需要有要塞、堡垒与陆军，但它却需要有一支海军来保证自己免受侵略；这支海军比一切国家的海军都要优越。④ 另一位法国思想家本杰明·贡斯当亦发现，岛国的非军事化有利于自由。他强调：如果自由在英国已经保持了一百年之久，那是因为国家内部并不需要军事力量。⑤ 这种环境，特别是一个岛国，使它的榜样在大陆国家行不通。一支强大的军事力量会危及自由，正是这一点曾使许多自由的民族遭到了毁灭。⑥ 马克斯·韦伯也指出："英格兰地处岛屿，故不依赖一支庞大的国民军，而是可以依赖一支训练有素的小型

---

① 艾伦·麦克法兰：《英国个人主义的起源》，管可秾译，商务印书馆 2008 年版，第 215-217 页。
② 托克维尔：《旧制度与大革命》，冯棠译，商务印书馆 1992 年版，第 122 页。
③ 孟德斯鸠：《论法的精神》上册，张雁深译，商务印书馆 1995 年版，第 282 页。
④ 孟德斯鸠：《论法的精神》上册，张雁深译，商务印书馆 1995 年版，第 324-325 页。
⑤ 贡斯当：《古代人的自由与现代人的自由》，阎克文、刘满贵译，商务印书馆 1999 年版，第 161 页。
⑥ 贡斯当：《古代人的自由与现代人的自由》，阎克文、刘满贵译，商务印书馆 1999 年版，第 162 页。

专业军队和应急部队。"[1]

佩里·安德森认为，英伦之岛国孤立主义环境是绝对主义王权的天然屏障。他指出，英国的自由，在于其岛国抑制了王权绝对主义。在他看来，陆战是推动欧陆绝对主义发展的动力。[2] 对于文艺复兴时代欧陆各君主政体来说，建立强大的军队是生存的先决条件。这种迫切性对于地处岛国的都铎王朝国家却并不尖锐，从海上入侵英国的威胁并不严重。结果是，在英国向"新君主政体"转变的关键时期，都铎王朝国家既不需要也不可能建立与法国、西班牙绝对主义相匹敌的军事机器。[3]

费尔南德·布罗代尔发现，不列颠群岛四面环海，其自然条件有利于开展自由贸易。[4] 安德森亦强调岛国与商业之间的内在联系。在他看来，由于没有迫在眉睫的经常性入侵造成的压力，英国贵族在文艺复兴时代远离战争机器。在岛国孤立主义的环境中，贵族阶级非军事化和重商主义倾向出现得非常早。[5]

岛国英格兰的历史命运是和海洋连在一起的。阿克顿勋爵（Lord Acton）曾不无自豪地宣称："我们的繁荣昌盛靠的是环境条件而不是种族条件。"[6] 可以毫不夸张地说，英格兰工业革命的历史之谜，就隐藏在其岛国独特的地理环境之中。由于独特地理环境没有绝对主义王权（几乎无陆军以镇压异见者），再加上个人主义传统的形成及伴随而来的自由思想、科技创新，由此基于商业贸易而来的工业革命，则是情理之中了。钱端升也认为，"在地理环境方面，英国又比较孤立，不与欧陆相接，于是欧洲大陆上教皇的

① Max Weber. 1950.General Economic Theory. Translated by Frank Knight. The Free Press:164.
② 安德森：《绝对主义国家的系谱》，刘北成、龚晓庄译，人民出版社2001年版，第128页。
③ 安德森：《绝对主义国家的系谱》，刘北成、龚晓庄译，人民出版社2001年版，第122页。
④ 布罗代尔：《15至18世纪的物质文明、经济和资本主义》（第一卷），顾良、施康强译，生活·读书·新知三联书店1992年版，第627页。
⑤ 安德森：《绝对主义国家的系谱》，刘北成、龚晓庄译，人民出版社2001年版，第124-125页。
⑥ 阿克顿：《自由与权力：阿克顿勋爵论说文集》，侯健、范亚峰译，商务印书馆2001年版，第393页。

势力和那些专制的议论，英国所受到的影响较小。……英国与欧陆隔海相对，路德教未曾传入，他自己却自成一个国教。所以英国的政治环境，地理环境都有利于现代化"①。

---

① 钱端升："现代化"，《中国青年》1944 年第 10 卷第 6 期，第 1-6 页。

第三节 制度演化护佑"工业革命"

当然，思想的自由和科技创新之成果，需要有制度保障才具有可持续性。这样的制度绝不仅仅是以书面的形式或意识形态共识的形式存在，必须有强制性的实施才行。这就要求，第一，需要政治层面的妥协和平衡，不因政治强力的剥夺而导致某种垄断或压制，致使思想和科技创新失去动力；第二，需要有具体的法律制度，以保障创新收益的合理归属。英国工业革命的持续深化，最终为日不落帝国奠定庞大厚重的经济基础，即得益于此两点，下文分而述之。

关于政治层面的妥协和平衡，作为新制度经济学的主要代表，道格拉斯·诺思和罗伯斯·托马斯早在《西方世界的兴起》中就提出了一个基本的分析框架。作者在本书的开篇即写道："本书的中心论点是一目了然的，那就是有效率的经济组织是经济增长的关键；一个有效率的经济组织在西欧的发展正是西方兴起的原因所在。有效率的组织需要在制度上作出安排和确立所有权以便造成一种刺激，将个人的经济努力变成私人收益率接近社会收益率〔私人收益率是经济单位从事一种活动所得的净收入款。社会收益率是社会从这一活动所得的总净收益（正的或负的）。它等于私人收益率加这一活动使社会其他每个人的净收益。〕的活动。"[1]

如果说有效率的经济组织是近代西方兴起的关键因素，那么，又是什

---

[1] 诺思、托马斯：《西方世界的兴起》，厉以平、蔡磊译，华夏出版社1989年版，第1页。

么因素促成了有效率的经济组织在西方诸社会的形成和出现呢？在后来的《经济史上的结构和变革》一书中，诺思指出："知识存量和技术存量扩大了人类福利的范围，但它们不决定人类在哪些范围内怎样达到成功。决定经济绩效和知识技术增长率的是政治经济组织的结构。"① 那么，又是什么因素确保有效的经济组织的运作呢？诺思认为，那就是明确的私有财产制度。在《经济史上的结构和变革》一书中，诺思用了大量篇幅阐述这一观点，并以荷兰和英国经济在欧洲近代史上率先起飞的例子，来说明他的见解。就荷兰的例子而言，诺思解释说，在近代欧洲历史上，荷兰经济之所以率先起飞，其原因在于："它地处中心，又有一个政府以转让和保护私人所有权及阻止限制性做法来鼓励有效率的经济组织。"② 至于英国，诺思则认为，英国经济能成功地摆脱 17 世纪的危机，可以直接地归因于逐渐形成的私人所有权制度。③

如果说在一个经济中有效率的经济组织与私有财产制度安排有关，那么，导致近代西方世界兴起的私有财产制度出现的因素是什么？对此，诺思的明确解答是，"理解（制度）结构有两个必不可少的工具，那就是国家理论和所有权理论"，"因为国家规定着产权结构。国家最终对所有权结构的效率负责，而所有权结构的效率则导致经济增长、停滞或经济衰退"④。

诺思和托马斯认为，有效率的组织所做出的制度安排是未来保障所有权的安全。他们在《西方世界的兴起》结尾处自豪地宣称："马克思未能认识到经济增长并不是不可避免的，而亚当·斯密则没有告诉我们怎样保证有效率的政府会发明和维持一组保证经济持续增长的所有权。真正开始着手研究经济组织的正是我们。"⑤

---

① 诺思：《经济史上的结构和变革》，厉以平译，商务印书馆 1992 年版，第 18 页。
② 诺思：《经济史上的结构和变革》，厉以平译，商务印书馆 1992 年版，第 152 页。
③ 诺思：《经济史上的结构和变革》，厉以平译，商务印书馆 1992 年版，第 152 页。
④ 诺思：《经济史上的结构和变革》，厉以平译，商务印书馆 1992 年版，第 18 页。
⑤ 诺思、托马斯：《西方世界的兴起》，厉以平、蔡磊译，华夏出版社 1989 年版，第 172 页。

那么有效率的政府具有哪些特征呢？诺思认为，一个福利或效用最大化的统治者的国家模型，具有以下三个基本特征：其一是统治者在与选民的交换过程中，国家为取得岁入而向选民提供"保护"和"公正"的服务；其二是国家统治者为达到国家收入最大化而为每一个社会集团设计产权制度；其三是由于国家组织者总是面临其他国家和现存社会中可能成为未来统治者的个人的潜在竞争，因此，统治者垄断权力的程度是各个不同选民集团替代度的函数。[①]

诺思和托马斯举例指出："在法国和西班牙，君主制逐渐夺取了代议制机构的权力，发展了一套税收制度（和标准），……提高了地方性和地区性的垄断，抑制了创新和要素的流动性。……而在（英国和荷兰）这两个国家，持久的经济增长都起因于一种适宜所有权演进的环境，这种环境促进了……一套旨在减少产品和资本市场的市场缺陷的制度安排。"[②]

这种有利于经济增长的制度体现于英国议会对王权的制衡。即使在王权达到权力顶峰的都铎王朝时期（1485—1603 年），议会也没有失去对征税权的控制。从斯图亚特王朝（1603—1714 年）开始，议会发展为王权的制衡力量，并与王权达成一种契约关系，即王室要获得税收必须经由议会同意。其结果是"代议机构规定税金，国王用特权（所有权）和政策来交换更多的岁入"[③]。这也就意味着，王权将所有权的控制权交给了由商人和土地贵族组成的代议制议会。议会"以限制王权来保证私人产权和竞争"[④]。议会实现这一权力的重要标志是《垄断法》的颁布："1624 年的《垄断法》不仅禁止王室垄断，而且还包括了一个鼓励任何真正创新的专利制度。"[⑤] 换言之，《垄断法》终止了王权创造专利的特权，从而"创新的报偿已不再受王室偏

---

① 诺思：《经济史上的结构和变革》，厉以平译，商务印书馆 1992 年版，第 24 页。
② 诺思、托马斯：《西方世界的兴起》，厉以平、蔡磊译，华夏出版社 1989 年版，第 172 页。
③ 诺思、托马斯：《西方世界的兴起》，厉以平、蔡磊译，华夏出版社 1989 年版，第 98 页。
④ 诺思：《经济史上的结构和变革》，厉以平译，商务印书馆 1992 年版，第 177 页。
⑤ 诺思、托马斯：《西方世界的兴起》，厉以平、蔡磊译，华夏出版社 1989 年版，第 162 页。

爱左右，而是得到包含在习惯法中的所有权的保障"①。诺思后来又强调了 1688 年光荣革命的意义，在和巴里·温格斯特合作的 1989 年的开创性文章中，他们认为 1688 年光荣革命后所带来的制度变革的重要性，认为这种变革增加了财产权的安全性。②

诺思和温格斯特认为，英国现代经济的发展取决于"安全的财产权"和"取消没收性政府"。据称，光荣革命在这一过程中至关重要，包括 1689 年国王和议会之间的宪法协议，其中《权利宣言》规定了国王在立法和税收问题上要服从议会。减少国王的专断权力不仅会带来更安全的经济自由和财产权，还会带来政治自由和权利。诺思和温格斯特认为，光荣革命后金融体系的一系列后续变化，包括 1694 年英格兰银行的成立、利率的降低、股票和证券交易的增加以及银行的成长和发展，为 18 世纪的经济增长奠定了基础。③ 诺思认为 1688 年光荣革命带来的"英国政体的根本变迁，是影响英国经济发展的关键因素"④。也就是说，由议会控制的民主制度为设计有效率的产权制度提供了保障。

阿西莫格鲁等人同样认为，在英国中世纪，"土地所有者、商人和原始工业家缺乏财产权"，他们的"发展"首先发生在 17 世纪晚期，当时"加强了土地和资本所有者的财产权"……刺激了金融和商业扩张的进程。他们特别强调了 1689 年议会和君主之间所达成的协议，该协议限制了君主的

① 诺思、托马斯：《西方世界的兴起》，厉以平、蔡磊译，华夏出版社 1989 年版，第 169 页。
② North, D. C. and Weingast, B. R. 1989. "Constitutions and Commitment: The Evolution of Institutions Governing Public Choice in Seventeenth-Century England." Journal of Economic History, 49 (4): 803-832.
③ North, D. C. and Weingast, B. R. 1989. "Constitutions and Commitment: The Evolution of Institutions Governing Public Choice in Seventeenth-Century England." Journal of Economic History, 49 (4): 803-832.
④ 诺思：《制度、制度变迁与经济绩效》，刘守英译，生活·读书·新知三联书店 1994 年版，第 186 页。

权力，促进了"财产权的发展"。① 当然，也有许多知名学者不完全认同诺思和温格斯特的观点，认为有夸大之嫌。②

针对诺思和温格斯特等学者所特别强调 1688 年光荣革命之后财产权的安全更加有保障的观点，也有很多著名学者不以为然。他们指出，在 1688 年之前，到 1600 年甚至更早，财产权就已经相对安全了。③ 杰弗里·M. 霍奇逊甚至认为，"受诺思启发的'安全产权'观有四大缺陷——历史的、分析的、动机的和分配的。……从某种意义上说，问题不是产权太少，而是太多。"④ 同时霍奇逊也承认，总的来说，1688 年光荣革命以后，国王比以前更加依赖议会。⑤ 关于英国光荣革命的后果，巴里·温格斯特也认为："革命宣告这样一个时代的到来：对本国产权、经济活动、信仰自由以及个人自由

---

① Acemoglu, D., Johnson, S. and Robinson, J. A. 2005. "Institutions as a Fundamental Cause of Long-Run Growth." In Aghion, Philippe and Durlauf, Steven N. (eds.), Handbook of Economic Growth: Volume 1A, North Holland: Elsevier: 385-472.

② Western, J. R. 1972. Monarchy and Revolution: The English State in the 1680s. Blandford. Scott, J. 1991. Algernon Sydney and the Restoration Crisis, 1677-1683. Cambridge University Press. Jones, J. R. 1992. Liberty Secured? Britain Before and After 1688. Stanford University Press. Morrill, J. 1992. 'The Sensible Revolution', in Israel, Jonathan I. (ed.) The Anglo-Dutch Moment: Essays on the Glorious Revolution and its World Impact. Cambridge University Press: 73-104. Trevor-Roper, H. 1992. Counter-Reformation to Glorious Revolution. University of Chicago Press. Nenner, H. (ed.) 1997. Politics and Political Imagination in Later Stuart Britain, Rochester. University of Rochester Press. Pincus, S. C. A. 2009. 1688: The First Modern Revolution. Yale University Press. Ogilvie, S. and Carus, A. W. 2014. 'Institutions and Economic Growth in Historical Perspective', in Aghion, P. and Durlauf, S. (eds.) Handbook of Economic Growth, vol. 2A, Amsterdam: Elsevier: 403-513.

③ Clark, G. 1996. 'The Political Foundations of Modern Economic Growth: England, 1540-1800." Journal of Interdisciplinary History, 26 (4): 563-588. Sussman, N. and Yafeh, Y. 2006. "Institutional Reforms, Financial Development and Sovereign Debt: Britain 1690-1790." Journal of Economic History, 66 (4): 906-935. Clark, G. 2007. A Farewell to Alms: A Brief Economic History of the World. Princeton University Press. McCloskey, D. N. 2010. Bourgeois Dignity: Why Economics Can't Explain the Modern World. University of Chicago Press. Angeles, L. 2011. "Institutions, Property Rights, and Economic Development in Historical Perspective." Kyklos, 64 (2): 157-77. Ogilvie, S. and Carus, A. W. 2014. "Institutions and Economic Growth in Historical Perspective." in Aghion, P. and Durlauf, S. (eds.) Handbook of Economic Growth, vol.2A, Amsterdam: Elsevier: 403-513.

④ Geoffrey M. Hodgson. 2017. "1688 and All That: Property Rights, the Glorious Revolution and the Rise of British Capitalism." Journal of Institutional Economics , 13(1):79-107.

⑤ Geoffrey M. Hodgson. 2017. "1688 and All That: Property Rights, the Glorious Revolution and the Rise of British Capitalism." Journal of Institutional Economics , 13(1): 79-107.

提供更高的政治保护。"①

也有学者从统计数据分析结果得出论点，认为英国经济增长的迅速向上，并不是在 1688 年之后即发生，而是开始于 1760 年左右。比如，斯蒂芬·布劳德伯利等人计算的数据表明，英国人均国内生产总值从 1650 年增长到 1700 年，年均增长率为 0.74%。从 1700 年到 1760 年，增长率略低，为 0.67%。1760 年后，人均国内生产总值增长：从 1760 年到 1780 年，增长率为 0.85%，从 1780 年到 1801 年为 1.46%，从 1801 年到 1830 年为每年 1.64%。②

我们认为，英国光荣革命的重大意义不在于是否其立刻对经济增长产生强大的刺激作用，而在于构建一个对王权产生约束的宪政架构。这种架构对经济增长的影响是潜移默化的，而非立竿见影的。至于说光荣革命对产权的保障是否可以成为工业革命的重要传导机制，还是其他因素比如金融体系因战争的需要而日益健全导致了工业革命的发展（用霍奇逊的话来说就是金融的发展，比如通过建立现代银行体系扩大了借贷和投资的可能性，新兴的资本主义金融体系推动了大规模的经济发展，这些制度变革在工业革命中结出了果实③），都不能否认英国光荣革命的重要性，这个应该是诺思和温格斯特 1989 年文章带给我们的最大启示。

上面是从政治架构层面来看 1688 年光荣革命对工业革命的重要意义，下面我们来看具体的制度创设对于工业革命的重要性。这里我们重点讨论专利制度对工业革命的推动作用。

诺思和托马斯认为："制度环境的改善会鼓励创新，结果私人收益率接

① 温格斯特："有限政府的政治基础：17—18 世纪英格兰的议会和君主债务"，见约翰·德勒巴克，约翰·奈编《新制度经济学前沿》（第 2 辑），张宇燕等译，经济科学出版社 2003 年版，第 262 页。

② Broadberry, S. N., Campbell, Bruce M. S., Klein, A., Overton, M. and van Leeuwen, Bas. 2015. British Economic Growth 1270-1870: An Output-Based Approach. Cambridge University Press.

③ Geoffrey M. Hodgson.2017. "1688 and All That: Property Rights, the Glorious Revolution and the Rise of British Capitalism." Journal of Institutional Economics, 13(1):79-107.

近社会收益率。奖励为具体的发明带来了刺激，但并没有为知识财产的所有权提供一个合法的依据。专利法的发展则提供了这种保护。"①

在正式的经济文献中，肯尼斯·阿罗经典地阐述了将专利授予发明人以鼓励发明活动的论点。② 阿罗首先对发明的性质做出了两个假设。首先，发明的成本远远大于模仿的成本（假设为零）。其次，因为它们是非竞争性的，一个人使用一项发明不会削弱另一个人使用它的能力。因此，如果没有专利保护，发明人就无法获得高于市场价格的回报，也无法收回发明成本和生产成本。然而，专利通过授予排除其他方使用发明的（临时）权利，允许发明人获得垄断利润并收回发明成本。或者，专利持有人可以通过将发明的使用许可给其他方来收回成本，以换取版税。

关于工业革命中科技创新的起源，肖恩·博顿利讨论了两种方法。③ 一是有人认为这是一种"需求侧"现象：工业革命的技术是针对当时英国盛行的（独特的）经济激励而产生的。在英国，而且只有在英国，发明蒸汽机、纺纱机和焦炉才有利可图。这一论点有争议，格雷格·克拉克的批评——发明家在工业革命期间很少能够从发明活动中获得适当的回报——有一定道理。④ 然而，博顿利的研究表明，发明人往往能够从发明活动中获得可观的回报，专利对他们的经济和个人成功至关重要。如果没有专利权的规定，许多研究项目，例如导致纽科门的大气发动机和瓦特的独立冷凝器的研究项目，就不会在私下产生效益，也很可能根本不会发生。此外，专利在某种程度上解释了为什么英国在新技术开发方面比其他欧洲国家有优势——直到

---

① 诺思、托马斯：《西方世界的兴起》，厉以平、蔡磊译，华夏出版社 1989 年版，第 170 页。
② Kenneth Arrow.1962. "Economic welfare and the allocation of resources for invention." in NBER, The Rate and Direction of Inventive Activity: Economic and Social Factors. Princeton University Press: 609-626.
③ Sean Bottomley.2014. The British Patent System during the Industrial Revolution 1700-1852. Cambridge University Press.
④ Gregory Clark.2003. "The Great Escape: The Industrial Revolution in Theory and in History." www.econ.ucdavis.edu › faculty › gclark › papers

1790 年代，只有威尼斯共和国为发明家提供了类似的保护。[1] 当然，也有学者认为，专利权也会阻碍创新的产生，比如詹姆斯·瓦特在四分之一世纪后仍然能够阻止其他工程师建造新的蒸汽机。[2]

第二种方法将工业革命视为一种"供给侧"现象：无论是关于科学方法的可能性，还是关于企业家精神在社会中的有益作用，新思想的供应都有所增加，由此英国见证了工业革命的诞生。通常情况下，专利在这些工业革命的供给侧解释中并不那么重要。事实上，专利有时甚至被诋毁为阻碍信息自由流动的障碍。然而，博顿利认为，专利对新思想的传播很重要，原因有两个：首先，它们提供了一种除了秘密工作之外的保护发明的替代方法——一种通过阻止技术流向新用户来定义的商业化方法；其次，专利规范代表了工业革命期间技术信息可用性的重要发展。[3]

英国早期的专利制度是通过王室授予发明人独占其发明的特权而逐步形成和完善起来的。这种由王室授予特权的做法曾一度被滥用。这些被滥用的独占权成了当时英国不断出现政治骚乱的原因之一。1601 年伊丽莎白女王不得不做出让步，发布一个公告，把大部分已授予的独占权撤销了。议会为了进一步约束国王继续滥用权力，于 1623 年 5 月 25 日颁布了《独占法》。这部法构成了英国二百多年来关于专利权的法律基础，被认为是世界上第一部现代意义的专利法。[4] 它宣布以往君主所授予发明人的特权一律无效，规定了发明专利权的主体、客体、可以取得发明专利的发明主题、取得专利的条件、专利有效期以及在什么情况下专利权将被判无效，等等。仅仅随着"《独占法》"的诞生，英国才建立了一部专利法。……一套鼓励技术变化，

---

① Sean Bottomley.2014. The British Patent System during the Industrial Revolution 1700−1852. Cambridge University Press:293.

② Ashton, T.S. 1948. The Industrial Revolution, 1760−1830. Oxford University Press:12.

③ Sean Bottomley.2014. The British Patent System during the Industrial Revolution 1700−1852. Cambridge University Press:293.

④ 杨中楷：《专利计量与专利制度》，大连理工大学出版社 2008 年版。

提高创新的私人收益率使之接近社会收益率的系统激励机制仅仅随着专利制度的建立才被确立起来。"① 专利逐渐从 17 世纪皇家资助的工具演变成工业革命的发明者和制造商的知识产权。②

当然，专利激励新技术的出现并不意味着利润动机就是一切，对知识的好奇心和对"声誉"的渴望对许多发明家来说都很重要，但归根结底，许多发明是需要大量的时间和金钱的。比如，理查德·罗伯茨（Richard Roberts）发明的自动走锭纺纱机（1825 年获得专利）节约了大量的劳力，其计算出在工资、材料以及自己的劳动和时间补贴方面花费了近 30000 英镑。同样，纽科门和瓦特花了多年的时间将他们的设计转变成可以销售的商品，其成本巨大。更多的例子可见哈罗德·达顿的著作 ③。如果所涉及的成本无法收回，那么工业革命对这些大型研发项目的投资就会少得多。当秘密工作不可行时（并且它依赖于某些特定情况才能成功），专利是实现这一目标的唯一可行方式。④ 统计表明，专利制度通过提供有效的保护，确实鼓励了工业革命期间技术的发展和传播。⑤

专利鼓励发明家投入时间和金钱开发新技术，这并不是说专利制度在任何方面都是工业革命的充分原因。换句话说，专利制度仅仅是英国工业革命产生的必要条件而非充分条件。爱尔兰拥有直接源自英国的专利制度，但在 18 世纪和 19 世纪，爱尔兰几乎没有发明活动，仍然是一个相对贫穷

① 道格拉斯·诺思：《经济史中的结构与变迁》，陈郁、罗华平译，上海三联书店、上海人民出版社 1994 年版，第 185 页。
② MacLeod, C. 2002.Inventing the Industrial Revolution: The English Patent System, 1660–1800. Cambridge University Press.
③ Harold Dutton. 1984.The Patent System and Inventive Activity during the Industrial Revolution: 1750–1852. Manchester University Press:157–58.
④ Sean Bottomley.2014. The British Patent System during the Industrial Revolution 1700–1852. Cambridge University Press:287.
⑤ Sean Bottomley.2014. The British Patent System during the Industrial Revolution 1700–1852. Cambridge University Press:174.

的农业社会，不幸的是，爱尔兰未能摆脱马尔萨斯的枷锁。[①] 当然，专利制度对于英国工业革命的爆发所起到的推波助澜的作用，不仅仅体现在科技创新方面，还体现在对发明者创新者的企业家精神的保护和鼓励方面，这也是一种人权。就此来说，同样也是光荣革命的遗产。"没有 1688 年革命，人权问题几乎不可能超越理论的范围。因此……（光荣）革命过去在持续地、现在仍在继续间接或直接地发挥其强大的、独特的影响。"[②]

---

① Sean Bottomley.2014. The British Patent System during the Industrial Revolution 1700—1852. Cambridge University Press:288.

② J.S. 布朗伯利（J.S.Bromley）编：《新编剑桥世界近代史——大不列颠和俄国的崛起 1688—1715/1725 年》，中国社科院世界历史研究所组译，中国社会科学出版社 2018 年版，第 243 页。

第二章　明末以后我国科技落伍的原因

第一节　思想的封闭僵化

习近平曾指出，"我一直在思考，为什么从明末清初开始，我国科技渐渐落伍了。"结合中国科技发展和经济发展实际，他在同一篇讲话中强调，必须"破除一切制约科技创新的思想障碍和制度藩篱"[①]。莫基尔认为，可以这样来解释李约瑟之谜："古代中国缺乏一个统一的单一协调机制，例如一个单一的、所有新观点都能得到检验的思想竞争市场。在欧洲，尽管政治分裂，但思想市场运作良好，允许新思想家们挑战老牌的正统思想家。"[②] 莫基尔认为，古代中国存在一个单一的买家规定了思想市场的所有参数，从而出现了一个垄断性市场。[③] 亨廷顿认为西方自由思想的发展得益于权威的分裂，抑或是对权威的竞争："在整个西方的历史上，先是唯一的教会然后是许多教会与国家并存。上帝与皇帝，教会与国家，精神权威与世俗权威，在西方文化中始终普遍地是二元的。除西方文明之外，只是在印度文明中

---

① 习近平："在中国科学院第十七次院士大会、中国工程院第十二次院士大会上的讲话"，《人民日报》2014年6月10日第2版。
② 莫基尔：《增长的文化：现代经济的起源》，胡思捷译，中国人民大学出版社2020年版，第296页。
③ 莫基尔：《增长的文化：现代经济的起源》，胡思捷译，中国人民大学出版社2020年版，中文版序言。

也才有宗教与政治如此明显的分离。在伊斯兰教中，上帝即皇帝；在中国和日本，皇帝即上帝；在东正教中，上帝是皇帝的小伙伴。作为西方文明象征的教会与国家之间的分离和一再出现的冲突，在其他文明中并不存在。这种权威的分裂极大地有利于西方自由的发展。"①

　　解放思想必须要有王安石"天命不足畏，祖宗不足法，人言不足恤"②的担当。格申克龙说："创造性的能力和自由二者之间的不可分离就如同人的生命与人的呼吸之不可分一样。"③没有思想的解放，没有制度的创新，科技如何能够进步？罗默和他的合作者认为，到公元1300年左右，中国已经成为世界上技术最先进的国家，它本应无限期地保持世界技术领先地位，但只有制度的持续失败才能解释中国为何远远落后于欧洲。他们认为，制度扼杀创新可以解释为什么中国失去了科技领先地位；制度阻止来自世界其他地区的思想流入可以解释为什么500多年来，西方发展出来的思想在中国没有得到更系统的采用。④从理论上讲，如果扭曲、脆弱的制度和糟糕的政治结构阻止思想持有者分享的思想被带到新的地理区域时产生的收益，那么思想传播的收益将无法实现。⑤阿布拉莫维茨也认为，后发国家的技术落后并不仅仅是一个偶然的现象，坚韧的社会特质（tenacious societal characteristics）即"社会能力"（social capability）缺失，是其中一个很重要的原因。而且认为只有那些技术落后但"社会能力"领先的国家才有可能实现赶超⑥。这里所谓的"社会能力"即包含有思想解放、制度演化的含义。张东荪认为："在

---

　　① 亨廷顿：《文明的冲突与世界秩序的重建》，周琪等译，新华出版社2010年版，第61页。
　　② 《宋史·王安石列传》。
　　③ 亚历山大·格申克龙："关于小说《日瓦戈医生》的评注"，见《经济落后的历史透视》，张凤林译，商务印书馆2017年版，第443页。
　　④ Jones, Charles I. and Paul M. Romer. 2010. "The New Kaldor Facts: Ideas, Institutions, Population, and Human Capital." American Economic Journal: Macroeconomics, 2(1):224–45.
　　⑤ Romer, P.M. 1993. Two Strategies for Economic Development: Using Ideas and Producing Ideas. Proceedings of the World Bank Annual Conference on Development Economics: 63–115.
　　⑥ Abramovitz, Moses. 1986. "Catching Up, Forging Ahead, and Falling Behind." The Journal of Economic History, 46 (2): 385–406.

思想上崇尚创造，应得有充分的自由；在实行上，必须妥协，应得有相当的让步。这二点是西方文化的根本精神，亦就是欧美人所以立国之道。……中国人根本上即不了解思想自由是立国的根本，其故是由于中国的传统文化上没有这个问题。并不是说中国人不主张思想自由，乃只是说中国根本上就没有思想自由与否的问题。"① 如果连思想自由与否根本不成为知识人心目中问题之一，何来思想自由呢？

何兆武指出："中国几千年来的专制主义，养成了思想上定于一尊的传统。从而导致近代的中国屡次由于她在思想上的不容忍和僵化而妨碍了自己去吸收一切可能的营养并使自己获得茁壮的成长，甚至于把凡是不同意自己的意见，都看成是不共戴天的敌人，一定要置之死地而后快。这就造成了一种可悲的后果，它不但妨碍了思想文化的进步，而且激发了人与人之间完全不必要的而且是灾难性的矛盾和斗争。思想的生命力在于合乎真理。从更深一层的意义上来说，科学和民主是相辅相成的。不民主的精神是不利于人们探索真理的，专政只是一个政治上的概念，思想领域的专制主义在理论上是说不通的，在实践上则贻害无穷。"② 但同时，何兆武亦指出，在15世纪末16世纪初西方已大踏步走上现代化道路的时候，中国传统的皇权专制体制已进入了没落阶段。"但何以中国方面未能比较顺利地展开一场近代化（现代化——引者）运动，其故安在？"何兆武认为，仅就外因而言，是当时西方文化的媒介者、旧教的传教士们，如果他们传入中国的不是中世纪神学的世界构图而是近代古典体系，不是中世纪经院哲学的思维方式而是培根、笛卡尔的近代思维方式，中国思想意识的现代化有可能提前250年至300年。③ 看来，思想的传入并不一味是好事，关键是传入的是否是真理。尽管如此，采取开放而非封闭的态度，欢迎外来思想的传入、传播，通过

---

① 《中国近代思想家文库》（张东荪卷），中国人民大学出版社2015年版，第441–442页。
② 何兆武：《何兆武思想文化随笔》，科学出版社2012年版，第24页。
③ 何兆武："历史坐标的定位"，《读书》2000年第4期。

思想市场的竞争而判断其真假优劣，仍然是第一位的。

习近平在 2021 年 9 月 27 日召开的中央人才工作会议上的讲话中，对思想解放和科学发展、技术进步的关系做了十分清晰的概括。

人类历史上，科技和人才总是向发展势头好、文明程度高、创新最活跃的地方集聚。16 世纪以来，全球先后形成 5 个科学和人才中心。一是 16 世纪的意大利，文艺复兴运动促进了科学发展，产生了哥白尼、伽利略、达·芬奇、维萨里等一大批科学家，诞生了《天体运行论》、《人体结构》、天文望远镜等一大批科学名著和科学发明。二是 17 世纪的英国，培根经验主义理论和"知识就是力量"的理念加速了科学进步，产生了牛顿、波义耳等科学大师，开辟了力学、化学等多个学科，成为推动第一次工业革命的先导。三是 18 世纪的法国，启蒙运动营造了向往科学的社会氛围，产生了拉格朗日、拉普拉斯、拉瓦锡、安培等为代表的一大批卓越科学家，在分析力学、热力学、化学等学科领域作出重大建树。四是 19 世纪的德国，产生了爱因斯坦、普朗克、欧姆、高斯、黎曼、李比希、霍夫曼等一大批科学家，创立了相对论、量子力学、有机化学、细胞学说等重大科学理论。五是 20 世纪的美国，集聚了费米、冯·诺依曼等一大批顶尖科学家，产生了贝尔、爱迪生、肖克利等一大批顶尖发明家，美国获得了近 70% 的诺贝尔奖，产出占同期世界总数 60% 以上的科学成果，集聚了全球近 50% 的高被引科学家。[①]

为何出现东西方大分流，中国传统社会为何没有走上"资本主义""现代化"道路，习近平在此指出了一个最为紧要的原因，即思想的大解放、思想的大创造，一如中华民族历史上曾有过的春秋战国时期诸子百家伟大思想的喷涌所产生的推动经济社会发展之巨大力量。正如罗默所指出的，最

---

① 习近平："深入实施新时代人才强国战略 加快建设世界重要人才中心和创新高地"，《求是》2021 年第 24 期。

成功的国家或地区将是那些拥有最有竞争力和最有效机制以产生新思想的国家和地区。因此，必须认真对待产生新思想和尽可能广泛地传播现有思想的潜力所带来的经济机会。①

我们以为，习近平此处所提出的每一个科学和人才中心的出现之共同前提，即思想的大解放，无论是文艺复兴还是启蒙运动，无论是培根经验主义还是宗教革命等，作为一种文明跃迁或演化的"文明公约数"，是可以打通中西文明进程的，是中西文明互鉴的底色。之所以有"西欧中心论"或"欧洲中心论"，皆在于此派学者认为西方文明成就于其独特的文化、宗教、社会、风俗等，他处未有与此相仿之文化表征，故未能进入工业文明阶段。清末洋务运动的失败似乎印证了这一判断。

清末洋务运动的失败，有着复杂的深层次的因素。但有一条可以否定，即中华文化不适应现代工业文明。故而移植而来的无论是器物层面还是制度层面，如本土文化不能全盘西化，皆为空中楼阁。虽然说现代工商文明或曰"资本主义"无法内生于中华传统文化，但在西方文明的冲击之下，以工业文明为主要内涵的现代文明正在中华大地蓬勃壮大；对异质文明冲击的中华文化之反应，即其磅礴的吸收力、融合力优势充分显现，否则，也不会有数千年绵延不绝之与时俱新的文明。

中华民族是富有创新精神的民族。我们的先人们早就提出："周虽旧邦，其命维新。""天行健，君子以自强不息。""苟日新，日日新，又日新。"可以说，创新精神是中华民族最鲜明的禀赋。在5000多年文明发展进程中，中华民族创造了高度发达的文明，我们的先人们发明了造纸术、火药、印刷术、指南针，在天文、算学、医学、农学等多个领域创造了累累硕果，为世界贡献了无数科技创新成果，对世界文明进步影响深远、贡献巨大，也

---

① Romer, P.M. 1993. Two Strategies for Economic Development: Using Ideas and Producing Ideas. Proceedings of the World Bank Annual Conference on Development Economics: 63-115.

使我国长期居于世界强国之列。

然而，明代以后，由于封建统治者闭关锁国、夜郎自大，中国同世界科技发展潮流渐行渐远，屡次错失富民强国的历史机遇。鸦片战争之后，中国更是一次次被经济总量、人口规模、领土幅员远远不如自己的国家打败。近代史上，我国落后挨打的根子之一就是科技落后，而科技落后的根子之一就是思想的日益僵化。

1858年第二次鸦片战争中《天津条约》签订之后，马克思感慨道："一个人口几乎占人类三分之一的大帝国，不顾时势，安于现状，人为地隔绝于世并因此竭力以天朝尽善尽美的幻想自欺。这样一个帝国注定最后要在一场殊死的决斗中被打垮。"[1]列宁也指出："资本主义只是超出国家界限的广阔发展的商品流通的结果。因此，没有对外贸易的资本主义国家是不能设想的，而且也没有这样的国家。"[2]闭关锁国既不能产生资本主义生产方式，又必然会落后挨打。

正如马克思所说，这种"不顾时势，安于现状""隔绝于世"恰恰是"人为地"而非自然地，是主动地而非被动地，是积极地而非消极地。为什么传统中国一直处于"土地所有制处于支配地位的""社会形式之中"，而未能走向"资本处于支配地位的社会形式中"，即资本主义社会呢？拉铁摩尔在比较中国和欧洲封建社会转型时给出了十分精辟的回答："欧洲封建制可以转变到货币经济及工业化的路上去，而中国的转变却造成一个中央集权的官吏制度，这种官吏来自世代相传的地主绅士阶级，他们的土地利益与政治利益抑制了资本主义制度，并完全阻止了工业的发展。"[3]拉铁摩尔这里使用的"世代相传"一词微观上来看并不十分确切，因为据何炳棣统计，宋、明、清三代进士出身平民的比例分别为53%、49.5%、37.6%，中进士进而

---

① 《马克思恩格斯选集》（第三卷），人民出版社2012年版，第804页。
② 《列宁选集》（第一卷），人民出版社2012年版，第191页。
③ 拉铁摩尔：《中国的亚洲内陆边疆》，唐晓峰译，江苏人民出版社2008年版，第270页。

为官者有相当比例三代皆农。① 但从宏观来看，官绅一体的格局始终雷打不动。可以说，拉铁摩尔关于土地利益与政治利益相结合对工业发展抑制的判断是完全正确的。陶希圣曾就中国传统社会阶层做了分析。他认为，在经济上，地主是统驭阶级；在政治上，官僚是治理阶级；沟通这两种人物的，是广大的士大夫身份。官僚取人材于士大夫，而士大夫则倚存于土地私有权。地主、士大夫、官僚三者形成一个连环，深植其基础于劳苦农民的上面。特别是士大夫阶层，在朝为官僚，在野为绅士，在乡为地主，入学从仕则为士大夫官僚。因此，官僚的治理是为地主阶级的利益而治理。② 所以，在中国传统社会，商人之地位始终无法升至和官僚、乡绅、地主相同的地位，甚至在皇家的意识形态宣传中，亦低于农民。尽管在现实社会中，可以亦官亦商，可以亦士亦商，但总归是犹抱琵琶半遮面。

中国史学界关于资本主义萌芽是否在没有帝国主义入侵的情况之下，自发成长出资本主义秩序的论争，基本已盖棺定论，答案是不可能。恩格斯指出，"只有在历史前提已经具备时，这一萌芽才能发展成资本主义"。③ 这里的前提即是前引罗荣渠在谈到西欧资本主义诞生时所指出的政治、经济、社会等诸多因素之多元化发展。另外，我们从马克思关于资本主义或资产阶级社会的一个定性的论断亦可得出这一结论："资本是资产阶级社会的支配一切的经济权力。"④ 试想一下中国的传统社会中，何时"资本"或者金钱或者其代表——商人，能够成为支配一切的经济权力？重农抑商是传统中国社会的一个最为显著的特征，中国的传统社会是永远不会允许出现如熊彼特所说的具有"创造性破坏"力量的企业家阶层出现的。

麦克洛斯基关于现代增长起源的论点之核心，是资产阶级文化的兴起，

---

① 何炳棣：《明清社会史论》，徐泓译，中华书局 2019 年版。
② 陶希圣：《中国社会之史的分析》，新生命书局 1929 年版，第 92 页。
③ 《马克思恩格斯选集》（第三卷），人民出版社 2012 年版，第 658 页。
④ 《马克思恩格斯选集》（第二卷），人民出版社 2012 年版，第 707 页。

体现了对商人和工匠的尊重。没有适当的价值观，教育有可能"使得知识分子实际上敌视企业家，并且非常愿意为皇帝或主教的反经济项目服务。"[①] 早在 19 世纪 70 年代，李鸿章就已意识到，由农耕文明向工商文明转型，才是大清救亡图强的必然路径。他曾在给儿子的家书中写道："年来国势日非，吾等执政，虽竭力谋强盛，然未见效，深为可叹。国人思想受毒根深……不谙世事，默守陈法，藏身于文字之间而卑视工商。岂知世界文明，工商业较重于文字。窥东西各国之强盛，无独不然。"[②] 佩里·安德森也认为，在清代，"商人和银行家从未享受到阿拉伯商人受到的那种尊敬，因此他们通常都是把自己的财富用于购买土地，后来也用于购买科举功名"[③]。在中国，只有通过不断改革，"打碎儒教体系的关键规范（那些规范鄙视体力劳动、商业和技术活动，认为与高雅的文人官僚作为格格不入）后，现代化经济的发展才得以发生"[④]。其实在中世纪，欧洲商人也是低人一等，"商业和金融活动被认为有损于统治阶级的尊严，它只适宜被贫穷的公民用来提高社会地位，因而受到歧视。……中世纪欧洲的商人几乎得不到对他们紧闭大门的政治领域的青睐"[⑤]。

美国汉学家傅礼初认为，"欧洲，尤其是在欧洲，17 世纪是思想史的分水岭。"因为 17 世纪所诞生的现代世界之基础——现代科学、现代哲学以及现代国家——有一个根本性的共同内核。这一内核是一种新的力量，一种塑造自己的社会、自己的命运的人的力量。这一力量是已经最终形成的城市商业阶级的活力以及永不知足精神（restlessness）。[⑥] 思想和价值观的形

[①] McCloskey, Deirdre. 2010. Bourgeois Dignity: Why Economics Can't Explain the Modern World. University of Chicago Press:163.

[②] 翁飞、董丛林编注：《李鸿章家书》，黄山书社 1996 年版，第 160—161 页。

[③] 佩里·安德森：《绝对主义国家的系谱》，刘北成、龚晓庄译，上海人民出版社 2016 年版，第 396 页。

[④] 罗纳德·英格尔哈特：《现代化与后现代化：43 个国家的文化、经济与政治变迁》，严挺译，社会科学文献出版社 2013 年版，第 57 页。

[⑤] 雅克·阿达：《经济全球化》，黄竞、周晓幸译，中央编译出版社 2000 年版，第 18 页。

[⑥] 《清史译丛（第 11 辑）：中国与十七世纪危机》，商务印书馆 2013 年版，第 25 页。

成与激励对于经济发展之重要性，已成为思想人士之共识。英国学者阿谢德甚至认为，中华帝国和欧洲对 17 世纪所遭遇危机的不同反应，"标志着两大文明历史的分水岭。"① 即，一个凤凰涅槃，一个陷入循环。从中华帝国和西欧当年发展的比较中，我们可以更清晰地对中国近代以来的艰辛的发展历程做一描摹。正如列宁所指出的："在分析任何一个问题时，马克思主义理论的绝对要求，就是要把问题提到一定的历史范围之内；此外，如果谈到某一国家，那就要估计到在同一历史时代这个国家不同于其他各国的具体特点。"②

马克斯·韦伯认为欧洲宗教改革之后出现的新教及其宗教伦理、哲学观念催生了西方资本主义。③ 英格尔哈特认可这一点，他指出："在新教改革后的三个世纪里，资本主义出现了——主要在新教国家以及天主教国家的新教少数群体中。"④ 韦伯认为中国儒家文化不足以产生，甚至是阻碍了资本主义经济模式及相应的现代转型。⑤ 沟口雄三认为，在中国儒教里，历史上既没有形成新教主义中的职业者的个人伦理，也没有形成像日本那样对归属集团（藩、公司）的无私的忠诚。因此，在中国，工商业实际上是以包括地缘、血缘等在内的私缘性的纽带为网络而展开的，这以人际关系网渗透进了洋务派的工业振兴政策，无论官营还是私营，都成了资本主义自主发展的阻碍要因。⑥ 有学者就认为，如果当初是保守的儒家思想的竞争对手墨家最终在思想市场的竞争中胜出，即墨家思想最终成为主流思想，中国或许会产

---

① 《清史译丛（第 11 辑）：中国与十七世纪危机》，商务印书馆 2013 年版，第 39 页。

② 《列宁选集》（第二卷），人民出版社 2012 年版，第 375 页。

③ 马克斯·韦伯：《新教伦理与资本主义精神》，于晓、陈维纲等译，北京：生活·读书·新知三联书店 1987 年版，第 419 页。

④ 罗纳德·英格尔哈特：《现代化与后现代化：43 个国家的文化、经济与政治变迁》，严挺译，社会科学文献出版社 2013 年版，第 79 页。

⑤ 马克斯·韦伯：《中国的宗教：儒教与道教》，康乐、简美惠译，广西师范大学出版社 2010 年版，第 326-327 页。

⑥ 沟口雄三：《作为方法的中国》，孙军悦译，生活·读书·新知三联书店 2011 年版，第 180-181 页。

生一种机械论哲学科学思想，"也许在最后不会与最终在西欧出现的思想有什么不同"①。当然，这里的儒家思想已经不仅仅限于孔孟的文本，后来学者对孔孟的解读特别是成为官方正统思想的如"理学"等，其合乎儒家思想创始人的本意又有多少呢？这也就难怪特别是西方学者对一直居于正统地位的儒家思想的看法较为偏颇。如费正清认为孔孟思想格局造成了中国社会根深蒂固的惯性。②美国汉学家芮玛丽（Marry Wright）在其《同治中兴：中国保守主义的最后抵抗》中认为，"现代化的要求与儒家社会追求稳定的要求水火不容"。③美国人类学家卢蕙馨（Margery Wolf）等人认为，儒学是过时的、家长制的意识形态，它的灭亡为早就需要的文化改造开辟了道路。④美国汉学家约瑟夫·列文森（Joseph R. Levenson）在《儒教中国及其现代命运》中，基于费正清的"冲击（Impact）—反应（Response）"模式提出了"传统—近代"模式，认为中国传统儒家文化并不能在内部产生现代科学和工业主义，从而不能提供现代工业主义的温床。因为，"在中国，带有反科学思想和反资本主义思想气味的官僚机构，从来没有像西方封建主义那样经历过内部瓦解"⑤。列文森分析了中国16世纪开始的因对宋明理学和心学的批评而引发的经验主义思潮，以黄宗羲、王夫之、戴震、颜元为代表，但是列文森认为，这种经验主义的倾向并不能导向现代科学，而是前科学，"他们对宋明先辈的批评仍是中国传统世界内部的分歧，它证明的是传统的稳固性，而非传统转化的象征"。⑥列文森是对的。这里所谓的经验主义仅

---

① Bodde，Derk. 1991. Chinese Thought, Society, and Science. University of Hawaii Press:169.

② Fairbank, John King.1976. The United States and China. Harvard University Press:79.

③ 芮玛丽：《同治中兴：中国保守主义的最后抵抗（1862–1874）》，房德龄等译，中国社会科学出版社2002年版，第11页。

④ 郝大维、安乐哲：《汉哲学思维的文化探源》，施忠连译，江苏人民出版社1999年版，中文版"作者自序"第3页。

⑤ 列文森：《儒教中国及其现代命运》，郑大华、任菁译，广西师范大学出版社2009年版，第59页。

⑥ 列文森：《儒教中国及其现代命运》，郑大华、任菁译，广西师范大学出版社2009年版，第8页。

仅是一种客观事物的表象，而非朱熹所追求的"理"——客观事务的本质。

朱熹所讲的"理"，其实就是客观事物的本质属性，是"性"。以人为例："人身是器，语言动作便是人之理。理只在器上，理与器未尝相离。"[①] 人身作为物质形态存在的形式，是器。人身是器并不表示人的根本属性，即人性。人的本性就在于它是有别于其他动物的、会语言的、能参与实践交往活动的动物。语言是人交换思想、情感、信息的工具，是人区别于动物的主要标志。因此中西古代哲学家都曾把人规定为"会语言的动物"。[②] 不过朱熹认为除语言外，应加上动作，因为人在自身生存的实践活动中不断发展、改造完善自我，语言就是在人与人的交往活动或动作中产生，并随着交往活动的频繁而不断丰富。朱熹在这里对人的客观的本性的追究，其实就是一种科学的态度。如果这种科学的态度能够在思想界、哲学界得到共鸣，中国的科学极有可能沿着宋代的道路持续前进。可惜的是，朱熹的"格物穷理"之学遭到了王守仁的"认识论转向"，即王守仁无法"格"出朱熹这个"理"，便转向了内心，干脆认为"心即理"，这种认识论转向对于中国传统学术中由外向内的转向进而使得中国的技术一直处于"前科学"的层面起到了推波助澜的作用。由"程朱理学"至"陆王心学"再到"颜李实学"，看似是一个辩证的过程，但"颜李实学"所注重的经世致用并不同于朱子学之"理"，也没有对外部世界所自有的某种"理"或"道"给予更大的关注。杞人忧天，仍然是一个贬义词，根本没有去追寻"杞人"所忧之"天"到底是个什么样子，只是感性的经验主导着认知，从未上升至理性的层面。而科学，是与理性丝毫不能分开的。

列文森曾经提出了一个非常著名且有影响力的比喻，即儒家思想已经成为博物馆里的收藏物；凡是科学无孔不入之处，孔子都被妥善藏在玻璃橱

---

① 《朱子语类》卷七十五。
② 张立文："宋明理学形上学追究的理路"，《哲学研究》1994 年第 2 期。

窗里。① 这种理念虽然偏颇甚至偏激，但亦有值得我们借鉴思考之处，如何实现中华优秀传统文化的创造性转化和创新性发展，乃当务之急。

列维 - 斯特劳斯不认可马林诺夫斯基所认为的文明的发展，是"一较高级和积极的文化对于一较简单较消极的文化冲击（Impact）的结果"②。他认为"简单性"和"消极性"并不是这些社会固有的性质，而是受到那些"较高级"和"积极性"的社会之野蛮、掠夺和侵犯的结果。③ 因为列维 - 斯特劳斯本身即认为不同的文明并无高下之分，"因为文明意味着具有最大的多样性的文化之间的共存，甚至文明就是这种共存本身。世界文明就是保持其各自独创性的诸文化之间在世界范围里的结合，此外便不能是什么东西了"④。而且，除去"简单""消极"此类语词的偏颇含义之外，我们还是要承认，一种不同于规模较小社区或部落的庞大规模文明的变迁，如果没有异质文明的强烈冲击，其自身惰性会一直使其处于孟子所言的"一治一乱"循环之中。尽管我们也承认，在鸦片战争之前，大清帝国经济社会的发展早已受到世界经济全球化的影响，这种影响整体来说是以某种较为积极的作用显现。正如列维 - 斯特劳斯所说："世上没有、也不会有一种'零点的变化'，除非我们同意把它置于它真正存在的那唯一时刻：1492 年，新世界被发现的前夕。"⑤ 斯考切波也认为，晚清帝制垮台很大程度上归咎于强大的外来压力："正是异乎寻常的外来压力和特殊的内在结构及其发展，才导致中国的旧制度陷入了革命性政治危机。"⑥ 汤因比界定的"挑战—应战"（Challenge-

---

① 列文森：《儒教中国及其现代命运》，郑大华、任菁译，广西师范大学出版社 2009 年版，第 310—16 页。
② Malinowski, B. 1945.The Dynamics of Culture Change. New Haven:15.
③ 列维 - 斯特劳斯：《结构人类学》（第二卷），俞宣孟、谢维扬、白信才译，上海译文出版社 1999 年版，第 348 页。
④ 列维 - 斯特劳斯：《结构人类学》（第二卷），俞宣孟、谢维扬、白信才译，上海译文出版社 1999 年版，第 392 页。
⑤ 列维 - 斯特劳斯：《结构人类学》（第二卷），俞宣孟、谢维扬、白信才译，上海译文出版社 1999 年版，第 348 页。
⑥ 西达·斯考切波：《国家与社会革命》，何俊志、王学东译，上海世纪出版集团 2015 年版，第 80 页。

and-Response）"是一个公式，这个公式描述了在个人或社会生活中引发新变化的力量的自由发挥"①。正是挑战与应战的相互作用不断将文明向前推进，"最适度的挑战不仅必须激起受到挑战的一方进行成功的应战，而且刺激对方获得一种将自己推向前进的动力，即从一次成功到新的斗争，从一个问题的解决到另一个问题的提出，从暂时的歇息到展开新的运动，从阴再次到阳"②。而且，"对世界上的大多数国家及整个亚洲来说，现代化进程，都需要学习和适应那种最初形成于少数西方国家的技术模式和制度模式。这些由于有了现代知识才可能出现的社会组织和生产模式，无论是被一个国家自愿接受，还是在武力下被迫接受，都不失为该国在 19 世纪发展过程中的一个推动力"③。

对于"在武力下被迫接受"的某种发展或组织或制度模式，马克思在谈到英国殖民主义者在印度侵略和掠夺的野蛮行径时，曾意味深长地指出："的确，英国在印度斯坦造成社会革命完全是受极卑鄙的利益所驱使，而且谋取这些利益的方式也很愚蠢。但是问题不在这里。问题在于，如果亚洲的社会状态没有一个根本的革命，人类能不能实现自己的使命？如果不能，那么，英国不管犯下多少罪行，它造成这个革命毕竟是充当了历史的不自觉的工具。"④ 强有力的外力的推动，是文明变迁演化的重要力量，甚至在某一历史阶段是决定性因素。

在这里，我们不惮长篇引用罗荣渠关于资本主义生产方式因外部"特殊强大的冲击波"而诞生于落后西欧的论述："先进的资本主义社会形态在落后的西欧的形成，绝不是靠什么资本主义萌芽成长壮大或土地贵族与农民（农奴）的阶级斗争这类单因素论可以解释的。仅仅依靠旧母体内部的新因

---

① Toynbee, Arnold.1972. A Study of History (Abridged and Illustrated), American Heritage:79.
② 阿诺德·汤因比：《历史研究》，上海人民出版社 2000 年版，第 23 页。
③ 吉尔伯特·罗兹曼：《中国的现代化》，上海人民出版社 1989 年版，第 25 页。
④ 《马克思恩格斯选集》（第一卷），人民出版社 2012 年版，第 854 页。

素的萌芽与成长，在世界任何地方也不可能使封建主义变成资本主义。西欧所经历的漫长过程是，首先在旧的封建社会的母体中孕育出早期城市化（社会结构变化），早期商业化（交换方式变化），早期工业化（又称原始工业化，即生产方式变化），世俗化（神权政治变化）。这些因素的凑合，有助于使稳固的封建型依附结构发生松动。但要指出的是，正是这种西方式的封建社会系统，而不是东方式的中央集权结构，为新生产力因素的活动提供了空间，因为它在蛮族入侵反复破坏之后建立起等级封建权力机构（政治多元化）；众多的小国林立而无大帝国体系（国际多元化）；教权与王权分享政治权力（社会多元化），随之又发展起城市自治体（经济权力多元化）等，使新兴生产力因素以自由城市为依托而较易发展。尽管这样，如果没有产生特殊强大的冲击波予以推动，新因素也不可能成长壮大。这就是由于地理大发现引起的商业革命和殖民征服运动，使新生产方式在母体内获得了大量的营养液。随之而来的是十八世纪后期的工业革命，以及与之同步发生的政治大革命，这些奇特的巧合性使经济革命、政治革命、社会革命紧紧扭在一起。只有这样，即许多有利条件的特殊凑合，新生的现代生产方式才脱颖而出，在西欧资本主义生产关系中找到了它的最适合的发展形式。"[1]是的，在中国传统社会，如若没有外部异质文明的强烈冲击，"仅仅依靠旧母体内部的新因素的萌芽与成长"，李鸿章所谓"工商文明"即资本主义文明，绝不会出现。

亦如王造时在《三千年来一大变局》一文中所写："中国以前的社会，经过两千多年没有多大变动，藏在静的状态底下，全个文化大体都是我们中国自己的特殊产物，没有受外界重大的影响。思想是以孔家哲学为主题，社会是以家庭为单位，政治是君主专制经济，是农业背景与家庭手工业制

---

① 罗荣渠："论一元多线历史发展观"，《历史研究》1989 年第 1 期。

度，若是我们中国能够继续的把门关住，不与外面来往，那么这种静的社会还不知要到什么时候才生变动。我们自己对于这种停滞的状况，觉得没有什么不满意。"[①] 如果没有 1915 年的"二十一条"（周策纵认为，"二十一条对中国人的自尊心的伤害，实胜过任何真正的坚船利炮"[②]），如果没有 1919 年的巴黎和会，就不会有五四运动，就不会有其所掀起的文化的、思想的、政治的、社会的巨大反省与冲击，其所影响的一代知识分子，作为五四时代精神的产儿，塑造了中国于国破家亡之际痛苦的转型道路模式。其时中国如同披了一个坚硬外壳的古老生物，不打破这个由落后文化、制度所构筑的外壁，中华文明作为这个古老生物的跳动数千年的心脏就不会有新的进化，就会出现泵血功能不足，就不能负担以工业化、民主化为主要标志的现代化新鲜血液源源不断的注入。

佩里·安德森在谈到日本比任何欧洲或北美国家更加迅速的工业化时指出，它"在 19 世纪末和 20 世纪向资本主义剧烈转变的基本动力是外生的（exogenous）。正是西方帝国主义对日本封建主义的冲击，促使内部力量展开对传统秩序的全面改造"[③]。"由于欧美帝国主义的冲击，才摧毁了日本旧的政治秩序；由于西方技术的输入，才造成了它利用本身社会经济遗产的素材实现工业化的可能。"[④] 这里也就涉及内因和外因的关系问题，即在强调内因还是外因起决定作用时，很容易陷入"决定论"的窠臼，要根据具体的情况做具体的分析，不能一概而论某因素始终是决定性因素。就日本来说，日本之所以较之晚清更加彻底而迅速地走向了资本主义道路，正是因

---

① 王造时："三千年来一大变局——中西接触与中国问题的发生"，《新月》1932 年第 3 卷第 10 期。
② 周策纵：《五四运动：现代中国的思想革命》，周子平等译，江苏人民出版社 1996 年版，第 22 页。
③ 佩里·安德森：《绝对主义国家的系谱》，刘北成、龚晓庄译，上海人民出版社 2016 年版，第 311 页。
④ 佩里·安德森：《绝对主义国家的系谱》，刘北成、龚晓庄译，上海人民出版社 2016 年版，第 314 页。

为日本恰恰是标准的封建主义国家，其内部没有类似清帝国那样强大的中央集权来阻止社会生产方式在外部冲击下的转换步伐。比如："在工业化的西方入侵之前，德川幕府统治日本列岛两个半世纪之久，实现了长治久安，恪守着严格的秩序，但是它的体制恰恰与绝对主义国家相反。幕府没有垄断日本的强制手段，各地大名保持着自己的军队，这些军队加起来比幕府本身的军队多。它没有实施任何统一的法律……军队、财政、官僚机构、法制和外交……在日本要么残缺不全，要么毫无踪影。"① 而明治维新则带来了一个"统一的、中央集权和高度官僚化的全国性政府"，并由其"随即进一步实施了自上而下的改革，包括国家推动的工业化"②。沟口雄三则从"本土化"这一语汇在日语中的缺席，感悟到日本文化抵御西方文化的脆弱，这恐怕也是日本现代化较之于大清帝国更少遭遇阻力的原因之一吧："中文里有'本土化'这个词汇，而日文里没有能够准确翻译它的语汇。没有一个相当于'本土化'的语汇这件事，意味着不存在足以抵抗西欧文化流入的抵抗本体；所谓主题缺席，就是抵抗的本体缺席。"③ 当然，"说不具有'本土'或者'本土'不在，并不是说不存在'本土'这样的物理空间，准确地说，是指不具有被视为'本土'的因素"④。沟口也谈到了中国和日本在政治、社会体制诸方面的差异，如"皇帝制和幕藩制，科举官僚制和世袭藩禄制，均分继承和长子继承，血统重视和户主重视，宗族制和本家分家制，天土的自由买卖和买卖禁止，屯田制、乡村自卫（保甲制）和兵农分离等等"⑤，这些方面的差异对于中日两国现代化道路的异同不能不说有相当的影响。

　　另外，日本学者西嶋定生认为，中国是一个至少持续到 19 世纪的最长

---

① 佩里·安德森：《绝对主义国家的系谱》，刘北成、龚晓庄译，上海人民出版社 2016 年版，第 311 页。
② 西达·斯考切波：《国家与社会革命》，何俊志、王学东译，上海世纪出版集团 2015 年版，第 114 页。
③ 沟口雄三、小岛毅主编：《中国的思维世界》，孙歌等译，江苏人民出版社 2006 年版，第 2 页。
④ 沟口雄三、小岛毅主编：《中国的思维世界》，孙歌等译，江苏人民出版社 2006 年版，第 3 页。
⑤ 沟口雄三：《作为方法的中国》，孙军悦译，生活·读书·新知三联书店 2011 年版，第 159 页。

命的、而且按照中国的自我认识是唯一的世界。但是由于以鸦片战争为起点的所谓"西方冲击"（Western Impact），"维持这个世界根基的秩序原理的实体被解体"了。按理来说，这一世界的崩溃，应该理解为全球性的"世界史一体化过程的一个现象"，但在中国看来，是以前的自在性的世界的崩溃，出现了自为性的世界。中国认为，这种自为性的世界是自在性世界的对立面，因此走向了"创造第三个世界"的道路，走这条道路的任务正在现代中国完成着。而有史以来，日本的存在方式是以自在的形态将自己同化于以中国史原理为基轴的东亚世界，同时也补充完善了这个世界。也就是说，日本在东亚世界没有过具有自足性的属于它本身的世界。当这个世界一旦崩溃，日本的没有自我的自我就义无反顾地同化于新出现的另一个世界，即以近代市民社会的秩序原理为基轴的欧洲式世界，而获得了新的自在性格的世界。[1]

在寻找因果关系时，社会科学工作者很容易把社会科学与自然科学混淆，认为社会科学领域中同样存在某种自然科学中关乎因果关系的决定论。自然科学中，出现某种结果，可能有决定性的原因甚至是唯一的原因。但在社会科学中，存在的仅仅是发生学意义上的前后关系，前后未必意味着因果。即使通过现代计量手段得出似乎是因果关系的存在，但其中的某一因素很难被归结为决定性因素，这也正是恩格斯的"历史合力性"的重要价值所在。因此，关于社会科学中发生学意义上的前后关系，一定要有时间观念、结构意识。所谓时间观念，即在不同的历史时期，同一因素所发生的作用未必相同，一个时期是主导，另一个时期可能是辅助。否则，所谓刻舟求剑是也。所以，所谓决定论无法一以贯之于人类历史长河。至于结构意识，乃是指同一主导或辅助因素中，必有性质类似但权重不同的因

---

① 转引自沟口雄三《中国的公与私·公私》，生活·读书·新知三联书店 2011 年版，第 93 页。

子，而恰恰是这种结构性差异导致了问题的复杂性。如果不能够有所辨别，很容易出现主问题解决后，大量的衍生问题爆发。对此，社会科学研究者不能不有所警惕。

蒋廷黻在谈及李鸿章洋务运动以军事建设为主时论道："近代化的国防不但需要近代化的交通、教育、经济，并且须要近代化的政治和国民。半新半旧是不中用的。换句话说，我国到了近代要图生存非全盘接受西洋文化不可。"①一位英国传教士在1909年做了如下的观察："西方思想甚是强劲，其控制自然界之力使其声誉极盛……儒教比在西方物质主义之前衰亡。中国将失去其宗教、旧思想，而不能换取新的，在无限的痛苦与耻辱中徘徊，其罪恶可能带给全人类。"萧公权认为，当时很少中国知识分子会同意这位教士的看法，但后来的发展竟证明他的悲观预言相当准确。②

波兰尼曾谈到"文化冲突"时提出了"文化贬值"（Cultural Debasement）的概念。他举例非洲勇敢的黑人部落遭遇白人文明时的无力感，因为他们的文化再也无法为他们提供值得努力和牺牲的目标，他们生活在"文化真空"（Cultural Vacuum）之中。③此处的"文化真空"一词，是波兰尼从美国人类学家戈登威泽（Alexander Goldenweiser）那里借用来的。④

张君劢亦认为："近几百年的中国历史，我称之为精神真空时期，因为在这个时期里，中国的学者和民众都缺乏生存的信心与奋斗的目标。"⑤张君劢之"精神真空"（Spiritual Vacuum）含义恰类似于波兰尼引用的"文化真空"之意蕴。

中华文化数千年绵延不绝，为何近代竟然到了使得中国精英感到"非

① 蒋廷黻：《中国近代史》，上海古籍出版社1999年版，第46页。
② 萧公权：《近代中国与新世界：康有为变法与大同思想研究》，汪荣祖译，江苏人民出版社1997年版，第345页。
③ 卡尔·波兰尼：《大转型——我们时代的政治与经济起源》，冯钢、刘阳译，浙江人民出版社2007年版，第135页。
④ 见 Goldenweiser, A., 1937.Anthropology, New York：F.S. Crofts & Co.
⑤ 张君劢：《新儒家思想史》，中国人民大学出版社2006年版，第519页。

全盘接受西洋文化不可"的地步？难道我们当时已处于一种"文化真空"？道金斯曾提出过一个令人信服的观点，认为文化特征，或称之为"觅母"（文化基因，meme），如同基因一样，只要在特定环境中发挥良好功用就能得以复制和扩散，"因为这种方式对自身有利"①。文化可以帮助种族群体适应特定生态环境的因素。当一个规范有助于调整时，该行为很可能在功能上是自主的，也就是说，即使最初使其值得拥有的条件不再存在，该行为仍可能继续。简言之，它反映了在一个社会群体的历史上，任何于某个时刻起作用的东西都值得传递给下一代。② 埃德加·沙因给文化下了一个类似的定义：文化是一套以无意识方式存在的信念、价值观和行为规范的模式或系统，它形成于特定人群致力于解决外部适应与内部整合问题的过程之中——这种体系运作之良好足以被认定是有效的并可以被传承给该人群中的新成员，成为新成员思考、感受和行为的准则。③ 文化是人类特有的一种现象，所以人类学家的定义尤其值得重视。在《文化的解释》中，格尔兹也给文化下了个类似的定义："文化是一种通过符号在历史上代代相传的意义模式，它将传承的观念表现于象征形式之中。通过文化的符号体系，人与人得以相互沟通、绵延传续，并发展出对人生的知识及对生命的态度。"④ 将文化的主要特征概括为一种体系，可以算是人类学家的一种共识。基辛就把文化依次概括为"适应体系""认知体系""结构体系""符号体系"和"概念体系"。⑤ 正是通过作为体系的文化，人类生存的确定性显著增强。一些人类学家即认为，文化是人类借以适应环境的媒介，而不仅仅是与环境互动的媒

① Dawkins, Richard.2006. The Selfish Gene. Oxford University Press:200.

② Triandis H.C. 2009. Ecological Determinants of Cultural Variation. In: Wyer R.S., Chiu C., Hong Y.Y.(eds.) Understanding Culture: Theory, Research and Application. Psychology Press:189–210.

③ Schein, Edgar H., Peter Schein.2017. Organizational Culture and Leadership.John Wiley & Sons:21.

④ 克利福德·格尔兹：《文化的解释》，纳日碧力戈等译，上海人民出版社1999年版，第11页。

⑤ Keesing, Roger M.1974. "Theory of Culture." Annual Review of Anthropology,3:73–97.

介。① 美国人类学家爱德华·霍尔直截了当地指出："文化是人的中介。生活的一切方面，无不受文化的触动，无不因文化而改变。这些生活方面指的是：人的个性、人表现自我的方式（含表情方式）、思维的方式、身体活动的方式、解决问题的方式、城市规划布局的方式、交通运输系统以及经济体制和政治体制组织和运转的方式。"②

借用上述观点，回答由蒋廷黻之判断引申出来的问题，其实很简单：中国文化在当时西洋文化基于坚船利炮进攻之下呼啸而至无法阻挡的困境表明，中国文化到了必须自我更生的历史关头或者绝境，不实现创造性转化创新性发展，中华民族将处于某种"文化真空"之中，不可避免地发生"文化贬值"现象，中华文明将无法延续下去。举例而言，日本文化受中国儒家思想影响至深，但其对明治维新后的现代化并未产生阻碍作用，反而是支持和促进作用，皆因其文化中合理优秀部分的支撑。这些合理优秀的部分，也有相当部分恰恰是中华优秀传统文化的内核。萧公权即说："19 世纪的日本就是一个很传统的社会，但现代化却有光辉的成绩。从德川转化到明治大致是由于当时传统价值和建设性创新的结合之果。武士道以及当地的儒学为'文明开化'提供了基础。"③ 亦正如日本经济史学者中山一郎所说："尊重上级、群体纪律和合作——封建制度的特色，并未妨碍现代化的输入。

---

① Burnham, P.C.1973. "The Explanatory Value of the Concept of Adaptation in Studies of Culture Change." in Colin Renfrew (ed.): The Explanation of Culture Change: Models in Prehistory. Duckworth:93. Tim Ingold. 1992. "Culture and the Perception of the Environment", in E. Croll and D. Pakin(eds.) Bush Base: Forest Farm. Routledge. p.39.

② 爱德华·霍尔：《超越文化》，何道宽译，北京大学出版社 2010 年版，第 16 页。

③ 萧公权：《近代中国与新世界：康有为变法与大同思想研究》，汪荣祖译，江苏人民出版社 1997 年版，第 351 页。当然，也有像沟口雄三的学者即认为，中国的儒家思想中不存在马克斯·韦伯所提出的资本主义的精神态度，即对职业的使命感和职业人的个人伦理的确立。而日本社会则不同，在日本，虽然形式与西欧不同，但就职业使命感这点来说，在前近代就已经有了与西欧共通的要素。所以沟口雄三直言道，在中国的儒教中找到作为社会人、职业人的自律的个人伦理固然是非常困难的，就另一方面而言，要找到像日本的为所属集团（藩、公司）尽忠的伦理，那也是极为困难的。而且沟口认为，这两个特点，不属于儒教的内涵，而是日本固有的社会系统的特质（见沟口雄三《中国的公与私·公私》，生活·读书·新知三联书店 2011 年版，第 194-198 页）。

相反的，对整个现代化过程起了积极的振兴作用。"① 明治时期企业家"真正关心总体经济进步和造福于整个国家的事情"。② 而且，"当时几乎所有的日本主要企业家都与政府合作。双方都强烈希望建立一个富裕、强大的国家，以抵御西方列强令人恐惧的殖民"③。明治时期日本企业家精神之诞生，脱离不了中国传统文化的熏陶。儒学适应日本所需成为一种"生活和思想的方式，广泛传布于社会的每一层"，不但不阻挡进步，反而协助在平民与武士之间，培养出新的领导人。④ 当然，也有学者不太赞同这种思想和文化角度所产生的对企业家精神的强调，认为"更为全球接受的利润激励必须成为明治早期创业行为的主要决定因素"⑤。

相较于日本，更深层次的问题出来了，为什么日本能够在实现工业化的同时延续旧有的文化，而中国则到了"非全盘接受西洋文化不可"的地步？这是因为，日本的明治维新或曰革命，是通过渐进式的在同一统治阶级内部实现的自我革命。德川幕府几乎是以和平的方式奉还大政，由天皇亲政，才建立了以天皇为首的明治政府，开始了卓有成效的明治维新，使日本从封建社会步入了资本主义社会。著名政治家、曾两次任日本首相的大隈重信指出："幕府由天朝委任执大权，统制全国诸藩二百七十年，至是，大事决于谈笑之间，不见流血而使都城归于朝廷。""政机之大革新不经半年而成，幕府退谢，皇政复古，是为历史之异彩。如是者虽因天朝之威望，然前将军……持大节，而坚忍成其志者与有力焉。""凡国家隆兴者，必上

---

① Nakayama, Ichiro.1964.Industrialization of Japan. Centre for East Asian Cultural Studies East West Center Press:37.

② Hirschmeier, Johannes.1964. The Origins of Entrepreneurship in Meiji Japan. Harvard University Press:232.

③ Noda, Kazuo. 1964. "Japan's Industrialization and Entrepreneurship." Research in Applied Social Science,vii:24.

④ Horie, Yasuzo. 1965. "Modern Entrepreneurship in Meiji Japan." in Book: The State and Economic Enterprise in Japan, W. W. Lockwood, (ed.), Princeton University Press:183−208.

⑤ Yamamura, Kozo. 1968. "A Re−Examination of Entrepreneurship in Meiji Japan (1868−1912)." The Economic History Review , New Series, 21(1):144−158.

下同心。""明治中兴，东洋开立宪政治之新生面，虽曰舆论之趋向，然前将军至诚，收闭其封建政治……实启其基址耳。"① 还有一点须知，明治承继了强而有力的德川幕府，保持了政治的稳定，保证了政治、社会、制度的可连续性，减少了保守与改革两派之间的冲突。恰如萧公权所指出的："君主复辟的确结束了将军体制，但事实上多半是在统治阶层内重新分配权力，而不曾摧毁原有的政治结构。故此乃一'贵族革命'，不会导致民主传统的建立，但却能使国家自农业走向工业社会，而无严重的内争。期间在新旧之间、革新与保守之间，没有阶级与党派的斗争。"② 萧公权总结诸多日本史学者的研究指出：明治维新使得"日本完成了经济的现代化而不必经由文化上的全盘西化"③。

按照斯考切波的定义，日本明治维新的成功当属于一场政治革命而非社会革命。"政治革命改造的是政权结构而非社会结构，而且并不必然要经由阶级冲突来实现。"但是，"社会革命是一个社会的国家政权和阶级结构都发生快速而根本转变的过程；与革命相伴随，并部分地实施革命的是自下而上的阶级反抗"④。而晚清的中华帝国的改革，守旧派与革新派之间的冲突因为革新派缺乏政治力量的支持，而守旧派则维持强大的政治资源调动能力，导致维新的失败。最终革新派转而支持革命派，一场社会革命替代了政治革命，以阶级的剧烈冲突替代了政权的在同一阶级内部的和平过渡，这是晚清政局所导致中国现代化中断而相异于日本明治维新后迅速现代化的最大原因，随后的以"打倒孔家店"为大旗的新文化运动风起云涌，进而丧失了对传统文化做一深刻检讨的历史机遇。中华民国接手了一个分崩离析、

---

① 大隈重信：《日本开国五十年史》，上海社会科学院出版社 2003 年版，第 68—79 页。
② 萧公权：《近代中国与新世界：康有为变法与大同思想研究》，汪荣祖译，江苏人民出版社 1997 年版，第 301 页。
③ 萧公权：《近代中国与新世界：康有为变法与大同思想研究》，汪荣祖译，江苏人民出版社 1997 年版，第 302 页。
④ 西达·斯考切波：《国家与社会革命》，何俊志、王学东译，上海世纪出版集团 2015 年版，第 3—4 页。

缺乏控制力的一盘散沙的中央政府，走明治维新之后现代化的道路，已然不可能了；按照西来之三权分立建国，则革命党与割据军阀之间的龃龉冲突又造成了极大的障碍，如果没有日本侵华，是否有像美国那样建立联邦的可能也未可知，但现代化道路的崎岖坎坷是注定了的。其中，传统文化被欧风美雨浇了个落汤鸡，无法在国人心中恢复原有的雅致形象，甚至只剩下了"吃人"的面目。而没有本土文化支撑的外来的思想或制度，真正落地生根，并给予现代化以精神和制度上的保障，亦是难上加难。彼时外有列强相侵，内有军阀残民，各路人士都觉得没有时间等待，这种紧迫感无法容忍西方文明慢慢适应传统以生根发芽、茁壮成长。据德龄记述，在光绪皇帝和她谈话时，亦表露出对改革遥遥无期的无奈："要是外国人对于我跟我所处的地位有所误会，都是朝廷守旧的缘故。我没有机会把我的意思宣布于外，或有所作为。所以外间都不大知道我，我不过是替人做样子的。……我有意振兴中国，但你知道我不能做主，不能如我的志。我不信太后有力量有本领能够改变中国的情形。就是太后有本领，也不情愿做。恐怕离真正改革的时候远得很呢。"[1] 胡适在 1926 年在致徐志摩的信中感叹，每一个制度在西方实行得好好的，一到中国就觉得乖异难行："议会制度只足以养猪仔，总统制只足以拥戴冯国璋、曹锟，学校只可以造饭桶，政党只可以卖身。你看，哪一件好东西到了咱们手里不变了样子了？"[2] 历史上看，没有民族文化基因的现代化，未见其有成者。

　　关于文化基因，亦如道金斯所说："如果你对世界文化有所贡献，这个贡献在世间的存活时间将远远超过你自身基因的延续时间，在你的基因被融入基因池后，它还可能会完好无损地存活很久。苏格拉底在当今世界上可能有或可能没有一个或两个活着的基因，但正如威廉姆斯所说，又有谁

---

① 德龄公主：《清宫二年记》，陈贻先、陈冷汰译，上海商务印书馆 1937 年版，第 112 页。
② 胡适："欧游道中寄书"，见《胡适文存（三）》，黄山书社 1996 年版，第 44 页。

在乎这件事呢？苏格拉底留下的文化基因复合体（meme-complexes）仍然强劲，相似的还有莱昂纳多、哥白尼和马可尼。"① 对于中华民族而言，我们的优秀传统文化就是我们中华民族的"根"和"魂"。中华文明之所以历经5000多年而不衰，只因其强大的文化基因已深深融入中华民族的血液，其磅礴的自我更生能力体现于当代的创造性转化和创新性发展，必将为中华民族伟大复兴提供强大的软实力支撑。

---

① Dawkins, Richard.2006. The Selfish Gene. Oxford University Press:200.

第二节　制度的衰败异化

这里需要深究一下，为什么重农抑商政策伴随着轻商、贱商、鄙商的思想和意识自秦朝大一统之后，一直持续到鸦片战争爆发前后才开始走向破产，直至消亡？简单的答案就是稳定皇权、维护统治阶级统治的需要。大一统思想、重农抑商政策需要某种专制制度的维护。其实，儒学作为维护皇权的正统思想，其作用仅仅在于为社会和道德提供了价值基础以保障政治之稳定。因此，2000 年来，儒学与帝政亲密结合，并未被视作永恒的原则，而是视作教条的侍女。从这一点来看，朱熹所谓孔子之道未尝一日得行，似有真理在焉。[1] 因此，"当帝国崩溃，儒学自亦失败"[2]。还需指出的是，儒家的"修齐治平"观产生了一种基于其上的与现代化格格不入的政治脆弱性。"中国是脆弱的，因为它的政治稳定性建立在家庭和血统关系特殊形式的稳定上，而这二者在现代化的冲击面前本身就是脆弱的。"而且，"在以血缘系统为一方，以国家政府系统为另一方之间……看不出彼此有重大政治意义的组织联系"[3]。换句话说，家天下的结果就是在重大的冲击或挑战面前，社会必然是一盘散沙。皇权保的是家族统治的权力，只要能够保住统治的地位，割地赔款、民生疾苦都不是交易中所首先考虑的；而社会上之一般家庭保的是家族的安全，至于谁来当统治者与我无关。顾炎武曾在更高的

---

[1] 朱熹：《朱文公文集》，卷三六，第 579 页。
[2] 萧公权：《近代中国与新世界：康有为变法与大同思想研究》，汪荣祖译，江苏人民出版社 1997 年版，第 115 页。
[3] 吉尔伯特·罗兹曼：《中国的现代化》，上海人民出版社 1989 年版，第 271 页。

层面区分了亡国与亡天下的不同："有亡国，有亡天下，亡国与亡天下奚辨？曰：易姓改号，谓之亡国。仁义充塞，而至于率兽食人，人将相食，谓之亡天下。知保天下，然后知保其国。保国者，其君其臣肉食者谋之。保天下者，匹夫之贱与有责焉耳矣。"①顾炎武此处的"亡天下"就是文化、文明的灭亡，只有到这个时候，每个人才应该起来解救，至于仅仅改朝换代，则随它去吧。

所以，这种政治制度的必然颓败有其历史性。"中国政治结构的脆弱性及其腐蚀性是造成 19 世纪中国失败的基本原因。从性质上来说，政治体制不是简单地越来越跟不上世界各地发生的变化，也不是单纯地越来越不能满足由各种新的政治挑战引起的冲击所强加给中国的那些需求。毋宁说，它在 19—20 世纪初所遭受的各种灾难，显示了国内旧政治制度内部自身所产生的腐败。"②

上述这种政治制度的腐朽，也不仅仅是 19—20 世纪的特点，不仅仅是由于外部强有力的挑战所带来的必然；中国自秦之后，其政治制度从根本上未有大的差异，这就决定了即使未有外力，内部的天灾、病疫等冲击同样会导致王朝的覆灭。甚至到了 1930 年，欧洲著名社会经济史学家理查德·托尼受太平洋关系研究所的邀请来中国调研经济问题，并将之与欧洲经济进行比较。中国农村地区的凋敝吸引了托尼的注意力："在中国的某些地方，农村人口的状况就像一个长期站在水中只有头还露在水面上的人一样，只要稍微过来一阵涟漪，就足以把他淹死。"③托尼的描述形象地把握了中国农民在常见的自然和社会灾害面前的极端脆弱性，这种极端脆弱性恰恰反映了政治制度的极端虚弱和极度腐朽。

前面曾谈到，恩格斯指出文艺复兴是市民阶级的产物，而市民阶级则源于自由自治的城市。马克思恩格斯指出："从中世纪的农奴中产生了初期

---

① 《日知录》卷十三，《顾炎武全集》第 18 册，第 527 页。
② 吉尔伯特·罗兹曼：《中国的现代化》，上海人民出版社 1989 年版，第 270 页。
③ 托尼：《中国的土地和劳动》，安佳译，商务印书馆 2017 年版，第 79 页。

城市的城关市民；从这个市民等级中发展出最初的资产阶级分子。"① 自由自治的城市为农奴成为市民等级一分子创造了机会和条件。自由自治城市只可能出现在那些没有建立起强大中央集权君主制的国家。② 我国学者顾准在研究欧洲城市史后写道，"渊源于希腊、罗马传统的城邦国家、商业城邦"是"欧洲中世纪产生城市、产生市民阶级即资产阶级"的历史条件，而"中国的城市、市井、市肆，却从来是在皇朝控制之下"，"中国从来没有产生过商业本位的政治实体"。③ 傅筑夫明确指出："在中国的封建制度下，不可能产生欧洲中世纪那样独立于封建主直接控制之外的自治的和自由的城市。……而这一特点对于整个经济发展的影响是非常深远的。"④ 罗荣渠也指出："正是这种西方式的封建社会系统，而不是东方式的中央集权结构，为新生产力因素提供了活动空间……使新兴生产力因素以自由城市为依托而较易发展。"⑤ "由于国家的集权化一向是中国发展的重要特征"，⑥ 所以正如英国学者佩里·安德森所指出的："在中国，巨大的地方中心被朝廷官僚所控制，他们居住在与所有商业活动分隔开的特别区域内。相反，典型的欧洲中世纪城市则经营商业和制造业，是自治的公社，享有团体性的脱离贵族与教会的政治与军事的自治。"⑦

美国汉学家本杰明·史华慈曾提出"政治秩序在东亚社会的优先性"一说。他认为："中华文明最显著的特征之一，可能被称为政治秩序在该文明中的中心地位和分量。"即："政治秩序原则上支配着社会政治生活的各个

---

① 《马克思恩格斯选集》（第一卷），人民出版社 2012 年版，第 401 页。

② Rosenberg, N. and L.E. Birdzell, Jr.1986. How the West Grew Rich: The Economic Transformation of the Industrial World. Basic Books:55.

③ 《顾准文集》，贵州人民出版社 1994 年版，第 312–316 页。

④ 傅筑夫：《中国经济史论丛》，生活·读书·新知三联书店 1980 年版，第 322 页。

⑤ 罗荣渠："论一元多线历史发展观"，《历史研究》1989 年第 1 期。

⑥ 奥斯特哈默：《中国革命：1925 年 5 月 30 日，上海》，强朝晖译，社科文献出版社 2017 年版，第 30 页。

⑦ 佩里·安德森：《从古代到封建主义的过渡》，郭方、刘健译，上海人民出版社 2016 年版，第 109 页。

领域。""在表达政治秩序的'分量'时，我们指的是该秩序在社会文化经验的每个领域中的最终权威，正如我们西方人倾向于定义这些领域——文化、宗教、经济、法律等。"①

由于中国的"政教合一"性，宗教在中国从未像印度一样，成为一个独立的存在领域，并且也未能像在欧洲的拉丁国家一样，形成一个野心勃勃、敢于向世俗权力挑战的教会组织。同时，传统中国同样也缺乏与统治者个人脱钩的独立国家理念。"因此，欧洲人所提出的国家与社会分立的思想，在中国从来没有出现过。"② 可以说，政治权利对后来所称为的"社会"各层次的全面渗透及努力掌控，是中国传统社会的鲜明特征。

当然，传统中国并非处于一种绝对的"极权主义"状态之中。正如史华慈所提出的：中国有没有宗教自由？有没有知识自由？是否有可能对政府采取批评立场？经济是"命令经济"还是"市场经济"？像行会和宗教组织这样的组织是否享有任何自治权？或者它们是否完全受政治秩序的控制？中国历史的大部分都处在这两种截然不同的选择之间。③

马克思在其《政治经济学批判（1857—1858 年手稿）》中明确指出："古典古代的历史是城市的历史，不过这是以土地所有制和农业为基础的城市；亚细亚的历史是城市和乡村的一种无差别的统一（真正的大城市在这里只能看作王公的营垒，看作真正的经济结构上的赘疣）；中世纪（日耳曼时代）是从乡村这个历史的舞台出发的，然后，它的进一步发展是在城市和乡村的对立中进行的；现代的［历史］是乡村城市化，而不像在古代那样，是城

① Schwartz, Benjamin I.1987. "The Primacy of the Political Order in East Asian Societies." Some Preliminary Generalizations. In: Stuart R.Schram ,ed., Foundations and Limits of State Power in China. Hong Kong: CUHK:1–10.

② 奥斯特哈默：《中国革命：1925 年 5 月 30 日，上海》，强朝晖译，社科文献出版社 2017 年版，第 35 页。

③ Schwartz, Benjamin I.1987. "The Primacy of the Political Order in East Asian Societies." Some Preliminary Generalizations. In:Stuart R.Schram. ed., Foundations and Limits of State Power in China. Hong Kong: CUHK:1–10.

市乡村化。"① 这里的城市之所以是经济结构的"赘疣",原因在于这样的城市不是促进经济结构的转换,而是靠维持原有经济结构以求生存,因而客观上严重阻碍了生产的发展。城市的这种寄生性、消费性而非生产性的特征,正是中国传统社会无法产生"市民社会"的重要因素,而"市民社会"则被日本学者望月清司认为是资本主义社会的代名词。望月清司指出:"马克思看到,即将到来的'人类社会'只有通过事先潜在地在'资本主义'(大工业＋市民社会)的胞胎内成长起来的'全面发展的个人'才能建立起来。而我则从中发现了他的历史理论的根干,即'共同体→市民社会→社会主义(自由市民的联合体)'。"②

著名经济史学家吴承明指出,"原来西欧的现代化,始于16世纪的美洲白银大量流入,并成直接动力之一。这时我国工业水平居世界之冠,外贸具有顺差优势,这种优势一直保持到19世纪初",但是"经济上的发展必须引起制度上的革新以至政治上的变革,才能保证其持续发展。16、17世纪虽也有一些制度变迁,如财政、租佃、雇工制的变迁,但未能引起体制的变迁或根本法的变迁,旋逢清人入主,加强专制主义统治,连一个保障私有产权和债权的商法都未能出世,更不用说政治上的变革了。但不是说现代化因素就此终止,上述各种变化都是不可逆的,只是在种种'逆流'下,步履维艰而已"。③ 我们深深质疑吴承明在此依然保持的某种乐观态度,因为中国传统社会这种"中央集权的垂直的等级制帝国"之"绝对君主的王权,郡县制与大一统的共同兴起与演变……对传统中国的产权、法律、市场、金融体系、人力资本市场"的根本性的影响,"对于我们理解现代工业革命在东亚传播的滞后乃至于中国和欧洲在早期的分流尤为重要"。④ 王国斌、

① 《马克思恩格斯文集》(第八卷),人民出版社2009年版,第131页。
② 望月清司:"马克思的市民社会理论",《哲学动态》2011年第9期。
③ 吴承明:《中国的现代化:市场与社会》,生活·读书·新知三联书店2001年版,第34页。
④ 马德斌:《中国经济史的大分流与现代化:一种跨国比较视野》,徐毅、袁为鹏、乔士荣译,浙江大学出版社2020年版,第192、310页。

罗森塔尔也认为，"政治制度和政权的空间规模是促成大分流最根本的原因，在大分流真正显现之前的几个世纪，差异的种子就已经深埋在中国和欧洲的政治架构之中了"。①

傅筑夫指出："中国从春秋末年到战国时期，是中国古代商品经济和与之相辅而行的货币经济开始大量发展的时期，而尤以商业的发展为突出。正是在这一时期，整个社会经济从生产方式到社会关系，都发生了巨大变化……所有这些变化和变化所造成的严重后果，都直接动摇了封建制度赖以存在的基础，特别是直接威胁着封建统治阶级的生存，而变化本身的激烈迅猛又使他们感到惊惶失措。他们为了巩固自己的统治地位，不得不认真考虑对策，采取必要措施，设法从根本上消弭动乱的根源，来堵塞住正在溃决之中的狂澜，并使被打乱了的封建秩序再恢复稳定。抑商政策就是在认清了祸源之后，适应着封建统治阶级的最高利益而提出来的。简单说，抑商就是企图从根本上消灭引起变化的总根源。即使不能完全消灭商人和商业使社会再退回到没有变化以前的静止状态，至少可以通过抑商政策的贯彻，以限制商人和商业资本的活动，缩小商业营运的范围，便可以把它们的消极影响和造成的社会动乱减少到最低程度。"② 当然，通过限制民间资本，把经济资源牢牢掌握在统治阶级手中，维护皇权和统治阶层的利益，一直贯穿于中国封建社会始终，这是中国经济不发达乃至影响到科技、工业等诸多方面的最根本诱因。用现代经济学的语言来说，就是如何处理好政府和市场的关系问题，是否发挥了市场在配置资源中的决定性作用问题。

产权得不到有效的保障，也是明清无法产生资本主义工业的一大诱因。即使是晚清盛宣怀所办的招商局，同样也会遇到因产权无法保障遭遇清政府勒索而不得不转移投资方向。费维恺写道："由于缺乏财产的法律保证，招

---

① 王国斌、罗森塔尔：《大分流之外》，周琳译，江苏人民出版社 2018 年版，封底。
② 傅筑夫：《中国经济史论丛》，生活·读书·新知三联书店 1980 年版，第 613－615 页。

商局和其他官督商办企业总是容易遭受上述的那种勒索。……事实上，他们的资金被投资于一个新式的企业，它虽然能生产丰厚的利润，但总是难免受到官僚的勒索，他自然就会努力采摘刚刚成熟的企业的成果，并尽快地把他们储藏于安全之处。立即把利润投资于土地、房产和当铺——这带来过声望和安全——似乎是一个比企业的长期扩大和发展更为可靠的赌注，因为企业的非常规模和突出只会引来不受欢迎的注意。即使是看起来对中国工业的前途已有坚定信念并将其部分收入再投资于新的冒险事业的盛宣怀，也认为分散他的投资比集中发展任何一个企业更为安全。"①

还需要指出的是，我们以为，中国传统社会重农抑商的思想之所以盛行千年而不衰，还在于我们的"商"缺乏类似后来西方工业社会的"工"的支持，如无"工"的支持，"商"即是无本之木、无源之水，皇权的打压轻而易举。马克思在比较17世纪英国的勃兴和荷兰的衰落时指出："荷兰作为一个占统治地位的商业国家走向衰落的历史，就是一部商业资本从属于工业资本的历史。"②因为17世纪"商业的突然扩大和新世界市场的形成，对旧生产方式的衰落和资本主义生产方式的勃兴，产生过压倒一切的影响，那么，这种情况反过来是在已经形成的资本主义生产方式的基础上发生的"③。也就是说，如果没有已经形成的成熟的以大工业生产为基础的资本主义生产方式，仅仅依赖于商业资本是无法维系其大国地位的。因为资本主义"生产方式所固有的以越来越大的规模进行生产的必要性，促使世界市场不断扩大，所以，在这里不是商业使工业发生革命，而是工业不断使商业发生革命"④。"在资本主义社会以前的各阶段中，商业支配着产业；在现代社会里，

---

① Feuerwerker, Albert.1958. China's Early Industrialization: Sheng Hsuan-huai (1844-1916) and Mandarin Enterprise. Harvard University Press:187-188.
② 《马克思恩格斯全集》（第四十六卷），人民出版社2003年版，第372页。
③ 《马克思恩格斯全集》（第四十六卷），人民出版社2003年版，第371页。
④ 《马克思恩格斯全集》（第四十六卷），人民出版社2003年版，第371页。

情况正好相反。"① 换句话说，没有现代的产业结构，商业发展必然举步维艰。"现在，工业上的霸权带来商业上的霸权。"② 但马克思同时精辟指出："在真正的工场手工业时期，却是商业上的霸权造成了工业上的优势。"③ 也就是说，在资本主义发展的前期，在大工业生产尚未兴起之时，通过对贸易线路进而对贸易市场的控制，可以在一定程度上促进工场手工业的发展；反过来说，如果中央集权对商业的打压，工场手工业必然受到同样的甚至更深程度的压制。然而，真正到了工业革命发生以后，真正的资本主义生产方式，即大工业生产在促进资本主义国家霸权形成中，则起着决定性作用，商业贸易反而退居其次。

那么，回到传统中国，为什么中国皇权能够牢牢处于垄断地位？能够始终掌控各种政治、经济、文化、军事资源？从经济学角度来看，统一之后的中华帝国，除皇权为代表的统治之外，其内部无法出现其他竞争单元，缺乏竞争即造成垄断成本不高，因此造成专制社会的出现。即，"在中国，没有可供选择的权利替代中心。……政府以外缺乏强有力的组织：没有阶层，没有议会，没有教会，没有任何真正意义的组织，缺乏行会、宗派和秘密社会等小实体。中华帝国统治着不团结的、分裂的社会，而这个社会里没有自治的力量。因此，不可能从内部建立一个现政权的、切实可行的替代物。"④ 费正清在《美国与中国》一书中问道："为什么中国的商人阶级不能冲破对官场的依赖，以产生一股独立的创业力量呢？"⑤ 他自问自答道："明政府有凌驾于一切的经济特权。所以政府不许可兴起一个独立的商人阶段，来侵犯它的这些特权。"⑥ 费正清一针见血地指出："从事创新的企业、为新

---

① 《马克思恩格斯全集》（第四十六卷），人民出版社 2003 年版，第 368 页。
② 《马克思恩格斯全集》（第四十四卷），人民出版社 2001 年版，第 864 页。
③ 《马克思恩格斯全集》（第四十四卷），人民出版社 2001 年版，第 864 页。
④ 《清史译丛（第 11 辑）：中国与十七世纪危机》，商务印书馆 2013 年版，第 51 页。
⑤ 费正清：《美国与中国》，张理京译，世界知识出版社 1999 年版，第 46 页。
⑥ 费正清：《美国与中国》，张理京译，世界知识出版社 1999 年版，第 47 页。

产品争取市场的推动力，不如争取垄断、通过买通官方取得市场控制权的推动力来得大。中国的传统做法不是造出较好的捕鼠笼来捕捉更多的老鼠，而是向官府谋取捕鼠专利。"① 我们这里不能去抱怨中国的商人阶层缺乏创新意识，商人阶层在政府权贵面前一文不值，皇权强有力的国家机器可以随时碾压商人，商人只能在得到皇权的许可下像蚂蟥一样吸附在社会经济体上，和皇权一同榨取社会。正如费正清所说："总之，资本主义之所以不能在中国兴起，是因为商人从来不能摆脱士绅及其官府代理人的控制而独立自主。"②

欧洲之所以能够出现大大小小的国家而无法统一，多与复杂的地理环境导致的高融合成本相关。③ 而形成的诸多小国为了生存而竞争，不易执行损害商人的政策，无法阻止资本和劳动力在不同国家之间的自由流动。④ 孟德斯鸠在解释亚洲国家和欧洲国家不同命运时特别从地理和气候的因素做了解释，他认为亚洲大的平原形成了大帝国，有利于极权和奴役；而欧洲地理环境的支离破碎形成了大大小小的国家，有利于法治和自由。⑤ 汤因比虽然明确反对关于文明兴衰的环境决定论，但仍设法用一种经过修改的环境理论来撰写其《历史研究》。对汤因比来说，是"环境的挑战"导致了文明的起源。当他使用这个术语时，"环境"不仅指地理条件，还指社会条件。⑥

马克思曾明确指出："在文化的初期……不同的共同体在各自的自然环境中，找到不同的生产资料和不同的生活资料。因此，它们的生产方式、生活方式和产品，也就各不相同。"⑦ 也就是说，在一种文明生长的最初阶段，

---

① 费正清：《美国与中国》，张理京译，世界知识出版社 1999 年版，第 46 页。
② 费正清：《美国与中国》，张理京译，世界知识出版社 1999 年版，第 50 页。
③ 埃里克·琼斯：《欧洲奇迹：欧亚史中的环境、经济和地缘政治》，华夏出版社 2015 年版，第 86 页。
④ 埃里克·琼斯：《欧洲奇迹：欧亚史中的环境、经济和地缘政治》，华夏出版社 2015 年版，第 96 页。
⑤ 孟德斯鸠：《论法的精神》（上册），张雁深译，商务印书馆 1995 年版，第 278—279 页。
⑥ McClelland, D.C. 1961. The Achieving Society. Van Nostrand, Princeton, New Jersey:7.
⑦ 《马克思恩格斯全集》（第四十四卷），人民出版社 2001 年版，第 407 页。

自然环境起着极其重要的甚至是决定性作用。马克思将自然资源分为两类，在文明的不同阶段发挥着不同作用。马克思指出："撇开社会生产的形态的发展程度不说，劳动生产率是同自然条件相联系的。这些自然条件都可以归结为人本身的自然（如人种等等）和人的周围的自然。外界自然条件在经济上可以分为两大类：生活资料的自然富源，例如土壤的肥力，鱼产丰富的水域等；劳动资料的自然富源，如奔腾的瀑布、可以航行的河流、森林、金属、煤炭等。在文化初期，第一类自然富源具有决定性的意义；在较高的发展阶段，第二类自然富源具有决定性的意义。"①当然，随着文明的发展和进步，地理环境的相对决定性作用逐渐下降，人的主观能动性，即对自然的改造力所体现出的文化、文明的力量，逐渐决定着自身的走向，"产业越进步，这一自然界限就越退缩"②。正如恩格斯所指出的，"一切存在的基本形式是时间和空间"。③也就是说，无论是自然界还是人类社会、无论是物质自身还是表象的变异都需要通过"时间"表示。时间变化了，其于文化初期所引发的直接反应也会逐渐发生变化，甚至时间愈久，现实性的文化表征与期初的地理空间的关系愈加模糊，甚至仅仅留下了某种仪式而不再知其所以然。比如，许多缺乏土地和资源的社会采取"杀婴"的方法来控制人口数量。如果这种方法真的适应环境条件的话，当条件改善时，这种方法将有望被改变。换句话说，当人们利用资源水平有所提高，或者人口数量降低到濒临灭绝的程度时，人口控制的方法也会相应地改变。所罗门群岛上的圣克里斯托瓦尔（San Cristobal，委内瑞拉西部的一个城市）居民，传统上要杀死自己的第一个婴孩。我们不知道这种行为最初是不是一种控制人口的方法。在19世纪末20世纪初，大约80%的人口死于传入当地的各种疾病。如果文化对环境条件具有适应性，那么我们可能会期望停

---

①　《马克思恩格斯全集》（第四十四卷），人民出版社2001年版，第586页。
②　《马克思恩格斯全集》（第四十四卷），人民出版社2001年版，第589页。
③　恩格斯：《反杜林论》，人民出版社2018年版，第53页。

止杀婴行为以恢复人口增长，但这里的居民还在继续杀死自己亲生的第一胎婴孩，"因为他们的习俗要求他们这样做"。① 所以，人类文明的进步就在于能够逐渐摆脱环境决定论的宿命的误解，发挥人类能动性，在与自然规律的交互中赢得生存的时间和空间。换言之，环境决定论并非"理性宿命论"（rationality of fatalism），因为在宿命论者看来，人类的一切计划与努力都是多余的，"无论结果是好是坏，只需我们简单地去享受或忍受，一切都是命中注定的"②。宿命论的观点或许在一定程度上呼应了人类的现实历程，但却限制了人类潜力的发挥。

关于气候因素对文明的影响，马克思指出："资本的祖国不是草木繁茂的热带，而是温带。"③ 之所以这样说，马克思在注文中引用伦敦商人托马斯·曼的话指出："前者〈自然富源〉在非常富饶非常有利时，使人无所用心、骄傲自满、放荡不羁。而后者〈人工富源〉则迫使人要小心谨慎，有丰富的学识、熟练的技巧和政治的才能。"在同一注文中也引用了纳·福斯特的话："我觉得，对于一个民族来说，最大的不幸莫过于他们所居住的地方天然就能出产大部分生活资料和食物，而气候又使人几乎不必为穿和住担忧……"④ 哈佛大学社会心理学家戴维·麦克莱兰在对新教和天主教国家进行经济增长比较时，把位于热带地区的加勒比海和拉丁美洲的许多天主教国家排除在外，"因为经济发达国家或多或少似乎局限于温带地区之内"⑤。如果把位于热带地区的天主教国家加入比较行列，对于天主教国家不公平，作者以此使读者更加确信经济增长中的宗教因素之力量。

恩格斯在分析德国南部地区进步迟缓的原因时指出，这里远离海洋，

① Keesing, Roger M. 1981.Cultural Anthropology : A Contemporary Perspective. Holt, Rinehart & Winston:163.

② James, P., Tayler, P., and Thompson, M. 1987. "Plural rationalities." Warwich Papers in Management, No. 9.

③ 《马克思恩格斯全集》（第四十四卷），人民出版社2001年版，第587页。

④ 《马克思恩格斯全集》（第四十四卷），人民出版社2001年版，第587页。

⑤ McClelland, D.C.1961. The Achieving Society. Van Nostrand:51.

"因阿尔卑斯山脉而跟意大利的文明隔绝，因波希米亚山和莫拉维亚山脉而跟北德意志的文明隔绝，同时碰巧又都位于欧洲唯一发动的河流的流域之内。多瑙河非但没有为它们开辟通向文明的道路，反而将它们和更加野蛮的地区连接了起来"①。恩格斯还指出："多瑙河、阿尔卑斯山脉、波希米亚的悬崖峭壁，这就是奥地利的野蛮和奥地利君主国赖以存在的基础。"② 我们这里引用马克思恩格斯关于地理环境、气候对于文明的作用的论述，并不是简单地认为马克思恩格斯属于地理环境决定论者，而是强调"在文化的初期"，人类文明或区域文明发展的初期，气候和地理因素通过对其民族性格、民族心理形成的决定性作用而构建的某种路径依赖。美国演化生物学家、生理学家、生物地理学家贾雷德·戴蒙德是典型的地理环境决定论者，他指出："不同民族的历史遵循不同的道路前进，其原因是民族环境的差异，而不是民族自身在生物学上的差异。"③ 美国著名地理学家埃尔斯沃思·亨廷顿指出，没有一个伟大的文明，至少正如我们今天所理解的，曾经在热带或遥远的北方繁荣过。他非常明确地指出，冬季和夏季之间平均温度范围为 40 到 60 华氏度、有中等降雨量和频繁温和的暴风雨的气候，最能够激励人类创造。④ 但亨廷顿无法指出，为什么高度文明出现于一个地方而不是同一地带的另一地方。这就是为什么马克思强调人类文化初期气候的重要性之故，亦即，在人类文化初期，人的自身的能动性相对于自然力较弱，从而处于一种人对自然的依赖状态，外在于人的力量显得尤其庞大。即使是二十一世纪的今天，环境气候对于人类发展的约束仍然是第一位的。格尔茨似乎对环境决定论很不以为然，他认为，环境决定论"只能提出一些最粗糙的问题：'环境在多大程度上影响文化？'……只能给出粗糙的回答：'在一定

---

① 《马克思恩格斯全集》（第四卷），人民出版社 1958 年版，第 517 页。
② 《马克思恩格斯全集》（第四卷），人民出版社 1958 年版，第 517 页。
③ 贾雷德·戴蒙德：《枪炮、病菌与钢铁》，谢延光译，上海译文出版社 2000 年版，第 16 页。
④ Huntington, E.1915. Civilization and Climate. Yale University Press.

程度上，但不是完全。'"① 格尔茨的批评似乎有点吹毛求疵，环境对人类文化的影响，正如上引马克思所言，随着人类发展，其影响表现出不同的渠道和形式，但从最终的和长远的视角看，仍然是决定性的，因为人类本身即是自然的产物。

希腊裔心理学家特里安迪斯认为，雅典历史学家修昔底德在其巨著《伯罗奔尼撒战争史》中也强调了雅典的民主制与其地理环境有关。特里安迪斯指出，修昔底德认为古希腊的土壤肥力存在差异，人类倾向于肥沃的土壤。为了保持这些肥沃的土壤，人们必须战斗，所以他们培养了好战的品质和制度。然而，那些不喜欢战斗的人搬到了雅典地区，因为那里没有肥沃的土地。结果，一个由来自希腊各地的人组成的高度异质的群体在雅典定居下来。这些人对世界有不同的看法，但因为他们不喜欢战斗，他们为了达成协议而进行了相当频繁的辩论，雅典民主行为模式和制度的诞生即是这些辩论的结果。②

关于东方社会长期停滞的原因，马克思认为，这与其特殊的地理环境和气候有很大关系，"气候和土地条件，特别是从撒哈拉经过阿拉伯、波斯、印度和鞑靼区直至最高的亚洲高原的一片广大的沙漠地带，使利用水渠和水利工程的人工灌溉设施成了东方农业的基础。……在东方，由于文明程度太低，幅员太大，不能产生自愿的联合，因而需要中央集权的政府进行干预"③。而这种中央集权制，无论是在东方还是西方，极易变身为"为进行社会奴役而组织起来的社会力量，变成了阶级专制的机器"④。由地理环境进而影响到制度的路径依赖，马克思在这里较早地提出了地理环境与制度的

---

① Geertz, C. 1963. Agricultural Involution: The Process of Ecological Change in Indonesia. University of California Press:3.

② Triandis H.C. 2009. Ecological Determinants of Cultural Variation. In: Wyer R.S., Chiu C., Hong Y.Y.(eds.) Understanding Culture: Theory, Research and Application. Psychology Press:189-210.

③ 《马克思恩格斯选集》（第一卷），人民出版社2012年版，第850-851页。

④ 《马克思恩格斯选集》（第三卷），人民出版社2012年版，第96页。

关系这一如今在经济增长理论中颇具争议的命题。

萨克斯在 2001 年的文章中指出，当时处于热带地区的发达经济体只有中国香港和新加坡，而这两个地区和国家的人口仅占当时发达经济体人口的 1%，不具有代表性。大部分贫困国家则多位于赤道地区，比如玻利维亚、乍得、尼日尔、马里、布基纳法索、乌干达、卢旺达、布隆迪、中非共和国、津巴布韦、赞比亚、莱索托、老挝。发达国家则主要位于北美、西欧、东北亚、拉丁美洲南锥体和大洋洲，都不在赤道地区。萨克斯认为热带地区的生产技术在农业和卫生这两个关键领域落后于温带地区的技术，这反过来又在气候区之间造成了巨大的收入差距；由于热带地区公共卫生条件差和农业技术薄弱，人口从高生育率和高死亡率向低生育率和低死亡率的转变缓慢，收入差距也扩大了。[①] 阿西莫格鲁等人在同年发表的文章中则认为，热带国家的不发达可以追溯到历史上的殖民制度。在热带地区，因为卫生条件等所造成的高死亡率使得殖民者无法长期居住，因而采取一种"攫取性制度"；而在死亡率较低的国家，殖民者则选择定居，因此实行了以良好法治为内涵的"包容性制度"。[②] 正是两种不同的制度导致今天不同自然环境殖民地的发展存在极大的差异。

在探讨中华文明为何不同于欧洲文明的原因时，李约瑟曾经有过一段描述："如果中国人有欧美的实际环境，而不是处于一个广大的、北面被沙漠切断，西面是寒冷的雪山，南面是丛林，东面是宽广的海洋的这样一个地区，那情况将会完全不同。那将是中国人，而不是欧洲人发明科学技术和资本主义。"[③] 中国东濒浩瀚无际的太平洋，西依独一无二的青藏高原，南临瘴病弥漫的热带丛林，北接辽阔的沙漠和草原。承继了黄河流域古代文

---

① Sachs,J.D.2001. "Tropical Underdevelopment." NBER Working Paper ,No. 8933.

② Acemoglu,D.,J.A.Robinson and S.Johnson.2001. "The Colonial Origins of Comparative Development: An Empirical Investigation." American Economic Review, 91:1369−1401.

③ 转引自王思明："李约瑟与中国农史学家"，《中国农史》2010 年第 4 期。

明的中国封建社会，就处在这幅员辽阔、四周隔绝的环境之中。托尼认为："中国因为在地理上与世界隔绝之故，经济长期处于静止状态。"① 概而言之，中国独特的地理环境决定了政治上的大一统因缺乏内部竞争而导致的对非官方经济的挤压，进而形成某种重农抑商的思想和观念，绵延两千余年而不绝，从而导致了东西方文明极大的不同。用沃尔特·多恩的话来说："正是现代欧洲国家体系的竞争性特征，使得其政治生活不同于所有先前和非欧洲的世界文明。"②

关于地理环境决定论和制度决定论的纷争，我们认为，马克思的提法极具参考价值。即在人类文化或文明的初期，地理环境在决定一种区域性文明或文化发展路径方面具有决定性作用，毕竟这个阶段属于马克思恩格斯所说的"物的依赖"的阶段。随着文化或文明的进展，思想或文化的作用以及制度的作用愈来愈强大，虽然这种思想或文化之发生深深地依赖于当地的气候环境。如果没有异质文明的强有力的冲击，这种基于自然环境基础上的思想或文化或制度将会发展至其固有的顶峰而渐趋停滞僵化，这也十分符合中华文明的传统演化路径。由此，亦可以说，西方学者断言马克思恩格斯"经济决定论"的言说，至少由中国传统社会的实际发展给出了一个清晰的否定性判决。

---

① 托尼：《中国的土地和劳动》，安佳译，商务印书馆 2017 年版，第 51 页。
② Dorn, Walter S.1963.Competition for Empire. Harper & Row:1.

第三节　"李约瑟"之谜探解

李约瑟是英国著名的中国科技史学家，其名著《中国科学技术史》于1954年在剑桥大学出版社出版。他在序言中提出：15世纪之前，中国在科技和经济等方面都超越西欧，但此后的发展却趋于停滞、逐步滑坡，以致19世纪时西欧列强凭借先进的军事和民用科技将中国纳为半殖民地。[①] 在原文中，他的疑问涉及数个分支环节，但学者们所聚焦的热点可以归纳成一个简单明确的问题：16世纪后西方的科技革命为什么没有发生在东方的中国？

为什么科技革命没有发生在中国？从李约瑟提出这一问题后，学者众说纷纭，熊秉元等总结经济学界有四种代表性假说，[②] 加上熊秉元等人提出的假说，以及莫基尔的假说，大概六种。

第一，科举假说。1995年，林毅夫发文进行了解读。[③] 科举制度始于隋朝，终于清朝，着重于句读之学，在功名的激励下，有才能的人都着力于四书五经，排挤了科技创新的人力资本投入。他认为，传统的科举制度培养出了一批长于诗词典章而短于机械器物的官僚。一方面，他们的知识结构不足以发展出现代科技；另一方面，在官僚体系里，站在捍卫自身利益的立场，他们也不会鼓励，甚至会排斥与"往圣绝学"相左的知识。这种机制使中国的技术进步内生化，僵化的科举制度是导致人力资本配置失衡的主因。

---

① Needham J. 1954.Science and Civilisation in China. Cambridge University Press:1.

② 熊秉元、叶斌、蔡碧涵："李约瑟之谜——拿证据来？"，《浙江大学学报》（人文社会科学版）2018年第1期，第173—182页。

③ Lin J.1995. "The Needham Puzzle Why the Industrial Revolution Did Not Originate in China." Economic Development and Cultural Change, 43,(2):269—292.

第二，高水平均衡假说。2003年，姚洋提出了一个新的揣测。他运用数理模型，修改了伊懋可（Mark Elvin）的高水平均衡陷阱，即对土地的密集农业开发意味着中国只能以较低的生活水平维持大量人口。因此，它陷入了现在所谓的"高水平均衡陷阱"。农业使人们得以生存，但并没有产生任何盈余，可以投资于节省劳动力的机器等新资源。[①] 姚洋除考虑经济规模之外，亦加入了工业部门，进一步提出高水平均衡假说。他认为，中国以农立国，农业技术水准发展较高，较高的农业投资回报率吸纳了全社会的资本，阻碍了其他产业技术的发展。姚洋的定性表述为解释李约瑟之谜提出了可供借鉴的假说。如果农业部门能维持较高的生产力，就不需要向工业部门求援，不需要用工程器具来提升效率。[②] 换句话说，他认为，农业生产对工业部门并没有潜在的需求。

第三，地理禀赋假说。[③] 与高水平均衡假说类似，强调农业生产的禀赋排挤了其他产业的投入，但地理禀赋假说更强调外生的天然地理环境所造成的影响。文贯中认为，地理环境和资源禀赋是经济发展过程中不可或缺的基本约束条件，农业的地理禀赋条件愈高，愈容易向农本社会倒退。中国地大物博，百业兴盛，男耕女织的小农社会已能达到自给自足，因而缺乏科技革命的激励。

第四，产权假说。由于中国历来缺乏私有产权，创新者缺乏激励，在无法获得利润和回报的情况下，少有人愿意从事科技创新。[④]

第五，单一权威制度遏制科技知识。[⑤] 熊秉元等人认为，在中国历史制

---

① Elvin M.1973. The Patterns of the Chinese Past. Stanford University Press:298, 314, 209; 另见 Niall Ferguson.2011. Civilization:The Six Killer Apps of Western Power.Penguin, :44–49。

② 姚洋："高水平陷阱——李约瑟之谜再考察"，《经济研究》2003年第1期，第71–79页。

③ 文贯中："中国的疆域变化与走出农本社会的冲动——李约瑟之谜的经济地理学解析"，《经济学（季刊）》2005年第2期，第519–540页。

④ 寇宗来："理解产业革命发生在英国而非中国的关键——李约瑟之谜的专利制度假说"，《国际经济评论》2009年第2期，第44–48页。

⑤ 熊秉元、叶斌、蔡碧涵："李约瑟之谜——拿证据来？"，《浙江大学学报》（人文社会科学版）2018年第1期，第173–182页。

度变迁过程中，"单一权威"始终是主导因素，不仅科技创新行为因此被阻遏，众多独特的历史现象亦与之激励相容。更有说服力的是，如果将儒学作为单一权威制度下的主流意识形态，那么，中国历代的知识结构都能与单一权威制度相呼应。

第六，思想市场假说。① "思想市场"最初是诺贝尔经济学奖获得者罗纳德·科斯在 1974 年的文章《商品市场与思想市场》中提出的。在文章中，科斯指出："我不相信在商品市场与思想市场之间做出的区分是有充分根据的。这两个市场之间没有本质的差别，而且在决定关于它们的公共政策时，应该考虑同样的因素。在所有的市场中，生产者的诚实或不诚实各有原因；消费者有某些信息，但并非了解所有相关信息，甚至也不能处理所有已知信息；调控者一般都想做些好事，虽然往往力有不逮或受某些利益集团的影响，他们这样做的原因是他们是与我们一样的人，最强烈的动机并非最高尚的。" ② 科斯委婉地指出，对思想的监管或控制，动机和效果与对一般商品的同样作为并无区别，从而暗含着反对的意思。

莫基尔提出的"思想市场"这一假说告诉我们，与科技相关的制度可能对于长期的经济发展有着十分重要的影响。欧洲分裂而又统一的特性削弱了对于新思想的抑制，并为新思想提供了广阔的市场。这助力了科技方面的积淀，并最终引向了工业革命和持续增长。而中国大一统的传统则使得中国的个体知识分子缺乏足够的安全和创新激励，当帝国政府在创新方面转向保守之后，中国的科技创新也就衰退了。德国学者弗里德里希·李斯特在 19 世纪 20 年代曾指出，"每一个国家都必须根据它的独特路线来发展生产力量。"但是他认为中国无法从他涉及的国家发展方案中获益，因为

---

① 乔尔·莫基尔："李约瑟之谜与东西方分途——从科技史视角看大分流"，《量化历史研究》2017 年第 Z1 期，第 70—89 页。

② Coase, R. H. 1974. "The Market for Goods and the Market for Ideas." The American Economic Review,64(2):384—391.

中国缺乏发展生产性工业所需要的"特定存量的自由、保障与指引"①。这里所提出的"自由、保障"，肯定有思想自由的含义在。何兆武指出："如果说，科学必须要有一个条件，那就是思想自由。如果在思想上没有自由，学术是无法进步的。一个神权政治之下的学术是很难有进步的。"②

我们认为，莫基尔的"思想市场"假说，是能够涵盖前述五个假说的。

马克思在《1844年经济学哲学手稿》中指出："所谓人的肉体生活和精神生活同自然界相联系，不外是说自然界同自身相联系，因为人是自然界的一部分。"③ "如果进一步问：究竟什么是思维和意识，它们是从哪里来的，那么就会发现，它们都是人脑的产物，而人本身是自然界的产物，是在自己所处的环境中并且和这个环境一起发展起来的；这里不言而喻，归根到底也是自然界产物的人脑的产物，并不同自然界的其他联系相矛盾，而是相适应的。"④

从上述可以看出，马克思恩格斯并不是环境决定论者，但是他们非常强调地理环境包括气候等对人类自身成长发育的影响。那么，生活于不同地理环境之下的民族，其性格、心理自然会有差异甚至有很大的差异。特别是对自然的某种态度，慢慢会成为一种文化，成为此民族在今后发展中处理外部压力的反应的格式或决定性的基因，除非这种压力大到必须要调整此种反应格式才行。

前述英国独特的地理环境所产生的个人主义对思想自由的天然渴望，对创新的不屈的追求，特别是在战争压力下民族生存危机所爆发出的创新意识和能力，对于后来工业革命的诞生，不能不说是一种虽然是较为久远而暧昧但仍是决定性的影响因素。这种久远性，就是前引马克思所说的"文

① Friedrich List. 1827. Outlines of American Political Economy. https://oll.libertyfund.org/.
② 《何兆武思想文化随笔》，科学出版社2012年版，第9页。
③ 《马克思恩格斯选集》（第一卷），人民出版社2012年版，第56页。
④ 《马克思恩格斯选集》（第一卷），人民出版社2012年版，第410-411页。

化的初期"。①

与西欧相比较，中华文明的发源地——黄河流域的自然环境比较优渥。从狩猎游牧进入农耕文明，水资源极其重要。水不能太多也不能太少，温度不能太冷也不能太热。比如像南美的亚马孙河和西非的刚果河这种世界流量第一大和第二大的河流，因为降水量太大，河的两岸全是热带雨林，森林太茂密了，不可能实现农耕化。中国的长江流域很早就有人类活动，长期发展不出来农耕文明的主要原因，就是它经过的地区降水过于丰富，水网密布，沼泽很多。直到春秋战国时期，农耕技术已经非常成熟，长江流域经过不断治理，才被逐渐开发出来。

黄河水的主要来源是青藏高原的冰川融化，会出现季节性的泛滥，在中下游地区形成冲积平原。黄河下游地区降水更为丰沛，所以黄河文明首先是出现在更为干旱的中上游地区，也就是今天西安一带的"关中平原"，由黄河的支流渭河冲积而成。这个地方由于南边有秦岭阻挡，比下游更加干旱，开垦耕地也就更容易一些。所以中国古代神话传说里位于西北地区的昆仑山、太白山（秦岭主峰）之类占有重要地位。然后才是逐步开发黄河下游，传说中的黄帝和炎帝都生活在渭河平原一带。

黄河流域发展农业文明还有一个先天优势，那就是距离西亚更近，更早享受到文明交流的成果。由于第四纪冰期结束以后，海平面上升，于是东南亚陷入一片汪洋，这也使得大洋洲和几内亚当地的居民和欧亚大陆被隔断了。这些地方无法通过交流来获取其他文明的成果，因此直到近代，其文明程度都很低。而黄河文明却从与西亚文明的交流中，获取了小麦、牛、羊等对农业文明有重大促进作用的动植物。文明的交流互鉴，使得黄河文明更加丰富多彩。

---

① 　《马克思恩格斯全集》（第四十四卷），人民出版社 2001 年版，第 407 页。

近年来，红山文化、良渚文化等众多考古新发现，却让学者将探索文明起源的目光更多地投向黄河以外的地区，以致"满天星斗"说成为当前研究文明起源的流行观点，各地都强调本区域文明的特色与先进，突出其在中华文明起源中的重要作用，而忽视了中华文明形成后的相对统一，模糊了中华文明核心的一致性以及主体的一元性。其实，中华文明在长达数千年的历史长河中，主体与核心一直是无可置疑的，那就是黄河文明。黄河文明的本质是农业文明，农业文明的最大特点是靠天吃饭，反映在文化中是强调"天人合一"，其本意是人要顺从天，强调对天的敬畏，对提供生产生活资料的大自然保持敬畏，而不是强求天融入人的意志，因此缺乏那种西欧因自然条件不利而产生的挑战大自然、改造大自然的个人主义性格。中国传统社会是小农经济社会。关于小农经济，马克思曾有过精辟的论述。小农"好像一袋马铃薯是由袋中的一个个马铃薯所集成的那样。数百万家庭的经济生活条件使他们的生活方式、利益和教育程度与其他阶级的生活方式、利益和教育程度各不相同并互相敌对，就这一点而言，他们是一个阶级。而各个小农彼此间只存在地域的联系，他们利益的同一性并不使他们彼此间形成共同关系，形成全国性的联系，形成政治组织，就这一点而言，他们又不是一个阶级。因此，他们不能以自己的名义来保护自己的阶级利益，……他们不能代表自己，一定要别人来代表他们。他们的代表一定要同时是他们的主宰，是高高站在他们上面的权威，是不受限制的政府权力，这种权力保护他们不受其他阶级侵犯，并从上面赐给他们雨水和阳光。所以，归根到底，小农的政治影响表现为行政权支配社会。"① 不受限制的政府权力对社会的强力支配，是我国传统社会的一大特征，而破除这一路径依赖，是中国式现代化的必然选择。

① 马克思：《路易·波拿巴的雾月十八日》，人民出版社 2001 年版，第 105 页。

　　中华传统文化给外人以"中庸""保守"的特点，这是农业文明数千年来积淀于民族心理底层的东西，说是"文化基因"亦不为过。康有为在1895 年 6 月 30 日《上清帝第四书》中说："中国自古一统，环列皆小蛮夷，故于外无争雄竞长之心，但于下有防乱弭患之意。……若使地球未开，泰西不来，虽后此千年率由不变可也。"[①] 对于中华传统文化的封闭性对文明嬗变的阻遏，康有为的认识是很深刻的，其中亦蕴含有地理环境因素在内。本杰明·史华兹在其《古代中国的思想世界》一书中，也认为"某些文化取向很明显地反映了地理与气候环境的限制作用"[②]。

　　周策纵等认为，从文化方面来看，中西文化的异调，是鸦片战争后半世纪中国人应付西洋人不得要领的唯一根源。"或以中国文化以安息为本位，西洋文化以战争为本位；中国文化以家族为本位，西洋文化以个人为本位；中国文化以感情虚文为本位，西洋文化以法治实利为本位。或以为中国文明为自然的，西洋文明为人为的；中国文明为消极的，西洋文明为积极的；中国文明为依赖的，西洋文明为独立的；中国文明为苟安的，西洋文明为突进的；中国文明为因袭的，西洋文明为创造的；中国文明为保守的，西洋文明为进步的；中国文明为直觉的，西洋文明为理智的；中国文明为空想的，西洋文明为体验的；中国文明为艺术的，西洋文明为科学的；中国文明为灵的，西洋文明为肉的；中国文明为向天的，西洋文明为立地的；中国文明为自然支配人间的，西洋文明为人间征服自然的。或以西方文化主动，中国文化主静；西洋为动物性文化，中国为植物性文化；西洋为物质文明，中国为精神文明。"[③] 周谷城等对此种简单划一的两分法表示难以赞同。周谷城认为："五四运动以来，国人所谓中西文化之不同，中西社会之不同，终只是两方

---

① 翦伯赞等：《戊戌变法》（第二册），上海人民出版社 1957 年版，第 177 页。
② 本杰明·史华兹：《古代中国的思想世界》，程钢译，江苏人民出版社 2013 年版，第 8 页。
③ 周策纵、冯大麟："论中国历史大变局的序幕"，《三民主义半月刊》1945 年第 7 卷第 8 期，第 13—18 页。

性质相同之事情，进化程度有差异而已。"① 我们同意这一观点。钱端升也认为："中国历来思想上都印着四维八德等等观念。这些都是中庸之道，在古代看来是美德，现在看来也是美德，将来看起来仍然还是美德，还谈不上什么思想束缚。"钱端升据此认为，中国传统思想之消极方面并未阻碍现代化，只不过其积极方面不如西方思想之系统化有利于现代化的发展，再如西方对个人自由的强调，对个人尊严的重视等，都有利于科学的发展。②

其实，无论中西，其文化都是矛盾的统一体，皆有积极和消极的一面。以西方文化为例，民国学者常燕生从其历史言之："西洋文化……自始就包含有矛盾和对立的因素。……西洋文化的来源有两个，一个是希腊的文化，一个是希伯来的文化。前者是个人主义的，自由的，活泼的，享乐的，主智的文化；后者是集团主义的，秩序的，严肃的，牺牲的，意志的文化。这两种文化的互相起伏倚待，构成了全部西洋文化的史迹。在上古时代，西洋文化是以希腊文化为主。希腊文化发展到极端，演成了个人主义极端猖獗，生活颓废，秩序废弛的弊端，之后希伯来文化的基督教才乘时而起。中古时代，是基督教全盛的时代，也就是希伯来文化驱逐了希腊文化的时代。这个文化发展到极端，才有了钳制个人思想，压迫文化艺术，极端宗教专制的流弊，于是希腊精神又乘机复活，而有了文艺复兴的新运动。从文艺复兴到欧战，这四百年之中，可以说是希腊文化又战胜了希伯来文化的时代，在思想上以思想自由的原则代替了宗教的定于一尊政策，在政治上以尊重个人权利的民主主义，代替了封建的政治，在经济上以保障私有财产，承认自由竞争的资本主义，代替了中古的吉尔特经济组织。这种文化发展到烂熟，便造成了十九世纪西洋的富强文明，但是流弊也因之而起，在资本主义自由竞争的原则之下，演成了社会经济的不平等状态，富者极富，贫者

---

① 周谷城："论中国之现代化"，《新中华》1943年第1卷第6期，第11-20页。
② 钱端升："现代化"，《中国青年》1944年第10卷第6期，第1-6页。

极贫，阶级的分别日渐显明，而社会主义的思想遂又乘之而起。从欧战以后，各种新的运动纷纷兴起，在表面上，虽有共产主义，法西斯主义，国家社会主义，吉尔特主义，统治经济政策，种种不同的花样，其反对个人自由放任，主张统治干涉，种种精神就是反希腊的精神，就是希伯来文化的复活，也就是对个人主义文化流弊而起的集团主义的文化。从欧战后二十年来的政治社会思想变迁现况观之，我们可以说现代西洋文化又走到了一个递嬗变革的时代，正和罗马帝国末年，因希腊文化烂熟而引起了基督教的反动一样。今日的一切共产主义，法西斯主义……就是当日的基督教和其他各种宗教，这些宗教相互之间自然要难免因互争领导权而发生争斗，但无论那一种宗教成功，民主自由的希腊式个人主义思想必难免受挫折，而希伯来式的武断严肃的集团主义文化将代之而起，这是一个西洋文化循环对立的历史，过去如此，今日或者也不能避免如此。"① 当然，作者在文中认为这种西洋文化表面上的循环往复，实际上是一种螺旋式的上升，但其基本的核心特质没有变化。就二战后乃至苏联解体之后至今的世界经济发展来看，近百年前常燕生的关于两种文化之间的矛盾斗争的理论，反映在各国的经济社会政策上的种种潮流，诸如凯恩斯主义、新古典综合、货币主义、新自由主义等，确实给人以三十年河东三十年河西之感，我们不得不佩服作者深厚的理论功底。需要说明的是，囿于历史的局限，作者对共产主义抱有偏见也是可以理解的。我们之所以这里大段摘引，只是想说明，任何文化都有其积极和消极的一方面。如果历代王朝真能按照孔孟思想治理天下，中国的发展必将是另外一个大好局面。专制皇权之心口不一，使得中国传统文化成为其专制暴政的替罪羊，实在是冤枉得很。当然，如果勉强从一般的文化层面粗略概括中西文化异同，上面的二分法仍不失为一种大而化之

---

① 常燕生："什么是现代化"，《月报》1937 年第 1 卷第 1 期，第 147–149 页。

又直抵文化基因的分析。我们认为，中国文化不同于西方文化的本源，最终可追溯至地理环境与气候的差异。

中华文化这种"中庸""保守"的心理加上专制皇权的有意压制，比如通过科举制度使得天下英才尽入彀中，很难有优秀的人才去研究自然科学，这反映在中国图书结构上，就是经史子集的书籍占据绝大比重。[①] 在农业社会，靠天吃饭的模式对产权或专利的需求并不迫切，所以产权制度匮乏是中国无法产生工业革命的说法就有点刻舟求剑了。中国科技发展的动力主要源于人口增长之压力，或者说主要是围绕农业需求而展开。当人口增长因战争、瘟疫等下降而躲过马尔萨斯陷阱，中国的科技发展即维持不前。如果没有后来经济全球化的竞争所导致的政治文化层面之革新，中国科技水平仍滞留于宋代则确定无疑。

春秋战国时期，百家争鸣，思想市场上争奇斗艳，如果照此发展下去，战争的需求必然会带来科技的供给。但遗憾的是，秦一统天下，秦始皇"收天下兵，聚之咸阳，销以为钟鐻金人十二，重各千石，置廷宫中"[②]，专制自此而始。政治上的专制，必然要求思想上的专制、文化上的专制。

莫基尔认为，欧洲的"分裂"恰恰为欧洲思想市场的产生创造了条件，其背景恰如中国的春秋战国时期。当时的欧洲存在着众多的小国家。这种情况和有着大一统传统的中国很不一样。林立的小国家首先显著削减了知识创造者的负向激励。因为存在着众多的国家，知识分子不会受到单一政权或者教权的控制和胁迫。在一个地方碰壁或受到压迫的知识分子可以"用脚投票"，迁移到其他能够接受其新思想的地方，从而实现其自身的独立和研究的可持续性。另外，众多的小国也提升了知识创造者的正向激励。数量众多的国家为知识精英提供了数量众多的"雇主"——他们可以游走于

---

① 熊秉元、叶斌、蔡碧涵："李约瑟之谜——拿证据来？"，《浙江大学学报》（人文社会科学版）2018年第1期，第173—182页。

② 《史记·秦始皇本纪》。

诸国，推销自己的研究成果，寻找给予他们最高回报的"买家"。压迫的削弱和预期回报的提升使得"思想市场"的"产出"得以提高。相应地，作为需求方的各国也努力争取优秀的学者，以提升自身实力，或为自身统治增光添彩。[1] 中国战国时期的人才争夺战亦与此类似。比如被称为"战国四君子"的魏国的信陵君魏无忌、赵国的平原君赵胜、楚国的春申君黄歇、齐国的孟尝君田文，皆畏强秦而竭力网罗人才。他们礼贤下士，广招宾客，以扩大自己的势力，因此养"士"（包括学士、方士、策士或术士以及食客）之风盛行。"思想市场"也因此而盛况空前。当然，儒生对此非"正统"思想颇为不满。儒家创始人之一孟子即批评当时的思想界："圣王不作，诸侯放恣，处士横议。"[2]

在秦统一之后的专制社会，莫基尔所说的"思想市场"，很难有生发的土壤。"思想市场"是一个虚拟的市场，是交易思想的地方。思想包括了各种新旧思想、观念、知识，也包括科学、技术在内。在这样一个不一定存在相关实体（如具体的位置、场所）的市场里，思想的供给方（科学家、知识分子等）"生产"思想并努力说服思想的购买者接受、"购买"自己的思想，从而得到相应的回报（回报可以是物质的，如金钱；也可以是非物质的，如荣誉）。而市场里的需求方则选择接受某种思想（可以是旧有的宗教观念，也可以是新的科技发现），以求自身效用的最大化。供给和需求最终决定了市场当中的思想产出。[3]

就思想市场对中国的重要性而言，科斯在《变革中国——市场经济的中国之路》中指出，思想市场是一种生产要素市场，"在思想市场里，知识能得到开拓、分享、积累和应用。新企业成立的速度、新产品开发的速度

---

① 乔尔·莫基尔："李约瑟之谜与东西方分途——从科技史视角看大分流"，《量化历史研究》2017年第 Z1 期，第 70-89 页。
② 《孟子·滕文公》。
③ 乔尔·莫基尔："李约瑟之谜与东西方分途——从科技史视角看大分流"，《量化历史研究》2017年第 Z1 期，第 70-89 页。

和新行业创立的速度，都依赖于一个思想市场的运作"，"商品市场长久健康的发展，取决于一个开放的思想市场"①。"自由思想市场的一大显著优势，在于它与多元文化和政治体制的广泛兼容性。……思想市场并不会给任何社会强加一个统一的政治体制，因此带来了宽容，培育了多样性，促进了试验和创新，增强了社会的韧性。"②"思想市场之所以重要，是因为只有在与无知和偏执的无尽无限的斗争中，真理才会展现其面目；并且，没有真理可以一劳永逸地赢得胜利，也没有权威作为真理的垄断者。由于人类自身易于犯错误，而且求知过程中人类的无知不可避免，开放思想市场才成为最能够帮助人类接近真理的工具。"③

当然，科斯在书中也提到了当前中国思想市场建设或解放思想方面需要进一步注意的问题，他说："尽管中国的市场化转型取得了引人瞩目的成绩，但目前中国市场经济因思想市场的缺位而险象丛生。这个缺陷已经成为中国经济与社会发展中面临的最严重的瓶颈。自从经济改革的初始阶段，中国政府始终强调要'解放思想'，没有什么比活跃的思想市场更能解放人们的思想。……中国应该为人类的进步贡献更多。"④

在书的结尾，科斯强调了思想市场的培育也是立足于中华优秀传统文化之根基的，思想市场的生机也会使得中华优秀传统文化在现代中国实现创造性转化和创新性发展。他说："在以知识为主要推动力的现代经济里，没有什么比思想市场更能影响人力资本市场的质量和表现。'钱学森之问'昭示出，一个生机勃勃的思想市场不仅是取得学术成就的必要条件，也是一

---

① 科斯、王宁：《变革中国——市场经济的中国之路》，徐尧、李哲民译，中信出版社2013年版，第254页。
② 科斯、王宁：《变革中国——市场经济的中国之路》，徐尧、李哲民译，中信出版社2013年版，第260页。
③ 科斯、王宁：《变革中国——市场经济的中国之路》，徐尧、李哲民译，中信出版社2013年版，第257页。
④ 科斯、王宁：《变革中国——市场经济的中国之路》，徐尧、李哲民译，中信出版社2013年版，第260页。

个开放社会与自由经济不可或缺的道德与知识的基石；如果没有思想市场，人类智慧的伟大多样性也会枯萎。在改革开放之后的几十年中，商品市场不仅将繁荣带回了中国，也意外地让中国回归自己的文化根基。思想市场的发展将会让知识与创新引导中国的经济发展。更为重要的是，这会使中国在同多样的现代社会融合的过程中，实现传统文化复兴。那时，中国将不仅仅是全球的生产中心，也是创造力与创新的源泉。"①

　　概而言之，中国不同于西欧的特殊地理环境和气候条件所形成的农耕文明，产生了一种"内敛"的"注重维护社会内部关系的和谐"②的文化，统一的专制皇权更需要一种"中庸"之道的文化保障其利益，科举制度强化官方意识形态地位的同时，使得知识资源的结构性匮乏日趋严重。与此同时，强大的军事力量不仅可以应对异族侵略、应付国内叛乱，还有利于镇压异己，并通过相应的官僚司法体系对思想进行整肃以维持专制意识形态的唯一正当性。中国"旧的寡头政治依靠三大社会势力的联合来维持其统治：即一方面是皇室和军事集团，另一方面是地主，还有处于两者之间的士大夫集团"③。如果没有外部强大的异质文明的进入，古老的中华帝国这种"一治一乱"的历史循环将持续下去，不会有科学的发现，更遑论工业文明的诞生。文化是思想的表象，有什么样的思想，就会有什么样的文化。所以亦如周策纵等人所言，由"中西文化的明显比照，可知当鸦片战争开始时，中西胜败之事已定，所欠的只有时间的因素来揭开这大变局的序幕，演出此史剧的两大要角——中国与西洋民族国家——一是老态龙钟，衰颓无力，惟恃退守以自存，一是少年新进，英气磅礴，力求进取以发展，所以胜败

---

① 科斯、王宁：《变革中国——市场经济的中国之路》，徐尧、李哲民译，中信出版社2013年版，第265页。

② Needham J. 1969. The Grand Titration: Science and Society in East and West. University of Toronto Press.

③ 周策纵：《五四运动：现代中国的思想革命》，周子平等译，江苏人民出版社1996年版，第9页。

之数早已不决定于血肉战场，而先判分于中西文化之战斗力了"①。

也有学者"直言不讳地说，所谓的'李约瑟难题'，实际上是一个伪问题。因为那种认为中国科学技术在很长时间里'世界领先'的图景，相当大程度上是中国人自己虚构出来的——事实上西方人走着另一条路，而在后面并没有人跟着走的情况下，'领先'又如何定义呢？'领先'既无法定义，'李约瑟难题'的前提也就难以成立了。对一个伪问题倾注持久的热情，是不是有点自作多情？"②此言有一定道理。因为中国古代的技术，纯粹是合于中国思维习惯为应对农业社会之需要而产生的，既缺乏理论的归纳概括，实验室的验证亦付之阙如。中国传统技术是师傅带徒弟口口相传甚至靠个人体验的积累才有某种创新，一旦中间环节或某人因战乱或灾荒疾疫而缺漏，技术也就湮没不传了。关于这一点，马克思恩格斯在《德意志意识形态》中提出了另外的因素，即市场的交往与断绝决定了发明的延续与消失："某一个地域创造出来的生产力，特别是发明，在往后的发展中是否会失传，完全取决于交往扩展的情况。当交往只限于毗邻地区的时候，每一种发明在每一个地域都必须单独进行；一些纯粹偶然的事件，例如蛮族的入侵，甚至是通常的战争，都足以使一个具有发达生产力和有高度需求的国家陷入一切都必须从头开始的境地。在历史发展的最初阶段，每天都在重新发明，而且每个地域都是独立进行的。……只有当交往成为世界交往并且以大工业为基础的时候，只有当一切民族都卷入竞争斗争的时候，保持已创造出来的生产力才有了保障。"③总而言之，一种发明的诞生与延续，既需要需求方即市场交往的存在，亦需要能以书面记录形式传承的理论逻辑和科学方法的养成。而于此两种，中华帝国都是不足的。

---

① 周策纵、冯大麟："论中国历史大变局的序幕"，《三民主义半月刊》1945年第7卷第8期，第13–18页。
② 江晓原："被中国人误读的李约瑟"，《自然辩证法通讯》2001年第1期，第55–64页。
③ 《马克思恩格斯选集》（第一卷），人民出版社2012年版，第187–188页。

　　极而言之，即使是伪问题，李约瑟之谜的探索对于我们弄明白中国传统社会因缺乏科学的支撑而无法迈入现代社会的终极因素也是大有裨益的。进一步而言，分析一个社会是哪个阶级在统治地位，从经济方面来分析比较复杂，即如 20 世纪二三十年代关于中国社会性质的争论，纷纷扰扰而不一。经济的线索比较隐蔽，因为有许多人隐藏在背后，站在台前的往往是代言人。比较容易辨别的一个标志就是，看哪个阶级在控制思想这一商品的生产，毕竟思想是为利益服务的。哪个阶层在控制思想的生产，哪个阶层即是居统治地位的阶层。

第三章　对"经济决定论"的批判

第一节　西方学者眼中的"经济决定论"

作为马克思两个伟大发现之一的历史唯物主义是人们认识和把握人类历史发展的科学理论。自诞生以来，历史唯物主义便受到诸种误读诘难、批判甚至重建。一些西方资产阶级学者甚至一些马克思主义研究者、自诩为马克思主义者的思想家，从各自理论立场和基点出发，却建构了一个共同目标：将历史唯物主义解读为"经济决定论"或"经济唯物主义"。

马克思写于1859年1月的《〈政治经济学批判〉序言》中有关历史唯物主义基本规律的概括是经典表述，关于这点学界已达成共识。里面的经典表述是：社会的经济结构是，"有法律的和政治的上层建筑竖立其上并有一定的社会意识形式与之相适应的现实基础。物质生活的生产方式制约着整个社会生活、政治生活和精神生活的过程。不是人们的意识决定人们的存在，相反，是人们的社会存在决定人们的意识。社会的物质生产力发展到一定阶段，便同它们一直在其中运动的现存生产关系或财产关系（这只是生产关系的法律用语）发生矛盾。于是这些关系便由生产力的发展形式变成生产力的桎梏。那时社会革命的时代就到来了。随着经济基础的变更，全部庞大的上层建筑也或慢或快地发生变革"①。马克思更进一步指出："我们判断一个人不能以他对自己的看法为根据，同样，我们判断这样一个变革时代也不能以它的意识为根据；相反，这个意识必须从物质生活的矛盾中，从社会生产力和生产关系之间的现存冲突中去解释。无论哪一个社会形态，在它所能容纳的全部生产力发挥出来以前，是决不会灭亡的；而新的更高的生产关系，在它的物质存在条件在旧社会的胎胞里成熟以前，是决不会出现的。"②

恩格斯写于 1876 年 9 月—1878 年 6 月的《反杜林论》对唯物史观作了更明晰的表述："唯物主义历史观从下述原理出发：生产以及随生产而来的产品交换是一切社会制度的基础；在每个历史地出现的社会中，产品分配以及和它相伴随的社会之划分为阶级或等级，是由生产什么、怎样生产以及怎样交换产品来决定的。所以，一切社会变迁和政治变革的终极原因，不应当到人们的头脑中，到人们对永恒的真理和正义的日益增进的认识中去寻找，而应当到生产方式和交换方式的变更中去寻找；不应当到有关时代的哲学中去寻找，而应当到有关时代的经济中去寻找。"③ 恩格斯也明确指出："社会的政治结构决不是紧跟着社会经济生活条件的这种剧烈的变革立即发生相应的改变。当社会日益成为资产阶级社会的时候，国家制度仍然是封建的。"④ 上层建筑反馈的迟滞，丝毫不会影响马克思恩格斯对经济基础作用于上层建筑的"归根到底"力量的判断。

一些西方学者对此的理解是，马克思关于现代化的理论"完全是建立在一个线性的和决定论的经济增长概念之上的"⑤。从前引马克思 1859 年 1

① 《马克思恩格斯选集》（第二卷），人民出版社 2012 年版，第 2-3 页。
② 《马克思恩格斯选集》（第二卷），人民出版社 2012 年版，第 3 页。
③ 恩格斯：《反杜林论》，人民出版社 2018 年版，第 289 页。
④ 恩格斯：《反杜林论》，人民出版社 2018 年版，第 110 页。
⑤ 塞缪尔·亨廷顿等：《现代化：理论与历史经验的再探讨》，上海译文出版社 1993 年版，第 6 页。

月的《〈政治经济学批判〉序言》，我们可知，此处"线性"一词的描述是
完全正确的（螺旋式发展也是线性的一种表现形式），但其对立面应该是"离
散"，而不应将"线性"一词和"决定论"挂钩。即如英国经济学家阿尔弗
雷德·马歇尔在其经济学巨著《经济学原理》序言中所说："'自然界不能
飞跃'这句格言，对于研究经济学的基础之书尤为适合。"① 这种线性的、连
续性的、非跳跃性的分析方法，同样适合于人类历史的研究，此亦是马克
思恩格斯研究人类历史的立场。关于人类社会形态的变迁，马克思在 1859
年 1 月《〈政治经济学批判〉序言》中指出："大体说来，亚细亚的、古希
腊罗马的、封建的和现代资产阶级的生产方式可以看作是经济的社会形态
演进的几个时代。"② 马克思在此的意思并不是说人类历史的演变、社会形态
的发展一定按此顺序，他并不认为此一发展顺序是普世的，这不过是一种
非学术性的判断而已。霍布斯鲍姆指出，马克思这一论述并不意味着历史
是简单地单线演进的，也不意味着所有历史都是进步的简单观点，而仅仅
是表明这些社会系统中的每一个都在关键方面进一步脱离了人类的原始状
态 ③。对于此处类似观点遭到曲解和机械理解，马克思曾做出非常明确的批
评。俄国《祖国纪事》1877 年第 9—11 期连续刊载了对《资本论》第 1 卷的
争论及有关俄国发展道路的文章，民粹派、自由派思想家纷纷抛出了各自
观点。《资本论》俄文版译者丹尼尔逊也给马克思寄去了一些论战各方的文
章，促使马克思在思想上介入这场论战。针对《祖国纪事》1877 年 10 月刊
载的俄国民粹主义者米海洛夫斯基撰写的《卡尔·马克思在尤·茹柯夫斯
基先生的法庭上》的文章，马克思于 1877 年 11 月写的《给〈祖国纪事〉杂
志编辑部的信》中明确提出，他在《资本论》中所分析的西欧资本主义的

---

① 马歇尔：《经济学原理》，朱志泰译，商务印书馆 2017 年版，第 8 页。
② 《马克思恩格斯选集》（第二卷），人民出版社 2012 年版，第 3 页。
③ Hobsbawm, E.1965. Pre-Capitalist Economic Formations. International Publishers:38.

起源与进程的"'历史必然性'限制在西欧各国的范围内"①。反对把他"关于西欧资本主义起源的历史概述彻底变成一般发展道路的历史哲学理论"②。如果有人认为"一切民族，不管它们所处的历史环境如何，都注定要走这条道路——以便最后都达到在保证社会劳动生产力极高度发展的同时又保证每个生产者个人最全面的发展的这样一种经济形态。但是我要请他原谅（他这样做，会给我过多的荣誉，同时也会给我过多的侮辱）"③。

更何况，生产方式的变化是线性的而非离散的，即使在资本主义生产方式中，封建式的乃至奴隶式的生产方式也并非完全绝迹，甚至会以一种更"先进"的方式"代言"其在封建社会和奴隶社会的作为统治地位的生产方式而存在。正如陶希圣在分析秦以后中国社会阶层时所言，"士大夫以其政治威力维持其土地所有权和身份优越权。……这种阶级的支配和封建贵族阶级的支配，性质作用大抵相同。不过在封建领主则土地所有权和臣民统治权合并于一身，而在士大夫阶级，则前者权力分属于个人，后者权力分属于官府。由士大夫阶级内部看，却和封建时代不同，由士大夫阶级和农民的势力关系看，又和封建时代无异"④。也就是说，在官僚体制内时，士大夫代表国家的利益；而在野时，他们逐渐倾向于为地方势力辩护，抗衡中央政府的干预。甚至当政府软弱时，"绅士为抗拒赋税竟至在本地作乱。……还有一地方，一个绅士依各家田亩数私自征税，不准地主人向政府纳税"⑤。士大夫集团的出现改变了封建制度的核心特征——政治经济权力集中于社会的统一集团手中。陶希圣关于帝国时期中国社会的著名论断是："封建制度已不存在，封建势力还存在着。"⑥ 所以，以社会形态来做历史分期，本身

①　《马克思恩格斯选集》（第三卷），人民出版社 2012 年版，第 820 页。
②　《马克思恩格斯选集》（第三卷），人民出版社 2012 年版，第 730 页。
③　《马克思恩格斯选集》（第三卷），人民出版社 2012 年版，第 730 页。
④　陶希圣：《中国社会之史的分析》，新生命书局 1929 年版，第 38 页。
⑤　张仲礼：《中国绅士研究》，李荣昌、费成康、王寅通译，上海人民出版社 2008 年版，第 36 页。
⑥　陶希圣：《中国社会之史的分析》，新生命书局 1929 年版，第 26 页。

并不科学，也没有得到马克思恩格斯的学术支撑。况且，历史的话语权和历史的科学性无关。用美国学者阿里夫·德里克的话来说就是："一旦革命进入了一个新的阶段，替代性的革命策略与历史分析就变得不相关了：是政治上的胜利者自己，选择那些与他们所认为的自己的历史成就最为符合的历史解释，作为史学领域的胜利者。"①

罗素称历史唯物主义为"经济史观"，认为马克思的历史哲学过分强调经济的决定作用，忽视其他经济因素如英雄、民族、科学等的决定作用。波普尔也曾把历史唯物主义称为"经济主义"，因为"马克思把历史舞台上的人间演员（包括所谓'大'人物）都看作是被经济线路——被他们无法驾驭的历史力量——不可抗拒地推动着的木偶"②。波普尔一边肯定历史唯物主义的历史价值，一边又认为马克思将社会历史的发展寄托于社会经济条件，尤其是物质生产资料的发展上完全是错误的，决定社会发展的力量恰恰是政治思想、宗教思想和科学思想等这些非经济因素。柯林武德同样认为历史唯物主义优劣势非常明显。在他看来，马克思与黑格尔相似，都是从社会的某个视域来解析社会历史发展的决定性因素，不同的是黑格尔选择了政治，而马克思选择了经济因素。一些西方马克思主义者也没能摆脱"经济决定论"的思维窠臼。例如，哈贝马斯、阿尔都塞、威廉姆·肖和罗默等人在反思"经济决定论"的同时却又无法彻底摆脱其影响。哈贝马斯断言历史唯物主义有着无法褪去的经济决定论烙印，分析马克思主义者威廉姆·肖和罗默将历史唯物主义看成一个更具原教旨主义倾向的解释机制，赋予社会演进一种经济学上的诠释。③

---

① 阿里夫·德里克：《革命与历史——中国马克思主义历史学的起源，1919–1937》，翁贺凯译，江苏人民出版社2004年版，第37页。
② 卡尔·波普尔：《开放社会及其敌人》第2卷，陆衡、郑一明等译，中国社会科学出版社1999年版，第168页。
③ 沈江平："经济决定论的历史唯物主义评判"，《中国社会科学》2020年第7期，第26–41、204页。

按照布洛克的说法是，马克思"得出了可以与牛顿的运动定律相比的一套决定论定律，不容有偶然性、神的干预或个人选择的余地"①。莫基尔趁机把多数经济学家也拉下了水："具有讽刺意味的是，大多数经济学家都认同马克思的唯物史观，认为意识形态基本上是内生于经济环境的，并没有塑造经济环境。"②

最早明确提出"经济决定论"的是德国资产阶级学者保尔·巴尔特。③巴尔特于1890年出版了著作《黑格尔和包括马克思及哈特曼在内的黑格尔派的历史哲学》，该书对马克思的唯物史观进行了三个方面的歪曲。（1）先入为主地把唯物史观定性为"经济唯物主义"，甚至是"技术经济史观"和历史领域的"社会静力论"，在这个自我认定的前提下，巴尔特宣布他天才地发现了唯物史观的致命缺陷：马克思的"历史必然性"就是机械决定论，"社会发展规律"就是社会宿命论。（2）在他自认为发现唯物史观缺陷之后，就开始从"自我与非我""主体与客体""意识与存在"相统一的角度来论证自己的观点，并"自以为非常了不起"④地构建了一个全新体系。（3）制造恩格斯和马克思的对立，认为马克思还只是强调了纯粹的生产技术对历史的决定作用，而恩格斯走得更远，直接把人类社会发展的历史看作如同于自然界的历史，从根本上否定了其他因素的作用。⑤在当时的德国理论界，即使是康·施米特这样一度拥护马克思主义的学者，也无法准确理解马克思唯物史观的真正内涵。在1890年10月20日写给恩格斯的信中，施米特说："巴尔特的主要论据在于他认为历史地证明非经济的（特别是政治的）过程

---

① 阿伦·布洛克：《西方人文主义传统》，董乐山译，生活·读书·新知三联书店1997年版，第137页。
② Mokyr, J.2009. The Enlightened Economy: An Economic History of Britain, 1700−1850. Yale University Press.
③ 沈江平："经济决定论的历史唯物主义评判"，《中国社会科学》2020年第7期，第26−41、204页。
④ 《马克思恩格斯选集》第4卷，人民出版社2012年版，第599页。
⑤ 牛先锋："'经济决定论'的谬误与'历史合力论'对其的批判"，《马克思主义研究》2020年第9期，第136−145、160页。

对经济基础的影响是可能的。如果非经济过程本身又能从经济过程中得到说明，那么这同唯物主义的历史观是不矛盾的。在这种情况下，这些非经济过程对经济的作用本身也是可以从经济方面得到论证的。我觉得，就巴尔特来说，我们应当给予证明的正是这一点。经济将不再是唯一的决定性因素，其他一些独立的、不是从经济中引申出来的那些过程也能对经济的发展过程起影响，然而在马克思那里，这些发生影响的过程的独立性恰恰被宣布为一种虚幻的东西。"① 显然，施米特不仅误读了马克思的观点，而且无法对经济基础与上层建筑之间的关系做出准确的解读。

事实上，经济决定论最先源于资产阶级理论家对历史唯物主义的攻击，他们对历史唯物主义作宿命论、决定论化的解读，把马克思在历史唯物主义中对经济因素的重视歪曲为经济决定论，这种对历史唯物主义庸俗化的解读也逐渐渗透到第二国际理论家中。在与实证主义、宗教神学、唯心主义历史观斗争的过程中，第二国际理论家受实证主义的影响，也开始出现对历史唯物主义进行具有经济决定论倾向的解读，这其中表现最突出的就是拉法格。

保尔·拉法格也将历史唯物主义理解为"经济决定论"，"经济决定论，这是马克思交给社会主义者的新的工具，为的是要靠它的帮助把秩序带进历史事件的混沌状态中去"②。拉法格是第二国际时期杰出的马克思主义思想家和社会活动家，被誉为"马克思主义思想的最有天才、最渊博的传播者之一"③。在马克思的唯物史观遭受各种质疑、批判与修正的时候，他积极宣传唯物史观，同资产阶级理论进行斗争，但是，在捍卫唯物史观的过程中他同样出现误读，即将唯物史观理解成了经济决定论，其错误影响也最大。

① 纳尔斯基等编：《十九世纪的马克思主义哲学》下册，金顺福等译，中国社会科学出版社1984年版，第197页。
② 拉法格：《思想起源论——卡尔·马克思的经济决定论》，王子野译，生活·读书·新知三联书店1963年版，第7页。
③ 《列宁全集》第17卷，人民出版社1959年版，第286页。

在拉法格的历史唯物主义著作中，多以"经济决定论""经济唯物主义"等名称指代历史唯物主义，甚至在拉法格看来，马克思的历史唯物主义就是他所理解的"经济决定论"，例如拉法格阐释唯物史观的核心著作《思想起源论——卡尔·马克思的经济决定论》和《马克思的经济唯物主义》等。拉法格说：经济决定论或唯物史观、历史唯物主义、经济唯物主义都是意义相同的说法。[1]

与拉法格类似，第二国际理论家如伯恩施坦、考茨基等深受实证主义的影响，将恩格斯对历史唯物主义的阐释和发展搁置一旁，也把它曲解为"经济决定论"。他们用"唯一"代替了恩格斯所言的"归根到底"，把经济因素作为社会历史发展的唯一决定要素，机械化、绝对化地对待经济因素与非经济因素的关系，缺乏辩证思维，忽视乃至否弃非经济因素在历史进程中的作用。美国学者约翰·肯尼斯·加尔布雷思在对"美好社会"的期盼中也无可奈何地认为，"在美好社会，经济是基础；经济决定论是一种无情的力量"[2]。"经济决定论"把经济因素作为说明社会历史的唯一决定性因素，而政治、文化、道德、宗教等都可以还原为经济现象，其依附于逻辑推理和演绎而忽视对历史与现实关系的认知。[3]

以上学者徘徊于经济决定论和尝试重新解读之间，从根本上讲是受机械决定论思维的影响，没有正确理解和把握历史唯物主义所蕴含的辩证法底蕴。用恩格斯的话来说，就是"所有这些先生们所缺少的东西就是辩证法。他们总是只在这里看到原因，在那里看到结果。他们从来看不到：这是一种空洞的抽象，这种形而上学的两极对立在现实世界只存在于危机中，而整个伟大的发展过程是在相互作用的形式中进行的（虽然相互作用的力量很

---

① 《拉法格文选》上卷，人民出版社1985年版，第200页。
② 加尔布雷思：《美好社会——人类议程》，王中宝等译，江苏人民出版社2009年版，第20页。
③ 沈江平："经济决定论的历史唯物主义评判"，《中国社会科学》2020年第7期，第26-41、204页。

不相等：其中经济运动是最强有力的、最本原的、最有决定性的），这里没有什么是绝对的，一切都是相对的。对他们说来，黑格尔是不存在的……"①

　　实事求是地说，马克思因为过早去世，没能来得及像恩格斯那样对阐述唯物史观的过程中出现的"偏颇"进行反思，但正如恩格斯所讲："马克思的整个世界观不是教义，而是方法。它提供的不是现成的教条，而是进一步研究的出发点和供这种研究使用的方法。"② 从某种意义上说，美国学者阿里夫·德里克的解释比较契合于马克思恩格斯对于历史唯物主义的解释："必须记住的是，历史唯物主义，决不仅仅只是一种历史主义，而是一种从基础的社会经济的进程出发对于历史变革，尤其是对市场经济的兴起所促发的历史变革的发展动力的解释。"③ 历史唯物主义是方法论，是用唯物主义的理论对历史进行阐释的一种立场。还需要指出的是，20 世纪初，日本学者把"Historical Materialism"译为"唯物史观""史的唯物论"等带有"唯"字的术语。其实"materialism"并没有"唯"的意思，直译过来是"物质主义"或"物质论"，"Historical Materialism"也应该相应地译成"历史物质主义"或"历史物质论"。当马克思的哲学被赋予"唯物史观"的名称之后，"唯"字强化了马克思哲学的决定论、一元论和因果论色彩，因而被指为机械人生观、命定主义、非科学等。虽然当时国内学者如刘师培也译为"物质主义"，但并未流行开来，不能不说是一种遗憾。④

---

① 《马克思恩格斯选集》（第四卷），人民出版社 2012 年版，第 614 页。
② 《马克思恩格斯文集》（第十卷），人民出版社 2009 年版，第 691 页。
③ 阿里夫·德里克：《革命与历史——中国马克思主义历史学的起源，1919–1937》，翁贺凯译，江苏人民出版社 2004 年版，第 12–13 页。
④ 单继刚："唯物史观的'唯'：陈独秀与胡适、张君劢、梁启超之争"，《中国史学》2010 年第 3 期，第 105–114 页。

第二节　马克思恩格斯对"经济决定论"的批判

马克思对"经济决定论"没有直接的专门著述，但不能因此断言马克思认可"经济决定论"或没有表明立场。历史唯物主义的创立本身已表明马克思与"经济决定论"存在本质分歧。恩格斯则直截了当地告诉人们："……根据唯物史观，历史过程中的决定性因素归根到底是现实生活的生产和再生产。无论马克思或我都从来没有肯定过比这更多的东西。如果有人在这里加以歪曲，说经济因素是唯一决定性的因素，那么他就是把这个命题变成毫无内容的、抽象的、荒诞无稽的空话。经济状况是基础，但是对历史斗争的进程发生影响并且在许多情况下主要是决定着这一斗争的形式的，还有上层建筑的各种因素：阶级斗争的各种政治形式及其成果——由胜利了的阶级在获胜以后确立的宪法等等，各种法的形式以及所有这些实际斗争在参加者头脑中的反映，政治的、法律的和哲学的理论，宗教的观点以及它们向教义体系的进一步发展。这里表现出这一切因素间的相互作用，而在这种相互作用中归根到底是经济运动作为必然的东西通过无穷无尽的偶然事件……向前发展。"[1] 这里的"必然"通过"偶然""向前发展"，也正是佩里·安德森所说"在历史解释中，必然性和偶然性没有严格的分界"[2]之意。

为纠正"经济决定论"这一错误认识，恩格斯晚年做出解释："青年们

---

[1]　《马克思恩格斯选集》（第四卷），人民出版社 2012 年版，第 604 页。
[2]　佩里·安德森：《绝对主义国家的系谱》，刘北成、龚晓庄译，上海人民出版社 2016 年版，第 2 页。

有时过分看重经济方面，这有一部分是马克思和我应当负责的。我们在反驳我们的论敌时，常常不得不强调被他们否认的主要原则，并且不是始终都有时间、地点和机会来给其他参与相互作用的因素以应有的重视。"① 恩格斯甚至说这是马克思和他的"过错""错误"②，可见他对此问题反思之深。罗荣渠更是指出："物质对于精神，经济对于政治与文化，绝对不是按人们设想的固定方向和顺序发生作用的。……这是恩格斯晚年对历史唯物论方法论的重大贡献。"③

恩格斯提出的著名的"历史合力论"，就是对"经济决定论"这种线性决定论模式的批判。恩格斯指出："我们自己创造着我们的历史，但是第一，我们是在十分确定的前提和条件下创造的。其中经济的前提和条件归根到底是决定性的。但是政治等等的前提和条件，甚至那些萦回于人们头脑中的传统，也起着一定的作用，虽然不是决定性的作用。……但是第二，历史是这样创造的：最终的结果总是从许多单个的意志的相互冲突中产生出来的，而其中每一个意志，又是由于许多特殊的生活条件，才成为它所成为的那样。这样就有无数互相交错的力量，有无数个力的平行四边形，由此就产生出一个合力，即历史结果，而这个结果又可以看作一个作为整体的、不自觉地和不自主地起着作用的力量的产物。"④ 恩格斯晚年提出"历史合力论"，就其理论自身的完善和发展来说，是为了弥补以往存在的不足，甚至是纠正"过错"。毕竟，就马克思的论点来看，极易给人以误解，让人误认为其观点就是经济决定论，比如马克思还说过："经济革命之后一定要跟着政治革命，因为后者只是前者的表现而已。"⑤

恩格斯在这里已经解释得非常清楚，我们一般的教科书中对此作了比

---

① 《马克思恩格斯选集》（第四卷），人民出版社 2012 年版，第 606 页。
② 《马克思恩格斯选集》（第四卷），人民出版社 2012 年版，第 642-643 页。
③ 罗荣渠："论一元多线历史发展观"，《历史研究》1989 年第 1 期。
④ 《马克思恩格斯选集》（第四卷），人民出版社 2012 年版，第 604-605 页。
⑤ 拉法格等：《回忆马克思恩格斯》，人民出版社 1957 年版，第 100 页。

较简化的概括：经济基础决定上层建筑，上层建筑对经济基础起反作用。且不说经济基础的内涵也是仁者见仁智者见智，这种简单化概括亦恰如布罗代尔所批评的，"马克思的天才及其影响的持久性的秘密，在于他第一个在历史长时段的基础上构造了真正的社会模式。但是这些模式由于被赋予放之四海皆准的法则效力和预先的、无意识的解释而被固定在简单的形式之上"。①这种简单化概括可能会带来一定的误导。马克思指出："资产阶级以前的历史及其每一阶段也有自己的经济和运动的经济基础这一事实，归根到底不过是这样一个同义反复，即人们的生活自古以来就建立在生产上面，建立在这种或那种社会生产上面，这种社会生产的关系，我们恰恰就称之为经济关系。"②马克思在这里强调的是人类存在的前提——"生产"。马克思恩格斯所讲"归根到底"的含义只有一种，那就是：人类的历史是"在十分确定的前提和条件下创造的"，"其中经济的前提和条件归根到底是决定性的"③。

细而言之，一是从发生学的意义上，"人们首先必须吃、喝、住、穿，然后才能从事政治、科学、艺术、宗教等等"④。需要指出的是，恩格斯在《卡尔·马克思》中也有类似的表述："人们首先必须吃、喝、住、穿，就是说首先必须劳动，然后才能争取统治，从事政治、宗教和哲学等等。"⑤请注意，恩格斯在这里加入了"劳动"一词并用黑体强调。恩格斯在这里实际上把马克思的两大发现汇集到了一个交织点，那就是"劳动"。劳动、劳动力、劳动者，成为贯穿历史唯物主义和剩余价值学说乃至科学社会主义的核心关键词，剩余价值学说是历史唯物主义原理应用于政治经济学领域的必然结果。这也是与马克思恩格斯一直所强调的社会发展是人类自身创造活动的理念分不开的。"历史什么事情也没有做，它'不拥有任何惊人的丰富性'，

① 布罗代尔：《论历史》，刘北成等译，北京大学出版社2008年版，第55页。
② 《马克思恩格斯文集》（第八卷），人民出版社2009年版，第139页。
③ 《马克思恩格斯选集》（第四卷），人民出版社2012年版，第604-605页。
④ 《马克思恩格斯选集》（第三卷），人民出版社2012年版，第1002页。
⑤ 《马克思恩格斯选集》（第三卷），人民出版社2012年版，第723页。

它'没有进行任何战斗'！其实，正是人，现实的、活生生的人在创造这一切，拥有这一切并且进行战斗。并不是'历史'把人当作手段来达到自己——仿佛历史是一个独具魅力的人——的目的。历史不过是追求着自己目的的人的活动而已。"①葛兰西对"经济决定论"见物不见人的错误观点也进行了有力的批驳，他强调在社会历史发展中人的主体力量，因为"历史中的决定性因素，并不是冷冰冰的经济事实，而是人，社会中的人，处在彼此的关系中、彼此达成一致，并通过这些接触（文明）发展出一种集体的、社会的意志的人。人们来理解经济事实，判断它们并使它们适应于他们的意志，直到这变成经济的推动力和塑造客观现实，这种现实生存着，运动着，并变得像火山熔岩之流那样，可以无论怎样的被引向由人们的意志所决定的任何地方"②。

需要注意的是，马克思恩格斯所言"人们首先必须吃、喝、住、穿"等经济基础，"然后才能从事政治、科学、艺术、宗教等等"，强调的更是在整个人类历史发展初期的一种状况。但以文化、宗教为代表的上层建筑，其黏性、惰性之特点，往往在人类跨越基本生存安全关之后（比如随着资本主义生产力的发展），将会对经济基础发展状况起到某种程度的决定性作用。正如英格尔哈特所说："文化的变迁反映了持久性习惯和态度的社会化过程。一经确立，这些态度取向就会形成自己的动力，可能会在造就它们的情景早就不存在的情况下自动地影响政治和经济。"③

二是"随着经济基础的变更，全部庞大的上层建筑也或慢或快地发生变革"④。在这里，马克思只是讲到了经济基础的"变更"，及其对上层建筑的单向影响，而并没有否定上层建筑的某些方面或全部的主动性变化超前于经济

---

① 《马克思恩格斯文集》（第一卷），人民出版社 2009 年版，第 295 页。
② 葛兰西：《实践哲学》，徐崇温译，重庆出版社 1990 年版，第 170-171 页。
③ 罗纳德·英格尔哈特：《发达工业社会的文化转型》，张秀琴译，社会科学文献出版社 2013 年版，第 15 页。
④ 《马克思恩格斯选集》（第二卷），人民出版社 2012 年版，第 3 页。

基础的变化，比如"经济上落后的国家在哲学上仍然能够演奏第一小提琴"，"18 世纪的法国对英国来说是如此……后来的德国对英法两国来说也是如此。但是，不论在法国或是在德国，哲学和那个时代的普遍的学术繁荣一样，也是经济高涨的结果"①。很明显，这种所谓"经济高涨"之国别差异与学术水平之差异的不对称是存在的，文本当中也并未给予解释。恩格斯的"一切社会变迁和政治变革的终极原因……应当到有关时代的经济中去寻找"这段话，很容易给人以"经济决定论"的印象，但无需多言，这里仍然是一种单向作用的表述方式。马克思曾经明确指出："关于艺术，大家知道，它的一定的繁盛时期决不是同社会的一般发展成比例的，因而也决不是同仿佛是社会组织的骨骼的物质基础的一般发展成比例的。"②

　　恩格斯晚年曾对当时未能强调上层建筑的"反作用"的原因做了解释，也谈到了民法这种构成意识形态观点的东西可以"对经济基础发生反作用，并且能在某种限度内改变经济基础"③，以及国家权力或政治运动对经济发展起到的促进或阻止作用④，甚至"一切政府，甚至最专制的政府……可以加速或延缓经济发展及其政治和法律的结果，可是最终它们还是要遵循这种发展"⑤。这里的"这种发展"即是马克思所讲的"随着经济基础的变更，全部庞大的上层建筑也或慢或快地发生变革"这种单向的作用，但这里只是强调了经济基础的变更，而始终未涉及经济基础没有变更的原因。恩格斯还特别强调，终归"暴力（即国家权力）也是一种经济力量！"⑥据此，我们还可以得出一个判断，那就是马克思恩格斯更注重我们创造历史的既定"前提和条件"的存在事实，更多地强调在人类历史"整个伟大的发展过程"

---

① 《马克思恩格斯选集》（第四卷），人民出版社 2012 年版，第 612 页。
② 《马克思恩格斯选集》（第二卷），人民出版社 1995 年版，第 28 页。
③ 《马克思恩格斯选集》（第四卷），人民出版社 2012 年版，第 611 页。
④ 《马克思恩格斯选集》（第四卷），人民出版社 2012 年版，第 610 页。
⑤ 《马克思恩格斯选集》（第四卷），人民出版社 2012 年版，第 628 页。
⑥ 《马克思恩格斯选集》（第四卷），人民出版社 2012 年版，第 613 页。

中，"经济运动是最强有力的、最本原的、最有决定性的"①，而并没有更多地解释（虽然也有所暗示，如前述恩格斯对文艺复兴之于工业革命之推动力的强调）这种"前提和条件"，或者说是"人们不能自由选择自己的生产力"②的原因。换句话说，正如前文所提到的，马克思恩格斯正是在发生学的意义上来看待经济的"归根到底"的作用的。当然，一旦人类跨越了某一生存阶段，特别是在和大自然斗争中认识到自身力量，并能够通过一定程度的自然改造，比如灌溉、养殖、种植等行为，为自身生存提供更多的保障，那么，思想、宗教、意识形态、制度等上层建筑的力量将最终决定不同地域文化、文明的发展走向。

马克思在谈到印度和中国传统生产方式解体缓慢的原因时指出："资本主义以前的、民族的生产方式具有的内部的坚固性和结构，对于商业的解体作用造成了多大的障碍，这从英国人同印度和中国的交往中可以明显地看出来。在印度和中国，小农业和家庭工业的统一形成了生产方式的广阔基础。……在印度……这种解体进程也是进行得极其缓慢的。在中国，那就更缓慢了，因为在这里没有直接政治权力的帮助。"③所以观察中国，必须要在一个比较长的历史进程中去感知。正如沟口雄三所说："世界史上没有一个国家像中国这样，在漫长的历史中由一个国家占有如此广阔的一片大陆。欧洲是由多个国家共有一片大陆，经历了多次的盛衰兴亡，其历史样态在各方面和中国当然有所不同。所以中国的转折和欧洲那种极富变化的剧烈的转折不同，不仅速度缓慢，而且变化角度也很微小，只有确立相当长期的视角来俯瞰全貌，才能够看出其中的变化。"④

就中国来说，从秦至清，中国传统生产方式从来没有解体过，而其根

---

① 《马克思恩格斯选集》（第四卷），人民出版社 2012 年版，第 614 页。
② 《马克思恩格斯选集》（第四卷），人民出版社 2012 年版，第 408 页。
③ 《马克思恩格斯文集》（第七卷），人民出版社 2009 年版，第 372 页。
④ 沟口雄三：《李卓吾·两种阳明学》，孙军悦、李晓东译，生活·读书·新知三联书店 2014 年版，前言。

本的原因就在于马克思所指出的："没有直接政治权力的帮助。"而政治权利，恰恰是属于上层建筑的范畴。中国共产党成立之初正式发行的机关刊物《共产党》月刊说得更加直截了当：在中国干社会革命，除了"把现政府推翻，自己跑上支配阶级地位去，藉着政治的优越权，来改变经济组织"，"再没有第二个方法"。①再具体到生产力和生产关系。何兆武很疑惑："为什么在 15 世纪之前，中国文化在世界上领先，而到了近代之后，局势竟然发生了逆转？有人认为这是中国的资本主义不发达所致。然则资本主义为什么在中国不发达或者发达不起来呢？据说那是受到了落后的生产关系束缚的缘故。但是随着科学技术的发展，生产力为什么就突不破落后的生产关系的束缚呢？按理说，先进的生产力是完全应该而且有能力突破落后的生产关系的。这在理论上就陷入了一种逻辑上的兜圈子，似乎难以自圆其说。"②何兆武的困惑其实很容易破解，在某种意义上，生产关系最终决定了生产力的前进与否。如果从这个意义上去理解，何兆武的困惑将迎刃而解。

再者，上层建筑的内涵是非常丰富的。马克思写道："在不同的所有制形式上，在生存的社会条件上，耸立着由各种不同情感、幻想、思想方式和世界观构成的整个上层建筑。整个阶级在它的物质条件和相应的社会关系的基础上创造和构成这一切。"③这里的情感、幻想、思想方式和世界观，它们受经济基础或物质生产方式的影响是不同的，其反作用力也有差异。

列宁在其著作中则旗帜鲜明地反对经济决定论或"经济主义""经济派"。在《怎么办？》中，列宁质问道："'经济派'不公开承认我们这些思想家、我们这些领导者缺乏修养的事实，却想把一切都归咎于'没有条件'，归咎于物质环境的影响，而物质环境决定着运动的道路，任何思想家都不

①　无懈：《夺取政权》；C.T.：《我们要怎样干社会革命》，《共产党》（月刊）第 5 号，1921 年 6 月 7 日。
②　何兆武："历史学两重性片论"，《史学理论研究》1998 年第 1 期。
③　《马克思恩格斯全集》（第八卷），人民出版社 1961 年版，第 149 页。

能使运动脱离这条道路。试问，这不是屈从自发性是什么？这不是'思想家'欣赏自己的缺点是什么？"列宁在这里明确反对机械的物质环境决定论。列宁相信，思想是激发工人运动所必需的。而且，不是坐等工人的物质条件发展到工人自发产生革命思想，相反，"阶级政治意识只能从外面灌输给工人，即只能从经济斗争外面……为了向工人灌输政治知识，社会民主党人应当到居民的一切阶级中去，应当派出自己的队伍分赴各个方面"①。

对于中国的现代化来说，理解马克思恩格斯眼中既定的"前提和条件"或生产力的变化，特别是了解经济基础这个"十分确定的前提和条件"变或不变，即"动力的动力是什么"②更具意义。因为，这不仅能够解释数千年中国传统生产方式的一成不变，更能够解释新中国成立以来特别是改革开放以来中国现代化进程独具的历史价值和世界意义。日本学者富永健一在谈到现代化的原动力时指出了三个方面，"科学革命（现代科学和技术）、市民革命（民主政治）、产业革命（现代产业和资本主义）"③。当然，这里的"市民革命"（制度变革）背后，一定是思想革命的推动。

举例来说。日本明治维新之前所处的国际环境与中国基本相同，其社会发展状况在某些方面甚至还落后于我国。然而，经过明治维新，日本走上了富强之路。一场甲午战争，见证了与明治维新几乎同时发轫的洋务运动的失败。原因在于，在向西方学习过程中，日本与中国采取了两种不同的方针：日本是以学习西方的文化学术和官制为主，而中国是以模仿西方的器物为主。日本的学习方法本身就包含着对中国所采取的"中体西用"的扬弃，通过思想上的彻底解放，全面引进西方制度文明。梁启超在《论变法不知本原之害》一文中引证德国宰相毕士麦克（俾斯麦）的话说，昔同治初年，

---

① 列宁：《怎么办？》，人民出版社 2018 年版，第 80-81 页。
② 《马克思恩格斯选集》（第四卷），人民出版社 2012 年版，第 255 页。
③ 富永健一："'现代化理论'今日之课题——关于非西方后发展社会发展理论的探讨"，严立贤译，《国外社会科学》1986 年第 5 期。

德相毕士麦克语人曰："三十年后，日本其兴，中国其弱乎？日人之游欧洲者，讨论学业，讲求官制，归而行之。中人之游欧洲者，询某厂船炮之利，某厂价值之廉，购而用之。强弱之原，其在此乎？"[①] 俾斯麦看到了日本人是学习西方富强之本原，中国人是学习西方富强之皮毛，所以才有此预见。梁启超对此十分感慨："呜乎，今虽不幸言中矣！"

洋务大员张树声曾于1884年在其遗折中写道："近岁以来，士大夫渐明外交，言洋务，筹海防，中外同声矣。夫西人立国，自有本末，虽礼乐教化远逊中华，然驯至富强，具有体用，育才于学堂，论证于议院，君民一体，上下一心，务实而戒虚，谋定而后动，此其体也；大炮、洋枪、水雷、铁路、电线，此其用也。中国遗其体而求其用，无论竭蹶步趋，常不相及，就令铁舰成行，铁路四达，果足恃欤？福州马江之役，聚兵船与敌相持，彼此皆木壳船也，一旦炮发，我船尽毁，此亦往事之鉴矣！……圣人万物为师，采西人之体以行其用，中外臣工，同心图治，勿以游移而误事，勿以浮议而隳功，尽穷变通久之宜，以奠国家灵长之业，则微臣虽死之日犹生之年也。"[②] 曾游历日本的四川提督丁鸿臣于1900年暮春所作《东瀛阅操日记·跋》如此写道："日本，一岛国耳，仿泰西法以致富强，蒸蒸云上，与欧西各大国相颉颃，非必风俗政教特异也。……日本之强为日甚浅，三十年前，弱甚中国。乃者经之营之，敝己之法，修人之法，不数年而暴兴。夫以日本之褊小屡赢，且能振奋若是，而我中国于制枪炮、造轮舟、通电音、修铁路，创办亦历有年矣，卒未获一收其效，其故何欤？岂真地广人稠，声教未易讫，风气未易开耶？抑徒知守法，不知变法，徒知愚民，不知用民之祸烈至此，诚可叹也！"[③] 丁鸿臣认识到日本之勃兴，乃是通过"敝己之法，修人之法"，最终实现制度的改良，不似中国仅限于器物之层面。

---

① 梁启超：《饮冰室合集》第1册，中华书局2015年版，第8页。
② 何嗣焜编：《张靖达公奏议》，清光绪二十五年（1899年）刊卷八，第33、34页。
③ 丁鸿臣：《东瀛阅操日记》，岳麓书社2016年版，第79—80页。

　　奥斯特哈默也认为，与明治维新相比，"中国的变革既缺乏明治新政的制度特征，也缺少能实施变革的外交缓冲空间"①。富永健一就认为："中华民国时代的中国没有出现过如同日本的明治政府那样强有力的领导现代化运动的政权，由此产生了近代革命后的中国与明治维新后的日本的重大差别。"②当然，这里的"政权"一词，既有制度的因素，也有领导者的因素。

　　1963年9月6日，毛泽东在审阅《关于工业发展问题（初稿）》时加写了一段文字，其中谈道："我国从十九世纪四十年代起，到二十世纪四十年代中期，共计一百零五年时间，全世界几乎一切大中小帝国主义国家都侵略过我国，都打过我们，除了最后一次，即抗日战争，由于国内外各种原因以日本帝国主义投降告终以外，没有一次战争不是以我国失败、签订丧权辱国条约而告终。其原因：一是社会制度腐败，二是经济技术落后。"③毛泽东把社会制度问题排在旧中国落后挨打原因的第一位。

<hr />

① 于尔根·奥斯特哈默：《世界的演变：19世纪史》，强朝晖、刘风译，社科文献出版社2016年版。
② 富永健一："现代化理论与中国的现代化"，严立贤译，《国外社会科学》,1986年第10期。
③ 《毛泽东文集》（第八卷），人民出版社1999年版，第340页。

第三节　政治制度处于关键环节

习近平指出："一个国家的政治制度决定于这个国家的经济社会基础，同时又反作用于这个国家的经济社会基础，乃至于起到决定性作用。在一个国家的各种制度中，政治制度处于关键环节。"[①] 政治制度的决定性作用，已经为经济学者特别是制度经济学者所认可。著名制度经济学家沃利斯即指出，有些国家实现了经济增长，而有些国家起初没能实现经济增长继而又没能实现追赶，是因为政治制度"与经济表现的改善密切相关……经济生产率的提高主要发生在组织中而非原子化的个人努力中"[②]。我们的制度是社会主义制度，是不同于资本主义社会的根本所在。在资本主义社会，"国家、政治制度是从属的东西，而市民社会、经济关系的领域是决定性的因素"[③]。

有学者在论证习近平提出的"政治制度的决定性作用"的创新性时，以美国举例。"美国建国时是农业资本主义和奴隶制，后来演变为工业资本主义，到今天的金融资本主义，经济形态发生了革命性变化，但其宪政结构变了吗？这就是政治制度的韧性和作用。"[④] 恰恰相反，美国的经济形态没有发生根本性的变化，仍然属于资本主义的范畴，只不过资本家的身份有所变化，农业资本家被工业资本家代替，工业资本家又让位于金融资本家

---

①　习近平：《在庆祝全国人民代表大会成立 60 周年大会上的讲话（2014 年 9 月 5 日）》，人民出版社 2014 年版，第 19 页。

②　Wallis, John J. 2022. An Alternative Institutional Approach to Rules , Organizations and Development. The Journal of Economic History, 82(2).

③　《马克思恩格斯选集》（第四卷），人民出版社 2012 年版，第 605 页。

④　杨光斌："习近平的政治思想体系初探"，《学海》2017 年第 4 期。

而已。

我们认为，习近平在这里提出的政治制度这一典型的上层建筑的构成，强调其"决定性作用""关键环节"，是基于中国传统和现实经验的历史唯物主义论述，恰恰是对历史唯物主义的重大原创性贡献，也是对恩格斯历史"合力论"所体现的那个"作为整体的、不自觉地和不自主地起着作用的力量"①的科学解读，为改革开放以来我们党不断强调且在实践中一以贯之的解放思想永无止境、制度创新永无止境、改革开放永无止境提供了坚实的马克思主义理论支撑。

1840 年的鸦片战争，是中华帝国被迫卷入全球化的象征，也是"西方中心主义"作为中国知识分子判定国家改革发展目标方向之标准的开始。工业革命导致的东西方大分流对东方文明的巨大冲击，通过器物、制度、思想等层面，不断渗透于中华帝国的全方位实践。

萧公权认为，康有为于清帝国末期已经认识到，西方国家的强盛，以及模仿西方的日本，是迫使中国接受近代世界挑战的有力证据——不仅仅接受西方技器（清廷在过去 30 年已进行但成效甚微），而且要做适当的制度上与思想上的改革。康有为可能是当时清楚见及此种需要并努力促进改革的第一人。②朱昌崚认为，康有为作为维新派代表人物，其与革命党代表孙中山的共同之处，在于"康有为和孙中山，都致力于为国家问题找到政治解决方案。他们认为，没有根本的政治变革，就没有希望在中国实现基本的社会或经济变革"③。

陈独秀在 1916 年 2 月《吾人最后之觉悟》中写道："欧洲输入之文化，与吾华固有之文化，其根本性质极端相反。数百年来，吾国扰攘不安之象，

---

① 《马克思恩格斯选集》（第四卷），人民出版社 2012 年版，第 258 页。
② 萧公权：《近代中国与新世界：康有为变法与大同思想研究》，汪荣祖译，江苏人民出版社 1997 年版，第 107 页。
③ Chu, Samuel C.1965, Reformer in Modern China: Chang Chien, 1853–1926. Columbia University Press:179.

其由此两种文化相触接相冲突者，盖十居八九。凡经一次冲突，国民即受一次觉悟。……最初促吾人之觉悟者为学术，相形见绌，举国所知矣；其次为政治，年来政象所证明，已有不克守缺抱残之势。继今以往，国人所怀疑莫决者，当为伦理问题。此而不能觉悟，则前之所谓觉悟者，非彻底之觉悟，盖犹在惝恍迷离之境。吾敢断言：伦理的觉悟，为吾人最后觉悟之最后觉悟。"[1]陈独秀于此强烈地感受到"两种文化相触接相冲突"或曰"文明冲突"之力量，并清晰地将中国近代士人觉醒与文化变迁分为三个阶段。无独有偶，1922年4月，经过五四运动的洗礼，梁启超在其《五十年中国进化概论》中更准确地描述了中国近代历史进程。"近五十年来，中国人渐渐知道自己的不足了。……第一期，先从器物上感觉不足。……于是福建船政学堂、上海制造局等等渐次设立起来。……第二期，是从制度上感觉不足。……所以拿'变法维新'做一面大旗，在社会上开始运动。……第三期，便是从文化根本上感觉不足。"[2]周策纵等亦对这一时期思想文化的变迁做出了三个阶段的划分："自从1840—1842年的鸦片战争显示了西方不可抗拒的威力后，中国知识分子的领导人物开始意识到，中国必须学习西方的科学技术，虽然他们仍认为中国传统的制度和传统的思想优于西方而无须改革。中国对西方文明反应的这第一个阶段到1894—1895年甲午战争中国被日本战败时便结束了。自那以后，中国年轻的知识分子有感于日本明治维新取得的成就，认为除了学习科学技术以外，中国还应在法律和政治制度方面学习西方。但他们仍然坚持认为，那些在他们看来比法律和制度更根本更实质的中国的哲学、伦理和社会基本准则，不应改变。张之洞1898年用一句口号简明地概括了这种思想："中学为体，西学为用。"但是1898年的戊戌变法并未能实现所提出的法律和政治制度的变革，而1911年的辛亥革命也只

---

[1]　陈独秀：《独秀文存》，安徽人民出版社1987年版，第37、41页。
[2]　梁启超：《梁启超选集》，上海人民出版社1988年版，第233—234页。

是部分地实现了这些变革。民国成立之后，军阀统治再度出现，而两次复辟帝制的企图说明，没有其他变革的伴随，只是移植法律和政治体制是不能奏效的。这样便到了第三个阶段——五四运动时代。这个运动中的新知识分子声称，不但要引进西方的科学技术、法律和政治制度，对中国的哲学、伦理、自然科学、社会理论和制度也要彻底重新审查，模仿西方同类的东西。所提倡的不是半新半旧的改革或部分的革新，而是一个大规模的激烈的企图，要彻底推翻陈腐的旧传统，代之以全新的文化。"①

萧公权对是时两种文明碰撞后中国近代史的走向趋势也做了十分明晰的划分："从 1860 年代到 1910 或 1920 年代，西方的技器、自然科学、政府原理以及哲学，成为尚未完成的西化过程中的主要因素。在此适应过程中，有一感受上的程序。首先是影响器物的技术；而后是关于国家和社会的原理；最后则是触及精神生活核心的观念。同治朝的自强运动、1898 年的维新变法和 1919 年的五四运动各自标志了这三个阶段的思潮要点。"② 张君劢在 20 世纪 50 年代写道："史家将中国现代化过程分为三个时期：（1）新武器时期：这个时期主要人物是曾国藩、李鸿章等人。他们是承认西方科学与技术知识优越性之先驱人物。（2）维新或革命时期：这个时期的领导人物是康有为和孙中山；前者主张君主立宪，后者主张民主共和。（3）文学和伦理革命时期：这个时期的领导人物为胡适与陈独秀（陈独秀为中国共产党的创始者）。此一三分法乃中国传统思想的动摇日益显明以后的结果。……儒家受到攻击，认为不再适于新时代的社会和政治结构。"③ 所以，五四运动时期，中国以知识分子为主流的"改革者一般都认为在物质的和社会政治的改革之

---

① 周策纵：《五四运动：现代中国的思想革命》，周子平等译，江苏人民出版社 1996 年版，第 14—15 页。
② Kung-chuan Hsiao. 1962. "The Philosophical Thought of K'ang Yu-wei. An Attempt at a New SynthesIs." Monumenta Serica , 21:129-130.
③ 张君劢：《新儒家思想史》，中国人民大学出版社 2006 年版，第 519 页。

先，必须有一个思想意识和制度的变革"①。周策纵对五四运动之本质曾作过剖析，他认为："五四运动实际是思想运动和社会政治运动的结合，它企图通过中国的现代化以实现民族的独立、个人的解放和社会的公正。本质上，它是一场广义的思想革命，所以说它是思想革命，是因为它是以思想的变革是实现这一现代化任务的前提这一假设为基础的，它所促成的主要是思想的觉醒和改革……五四运动的基本精神是抛弃旧传统和创造一种新的、现代化的文明以'挽救中国'。"② 五四运动从某种意义上来说，是中国版的为实现现代化而奏出的启蒙运动乐章。

富永健一将现代化界定为近代以来人类社会发展的一个系统格局，并把它整理为四个子系统：经济现代化、政治现代化、社会现代化和文化现代化。③ 根据富永健一的研究，西方国家的现代化始于文化现代化，然后是政治现代化、经济现代化和社会现代化。而日本的现代化始于经济现代化，然后是政治现代化、社会现代化和文化现代化。他认为，这是由于日本的现代化是一种输入式的外发现代化，经济现代化成效易于比较，对传统冲击小而容易被统治者接受和推行，所以得以率先发动。政治和社会现代化会受到统治者的阻碍较难引进，而文化现代化对传统的冲击最大因而阻力也最大，最难完成。④ 富永健一认为，即便现代化进行了 100 多年，日本目前也只完成了经济现代化，政治、社会和文化的现代化还没有完成。⑤

可以说，现代化进程也好，文明的演化也好，其自然发展趋势应是由思想（文化）而制度，再技术（物质），而非颠倒行事。当然，之所以被动颠倒而行，皆是在外部力量强烈冲击之下而做出的本能反应。特别是在内

---

① 周策纵：《五四运动：现代中国的思想革命》，周子平等译，江苏人民出版社 1996 年版，第 191—492 页。
② 周策纵：《五四运动：现代中国的思想革命》，周子平等译，江苏人民出版社 1996 年版，第 490—491 页。
③ 富永健一：《日本的现代化与社会变迁》，商务印书馆 2004 年版，第 109 页。
④ 富永健一：《日本的现代化与社会变迁》，商务印书馆 2004 年版，第 109 页。
⑤ 富永健一：《日本的现代化与社会变迁》，商务印书馆 2004 年版，第 109 页。

忧外患双重冲击下，时不我待是一种正常的反应。但这种正常的反应，恰恰"欲速则不达"。美国学者杜威在1919年底谈到辛亥革命的"相对失败"时断言，这个失败是"由于政治改革大大领先了思想和精神上的准备；政治革命是形式的和外在的；在名义上的政治革命兑现以前，需要有一场思想革命"①。在另外的场合，他在对中国的西化历史进行分析后得出了相同的结论，即"没有一种以思想改革为基础的社会改革，中国就不能变革。这场政治革命失败了，因为它是外表的、形式的，只触及了社会行动的机制，但却没有影响对生活的观念，而这种观念实际上是控制社会的"②。

1986年，李泽厚发表《启蒙与救亡的双重变奏》，提出"救亡压倒启蒙"的命题，认为五四时期"救亡压倒启蒙"。李泽厚这一说法可与沟口雄三形容晚清为"一条蜕皮的巨蟒"来比较。沟口雄三认为：晚清时期的中华帝国"如同一条蜕皮的巨蟒，要想在蜕掉两千年来的旧皮这一过程中免受外敌侵害，本应先藏身洞窟休养生息，待不久得以新生之后，再展现其新的面貌；可是，现在却成了这样一种惨状——这条巨蟒被抛弃在荒野上，接二连三地遭到猛兽的袭击，身上的肉被一块块地咬掉，痛得满地打滚，更何谈什么休养生息"③。"启蒙"是需要休养生息的，但"救亡"不给予时间，只能忍痛前行。

李泽厚以"启蒙"与"救亡"两大"性质不相同"的主题来架构中国现代化历史进程，他认为在中国现代化进程中，文化启蒙任务被民族救亡主题"中断"，政治上反帝的革命和救亡不仅未促进文化的启蒙，反而被"传统的旧意识形态""改头换面地悄悄渗入"，最终造成了"文革"而"把中

---

① Dewey, John. 1920. "The Sequel of the Student Revolt." The New Republic, XXI, 273:380–381. 转引自周策纵《五四运动：现代中国的思想革命》，周子平等译，江苏人民出版社1996年版，第314页。

② Dewey, John. 1921. "New Culture in China." Asia:581. 转引自周策纵《五四运动：现代中国的思想革命》，周子平等译，江苏人民出版社1996年版，第314-315页。

③ 沟口雄三：《中国的冲击》，王瑞根译，生活·读书·新知三联书店2011年版，第100页。

国意识推到封建传统全面复活的绝境"。"以至'四人帮'倒台之后，'人的发现''人的觉醒''人的哲学'呐喊又声震一时。'五四'的启蒙要求、科学与民主、人权与真理，似乎仍然具有那么大的吸引力量而重新被人发现和呼吁，拿来主义甚至'全盘西化'又一次被提出来。"①"救亡压倒启蒙"的问题，早就被此前的知识者们意识到并表述出来，只不过到了20世纪80年代这个非常特殊的"历史新时期"，才经由李泽厚的阐释发扬光大，这正是时代的机缘。

关于"启蒙与救亡的双重变奏"这一观点的首创权在学界是存在争议的，美国历史学者舒衡哲（Vera Schwarcz）认为这一学术观点的归属者应该是她，原因有两个：其一，1979年2月至1980年6月，舒衡哲曾作为美国首批留学生在北大中文系学习，期间她与李泽厚谈及相关的问题；其二，她在1984年海外期刊《理论与社会》上发表的《长城的诅咒：现代中国的启蒙问题》中已经明确地提出了救亡与启蒙之间的关系问题，只不过她的文章中当时使用的是救国而不是救亡，这一观点在她1986年出版的著作《中国的启蒙运动——知识分子与五四遗产》中也有所体现。作者在导言中即指出："近代中国对康德提出的'何为启蒙'的回答，反映了时代的迫切需求。……其特质之一即是民族主义和文化批判之间的冲突——从中国的角度看，就是因外侮而日感迫切的救国任务，与其内在需求的启蒙任务之间的冲突。"②此处姑且不论首创权问题，可以明确的是，"救亡压倒启蒙"这一思想在20世纪80年代已经被学者们注意到，后来虽引发争议，但此说确有相当的针对性。比如何兆武于1987年发表的《自然权利的观念与文化传统》一文中即认为，近代中国民族危亡的紧迫感，成为压倒一切的中心课题，

---

① 李泽厚："启蒙与救亡的双重变奏"，《中国思想史论》（下），安徽文艺出版社1999年版，第852—853页。
② 舒衡哲：《中国启蒙运动——知识分子与五四遗产》，刘京建译，新星出版社2007年版，第3页。

并对一切思想留下了深刻的烙印。戊戌变法维新的目的是救亡图存。五四运动则是以反对巴黎和会把德国特权转让给日本而直接爆发的。"一二·九运动"是全民族抗日战争的序幕，随后的民主运动要求结束国民党一党专政，也是着眼于更紧迫的抗日战争的需要而提出的。自然权利的观念是近代民主运动的理论基石，但一切中国近代民主运动的直接目标更多的不在于人权而在于救亡。① 改革开放以真理标准大讨论为思想之起点，不能不说是某种形式的"补课"。

当代经济学家关于经济增长的看法与上述学者不谋而合。比如，阿吉翁等人即认为，经济增长的过程和增长政策的设计可以看作由几个层面组成。第一层是对创新和资本积累的直接激励：对资本投资的补贴、研发补贴、激励创新的税收抵免，以及相关的所得税政策。第二层是制度和结构性改革。例如，产品和贸易自由化、教育支出结构、金融体系组织、宪法设计，以及政府和企业控制权的分配。这些制度和结构性改革通过作用于创新激励间接影响经济增长。第三层，也许是更根本的层次：文化和信仰。经济文献中的"文化"一词指的是个人和集体信仰、社会规范，以及那些由于某种原因受到周围环境的影响，但是通常其变化却比较缓慢的个体偏好方面的各种特征。② 这里谈到的推动经济增长的三层力量，其实分别就是技术层面、制度层面和思想文化层面。

一种信念弥漫于1840年鸦片战争之后的中国社会各阶层，这一信念正如小阿瑟·施莱辛格所说："无论欧洲犯下了什么样的罪行，这片大陆也是个人解放、政治民主、法律面前人人平等、信仰自由、人权和文化自由等思想的发源地，是唯一的源泉，这些思想构成了我们最宝贵的遗产，也是当今世界大多数人心向往之的。这些思想是欧洲的，不是亚洲的、不是非

① 何兆武："自然权利的观念与文化传统"，《学术月刊》1987年第3期。
② Aghion, Philippe and Peter W. Howitt.2009. The Economics of Growth. The MIT Press:420－421.

洲的，也不是中东的思想，除非被它们所接受。"① 换句话说，亚洲、非洲或中东的任何经济体，若要走现代化道路，必须走欧洲的道路，必须用欧洲的思想来指导。

然而，工业革命以来的世界现代化进程却挑战了这一信仰。欧美发展模式以"华盛顿共识"为核心价值依据，其要素包括自由市场、私有化、多党制、三权分立等。以日本现代化为代表的"东亚模式"则强调产业政策、外向型经济、私有制、理性集权政府等。进入 21 世纪，中国的崛起标志着世界现代化的第三波浪潮。四十余年的改革开放所创造的发展奇迹，是自晚清新政现代化努力以来的任何一个时期都无法比拟的，也是"华盛顿共识"和"东亚模式"无法从理论上给予解释的。这就是中国式现代化。借用沟口雄三的话来说："中国正是这样一个基本上不能套用欧洲标准加以把握的世界。"② 中国式现代化所试图阐明的，正是近代以来中国在世界的主体"存在方式"问题。

中国式现代化的最大特点就是政治制度的优化通过"顶层设计"而不断推进。理论上说，"顶层设计"其实是一种"国家权力"。

在 1890 年 10 月 27 日致施米特的信中，恩格斯提出并分析了国家权力的反作用问题，指出："国家权力对于经济发展的反作用可以有三种：它可以沿着同一方向起作用，在这种情况下就会发展得比较快；它可以沿着相反方向起作用，在这种情况下，像现在每个大民族的情况那样，它经过一定的时期都要崩溃；或者是它可以阻止经济发展沿着既定的方向走，而给它规定另外的方向……但是很明显，在第二和第三种情况下，政治权力会给经济发展带来巨大的损害，并造成人力和物力的大量浪费。"③ 这第三种情况归根

---

① Schlesinger, Arthur M. Jr. 1992. The Disuniting of America: Reflections on a Multicultural Society. W. W. Norton & company:127.

② 沟口雄三、小岛毅主编：《中国的思维世界》，孙歌等译，江苏人民出版社 2006 年版，第 4 页。

③ 《马克思恩格斯选集》（第四卷），人民出版社 2012 年版，第 610 页。

到底还是归结为前两种情况的一种，不是把经济推向前进就是把经济拉向后退。很明显，在第二和第三种情况下，政治权力必然给经济的发展造成巨大的损害，引起大量人力物力的浪费和衰竭，势必导致经济、政治的崩溃。在这里可以看出，恩格斯把上层建筑的反作用区分为两种，并且明确指出：第一种情况是，上层建筑对经济的发展会起推动作用；第二种情况是，上层建筑会对经济的发展起阻碍或延缓作用。因此，二者之间是辩证的关系，就发生学意义上经济基础决定上层建筑，同时上层建筑对经济基础具有反作用。正是由于经济基础和上层建筑的辩证运动，才造成历史发展过程的前进性与曲折性。

从恩格斯的话中我们可以看出，国家权力如果与经济发展沿着同一方向前进，也就是说，如果能够顺应经济发展的要求，那么经济发展就会有一个更快的速度，否则对经济的阻碍会导致其自身的崩溃。由此可知为顺应经济发展而做出的顶层设计之极端重要性，特别是在政治制度的创设方面。

以"法"为例。法是上层建筑，也是政治制度的重要内涵。法对经济基础也具有相对的独立性和反作用。法是经济和分工发展的产物，但是"产生了职业法学家的新分工一旦成为必要，就又开辟了一个新的独立领域，这个领域虽然一般依赖于生产和贸易，但是它仍然具有对这两个领域起反作用的特殊能力。在现代国家中，法不仅必须适应于总的经济状况，不仅必须是它的表现，而且还必须是不因内在矛盾而自相抵触的一种内部和谐一致的表现。"① 也就是说，法的完善和发展要求它必须根除内部矛盾，保持内部和谐一致，这是法的相对独立性的表现。如果将经济关系不加缓和、不加掩饰地直接翻译成法律原则，会使法产生内在矛盾而自相抵触，破坏法定体系的和谐，而追求法定体系的内部和谐又会使经济关系的忠实反映受

---

① 《马克思恩格斯选集》（第四卷），人民出版社2012年版，第610页。

到破坏，不能以纯粹的形式鲜明地表现统治阶级的利益，同时被统治阶级力量的增长也会使这种反映遭到削弱。因此，法的发展进程表现为，一方面设法消除内部矛盾去建立和谐的体系，一方面经济的进一步发展又强制性地突破法的体系，使它陷入新的矛盾。这种矛盾运动正好表明，法既是由经济关系决定的，又具有相对独立性，对经济产生反作用。

对于中国式现代化来说，政治制度的建设至关重要。从某种意义上来说，有什么样的政治制度就会有什么样的现代化道路。在关于《中共中央关于坚持和完善中国特色社会主义制度 推进国家治理体系和治理能力现代化若干重大问题的决定》的说明中，习近平指出："相比过去，新时代改革开放具有许多新的内涵和特点，其中很重要的一点就是制度建设分量更重，改革更多面对的是深层次体制机制问题，对改革顶层设计的要求更高，对改革的系统性、整体性、协同性要求更强，相应地建章立制、构建体系的任务更重。新时代谋划全面深化改革，必须以坚持和完善中国特色社会主义制度、推进国家治理体系和治理能力现代化为主轴，深刻把握我国发展要求和时代潮流，把制度建设和治理能力建设摆到更加突出的位置，继续深化各领域各方面体制机制改革，推动各方面制度更加成熟更加定型，推进国家治理体系和治理能力现代化。"[①]

在"各方面制度"中，"政治制度处于关键环节"。习近平指出："制度自信不是自视清高、自我满足，更不是裹足不前、固步自封，而是要把坚定制度自信和不断改革创新统一起来，在坚持根本政治制度、基本政治制度的基础上，不断推进制度体系完善和发展。""在全面深化改革进程中，我们要积极稳妥推进政治体制改革，以保证人民当家作主为根本，以增强党和国家活力、调动人民积极性为目标，不断建设社会主义政治文明。"[②]

①　《十九大以来重要文献选编》（中），中央文献出版社 2021 年版，第 264 页。
②　习近平："在庆祝全国人民代表大会成立 60 周年大会上的讲话（2014 年 9 月 5 日）"，《人民日报》2014 年 9 月 6 日第 2 版。

有关政治制度完善和发展的内容，《中共中央关于全面深化改革若干重大问题的决定》做了高度概括。原则上是以保证人民当家作主为根本，坚持和完善人民代表大会制度、中国共产党领导的多党合作和政治协商制度、民族区域自治制度以及基层群众自治制度，更加注重健全民主制度、丰富民主形式，从各层次各领域扩大公民有序政治参与，充分发挥我国社会主义政治制度优越性。具体涉及几方面：一是推动人民代表大会制度与时俱进，使根本政治制度更加具有权威性和时效性。二是推进协商民主广泛多层制度化发展，得到社会意愿的最大公约数。三是发展基层民主，让最广大的人民群众享有实实在在的权利。四是推进法治中国建设，保证政治制度建设有法可依。五是强化权力运行制约和监督体系，保证人民赋予的权力用来为人民服务。①

中国政治制度建设的方向就是社会主义的根本方向和现代化的鲜明指向。习近平在对中央全面深化改革的决定所作的说明中指出："改革开放以来历次三中全会都研究讨论深化改革问题，都是在释放一个重要信号，就是我们党将坚定不移高举改革开放的旗帜，坚定不移坚持党的十一届三中全会以来的理论和路线方针政策。说到底，就是要回答在新的历史条件下举什么旗、走什么路的问题。"② 后来在庆祝全国人民代表大会成立60周年大会上的讲话中，习近平对这个问题作了更为具体的阐释："党的十八届三中全会提出的全面深化改革总目标，是两句话组成的一个整体，即完善和发展中国特色社会主义制度、推进国家治理体系和治理能力现代化。前一句规定了根本方向，我们的方向就是中国特色社会主义道路，而不是其他什么道路。后一句规定了在根本方向指引下完善和发展中国特色社会主义

---

① 《中共中央关于全面深化改革若干重大问题的决定》，人民出版社2013年版。
② 《十八大以来重要文献选编》（上），中央文献出版社2014年版，第495页。

制度的鲜明指向。两句话都讲，才是完整的。"①此处的讲话精神很清楚，新的历史起点上我国政治制度建设的方向，就是社会主义的根本方向和现代化的鲜明指向。

　　体现社会主义根本方向和现代化鲜明指向要求的政治制度建设，是一个动态发展过程。在现阶段，只能是满足社会转型需要的"可控性民主"制度安排，既要进一步扩大人民民主，又必须能够有效掌控，不能失序。②概括地讲，就是习近平所强调的：在中国，发展社会主义民主政治，保证人民当家作主，保证国家政治生活既充满活力又安定有序，关键是要坚持党的领导、人民当家作主、依法治国有机统一。其中，中国共产党的领导是中国特色社会主义最本质的特征。没有共产党的领导，便保证不了各相关利益方的有序参与。当然，坚持党的领导必须改进党的领导方式和执政方式，做到科学执政、民主执政、依法执政。人民当家作主是社会主义民主政治的本质和核心。同时，保证人民当家作主，必须坚持人民民主的两种形式，即一方面支持和保证人民通过人民代表大会行使国家权力，另一方面推进人民政协为重要渠道的社会主义协商民主来进一步保证人民民主权利的落实。这就是习近平指出的，"保证和支持人民当家作主，通过依法选举、让人民的代表来参与国家生活和社会生活的管理是十分重要的，通过选举以外的制度和方式让人民参与国家生活和社会生活的管理也是十分重要的。人民只有投票的权利而没有广泛参与的权利，人民只有在投票时被唤醒、投票后就进入休眠期，这样的民主是形式主义的"，"在我们这个人口众多、幅员辽阔的社会主义国家里……人民通过选举、投票行使权利和人民内部各方面在重大决策之前进行充分协商，尽可能就共同性问题取得一致意见，是中国社会主义民主的两种重要形式。在中国，这两种民主形式不是相互

---

　　① 习近平："在庆祝全国人民代表大会成立60周年大会上的讲话（2014年9月5日）"，《人民日报》2014年9月6日第2版。
　　② 刘学军："坚定中国特色社会主义政治制度自信"，《紫光阁》2017年第5期，第13—15页。

替代、相互否定的，而是相互补充、相得益彰的，共同构成了中国社会主义民主政治的制度特点和优势"①，"发展人民民主必须坚持依法治国、维护宪法法律的权威，使民主制度化、法律化，使这种制度和法律不因领导人的改变而改变，不因领导人的看法和注意力的改变而改变"②。

政治制度是用来调节政治关系、建立政治秩序、推动国家发展、维护国家稳定的。对政治制度建设，不可能脱离特定社会政治条件来抽象评判，不可能千篇一律、归于一尊。对于我们以社会主义和现代化为根本方向和鲜明指向的政治制度建设来说，从根本上讲，就是看这种政治制度是否保证了绝大多数人掌握国家权力进行利益配置。因此，人民当家作主必须具体地、现实地体现到中国共产党执政和国家治理上来，具体地、现实地体现到中国共产党和国家机关各个方面、各个层级的工作上来，具体地、现实地体现到人民对自身利益的实现和发展上来。在中国社会主义制度下，有事好商量，众人的事情由众人商量，找到全社会意愿和要求的最大公约数，是人民民主的真谛。

关于具体通过哪些方面对政治制度建设的效果进行评价，习近平在庆祝全国人民代表大会成立 60 周年大会上的讲话中创造性地提出，主要看"八个能否"："国家领导层能否依法有序更替，全体人民能否依法管理国家事务和社会事务、管理经济和文化事业，人民群众能否畅通表达利益要求，社会各方面能否有效参与国家政治生活，国家决策能否实现科学化、民主化，各方面人才能否通过公平竞争进入国家领导和管理体系，执政党能否依照宪法法律规定实现对国家事务的领导，权力运用能否得到有效制约和监督。"③

---

① 习近平："在庆祝全国人民代表大会成立 60 周年大会上的讲话（2014 年 9 月 5 日）"，《人民日报》2014 年 9 月 6 日第 2 版。
② 习近平："在庆祝全国人民代表大会成立 60 周年大会上的讲话（2014 年 9 月 5 日）"，《人民日报》2014 年 9 月 6 日第 2 版。
③ 习近平："在庆祝全国人民代表大会成立 60 周年大会上的讲话（2014 年 9 月 5 日）"，《人民日报》2014 年 9 月 6 日第 2 版。

在庆祝中国人民政治协商会议成立65周年大会上的讲话中，习近平进一步指出："人民是否享有民主权利，要看人民是否在选举时有投票的权利，也要看人民在日常政治生活中是否有持续参与的权利；要看人民有没有进行民主选举的权利，也要看人民有没有进行民主决策、民主管理、民主监督的权利。社会主义民主不仅需要完整的制度程序，而且需要完整的参与实践。"[①]

我国工人阶级领导的、以工农联盟为基础的人民民主专政的国体，人民代表大会制度的政体，中国共产党领导的多党合作和政治协商制度，民族区域自治制度，基层群众自治制度，具有鲜明的中国特色。改革开放40多年来，我国经济实力、综合国力、人民生活水平不断跨上新台阶，不断战胜前进道路上各种世所罕见的艰难险阻，各民族长期共同团结奋斗、共同繁荣发展，社会长期保持和谐稳定等，这些事实充分证明，我们的政治制度建设是卓有成效的，它决定着中国式现代化前进的方向。

---

① 习近平："在庆祝全国人民代表大会成立60周年大会上的讲话（2014年9月5日）"，《人民日报》2014年9月6日第2版。

实践逻辑：中国式现代化内蕴
人类文明新形态

第一章　改革开放以来的思想解放和制度创新

第一节　思想大解放

新中国成立之后，鉴于国际形势和完全照搬苏联做法，我们走了一条优先发展重工业的现代化道路，没有按照比较优势由轻到重发展。美国经济史学家亚历山大·格申克龙在总结德国、意大利等国经济追赶成功经验的基础上，于1962年创立了后发优势理论。他在1962年出版的《经济落后的历史透视》一书中指出，欧洲经济史的经验表明，并不存在那种统一不变的工业化发展模式。他进而概括出落后国家工业化特点的六个方面：（1）一国的经济越落后，其工业化就越可能表现为较高的制成品增长率；（2）一国的经济越落后，就越重视企业的大规模化；（3）一国的经济越落后，就越强调生产资料而不是消费品；（4）一国的经济越落后，对人民的消费水平的压制就越严重；（5）一国的经济越落后，特殊的制度因素在增加新生工业部门资本供给中的作用就越大；（6）一国的经济越落后，其农业就越难以为工业提供有效的市场，从而经济结构就越不平衡。[①]格申克龙总结的国家赶超的上述形

---

① 亚历山大·格申克龙：《经济落后的历史透视》，张凤林译，商务印书馆2017年版。

态，只有在外部技术条件存在并可利用的情况下才可能发生。正如韩国学者金泳镐所言："在技术的自由贸易背景下，发达国家向落后国家提供技术的伸缩性是比较高的，而这正是'追赶'的一个重要前提。"[①] 概言之，格申克龙对落后国家实现赶超潜力的前景持乐观的看法。

但问题恰恰就在于，即使发达国家愿意转让先进技术，具有所谓后发优势的国家亦未必能够加以利用来实现赶超。原因在于存在阿布拉莫维茨所说的"技术一致性"的考量：（1）领先者和追随者的增长要素比例。二者的技术资本密集程度或劳动密集程度相对接近，反映出领先者和追随者之间生产率出现趋同的可能性。（2）市场规模与产业规模。大量的专门设备和劳动力，只有在产量和市场非常大的情况下才能得到有效利用，如果追随者国内市场和产业规模较小，则不可能具有大市场和大产业规模决定的技术特征。（3）制度因素与产业组织。由于制度和社会方面的滞后发展，追随者国家在产业组织方面面临要素难以集中，规模化经营遭遇政治因素、文化认同和社会信任方面的障碍等问题，同样制约了这些国家与领先者国家在产业组织方面的一致性。阿布拉莫维茨深信，技术一致性的提高，有助于领先者先进的技术体系的扩散和追随者增长潜力的实现。[②] 追随者与领先者之间技术的不一致性，同样是阿布拉莫维茨解释发展中国家与发达国家之间生产率和收入长期处于发散而非收敛的历史事实的主要原因。

而新中国成立之初的情形恰恰如上所述，这种自上而下的重工业优先发展战略必然会产生严重的后果。林毅夫、蔡昉、李周所著《中国的奇迹：发展战略与经济改革》对此有较好的分析。该书认为，优先发展资本密集型的重工业的发展战略违反了中国的资源禀赋结构，从而不能通过市场来

---

① 塞缪尔·亨廷顿等：《现代化：理论与历史经验的再探讨》，上海译文出版社1993年版，第289页。

② Abramovitz, Moses. 1995. "The Elements of Social Capability." In Social Capability and Long-Term Economic Growth. St Martin's Press:19－42.

配置资源；同时政府必须内生地扭曲要素价格来支持重工业的优先发展，如通过行政手段人为地压低利率和汇率、工人的工资和原材料的价格，以及消费品的价格。在经济组织方面，政府为了控制工业剩余和农业剩余的使用，又不得不实行工业的国有化和农业的人民公社化。由是观之，扭曲的宏观经济环境、集中的计划资源配置体制和没有自主权的微观经济主体构成了这种三位一体的传统计划经济体制。① 这样的发展战略，加之十年"文革"，使得中国经济濒临崩溃。

奥斯特哈默论及近代中国革命时指出："中国革命是以思想为开端的。"② 借用此言，我们以为，改革开放以来中国的现代化进程，也是以思想为开端的。

1978 年党的十一届三中全会召开，从此我们走上了一条改革开放之路。邓小平同志在十一届三中全会之前召开的中央工作会议上所作《解放思想，实事求是，团结一致向前看》的重要讲话，事实上成为十一届三中全会的主报告，响亮地吹响了解放思想的时代号角。邓小平在这篇讲话中深刻指出，一个党，一个国家，一个民族，如果一切从本本出发，思想僵化，迷信盛行，那它就不能前进，它的生机就停止了，就要亡党亡国。"只有解放思想，坚持实事求是，一切从实际出发，理论联系实际，我们的社会主义现代化建设才能顺利进行，我们党的马列主义、毛泽东思想的理论也才能顺利发展。"因此，"关于真理标准问题的争论，的确是个思想路线问题，是个政治问题，是个关系到党和国家的前途和命运的问题"。③ 邓小平在这里把解放思想上升到关系党和国家前途命运的高度来看待。解放思想是发展中国特色社会主义的一大法宝，可以说，我们党历史上每一次转危为安，每一次战略转折，

---

① 林毅夫、蔡昉、李周：《中国的奇迹：发展战略与经济改革》（增订版），格致出版社、上海人民出版社 2016 年版。

② 奥斯特哈默：《中国革命：1925 年 5 月 30 日，上海》，强朝晖译，社科文献出版社 2017 年版，第 112 页。

③ 《邓小平文选》（第二卷），人民出版社 1994 年版，第 143 页。

每一次事业大发展，都是思想大解放的结果。改革开放以来的历史进一步表明，凡是我们的事业发展顺利的时候，就是思想大解放的时候；凡是我们的事业遇到困难的时候，只要不断解放思想，就一定能走出困境。

正如习近平所强调的："没有解放思想，我们党就不可能在十年动乱结束不久作出把党和国家工作中心转移到经济建设上来、实行改革开放的历史性决策，开启我国发展的历史新时期；没有解放思想，我们党就不可能在实践中不断推进理论创新和实践创新，有效化解前进道路上的各种风险挑战，把改革开放不断推向前进，始终走在时代前列。"①

20世纪80年代的思想大解放，可以说是清末民初东西方文明激荡交融的接续，尽管冲击广度和强度二者都有不小的差距，但20世纪90年代特别是邓小平南方谈话后激发的新一轮改革大潮，如果没有80年代思想大解放的精神根基，恐怕后续的改革很难提升到一个更高的层次。毕竟，任何历史时期的思想解放，如果没有异质文明的冲击和随后本土文明的吸收，都不具可持续性。

新发展经济学极其重视转型国家历史文化传承所产生的路径依赖对制度黏性的决定性作用，在别国适合的东西移植过来未必适合本国国情，制度也有一个水土不服的问题，这已经成为新发展经济学的共识。钱穆在《中国历代政治得失》中考察了中国历史上"最重要的五个朝代——汉、唐、宋、明、清"的政治制度后总结道："政治制度，必然得自根自生。纵使有些可以从国外移来，也必然先与其本国传统，有一番融合媾通，才能真实发生相当的作用。否则无生命的政治，无配合的制度，决然无法长成。"②钱穆在此处所提到的本国传统，其实就是体现于本国文化中的价值观。小施莱辛格在《美国的分裂：对多元文化社会的思考》中谈及美国的价值观时，特别

---

① 《习近平关于全面深化改革论述摘编》，中央文献出版社2014年版，第16页。
② 钱穆：《中国历代政治得失》，九州出版社2002年版，第1页。

提出：这些价值观"根植于我们的国家经历，我们伟大的国家文献，我们的国家英雄，乃至我们的风俗习惯、传统和标准之中。故而拥有不同历史经历的人会持有不同的价值观。不过有必要坚定一种信念，即本国历史对我们大有裨益，它们为我们殚精竭虑，因而我们的生死均仰仗于此"①。这里所谈到的本国价值观对于维护本民族共同体团结融合之极端重要性，对于在此基础之上吸收外来文明，我们完全认同。习近平强调指出："中国特色社会主义政治制度之所以行得通、有生命力、有效率，就是因为它是从中国的社会土壤中生长起来的。中国特色社会主义政治制度过去和现在一直生长在中国的社会土壤之中，未来要继续茁壮成长，也必须深深扎根于中国的社会土壤。"②习近平在庆祝中国共产党成立 100 周年大会上的重要讲话中指出，"坚持把马克思主义基本原理同中国具体实际相结合、同中华优秀传统文化相结合"③。"两个结合"充分体现了马克思主义中国化与时俱进的本质特征。

中华优秀传统文化之独特性决定了中国式现代化道路的选择。习近平强调："我们走中国特色社会主义道路，一定要推进马克思主义中国化。如果没有中华五千年文明，哪里有什么中国特色？如果不是中国特色，哪有我们今天这么成功的中国特色社会主义道路？我们要特别重视挖掘中华五千年文明中的精华，把弘扬优秀传统文化同马克思主义立场观点方法结合起来，坚定不移走中国特色社会主义道路。"④正是中华优秀传统文化的积淀，造就了中国改革开放所走的一条独特的现代化道路。

李泽厚最先提出"文化积淀"说。李泽厚指出："所谓'积淀'，正是指

---

① 小阿瑟·M. 施莱辛格：《美国的分裂：对多元文化社会的思考》，王聪悦译，上海译文出版社 2022 年版，第 147 页。
② 习近平："在庆祝全国人民代表大会成立 60 周年大会上的讲话"，《人民日报》2014 年 9 月 6 日第 2 版。
③ 习近平：《在庆祝中国共产党成立 100 周年大会上的讲话》，人民出版社 2021 年版，第 13 页。
④ 《习近平谈治国理政》（第四卷），外文出版社 2022 年版，第 315 页。

人类经过漫长的历史进程，才产生了人性——即人类独有的文化心理结构，亦即哲学讲的'心理本体'，即'人类（历史总体）的积淀为个性的，理性的积淀为感性的，社会的积淀为自然的，原来是动物性的感官人化了，自然的心理结构和素质化成为人类性的东西'。这个人性建构是积淀的产物，也是内在自然的人化，也是文化心理结构，也是心理本体，有诸异名而同实。"①

文化心理结构是积淀的成果。也就是把人性看成人类在漫长的以使用和制造工具为核心的社会物质生产过程中形成的一种巨大历史成果，而非先验性的或自然、神秘力量的恩赐。在改造自然世界、改造社会的物质实践的基础上，认识了自然，认识了社会，并逐渐把它们移入、内化到人的内心世界，从而形成人类所独有的文化心理结构。这就是积淀的过程。

日本学者丸山真男在其晚年提出的"古层"，类似于李泽厚的"积淀"含义。"古层"是丸山真男晚年思想中非常重要的一个观念：日本思想发展历程中，在对外来思想的接受过程中，一直有沉积于最下层的"古层"存在。"古层"源于日本人的言语、地理环境、生产方式、宗教等诸多方面，具有强大的连贯性。依靠"古层"的力量，日本人在摄取外来文化的同时又修正之。② 丸山真男是在1972年发表的《历史意识的"古层"》中提出的"古层"这个概念，其时也正是日本现代化高速发展期，丸山真男恰恰是体会到了日本现代化具有不同于西欧现代化的某种"特质"，而去探求深深存在于日本传统文化中的具有"古层"性质支撑作用的因素。中国式现代化同样面临当年日本现代化高速发展时期所急需的传统文化的支撑。

李泽厚这里的文化心理结构也类似于列维-斯特劳斯在其名著《结构人类学》中所谈到的"无意识结构"，他认为人类社会现象的背后都存在着某种秩序或结构。这种"无意识结构""结构模式""结构规律"，"是真正与时

---

① 李泽厚：《美学三书》，安徽文艺出版社1999年版，第510–511页。
② 刘晓峰："丸山真男的'古层'"，《读书》2021年第8期。

间无关的"。"它可以归结为一种功能，即符号功能，这无疑是人类所特有的，所有的人都按照同样的规律行使着这种功能。"① "列维 - 斯特劳斯将文化视为共享的符号系统，是心灵的累积创造；他试图在文化领域——神话、艺术、亲属关系、语言——的结构中发现产生这些文化阐释的心理原则。"②

何谓无意识模式的结构呢？按照列维 - 斯特劳斯在《结构人类学》一书中的解释是："首先，结构展示出一个系统所具有的特征。该结构由若干成分组成，其中任何一个成分的变化都会影响所有其他成分的变化；其次，对于任何给定的模式，都有可能对一系列转换进行排序，从而生成一组相同类型的模式；最后，模式应这样组成，以使一切被观察到的事实都成为直接可理解的。"③ 列维 - 斯特劳斯在此所定义的结构，有为人类心灵确立基本文法规则的意图，尽管这种意图失败了。④ 格尔茨把这种"结构"称为"程序"（programs），他认为："文化模式——宗教的、哲学的、美学的、科学的、意识形态的——是'程序'；它们为组织社会和心理过程提供了一个模板，非常像遗传机制为组织生理过程提供了一个模板。"⑤ 格尔茨在比较了人与动物的区别之后，提出："人天生的反应能力的极端概括性、扩散性及变异性说明他的行为所采取的特殊类型主要是由文化的而非遗传的模板指导的。遗传设置了整体心理生理内容，其中的精确的行为顺序由文化组成。"⑥ 这里，格尔茨其实已经提出了"生理基因"和"文化基因"的关系问题。正是由于文化基因的存在，人类的生理基因才成为人类的。

李泽厚在其《初拟儒学深层结构说（1996）》中指出：所谓儒学的"表层"结构，指的便是孔门学说和自秦汉以来的儒家政教体系、典章制度、伦理

---

①　列维－斯特劳斯：《结构人类学——巫术·宗教·艺术·神话》，陆晓禾、黄锡光等译，文化艺术出版社 1989 年版，第 39 页。

②　Keesing, Roger M. 1974. "Theory of Culture." Annual Review of Anthropology,3:73–97.

③　Claude Lévi –Strauss.1963. Structural Anthropology. Basic Books:279–280.

④　孙隆基：《中国文化的深层结构》，中信出版集团 2015 年修订版，序。

⑤　格尔茨：《文化的解释》，韩莉译，译林出版社 2014 年版，第 259 页。

⑥　格尔茨：《文化的解释》，韩莉译，译林出版社 2014 年版，第 260 页。

纲常、生活秩序、意识形态等等。它表现为社会文化现象，基本是一种理性形态的价值结构或知识—权利系统。所谓"深层"结构，则是"百姓日用而不知"的生活态度、思想定势、情感取向；它们并不能纯是理性的，而是一种包含着情绪、欲望，却与理性相交绕纠缠的复合物，基本上是以情—理为主干的感性形态的个体心理结构。……这个所谓"深层结构"，也并非我的新发现。其实它是老生常谈，即人们常讲的"国民性""民族精神""文化传统"等等，只是没有标出"文化心理结构"的词语，没有重视表、深层的复杂关系及结构罢了。① 李泽厚的论说深具洞见，我们以为与列维-斯特劳斯的"结构"一词之含义异曲同工，当然李泽厚仅仅停留在哲学的思辨和信手拈来的举例，其影响也局限在汉语的儒家文化圈。

哈佛大学人类演化生理学教授约瑟夫·亨里奇在《世界上最怪异的人：西方如何在心理上变得独特并且特别繁荣》中，从神经生理学的角度，考察了上述"深层心理结构"生理基础的形成。在该书绪论中，亨里奇论述说，文字导致了人们的生理变化，特别是脑神经结构的变化。他列举神经科学的研究成果指出，识字者和文盲的大脑构造具有显著不同，识字者的脑梁（左右脑的中间桥）变得粗大，主管语言的前额叶皮质改变，涉及语言、物体和脸庞识别的左脑后枕部位更加专门化，这些生理变化改进了语言记忆，并且拓宽了语言处理的脑部活动力，同时也迫使脸庞识别功能向右脑移动，从而导致面庞识别力和整体图像识别力的下降，也导致分析识别力的提升。也就是说，识字之人更多依赖把景象和物体分解成组成部分予以处理、更少依赖对于总体结构和格式塔整体形式的洞察。②

亨里奇在书中提出，文字这种纯粹文化的产物不仅带来大脑结构的变化，而且随着累积性的文化演进（cumulative cultural evolution），可以相应

---

① 李泽厚："初拟儒学深层结构说（1996）"，《华文文学》2010 年第 5 期。
② Henrich, Joseph. 2020.The Weirdest People in the World. Farrar, Straus and Giroux:14−15.

带来荷尔蒙和器官质性的变化，进而带来人们的认知、动机、性格、情感等一系列思维或心智方面的变化。作者认为，在某个特定的社会文化中，"即使某些制度实践被放弃，围绕这些传统制度的价值观、动机和社会实践，仍然会通过文化传播延续几代人。这就创造了一条途径，即使已经灭绝的历史制度也会通过这条途径影响当代人的思想"①。即如使用同一种语言，句子千变万化，但其底层之文法结构如一。同一文化背景之下，虽然其对人类生理结构之影响如何尚未确切知晓，即是否不同文化则有不同的生理性结构进而导致相异的气质禀赋、心理特征、情感性格等，但人类文明形态差异之来源，不能不有相当程度归于文化深层结构之差异。比如孙隆基认为，西方文化的"深层结构"具有动态的"目的"意向性，亦即一股趋向无限的权力意志，因此，任何"变动"都导致不断超越与不断进步。至于中国文化的"深层结构"，则具有静态的"目的"意向性，表现在个人身上为"安身"与"安心"，在整个社会文化结构中则导向"天下大治""天下太平"。②列文森在《儒教中国及其现代命运》中特别强调 19 世纪末西方文明对中华文明之挑战所导致的中国传统社会"语言"的变化乃至消解，以此强调中华文明所受到的西方文明冲击之强烈。"只是通过思想上的渗透彼此才互相影响的欧洲和前近代中国，仅仅扩大了它们各自的文化词汇，只是到了 19 世纪和 20 世纪，当西方对中国进行社会的颠覆，而不仅是思想的渗透时，中国的文化语言才发生变化。"③ "西方给予中国的是改变了它的语言，而中国给予西方的是丰富了它的词汇。"④ 其差距如此。

但列文森认为，自 1550 年到 1840 年，基督教的传入和传教士带来的

---

① Henrich, Joseph. 2020. The Weirdest People in the World. Farrar, Straus and Giroux: 200.
② 孙隆基：《中国文化的深层结构》，中信出版集团 2015 年版，第 10 页。
③ 列文森：《儒教中国及其现代命运》，郑大华、任菁译，广西师范大学出版社 2009 年版，第 351 页。
④ 列文森：《儒教中国及其现代命运》，郑大华、任菁译，广西师范大学出版社 2009 年版，第 132 页。

西方近代科学知识，都是在利马窦所主张的"合儒、补儒和超儒"的模式下进行的，因此进入中国传统文化的东西并没有使中国文化的整体结构发生改变，却丰富了中国本土的词汇，也就是基督教和西方近代的部分科学知识被中国本土的传统文化融进了自身语法规范之中。但到了19世纪末期，这种局面改变了，中国本土的传统文化开始被离析，被离析的中国传统文化的碎片成了词汇，而外来的异文化却成了进行意义阐释和作出规定的语法。以前是用自己本土的语法和语言的结构来消化外来的文化，现在，自己变成了词汇，外来的文化却变成了语法和结构，言说的合法性和理据是异文化的东西。[①] 列文森指出："那种认为不应将中国共产主义看成是一种被驯化地纳进传统的中国特殊性之中的外国教义……而应看成是一种具有同样精神而其名称和外表不同的儒教的观点，在许多方面似乎都存在着勉强性。……因为这两种正统思想有着不同的本质，儒教的和谐不是马克思主义的斗争，儒教的永恒思想不是马克思主义的进步观念，儒教的道德主义不是马克思主义的唯物主义。"[②]

列文森此处的观点很明显表现出把中国共产党的思想与传统文化割裂开来。我们不认同列文森此处的观点，我们认为，正是中华文明独特的"文化积淀"的形成，造就了中国改革开放之后与西方工业文明第二次交织激荡中走上一条具有中国特色的现代化道路，而在形塑人类文明新形态的演化进程中，中华优秀传统文化的创造性转化和创新性发展亦再次拉开帷幕。

解放思想，从某种意义上来说，就是启蒙运动。近代以来，中国经历了三次思想解放运动或曰启蒙运动。第一次是1840年鸦片战争之后，以五四运动为标志，其特点是"救亡压倒启蒙"；第二次是党的十一届三中全

---

① 列文森：《儒教中国及其现代命运》，郑大华、任菁译，广西师范大学出版社2009年版，第一卷"结束语"。
② 列文森：《儒教中国及其现代命运》，郑大华、任菁译，广西师范大学出版社2009年版，第137页。

会之后，以加入 WTO 为标志，其特点是"增长压倒启蒙"；第三次是党的十九届六中全会之后，以"第二个结合"为标志，其特点是"守正创新"。

以五四运动为标志的近代中国第一次启蒙运动，其核心是以西方文明的标志性成果如代议制、自由企业制度、个人自由等制度和理念移植到中国进行了一场大规模的历史试验。可惜的是，这场历史试验无法找到"中体"与"西用"的契合点，而处于中西拉锯战状态，最终由于日本的全面侵华而中断。但是，这次启蒙引发的对中华文明之创造性转化和创新性发展路径的思考则通过 60 年后的改革开放而得以赓续和深化，或可将十一届三中全会开启的改革开放作为第二次启蒙运动的标志。

五四时期启蒙之重心，在于跳出传统的束缚，文章跳出八股，思想奔向理性，个人逃离家庭，企业崇尚科学，国家迈向民主，等等。但是，正如美国学者舒衡哲在《中国启蒙运动——知识分子与五四遗产》的导言中指出的："近代中国对康德提出的'何为启蒙'的回答，反映了时代的迫切需求。……其特质之一即是民族主义和文化批判之间的冲突——从中国的角度看，就是因外侮而日感迫切的救国任务，与其内在需求的启蒙任务之间的冲突。"[1] 李泽厚在《启蒙与救亡的双重变奏》一文中也提出"救亡压倒启蒙"一说，"五四时期启蒙与救亡并行不悖相得益彰的局面并没有延续多久，时代的危亡局势和剧烈的现实斗争，迫使政治救亡的主题又一次全面压倒了思想启蒙的主题"[2]。与其说是"救亡压倒启蒙"，毋宁说是"救亡伴随启蒙"。启蒙因救亡而起，救亡是目的，启蒙仅仅是作为工具。救亡的任务完成了，启蒙的作用也就到尽头了。启蒙工具论虽偏颇，但符合当时的国情。

舒衡哲认为，五四时期的启蒙，与欧洲 18 世纪的启蒙所面临的问题不同。"后者寻求从宗教的思想禁锢中解放出来，而前者则是以抛弃（或者至

---

① 舒衡哲：《中国启蒙运动——知识分子与五四遗产》，刘京建译，新星出版社 2007 年版，第 3 页。
② 李泽厚：《中国思想史论》（下），安徽文艺出版社 1999 年版，第 949 页。

少是揭露）'科举心态''盲从'以及摒弃习以为常的'为社会所钳制'的国民性为己任。中国的知识分子是与根深蒂固的自我压抑习性战斗；这种习性乃是由家族权威而非由神权专制所支持。因此，就启蒙的内涵而言，也就中外有别。在康德的时代，启蒙是指一套'除魅'（disenchantment）的规划，即以由自然界所领悟的真理来取代那些宗教迷信。但在 20 世纪中国，启蒙所追求的，则是一种持续不懈的'除魅'过程，要将中国从数个世纪以来的'君为臣纲，父为子纲，夫为妻纲'的纲常禁锢中解放出来。"① 所以说，五四时期"救亡"与"启蒙"的关系，实际上就是"救国"与"救人"的关系；如果说救亡压倒启蒙，同样也就是救国压倒救人。鲁迅先生的"救救孩子"即代表了启蒙的核心理念。要想"救国"，首先要"救人"，或者更确切地说，"救国"首先有赖于具有批判意识的人文主义。②

如果说第一次启蒙运动的核心在于同阻碍现代化的"旧"传统的决裂，去探索煦育涵养现代文明的民族精神之源泉；那么，第二次启蒙运动的核心乃是在于通过"计划"与"市场"、姓"社"与姓"资"等意识形态领域的思想争锋，实现与计划经济体制的决裂，开启社会主义市场经济体制建设之路。改革开放历史性成就的取得，源于思想的大解放，特别是我们党对社会主义基本经济制度的不断完善，这对于保持我国经济长时期高速发展并渐次转入高质量发展，起到了决定性作用。经济全球化自 20 世纪 70 年代达到新的历史高度带来重大发展机遇，"以经济建设为中心"的发展思想在创造世界第二大经济体的同时，因其于实践贯彻中理解之片面性所导致的"增长压倒启蒙"，在一定程度上造成了生态与经济、社会与经济间持久的张力，其背后则是中华优秀传统文化的创造性转化和创新性发展不够。

---

① 舒衡哲：《中国启蒙运动——知识分子与五四遗产》，刘京建译，新星出版社 2007 年版，第 4-5 页。

② 张岱年、楼宇烈："五四时期批判封建旧道德的历史意义"，见《纪念五四运动六十周年学术讨论会论文选》（一），中国社会科学出版社 1980 年版，第 507-522 页。

　　党的十九大报告指出，中国特色社会主义进入新时代，我国社会主要矛盾已经转化为人民日益增长的美好生活需要和不平衡不充分的发展之间的矛盾。……人民美好生活需要日益广泛，不仅对物质文化生活提出了更高要求，而且在民主、法治、公平、正义、安全、环境等方面的要求日益增长。同时，我国社会生产力水平总体上显著提高，社会生产能力在很多方面进入世界前列，更加突出的问题是发展不平衡不充分，这已经成为满足人民日益增长的美好生活需要的主要制约因素。①归纳起来，"发展不平衡不充分"是自改革开放以来我国发展始终面临的亟待解决的重大问题。

　　我们认为，第二次启蒙运动的核心在于如何处理好政府和市场的关系问题。政府和市场的关系问题，既是传统中国社会中一直存在的并且是始终制约着中国经济社会发展的根本性问题，也是我国市场经济发展过程中仍然需要慎重面对的问题。传统中国之所以出现了所谓的"资本主义萌芽"而未见其成长为资本主义的"参天大树"，究其根源，就在于皇权或曰"政府"对市场的极限压制，在文化中表现为对商人的歧视，在政策中则体现为"重农抑商"。也正是政府与市场的关系问题一直横亘于中国经济发展道路之上未能得到较好的处理，中国经济发展方式转型之路才如此艰难。

　　以习近平在庆祝中国共产党成立 100 周年大会上的讲话和党的十九届六中全会为标志，第三次思想启蒙运动拉开了大幕。

　　习近平旗帜鲜明地提出"把马克思主义基本原理同中国具体实际相结合、同中华优秀传统文化相结合"这一重大时代命题。党的十九届六中全会再次强调，要"深入研究党坚持把马克思主义基本原理同中国具体实际相结合、同中华优秀传统文化相结合，不断推进马克思主义中国化的百年

---

　　① 习近平：《决胜全面建成小康社会　夺取新时代中国特色社会主义伟大胜利——在中国共产党第十九次全国代表大会上的报告》，人民出版社 2017 年版，第 11 页。

历程，深化对新时代党的创新理论的理解和掌握"。①

第三次思想启蒙运动的核心，就是要在物质发展和经济体量仍然处于世界领先地位的历史时期，在新的发展阶段，以中华优秀传统文化创造性转化、创新性发展为破解高质量发展困境提供更加厚重的历史性人文性基石。换句话说，就是要赓续第一次启蒙运动中"救亡压倒启蒙"而中断的对于现代民族精神的不懈探索，纠正第二次启蒙运动中"增长压倒启蒙"所造成的非均衡发展，重构以全过程人民民主和新型工业化为核心的中国式现代化道路，重塑人类文明新形态。

这里至少有两部分内容：第一，为中国特色社会主义经济制度的不断完善和发展提供价值资源，特别是关于如何处理好政府和市场的关系问题，一定要从中国历史发展中总结经验教训和内在规律。

中国经济发展至今，体量和质量出现了一定程度的裂痕，实现经济高质量发展迫在眉睫。实现经济高质量发展，必须立足新发展阶段，牢牢坚持创新、协调、绿色、开放、共享的新发展理念，夯实新发展格局。其中之最为关键处，是必须为经济高质量发展提供基础性根本性的文化发展根基。

西方工业化历程和人类发展史表明，文化作为上层建筑的重要构成，其对经济基础的影响透过长时段的历史沉淀，起着至关重要乃至决定性作用。比如马克斯·韦伯的《新教伦理与资本主义精神》，系统性地阐释了宗教文化对经济发展的决定性作用，其中虽有偏颇之处，包括对儒家思想的看法，但总体上为探索经济增长过程这一从亚当·斯密至今未打开的黑匣子，开辟了一条新的智识理解途径。

党的十八大以来，以习近平同志为核心的党中央强调，中华优秀传统文化是中华民族的突出优势，是我们在世界文化激荡中站稳脚跟的根基，必

---

① 《中共中央关于党的百年奋斗重大成就和历史经验的决议》，人民出版社2021年版，第78-79页。

须结合新的时代条件传承和弘扬好。

第二，以全过程人民民主促进中国式现代化开新局。改革开放以后，党领导人民坚持中国特色社会主义政治发展道路，发展社会主义民主，取得重大进展。党的十八大以来，我们党从国内外政治发展成败得失中深刻认识到，"坚定中国特色社会主义制度自信首先要坚定对中国特色社会主义政治制度的自信，建设社会主义民主政治，发展社会主义政治文明，必须使中国特色社会主义政治制度深深扎根于中国社会土壤"，"必须坚持党的领导、人民当家作主、依法治国有机统一，积极发展全过程人民民主，健全全面、广泛、有机衔接的人民当家作主制度体系，构建多样、畅通、有序的民主渠道，丰富民主形式，从各层次各领域扩大人民有序政治参与，使各方面制度和国家治理更好体现人民意志、保障人民权益、激发人民创造"①。

我们必须深刻地认识到，全过程人民民主的提出源于中国共产党对中华优秀传统文化中的政治思想智慧的创造性转化和创新性发展。"设计和发展国家政治制度，必须注重历史和现实、理论和实践、形式和内容的有机统一。"②习近平指出，每个国家的政治制度"都是在这个国家历史传承、文化传统、经济社会发展的基础上长期发展、渐进改进、内生性演化的结果"，"只有扎根本国土壤、汲取充沛养分的制度，才最可靠、也最管用"。③中华民族创造了辉煌灿烂的政治文明，中华优秀传统文化中蕴含的"敬天保民""政在养民""民惟邦本""民贵君轻"等民本理念，为全过程人民民主理念提供了丰厚的传统文化滋养。习近平指出："要推动中华优秀传统文化创造性转化、创新性发展，以时代精神激活中华优秀传统文化的生命力。"④

① 《中共中央关于党的百年奋斗重大成就和历史经验的决议》，人民出版社2021年版，第39页。
② 《习近平谈治国理政》（第二卷），外文出版社2017年版，第285页。
③ 《习近平谈治国理政》（第二卷），外文出版社2017年版，第286页。
④ 习近平："大力弘扬伟大爱国主义精神—为实现中国梦提供精神支柱"，《人民日报》2015年12月31日第1版。

全过程人民民主就是中国共产党立足中华优秀传统文化土壤，对其中的政治思想智慧的创造性转化和创新性发展。

全过程人民民主作为新型民主制度，其与生俱来的优质特性，必将为中国式现代化提供强有力的制度保障。"我国全过程人民民主实现了过程民主和成果民主、程序民主和实质民主、直接民主和间接民主、人民民主和国家意志相统一，是全链条、全方位、全覆盖的民主，是最广泛、最真实、最管用的社会主义民主。"[①] 中国式现代化不仅仅是工业现代化，还包括政治现代化、思想现代化、社会现代化、生态现代化等诸多方面，所有这些方面，无一不指向"国之大者"，即坚持以人民为中心的发展思想。这就需要人民群众的广泛参与，而全过程人民民主，正是全体人民积极参与国家经济社会发展最有力的政治制度保障。

实践发展永无止境，解放思想永无止境，改革开放永无止境。坚持文明互鉴，坚定文化自信，构建人类命运共同体，以第三次启蒙运动开启中华民族伟大新征程，推动实现中华民族伟大复兴不可逆转的历史进程以更加辉煌的色彩书写于人类文明史册！

---

① 习近平："在中央人大工作会议上的讲话（1021 年 10 月 13 日）"，《求是》2022 年第 5 期。

第二节　制度大创新

在纪念党的十一届三中全会召开三十周年大会上的讲话中，胡锦涛指出："建立和完善社会主义市场经济体制，是我们党对马克思主义和社会主义的历史性贡献。"① 党的十八大以来，习近平强调："提出建立社会主义市场经济体制的改革目标，这是我们党在建设中国特色社会主义进程中的一个重大理论和实践创新，解决了世界上其他社会主义国家长期没有解决的一个重大问题。"②

如前文所述，马克思认为资本主义生产方式内含的两个致命缺陷将直接导致资本主义的灭亡：生产资料的私人占有和社会化大生产之间的矛盾不可调和；资本对剩余价值的无限追逐导致资本利润与劳动收入差距日益加大，社会矛盾最终不可调和。在马克思主义经典作家对未来社会的设想中，并没有对资源配置方式做深入的探讨，苏联将所有制形式和计划经济体制合二为一，致使理论僵化，经济发展最终陷入崩溃。中国共产党人对马克思主义政治经济学乃至对马克思主义的重大原创性贡献，就在于将所有制与资源配置方式剥离开来，将社会主义市场经济体制作为所有制形式和分配方式的基础性支撑，推动社会主义基本经济制度不断契合生产力发展要求，为中国经济高质量发展奠定了坚实的制度基础。③

---

① 《十七大以来重要文献选编》（上），中央文献出版社 2009 年版，第 800 页。
② 习近平："切实把思想统一到党的十八届三中全会精神上来"，《人民日报》2014 年 1 月 1 日第 2 版。
③ 杨英杰："建立和完善社会主义市场经济体制是中国共产党对马克思主义的重大原创性贡献"，《科学社会主义》2021 年第 2 期。

习近平强调，要坚定不移实施对外开放的基本国策、实行更加积极主动的开放战略，坚定不移提高开放型经济水平，坚定不移引进外资和外来技术，坚定不移完善对外开放体制机制，以扩大开放促进深化改革，以深化改革促进扩大开放，为经济发展注入新动力、增添新活力、拓展新空间。①习近平在此强调的"四个坚定不移"，对我国改革开放的实质性内容包括体制机制建设作了科学的概括。改革开放以来，特别是党的十八大以来，国家发展对顶层设计的要求更高了，正如习近平所指出的，"相比过去，新时代改革开放具有许多新的内涵和特点，其中很重要的一点就是制度建设分量更重"。②

《人民日报》作为中国共产党中央委员会的机关报，代表着一定历史时期政治的方向和政策的导向，这一特点大概率体现在头版的文章上。我们利用《人民日报》数据库，对自1978年1月1日至2019年12月31日头版标题14万余条数据进行统计分析，把"体制""机制""制度""法制""法治""治理""体系"等词汇梳理出来，进行词频统计，结果见下图。从图中可以清晰地看出，除了"法制"一词（此词在大部分场合已被"法治"一词取代），其他词汇出现的频率在党的十八大之后皆有突出的大幅增加。虽有挂一漏万之嫌，但仍能看出制度建设在党的十八大之后其分量之重。③

---

① "习近平主持召开中央全面深化改革领导小组第十六次会议强调坚持以扩大开放促进深化改革 坚定不移提高开放型经济水平"，《人民日报》2015年9月16日第1版。

② 习近平："关于《中共中央关于坚持和完善中国特色社会主义制度 推进国家治理体系和治理能力现代化若干重大问题的决定》的说明"，《人民日报》2019年11月6日第4版。

③ 杨英杰："改革开放的时空格局——国家治理体系和治理能力现代化视域下的分析"，《北京行政学院学报》2021年第2期。

相关词汇词频统计图（1978 年 −2019 年）

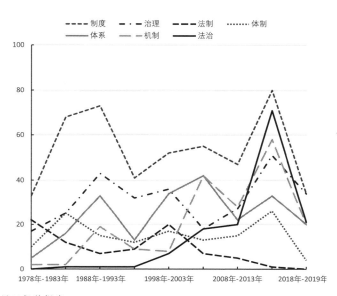

资料来源：人民日报数据库。

这里我们仅以改革开放以来经济制度的变迁为例，来认识制度演化对中国经济发展的极端重要作用。中国的改革开放史，也是制度演化史，更是经济制度演化史。我们认为，改革开放以来的中国制度演进，不是新制度经济学中的诱致性制度变迁和强制性制度变迁所能阐释的。依据恩格斯的"历史合力论"，我们再次提出符合马克思主义基本原理和中国改革开放实际的"合力性制度变迁"，并通过我国农村土地制度演化史对这一概念作出阐释。我们认为，我国制度特别是经济制度的"合力性制度变迁"的方向和目标，是在关键性基础性的重大改革上取得重大突破和创新。

在学术界，关于制度变迁的理论主要从两个路径进行分析：诱致性制度变迁（Induced Institutional Change）和强制性制度变迁（Imposed Institutional Change）。诱致性制度变迁指的是一群（个）人在响应由制度不均衡引致的获利机会时自发倡导、组织和实行的自发性变迁；与此相反，强制性制度变迁指的是由政府法令来引入和实行的变迁。① 这里的诱致性制度变迁概念与拉坦的概念并不完全一致，拉坦侧重于资源禀赋和技术的变化所引起的诱致性制度创新。② 也有学者一方面在诱致性制度变迁概念上运用拉坦的定义，另一方面又将强制性制度变迁定义为政府的强力干预，这就导致两个概念的逻辑不一致。③ 还需要指出的是，诱致性变迁也有政府督促实施的因素在里面，尽管理论上并没有占据主导地位。

诱致性制度变迁的代表人物是哈耶克。在其自由主义理论体系中，"自发秩序"（Spontaneous Order）是最基本、最核心的概念。哈耶克将秩序分为三种：第一种是纯自然的自生秩序，独立于人的计划与人的行动之外的自然秩序；第二种是理性设计的人造秩序，由人的计划或设想建构的计划秩序；第三种是人的行为但非人的设计的社会自生秩序，独立于人的计划外、在人的行动作用下偶然生成的自发秩序。哈耶克将第三种秩序定义为人的行为而非人的设计的结果的自生社会秩序。哈耶克进一步对第三种秩序进行阐述，认为这种秩序是人为的社会秩序，但这种秩序的最终形成却是一种非设计的自发产物，一种出人意料的结果。④ 在哈耶克看来，"文明乃是经由不断试错、日益积累而艰难获致的结果，或者说它是经验的总和"⑤。哈耶克的自发秩序原理源于人的有限理性和知识的分散性，他指出："人对于文明运行所赖以为基础的诸多因素往往处于不可避免的无知状态。"⑥

---

① Lin, Justin Yifu. 1989. "An Economic Theory of Institutional Change: Induced and Imposed Change." Cato Journal, 9(1):1–33.

② Ruttan, V. , and Y. Hayami. 1984. "Toward a Theory of Induced Institutional Innovation." Journal of Development Studies, 20: 203–223.

③ 丰雷等： "诱致性制度变迁还是强制性制度变迁？——中国农村土地调整的制度演进及地区差异研究"，《经济研究》2013 年第 6 期，第 4–8、57 页。

④ 高全喜：《法律秩序与自由正义——哈耶克的法律与宪政思想》，北京大学出版社2006年版，第 75–81 页。

⑤ 哈耶克：《自由秩序原理（上）》，邓正来译，生活·读书·新知三联书店1997年版，第15页。

⑥ 哈耶克：《自由秩序原理（上）》，邓正来译，生活·读书·新知三联书店1997年版，第20页。

强制性制度变迁理论的代表人物是道格拉斯·诺思。诺思认为："制度是为了降低人们互动中的不确定性而存在的。"[①] 具体而言：第一，制度能减少人们对于信息的需求量，降低人们在互动中的不确定性。因为它可以使人们不再需要了解对手以往的所有行为就能对对方的行为有所预期。第二，制度提供了一个信息交流机制，告知人们何时应该实施惩罚，从而稽查缺失。第三，为保障制度的贯彻，必须为那些承担惩罚他人职责的个人提供激励。[②]

诺思认为，虽然制度设计的主体可以是个人、企业或组织，但由于政府作为公共物品的提供者具有权威性和强制力，不需要考虑搭便车的问题，在进行制度设计、监管和保障其实施方面也存在着巨大的规模经济效益，从而应该成为制度建构的主导力量。国家的基本职能就是提供人们社会经济活动的博弈规则，博弈规则不是人们在博弈过程中自动演化生成的，而是国家作为第三方根据自己的意愿设立的。[③]

诱致性制度变迁与强制性制度变迁两者应是互补而非对立的关系。一方面，因为制度安排一旦被创设就会成为公共产品。所以，由自发过程提供的新制度安排将少于最佳供给。[④] 因此，此时政府对制度的创设应可以弥补诱致性制度创设的不足。另一方面，强制性制度变迁如果没有沿着诱致性制度变迁的理论路径前进，那么在制度竞争的过程中，一旦失败，无论其存在多长时间（比如50年），其对社会公众偏好的影响也是有限的。[⑤]

---

① 诺思：《制度、制度变迁与经济绩效》，杭行译，格致出版社、上海三联出版社、上海人民出版社2014年版，第29页。
② 诺思：《制度、制度变迁与经济绩效》，杭行译，格致出版社、上海三联出版社、上海人民出版社2014年版，第69页。
③ 林丽英、谷曼："哈耶克与诺思制度变迁理论的一致与互补"，《山西师大学报》（社会科学版）2018年第4期。
④ Lin, Justin Yifu. 1989. "An Economic Theory of Institutional Change: Induced and Imposed Change." Cato Journal, 9(1):1−33.
⑤ Chong, Alberto and Mark Gradstein. 2018. "Imposed Institutions and Preferences for Redistribution." Journal of Institutional Economics, 14(1):127−156.

这里，我们将根据恩格斯所提出的"历史合力论"（Theory of Historical Resultant Force），提出符合马克思主义基本原理的制度变迁概念，即"合力性制度变迁"（Resultant Institutional Change），以克服上述两种制度变迁理论的不足。

在恩格斯晚年，唯物史观遭到了来自两个方面的歪曲和质疑：一方面来自以德国保尔·巴尔特为代表的资产阶级学者，另一方面则来自当时德国社会民主党内的"青年派"。前者把唯物史观歪曲为"经济唯物主义"，把承认历史必然性同机械决定论、社会宿命论混为一谈；后者则不能唯物辩证地理解经济决定与人的意志作用的相互关系，认为历史是完全自动地形成的，丝毫没有人的参与。①

针对资产阶级学者认为唯物主义是"经济决定论"的偏见，恩格斯曾作出批驳（前文已述，此处不赘）。恩格斯指出："历史是这样创造的：最终的结果总是从许多单个的意志的相互冲突中产生出来的，而其中每一个意志，又是由于许多特殊的生活条件，才成为它所成为的那样。这样就有无数互相交错的力量，有无数个力的平行四边形，由此就产生出一个合力，即历史结果，而这个结果又可以看作一个作为整体的、不自觉地和不自主地起着作用的力量的产物。"② 可以说，这一段话是学界公认的关于恩格斯"历史合力论"思想的集中表述。

这里的关键是要正确理解"这个结果又可以看作一个作为整体的、不自觉地和不自主地起着作用的力量的产物"中的"力量"的性质。这里的"力量"其实就是恩格斯所说的支配历史事件的"内部的隐蔽着的规律"，③ 所有的人都是参与者，但都受这一规律所支配；这和亚当·斯密的"看不见的手"

---

① 叶泽雄："再论恩格斯历史合力论研究中的几个关系问题"，《马克思主义研究》2017年第2期。
② 《马克思恩格斯选集》（第四卷），人民出版社2012年版，第605页。
③ 《马克思恩格斯选集》（第四卷），人民出版社2012年版，第254页。

异曲同工：每个经济主体都在从事着自利的行为，但在看不见的手的支配之下，实现了社会的进步和经济的繁荣。

亚当·斯密在《道德情操论》和《国富论》这两部巨著中都提出了"看不见的手"。《道德情操论》是这样表述"看不见的手"的：

"土地因为人类的这些劳动而加倍地肥沃，维持着成千上万人的生存。骄傲而冷酷的地主眺望自己的大片土地，却并不想到自己同胞们的需要，而只想独自消费从土地上得到的一切收获物，是徒劳的。眼睛大于肚子，这句朴实而又通俗的谚语，用到他身上最为合适。他的胃容量同无底的欲壑不相适应，而且容纳的东西决不会超过一个最普通的农民的胃。他不得不把自己所消费不了的东西分给用最好的方法来烹制他自己享用的那点东西的那些人；分给建造他要在其中消费自己的那一小部分收成的宫殿的那些人；分给提供和整理显贵所使用的各种不同的小玩意儿和小摆设的那些人；就这样，所有这些人由于他生活奢华和具有怪癖而分得生活必需品，如果他们期待他有善心和公平待人，是不可能得到这些东西的。在任何时候，土地产品供养的人数都接近于它所能供养的居民人数。富人只是从这大量的产品中选用了最贵重和最中意的东西。他们的消费量比穷人小；尽管他们的天性是自私的和贪婪的，虽然他们只图自己方便，虽然他们雇用千百人来为自己劳动的唯一目的是满足自己无聊而又贪婪无厌的欲望，但是他们还是同穷人一样分享他们所作一切改良的成果。一只看不见的手引导他们对生活必需品作出几乎同土地在平均分配给全体居民的情况下所能作出的一样的分配，从而不知不觉地增进了社会利益，并为不断增多的人口提供生活资料。当神把土地分给少数地主时，他既没有忘记也没有遗弃那些在这种分配中似乎被忽略了的人。"[①]

[①] 斯密：《道德情操论》，蒋自强、钦北愚、朱钟棣、沈凯璋译，商务印书馆2003年版，第229—230页。

《国富论》是这样表述的：

"确实，他（资本的持有者——引者注）通常既不打算促进公共的利益，也不知道他自己是在什么程度上促进那种利益。由于宁愿投资支持国内产业而不支持国外产业，他只是盘算他自己的安全；由于他管理产业的方式目的在于使其生产物的价值能达到最大程度，他所盘算的也只是他自己的利益。在这场合，像在其他许多场合一样，他受着一只看不见的手的指导，去尽力达到一个并非他本意想要达到的目的。也并不因为事非出于本意，就对社会有害。他追求自己的利益，往往使他能比在真正出于本意的情况下更有效地促进社会的利益。"①

斯密对于"看不见的手"的两处表述并没有任何矛盾。他强调的根本就是个人的自利行为对于社会公益的促进是最优选择。康德也曾经在其《世界公民观点之下的普遍历史观念》一文中指出："个别的人，甚至于整个的民族，很少想得到：当每一个人都根据自己的心意并且往往是彼此互相冲突地在追求着自己的目标时，他们却不知不觉地是朝着他们自己所不认识的自然目标作为一个引导而在前进着，是为了推进它而在努力着；而且这个自然的目标即使是为他们所认识，也对他们会是无足轻重的。"② 这里康德所谈到的为着一个"自然目标"而前进的引导者，不正是斯密的"看不见的手"吗？

制度的变迁同样如此，尽管这种变迁充满了各种偶然性和不确定性，但大自然不会跳跃，制度最终的走向必然是符合历史发展规律的要求。

这个历史规律是什么呢？在《政治经济学批判（1857—1858年手稿）》中，马克思认为社会发展依次要经历"人的依赖关系""物的依赖性"和"自由个性"三个阶段，与此相对应，制度形态的更替也要经历三个阶段。③ 在

---

① 斯密：《国民财富的性质和原因的研究》（下卷），郭大力、王亚南译，商务印书馆1983年版，第27页。
② 康德：《历史理性批判文集》，何兆武译，商务印书馆1996年版，第2页。
③ 《马克思恩格斯文集》（第八卷），人民出版社2009年版。

"人的依赖关系"阶段，制度由统治者直接提供，社会制度的本质特征就是以"统治和服从"为主要内容的"人的依赖关系"。在这一阶段，统治者直接控制、支配被统治者，被统治者和统治者的关系是依附和被依附的关系。个体没有独立性，个体权利要么被他人控制，要么被专制国家控制。个体权利在客观上难以由个体自身来主张，个体甚至连主观上维护自身权利的意识都没有。在"以物的依赖性为基础的人的独立性"阶段，制度由资本所有者提供，社会制度的本质特征是以保护"物"的权利而不是保障人的权利为主要内容的"物的依赖性"。在这一阶段，人不再屈服于他人的束缚、支配和控制，市场原则成为主导一切的原则，在市场原则下，交易双方似乎实现了人格独立、地位平等、人身自由。但是，制度对个体权利的维护是虚假的，人不再屈服于他人，但是屈服于"物"，"货币的特性就是我的——货币占有者的——特性和本质力量。因此，我是什么和我能够做什么，决不是由我的个人特征决定的"。在"自由个性"阶段，制度是个人"自由联合"的结果，社会制度的本质特征是以保护"自由人"的权利为主要内容的"自由个性"。在这样的制度下，"形成普遍的社会物质变换、全面的关系，多方面的需求以及全面的能力的体系"。制度保障"每个人的自由发展"与"个人全面发展和他们共同的社会生产能力成为他们的社会财富"，这时，每一个个人都将实现真正的自由、平等和人权。真正实现在《共产党宣言》中所强调的，"代替那存在着阶级和阶级对立的资产阶级旧社会的，将是这样一个联合体，在那里，每个人的自由发展是一切人的自由发展的条件"；① 在《资本论》中，马克思再次确认这一观点，认为共产主义社会是以"每一个个人的全面而自由的发展为基本原则的社会形式"②。由此可以看出，"合力性制度变迁"最终是以保障和促进"每个人的自由发展"，实

---

① 《马克思恩格斯选集》（第一卷），人民出版社 2012 年版，第 422 页。
② 《马克思恩格斯文集》（第五卷），人民出版社 2009 年版，第 683 页。

现人的解放、发展、自由、自主活动和自由个性为目的的。历史的必然和规律即在于此。

这里我们以我国农村土地制度改革为例，来探析改革开放史中的合力性制度变迁。任何一项重大改革的制定和实施，必有与之相伴的意识形态领域的酝酿、争论甚至斗争。中国的改革开放，由真理标准讨论和农村土地制度改革共生并行，开创了合力性制度变迁的新路径，由此推动我国改革开放不断深化，向着纵深处和更全面的方向前进。

1978 年 5 月 10 日，中央党校《理论动态》第 60 期刊发了"作者胡福明，光明日报供稿"字样的《实践是检验真理的唯一标准》的文章，开启了一场轰轰烈烈的思想解放运动。

再看农村的包产到户做法。包产到户发轫于安徽的贫困之乡。1978 年夏天，安徽省遭受大旱，入秋以后，秋种无法进行。省委第一书记万里拍板：凡是集体无法耕种的土地可以借给社员种麦、种油菜，谁种谁收谁有，国家不征公粮，不派统购任务。这种"借地度荒"的非常措施，被称为"保命田"。① 肥西县山南公社首先进行了这种试验。到 1978 年底，肥西县有 800 个生产队实行了包产到户。② 这也佐证了诺思和托马斯的说法，即使没有技术的变迁，制度的变迁也能使人均产出得以提升。③

万里支持包产到户所依据的思想武器便是"实践是检验真理的唯一标准"。1979 年 2 月 6 日，万里在安徽省委常委会上说："包产到户问题，过去批了十几年，许多干部批怕了。一讲到包产到户就心有余悸，谈'包'色变。但是过去批判过的东西，有的可能是批对了，有的也可能本来是正确的东

---

① 杨勋、刘家瑞：《中国农村改革的道路：总体与区域实证》，北京大学出版社 1987 年版，第 100 页。
② 萧冬连：《崛起与徘徊——十年农村的回顾与前瞻》，河南人民出版社 1992 年版，第 65 页。
③ 道格拉斯·诺思、托马斯：《西方世界的兴起》，厉以平、蔡磊译，华夏出版社 2009 年版，第 38 页。

西，却被当作错误的东西来批判。必须在实践中加以检验。"①

包干到户，起源于安徽凤阳小岗村。由于集体秘密按手印的传奇色彩，现在小岗村成了农村改革的明星，凤阳也成了大包干的故乡。其实除了小岗村，安徽来安、天长等县，也有群众自发搞起了包干到户。②1978 年 6 月，中共黔南州委给贵州省委的一个报告中就说："5 月底统计发现，分田单干和包产到户、包产到组、按产计酬的生产队共 1886 个，占生产队总数 10.3%。"③

以上回顾材料很好地论证了"合力性制度变迁"的阐释能力。1992 年 7 月，邓小平说，家庭联产承包责任制也是由农民首先提出来的。这是群众的智慧，集体的智慧。④ 如果没有农民的首创精神，没有当地党委政府的支持以及后来中央决策层从实践到制度实施的支持，中国改革开放的切入点还不知在何处徘徊。关于乡镇企业的发展，1987 年 6 月 12 日，邓小平在会见外宾时也说："我们完全没有料到的最大收获，就是乡镇企业发展起来了，突然冒出搞多种经营，搞商品经济，搞各种小型企业，异军突起。"⑤ 可以说，没有良好的宽松的政策环境，乡镇企业的发展必定是举步维艰，这也从另一个侧面论证了合力性制度变迁对于中国改革开放的强大解释力。

真理标准大讨论和党的十一届三中全会的召开，彻底打破了禁锢中国发展的意识形态的黏性状态。所谓"意识形态"，是指一个社会中的人们

---

① 《万里文选》，人民出版社 1995 年版，第 121 页。
② 徐乐义："安徽农村'大包干'的起源和发展"，《当代中国史研究》1998 年第 6 期。
③ 杜润生：《中国农村改革决策纪事》，中央文献出版社 1999 年版，第 269 页。
④ 《邓小平年谱 1975—1997（下）》，中央文献出版社 2004 年版，第 1349 页。
⑤ 《邓小平文选》（第三卷），人民出版社 1993 年版，第 238 页。

用来解释他们周围复杂世界的共同认知规则。[1]意识形态黏性（Ideology Stickiness），类似经济中的价格黏性（Price Stickiness），意识形态黏性之所以存在，也是因为有调整成本的因素在内。意识形态的形成，既有执政团体投入的物质资源（如各种宣传材料、印刷品、公开的讲座乃至一些宗教场所如教堂、庙宇甚至学校等的建设），也有非物质资源或者称为精神资源的投入（如思想的动员、交流、说服等），这些投入有可能是在一个较长的时间内逐渐累积起来的。一旦随着外部环境的变化出现了制度非均衡状态，意识形态和现实之间的张力就会增强。如果为了恢复制度均衡而采纳新的意识形态，有可能会损害执政团体的合法性。这时，就需要执政者权衡利弊，是顾及眼前的暂时得失不去调整，还是为了更长远的利益考量作出引入新的意识形态的抉择。奥斯曼帝国晚期和中国清朝晚期之所以改革失败，而日本明治维新之所以成功，根本原因就在于实行了意识形态创新（这从一个侧面论证了上层建筑的重要作用）。奥斯曼帝国晚期和中国清朝晚期意识形态的主流是一直认为自己的技术和制度要优于其他外邦竞争者，其意识形态与先进的技术和制度不相容，直到最后错失改革时机。而日本明治维新则出现了一个"良性循环"，思想更新促进了制度变革，从而引发了思想的进一步更新。[2]

① Alston, Lee J., Marcus André Melo, Bernardo Mueller, and Carlos Pereira.2016. Brazil in Transition: Beliefs, Leadership, and Institutional Change. Princeton University Press. Boyd, Robert, and Peter J. Richerson.1985. Culture and the Evolutionary Process. University of Chicago Press. Boyd, Robert, and Peter J. Richerson. 2005.The Origin and Evolution of Cultures. Oxford University Press. Giuliano, Paola, and Nathan Nunn. 2019.Understanding Cultural Persistence and Change. NBER Working Paper .No. 23617. Greif, Avner, and Joel Mokyr.2016. "Cognitive Rules, Institutions, and Economic Growth: Douglass North and Beyond." Journal of Institutional Economics.(13). Henrich Joseph, Robert Boyd, Samuel Bowles, Colin Camerer, Ernst Fehr, Herbert Gintis, and Richard McElreath. "In Search of Homo Economicus: Behavioral Experiments in 15 Small-Scale Societies." American Economic Review.(91). Mokyr, Joel. 2016.A Culture of Growth: The Origins of the Modern Economy. Princeton University Press. North, Douglass. 1981. Structure and Change in Economic History. Norton. Nunn, Nathan.2012. "Culture and the Historical Process." Economic History of Developing Regions (27).

② Murat Iyigun and Jared Rubin. 2017. "The Ideological Roots of Institutional Change." IZA DP. No. 10703.

　　为什么在技术或经济已经发生重大变化的背景下，制度仍不能够发生变化以与之相适应？因为这不符合占强势地位的政治集团的利益。[①] 在意识形态领域强迫人们放弃他们所遵循的信仰、价值观念、态度、习惯和生活方式，极有可能引发社会的不稳定。正如波尔所指出的："发展中国家的政府实际上很少进行这种强制性变革，他们总是认为，进行这种努力会招致强烈的反抗甚至暴动。正像亚洲和非洲常常出现的情况那样。即使沿着这个方向的小小举动，甚至哪怕是人们怀疑政府可能采取这样的行动也可能诱发出剧烈的反应。"[②] 除非强势集团退出历史舞台（以和平或暴力的方式），否则制度变迁很难推进。中国改革开放之所以能够顺利推进，一方面是林彪、"四人帮"集团的倒台，另一方面也是没有动用疾风骤雨革命式的手段推进制度变迁，而是采取了渐进式改革步骤。诺思认为绝大多数的制度变迁都是渐进的。[③] 分析其原因，大概是渐进式改革在某些情况下要比激进式改革更有效，特别是改革开放以来中国处于一种经济快速发展、城市化和工业化加速的状态，未来的不确定性大，激进式改革的成本更高。[④] 渐进式改革之所以"渐进"，主要表现为制度实践者和制度创设者之间的频繁互动、耦合，既避免了一刀切，又可以最大限度发挥制度改革效能，实现效益最大化和分配的帕累托最优。

　　渐进式改革在目前如火如荼开展的农地"三权分置"（所有权、承包权、

---

　　① North, Douglass. 1981.Structure and Change in Economic History. Norton. North, Douglass. 1990. Institutions, Institutional Change and Economic Performance. Cambridge University Press. North, Douglass C., John Joseph Wallis, and Barry R.2009. Weingast. Violence and Social Orders: A Conceptual Framework for Interpreting Recorded Human History. Cambridge University Press. Acemoglu, Daron, and James A. Robinson.2012. Why Nations Fail: The Origins of Power, Prosperity, and Poverty. Crown. Blaydes, Lisa, and Eric Chaney. 2013. "The Feudal Revolution and Europe's Rise: Political Divergence of the Christian West and the Muslim World before 1500 CE". American Political Science Review (107).

　　② Bauer, P. T. 1984. Reality and Rhetoric. Harvard University Press:31.

　　③ North, D. 1990. Institutions, Institutional Change and Economic Performance. Cambridge University Press.

　　④ McMillan, John.and Barry Naughton.1992. "How to Refrom a Planned Economy: Lessons from China. Oxford Review of Economic Policy.(8). 樊纲："两种改革成本与两种改革方案"，《经济研究》1993年第1期。林毅夫、蔡昉、李周："论中国经济改革的渐进式道路"，《经济研究》1993年第9期。

经营权）进程中更是得到了清晰地展现。"三权分置"是继家庭联产承包责任制后农村改革又一重大制度创新。但 20 世纪 80 年代初期，伴随着家庭联产承包责任制的推行，有的省份如湖北省就同时出现了农民创造的"三权分离"（所有权、承包权、经营权）。"三权分离"的基本点是，坚持劳动农民共享的集体所有权，稳定农户承包权，提倡流转经营权。[1] 彼时的"三权分离"就是现在的"三权分置"。随着城镇化、工业化以及农业现代化的不断发展，事实上的"三权分置"现象在广大农村日益普遍，亟须得到政策层面的认可。

2008 年 1 月，身为国家级城乡统筹综合配套改革试验区的成都出台《关于加强耕地保护 进一步改革完善农村土地和房屋产权制度的意见（试行）》，正式启动了农村产权制度改革。2008 年 10 月，全国首家综合性农村产权交易所在成都挂牌，农村土地承包经营权可进场交易。[2]

2013 年 12 月 23 日，习近平在中央农村工作会议上指出："今年七月下旬，我到武汉农村综合产权交易所调研时就提出，深化农村改革，完善农村基本经营制度，要好好研究农村土地所有权、承包权、经营权三者之间的关系。""现在，顺应农民保留土地承包权、流转土地经营权的意愿，把农民土地承包经营权分为承包权和经营权，实现承包权和经营权分置并行，这是我国农村改革的又一次重大创新。这将有利于更好坚持集体对土地的所有权，更好保障农户对土地的承包权，更好用活土地经营权，推进现代农业发展。"[3]

随后召开的党的十八届三中全会提出："稳定农村土地承包关系并保持长久不变，在坚持和完善最严格的耕地保护制度前提下，赋予农民对承包

---

① 田则林、余义之、杨世友："三权分离：农地代营"，《中国农村经济》1990 年第 2 期。
② 刘鑫、陈禹佑："唤醒乡村沉睡的财富"，《四川农村日报》2010 年 9 月 24 日，第 1 版。
③ 习近平："坚持和完善农村基本经营制度（2013 年 12 月 23 日）"，《论坚持全面深化改革》，中央文献出版社 2018 年版，第 72—73 页

地占有、使用、收益、流转及承包经营权抵押、担保权能，允许农民以承包经营权入股发展农业产业化经营。鼓励承包经营权在公开市场上向专业大户、家庭农场、农民合作社、农业企业流转，发展多种形式规模经营。"①2014年11月，中办和国办印发的《关于引导农村土地经营权有序流转发展农业适度规模经营的意见》提出，"以保障国家粮食安全、促进农业增效和农民增收为目标，坚持农村土地集体所有，实现所有权、承包权、经营权三权分置"。这样，党和国家文件中正式提出了"三权分置"。

经过充分的酝酿和准备，2018年我国对《农村土地承包法》进行了修订。这次修订在农村土地制度改革的进程中具有重要意义：一是通过延长农村土地承包期，实现农村土地承包关系的稳定；二是把"三权分置"通过法律形式确定下来；三是土地经营权的入股、担保权能得到了法律的确认，让土地经营权入股、担保功能的制度红利得以体现。这也从侧面证实了秘鲁经济学家赫尔南多·德·索托的理论：发展中国家的国民缺乏的不是资金，他们缺少的是表述所有权、创造资本的过程和能力。如果能把这些死资本（如土地）通过正式的法律文书证明，变成活资本，则国民财富大增。②

党的十八大以来，党中央高度重视基层创新与顶层设计相结合，促进合力性制度创新行稳致远。习近平特别强调，中央通过的改革方案落地生根，必须鼓励和允许不同地方进行差别化探索。全面深化改革的任务越重，越要重视基层探索实践。要把鼓励基层改革创新、大胆探索作为抓改革落地的重要方法。同时，习近平指出要抓好顶层设计，并且要求顶层设计要有世界眼光。

2020年5月11日，中共中央、国务院印发的《关于新时代加快完善社会主义市场经济体制的意见》（下称《意见》）明确提出：中国特色社会主义

① 《十八大以来重要文献选编》（上），中央文献出版社2014年版，第670页。
② 赫尔南多·德·索托：《资本的秘密》，于海生译，华夏出版社2012年版。

进入新时代，社会主要矛盾发生变化，经济已由高速增长阶段转向高质量发展阶段，与这些新形势新要求相比，我国市场体系还不健全、市场发育还不充分，政府和市场的关系没有完全理顺，还存在市场激励不足、要素流动不畅、资源配置效率不高、微观经济活力不强等问题，推动高质量发展仍存在不少体制机制障碍，必须进一步解放思想，坚定不移深化市场化改革，扩大高水平开放，不断在经济体制的关键性基础性重大改革上突破创新。

《意见》特别强调，要"将顶层设计与基层探索结合起来，充分发挥基层首创精神，发挥经济特区、自由贸易试验区（自由贸易港）的先行先试作用"。进一步凸显合力性制度变迁对于中国改革开放的重大意义。

"以开放促改革"是 1978 年以来我国实行改革开放的一条重要经验，但随着世情国情党情的变化，特别是中国特色社会主义进入新时代，"以改革促开放"已成为新时代改革开放的重要标志。我们认为，第一个历史时期为第二个历史时期的发展奠定了厚重的物质基础，中国是经济全球化的积极参与者，打开国门引进资金、技术、管理、人才等，推动了国内改革的提速提质，也通过经济全球化进一步优化了国内经济结构、产业布局和资源禀赋。为进一步提升全球化红利，构建保持开放红利的长效机制，就需要通过全面深化改革，打破开放中遇到的制度瓶颈，破解目前全球化所遭遇的部分西方发达国家贸易保护主义、孤立主义、民粹主义等思潮不断抬头带来的挑战。正如习近平所强调的，乘势而上开启全面建设社会主义现代化国家新征程，就"必须发挥好改革的突破和先导作用，依靠改革应对变局、开拓新局……突出改革实效，推动改革更好服务经济社会发展大局"[1]。

---

[1] "习近平主持召开中央全面深化改革委员会第十四次会议强调 依靠改革应对变局开拓新局 扭住关键鼓励探索突出实效"，《人民日报》2020 年 7 月 1 日第 1 版。

邓小平强调："我们进行社会主义现代化建设，是要在经济上赶上发达的资本主义国家，在政治上创造比资本主义国家的民主更高更切实的民主，并且造就比这些国家更多更优秀的人才。达到上述三个要求，时间有的可以短些，有的要长些，但是作为一个社会主义大国，我们能够也必须达到。所以，党和国家的各种制度究竟好不好，完善不完善，必须用是否有利于实现这三条来检验。"[①]周恩来也曾经于20世纪50年代指出，在国际关系上，"要和平共处，要用和平方法竞赛，比谁的制度优越，比谁的制度好，让人民来选择"[②]。中国式现代化道路之所以不断取得扎扎实实的成就，就在于这条道路是人民的选择，支撑这条道路的各项制度是人民的选择。

---

① "党和国家领导制度的改革"（1980年8月18日），《邓小平文选》（第二卷），人民出版社1994年版，第322—323页。

② 转引自《中苏关系史纲》（第三版·上），沈志华主编，社会科学文献出版社2016年版，第200页。

第三节　战略大转变

改革开放以来思想之大解放、制度之大转型，造就了中国经济战略的三次历史性转变，此三次战略性转变依次深化，实现了以经济建设为中心的转移、经济高质量发展的转轨、经济更可持续发展的转向，稳固了中国式现代化道路探索的模式。这三次战略性转变依次是：党的十一届三中全会决定全党工作重点从以阶级斗争为纲转移到社会主义现代化建设上来，这是第一次具有战略意义的转变，此次转变保证了第一步战略目标的实现；20世纪80年代末90年代初，我们把经济建设由主要依靠增加物质资源消耗进一步转移到依靠科技进步、提高劳动者素质和管理创新的轨道上来，此次转变涉及经济发展方式转变，确保第二步战略目标的胜利实现；进入21世纪，我们更加强调国内市场的深化完善，把主要依靠市场和资源"两头在外"的旧有发展格局转向以国内大循环为主体、国内国际双循环相互促进的新发展格局，此次转变必将为胜利实现第三步战略目标打下坚实的基础。

第一次战略性转变：党和国家工作中心的转移

邓小平指出："多少年来我们吃了一个大亏，社会主义改造基本完成了，还是'以阶级斗争为纲'，忽视发展生产力。'文化大革命'更走到了极端。十一届三中全会以来，全党把工作重点转移到社会主义现代化建设上来，在坚持四项基本原则的基础上，集中力量发展社会生产力。这是最根本的拨乱反正。"①1978 年党的十一届三中全会重新确立了解放思想、实事求是的思想路线，停止使用"以阶级斗争为纲"的错误提法，确定把全党工作的着重点转移到社会主义现代化建设上来，作出实行改革开放的重大决策，实现了党的历史上具有深远意义的伟大转折。

党的十一届三中全会之后，我们逐步进行改革。首先从农村开始，农村改革见效之后，有了农村改革的经验，转到城市经济改革。城市经济改革就是全面的改革。农村的改革始于土地产权制度的改革。随着家庭联产承包责任制在全国大范围地施行，土地产出和人均收入直线上升，根本是靠改革，靠制度变迁。正如习近平所强调的，解决农业农村发展面临的各种矛盾和问题，根本靠深化改革。新形势下深化农村改革，主线仍然是处理好农民和土地的关系。最大的政策，就是必须坚持和完善农村基本经营制度，坚持农村土地集体所有，坚持家庭经营基础性地位，坚持稳定土地承包关系。②

改革开放以来，农业基础地位不断强化，农业综合生产能力实现质的飞跃，主要农产品产量跃居世界前列。伴随着农业生产力的提升，农村居民收入也在不断提高。1992 年，以邓小平南方谈话为标志，改革进入了整体配套、重点突破和全面攻坚的新阶段。随着市场经济体制不断完善，商品流通特别是农副产品交换更加便利，农产品价格的提高也为农民增收带来实惠。进入 21 世纪，国家先后出台了减免农业税、实行粮食直接补贴等一系列惠农举措，大大提高了农民的生产积极性，使农民的钱袋子更加殷实。

1984 年，改革在城市全面铺开，围绕国有企业进行一系列改革，诸如财政税收金融外贸等，经济结构不断优化调整，国有企业改革不断深化。随着经济体制的不断完善，城镇居民收入伴随着营商环境、产业结构、经济

---

① 《邓小平文选》（第三卷），人民出版社 1993 年版，第 141 页。
② "习近平在农村改革座谈会上强调 加大推进新形势下农村改革力度 促进农业基础稳固农民安居乐业"，《人民日报》2016 年 4 月 29 日第 1 版。

创新的不断优化、加速，也在逐步提升。1992 年我国经济加速起飞。在这一时期，各地非公有制经济迅速发展，城镇就业岗位明显增加，城镇居民收入较快增长。进入 21 世纪后，收入分配制度改革进一步推进，各级政府切实落实各项增收措施，企业利润分配更多向居民倾斜，机关事业单位工资制度改革不断深化，城镇居民收入快速增长。

党的十一届三中全会重新确立了马克思主义的思想路线、政治路线、组织路线，作出了把党和国家工作中心转移到经济建设上来、实行改革开放的历史性决策，是中华人民共和国成立以后中国共产党历史上具有深远意义的伟大转折，保证了第一步战略目标的实现，开启了中国改革开放历史新时期。

第二次战略性转变：经济发展方式的转变

以经济建设为中心的战略转向解决了中国人民的温饱问题，但随着经济社会的发展，旧有经济增长方式遇到了发展瓶颈。

在党的文献中首次提出经济增长方式转变，是在江泽民《正确处理社会主义现代化建设中的若干重大关系（一九九五年九月二十八日）》这篇讲话中。讲话指出，正确处理速度和效益的关系，必须更新发展思路，实现经济增长方式从粗放型向集约型的转变。这种转变的基本要求是，从主要依靠增加投入、铺新摊子、追求数量，转到主要依靠科技进步和提高劳动者素质上来，转到以经济效益为中心的轨道上来。而且强调"全党要提高对转变经济增长方式重大意义的认识"[1]。

转变经济增长方式，实属迫不得已。粗放型增长方式的第一个问题是过度消耗能源资源。我国人均能源资源占有量不足，耕地、淡水、森林、石油、天然气等的人均占有量远远低于世界平均水平，而我国单位产出的能源资

---

① 《十四大以来重要文献选编》（中），中央文献出版社 1997 年版，第 1462-1463 页。

源消耗水平则明显高于世界平均水平。随着经济的发展，我国能源资源消耗仍将呈现较快增长的态势，能源资源约束的矛盾将日益突出。经济增长的粗放方式带来的十分尖锐的资源环境矛盾，随着我国经济规模不断扩大和资源消耗不断增加，还会进一步发展，如不尽快扭转，不仅现在难以承受，而且工业化、现代化的目标最终也无法实现。第二个问题是严重污染生态环境。虽然我国环境保护和生态建设取得了不小成绩，但生态总体恶化的趋势尚未根本扭转，环境治理的任务相当艰巨。环境恶化严重影响经济社会发展，危害人民群众的身体健康，损害我国产品在国际上的声誉。如果不从根本上转变经济增长方式，能源资源将难以为继，生态环境将不堪重负。

党的十七大报告首次将"经济增长方式"替换为"经济发展方式"的表述。指出，"实现未来经济发展目标，关键要在加快转变经济发展方式、完善社会主义市场经济体制方面取得重大进展"①。从转变经济增长方式到转变经济发展方式，虽然只是两个字的改动，但却有着十分深刻的内涵。"转变经济发展方式，除了涵盖转变经济增长方式的全部内容外，还对经济发展的理念、目的、战略、途径等提出了新的更高的要求。"②

关于转变经济发展方式的目标指向，党的十七大立足我国改革开放和社会主义现代化建设全局，全面分析工业化、信息化、城镇化、市场化、国际化深入发展的形势，明确提出了加快经济发展方式转变的战略任务，要求"促进经济增长由主要依靠投资、出口拉动向依靠消费、投资、出口协调拉动转变，由主要依靠第二产业带动向依靠第一、第二、第三产业协同带动转变，由主要依靠增加物质资源消耗向主要依靠科技进步、劳动者素质提高、管理创新转变"。2008 年爆发的国际金融危机使我国转变经济发展方式问题的紧迫性更加凸显。国际金融危机对我国经济的冲击，表面上是

---

① 《十七大以来重要文献选编》（上），中央文献出版社 2009 年版，第 17 页。
② 《十七大以来重要文献选编》（上），中央文献出版社 2009 年版，第 107 页。

对经济增长速度的冲击，实质上是对经济发展方式的倒逼。

党的十八大报告把推进经济结构战略性调整作为加快转变经济发展方式的主攻方向。党的十八大以来，党中央高度重视经济发展方式转变。习近平指出："面对传统经济发展方式积累的矛盾和问题，如果一直迟疑和等待，不仅会丧失窗口期的宝贵机遇，而且还会耗尽改革开放以来积累下来的宝贵资源。这是不少国家的教训。机遇不会等着我们，问题也不会等待我们。"① 他还指出："粗放型经济发展方式曾经在我国发挥了很大作用，大兵团作战加快了我国经济发展步伐，但现在再按照过去那种粗放型发展方式来做，不仅国内条件不支持，国际条件也不支持，是不可持续的，不抓紧转变，总有一天会走进死胡同。"② 可谓振聋发聩，发人警醒。

党的十八大以来，我们牢牢把握转变经济发展方式这条主线推动各方面工作，经济发展方式转变步伐加快。中国经济发展正在从以往过于依赖投资和出口拉动向更多依靠国内需求特别是消费需求拉动转变，正从规模速度型粗放增长转向质量效率型集约增长，经济结构正从增量扩能为主转向调整存量、做优增量并举的深度调整，经济发展动力正从传统增长点转向新的增长点。

为适应经济发展新常态，推动经济发展方式加快转变，党的十八届五中全会提出要坚持创新、协调、绿色、开放、共享的发展理念。新发展理念为加快转变经济发展方式指明了动力、路径和旨向。"创新"解决的是经济发展方式转变的动力问题；"协调、绿色、开放"解决的是经济发展方式转变的路径问题："协调"注重平衡发展，"绿色"注重低碳发展，"开放"注重联动发展；"共享"解决的是经济发展方式转变的旨向问题。

我国是一个发展中大国，经济发展方式的转变也是一个长期的历史过

① 《十八大以来重要文献选编》（中），中央文献出版社2016年版，第828页。
② 《十八大以来重要文献选编》（下），中央文献出版社2018年版，第72页。

程，虽然取得了一定的成就，但相较于西方发达国家，仍有很长的路要走。我国的劳动力等要素成本逐步上升，资源环境承载能力已经达到或接近上限，传统比较优势正在弱化，靠拼投入、高消耗、过度依赖外需的经济发展方式已经难以为继。这就要求我们要更加注重科技创新，更加注重质量效益，更加注重生态文明，更加注重公平竞争，更加注重提升人力资本素质，致力于加快转变经济发展方式、调整优化经济结构、提高发展质量效益，以提高科技进步贡献率、劳动生产率、资源配置效率来支撑发展，促进经济在发展中升级，在升级中发展，实现更高质量、更好效益、更加包容、更可持续的发展。

经济发展方式加快转变之成效，特别是党的十八大以来所取得的成效可谓有目共睹。尤其是绿色发展深入人心，生态文明建设取得历史性成就，为经济发展方式转变提供了理论、实践和制度上的支撑机制。此次关乎中国发展的第二次战略性转变，不仅为顺利实现第二步战略目标提供了坚强的发展保障，也为第三步战略目标的顺利实施奠定了良好的发展环境。

第三次战略性转变：经济发展格局的转变

虽然也存在国际因素的影响，但经济发展方式的转变更多的是考量国内因素，特别是自然资源和生态环境的极限约束。随着经济全球化的深入发展，全球政治经济进入动荡变革期，国际上的不确定因素之权重在中国经济社会发展中更加凸显。鉴于此，为对冲此种不确定性带来的风险，旧有经济发展格局也到了必须转变的历史节点。

改革开放特别是加入世贸组织后，我国加入国际大循环，形成了市场和资源（如矿产资源）"两头在外""世界工厂"的发展模式，对我国抓住经济全球化机遇、快速提升经济实力、改善人民生活发挥了重要作用。与此同时，对外贸易快速增长，对外贸易依存度大幅上升。尽管近年来贸易依存度有所下降，但外需依然是拉动我国经济的重要一极。世界经济的相对低速增长、世界经济结构的深度调整，对我国"两头在外"的旧有经济发展格局带来重大影响。在全球需求结构经历重大调整的情况下，我国经济增长高度依赖国际市场、对外贸易顺差偏大、投资率偏高、消费率偏低的格局难以持续。必须充分发挥国内超大市场规模的优势，把内需充分调动起来，防范国际政治经济波动对我国经济发展的冲击风险。

2015年金砖国家领导人非正式会晤时，习近平强调："我们的发展模式要从依靠要素投入向依靠劳动生产率提高转变，发展理念要从侧重速度向注重质量和效益转变，经济结构要从相对单一向均衡合理转变，经济增长要从主要依靠出口向扩大内需转变。"[①] 此处特别将"经济增长要从主要依靠出口向扩大内需转变"作为重要内容提出，重视程度显而易见。

事实也正是如此。大国经济的最大优势就是内部合理循环能够为经济带来强大的动能。我国有14亿多人口，人均国内生产总值已经突破1万美元，是全球最大最有潜力的消费市场。居民消费优化升级，同现代科技和生产方式相结合，蕴含着巨大增长空间。我们要牢牢把握扩大内需这一战略基点，使生产、分配、流通、消费各环节更多依托国内市场实现良性循环，明确供给侧结构性改革的战略方向，促进总供给和总需求在更高水平上实现动态平衡。

2020年5月14日召开的中共中央政治局常务委员会会议指出，要深化供给侧结构性改革，充分发挥我国超大规模市场优势和内需潜力，构建国内国际双循环相互促进的新发展格局。[②] 此时提出新发展格局，既是应对国际政治生态经济生态发生质变的需要，也是应对我国外向型经济面临重大挑战所做出的未雨绸缪之举措。未来一个时期，国内市场主导国民经

---

① 习近平："开拓机遇　应对挑战——在金砖国家领导人非正式会晤上的发言"，《人民日报》2015年11月16日第3版。

② "中共中央政治局常务委员会召开会议 中共中央总书记习近平主持会议——分析国内外新冠肺炎疫情防控形势 研究部署抓好常态化疫情防控措施落地见效 研究提升产业链供应链稳定性和竞争力"，《人民日报》2020年5月15日第1版。

济循环特征会更加明显，经济增长的内需潜力会不断释放。这就是为什么中央提出要充分发挥我国超大规模市场优势和内需潜力，构建国内国际双循环相互促进的新发展格局的根本原因。正如习近平所指出的："这个新发展格局是根据我国发展阶段、环境、条件变化提出来的，是重塑我国国际合作和竞争新优势的战略抉择。近年来，随着外部环境和我国发展所具有的要素禀赋的变化，市场和资源两头在外的国际大循环动能明显减弱，而我国内需潜力不断释放，国内大循环活力日益强劲，客观上有着此消彼长的态势。"①

　　第三次战略性转变，并不意味着第一次、第二次战略性转变皆已完成，而是意味着以经济建设为中心在一个更高的阶段得以实施贯彻，经济发展方式转变也在一个更高的阶段持续深化，共同为新发展格局的构建做贡献。一个中心两个基本点的基本路线，一百年不动摇；经济发展方式的转变是社会主义初级阶段的必然要求，在整个初级阶段都必须一以贯之；新发展格局是在执行基本路线之上的发展格局，是在经济发展方式转变愈益深化过程之中的发展格局。三次战略性转变合力推动中国经济社会平稳持续较快发展，必将为第三步战略目标的成功实现，为中华民族的伟大复兴提供不竭的动力源泉。

---

① 习近平："在经济社会领域专家座谈会上的讲话"，《人民日报》2020年8月25日第2版。

第二章　中国式现代化的科学内涵

　　在庆祝中国共产党成立 100 周年大会上的讲话中，习近平强调："我们坚持和发展中国特色社会主义，推动物质文明、政治文明、精神文明、社会文明、生态文明协调发展，创造了中国式现代化新道路，创造了人类文明新形态①。"从现代化的视角来看，这里的物质文明指的是经济现代化（Economic Modernization），政治文明指的是政治现代化（Political Modernization），精神文明指的是思想现代化（Ideological Modernization），社会文明指的是社会现代化（Social Modernization），生态文明指的是生态现代化（Ecological Modernization）。

　　这里需要指出的是，如前述富永健一所提出的，即便现代化进行了 100 多年，日本目前只完成了经济现代化，政治、社会和文化的现代化还没有完成。文化的现代化其实就是思想的现代化，而政治现代化则是思想现代化在政治治理领域的外在表现形式而已。如果没有思想的现代化或曰文化的现代化，经济现代化极有可能中断，如日本、德国当年法西斯的兴起。所以说，中国五四时期所提出的"德先生""赛先生"实为一体之两面。无"德先生"，"赛先生"不可持久；无"赛先生"，"德先生"必终陷于空洞虚伪。何兆武曾谈起西南联大期间华罗庚与曾昭抡关于科学与民主之间关系的不同看法。

----

　　①　习近平：《在中国共产党成立 100 周年大会上的讲话》，人民出版社 2021 年版，第 13-14 页。

"记得华罗庚先生说：德国科学不可谓不发达，可是纳粹德国并没有民主，可见一个专制政体也不是不能有科学。所以光有科学是不够的，还得要有民主。而曾昭抡先生则说：德国科学很发达，但纳粹政权不民主，就必然要损害科学的发展，科学和民主是同一回事的两个方面。两位先生的前提是相同的（德国科学发达而政治不民主），结论也是相同的（所以既需要科学，又需要民主），但立论却不相同（科学和民主是一回事，还是两回事）。这好像是，不但对同一个问题可以有相反的答案；而且同一个答案，也可以有不同的立论方式。"① 我们这里赞同曾昭抡先生的意见，德国科学之发达，实与纳粹无关，纳粹只不过在利用前一时期所形成的科学成果而已。若纳粹长期统治，德国科学必然式微，这是毫无疑问的。

我国的现代化也是"五位一体"总体布局背景下的现代化，具体而言，正如习近平所明确指出的，中国式现代化，是中国共产党领导的社会主义现代化，既有各国现代化的共同特征，更有基于自己国情的中国特色。中国式现代化是人口规模巨大的现代化，是全体人民共同富裕的现代化，是物质文明和精神文明相协调的现代化，是人与自然和谐共生的现代化，是走和平发展道路的现代化。②

人口规模巨大的现代化，其基本旨向是物质文明的不断提升亦即经济现代化；全体人民共同富裕的现代化，其基本旨向是社会文明的不断提升亦即社会现代化；物质文明和精神文明相协调的现代化，其基本旨向是精神文明的不断提升亦即思想现代化；人与自然和谐共生的现代化，其基本旨向是生态文明的不断提升亦即生态现代化；走和平发展道路的现代化，其基本旨向是政治文明的不断提升亦即政治现代化。

---

① 何兆武："本土和域外"，《读书》1989 年第 11 期。
② 习近平："高举中国特色社会主义伟大旗帜 为全面建设社会主义现代化国家而团结奋斗"，《人民日报》2022 年 10 月 26 日第 1 版。

第一节　人口规模巨大的现代化

人口规模巨大的现代化，其暗含着人口发展所带来的未富先老的重大挑战，一是未富，二是先老。解决此问题的基本旨向是物质文明的不断提升亦即经济现代化，通过不断做大蛋糕来解决发展中的人口问题。

关于经济现代化，莫基尔认为，"经济现代化总是和工业现代化联系在一起"[①]。有学者认为："在经典的现代化理论看来，经济现代化的核心过程就是工业化，甚至可以把经济现代化就等同于工业化，这意味着现代化的实质就是由工业化驱动的现代社会变迁的过程。"[②] 笔者基本同意关于经济现代化等同于工业化的判断，但是，工业化的实质，应该是由思想现代化驱动的现代社会变迁的过程。正如莫基尔所强调的，虽然技术进步是生产率增长的主要动力，但如果没有采用新思想的制度的支撑，经济体仍会被"卡在"一个低收入水平上。[③]

应对未富先老，应着力做好以下三个方面工作。

一是持续深化改革扩大开放。深化改革主要体现在解决制度性成本居高不下对双循环新发展格局的障碍。1978 年党的十一届三中全会最大的功绩就是通过解放思想，打开了计划经济体制的缺口，为走向社会主义市场经济开辟了新道路。

---

① 莫基尔：《雅典娜的礼物：知识经济的历史起源》，科学出版社 2011 年版，第 2 页。
② 黄群慧："新发展格局的理论逻辑、战略内涵与政策体系——基于经济现代化的视角"，《经济研究》2021 年第 4 期。
③ 莫基尔：《雅典娜的礼物：知识经济的历史起源》，科学出版社 2011 年版，第 288 页。

正如党的十八届三中全会《决定》所述，市场决定资源配置是市场经济的一般规律，健全社会主义市场经济体制必须遵循这条规律。《决定》还指出，经济体制改革是全面深化改革的重点，核心问题是处理好政府和市场的关系，使市场在资源配置中起决定性作用和更好发挥政府作用。

经济理论和世界经济发展进程中的重大历史性事件让我们更确信这一正确结论来之不易。经济理论告诉我们，在获利性动机下，市场行为主体不断搜寻各种信息去发现价格以便做出正确的决定。价格决定资源配置的方向，而只有在市场中由众多参与者博弈决定的价格才能高效配置资源，真正符合资源的稀缺性本质。

20世纪二三十年代在西方经济学界曾展开了一场关于社会主义经济计算问题的影响深远的大辩论。经济计算问题的核心是合理配置资源。这场大规模的争论从理论上更清晰地论证了，没有市场价格机制，就没有合理的经济计算；不存在要素市场的生产资料完全社会化的计划经济体制无法确定要素价格，因此不可能进行合理的经济计算，其资源配置效率必然低于同等条件下的竞争性市场经济体制。简言之，就是市场经济的资源配置效率优于计划经济的资源配置效率。

中国由计划经济体制向社会主义市场经济体制的转轨过程，是世界经济发展史上的重大历史事件。与苏联不同的是，中国的这一转轨过程是在国民经济近乎崩溃而全体人民仍对执政党抱有极大信心背景下的转轨，这一转轨过程在不断激发全体人民对美好生活向往的实干精神并不断增强对执政党的坚强信念的同时，也极其生动地诠释了经济规律的真理性。农民是同样的农民，土地是同样的土地，仅仅实施了家庭联产承包责任制这一土地制度的创新，农村的面貌即发生了翻天覆地的变化。随之而有了乡镇企业的蓬勃发展、民营企业的蒸蒸日上，在国民经济物质基础层面为国有企业改革赢得了相当的时间，也拓展了极大的空间。国有企业的股份制改革、混合所有制改革，以及为适应经济体制变迁而不断深化的政治、法律、财政、金融、社会、党的建设等方面的改革，没有因自农村而发生的市场化演进所诱致且必须解决的诸多问题的倒逼，是不会自然出现的。①

对外开放要形成新格局。改革开放以来中国经济发展经验表明，持续加大对外开放、发展全球贸易对于促进国内经济增长十分有益。中国过去几十年经济维持高速增长与积极发展对外贸易密不可分，无论是出口还是进口，对于经济发展都大有裨益。从国际形势来看，虽然目前全球经济出现了一定的逆全球化现象，但尚未形成主导趋势，多数国家依然愿意进一步发展对外贸易。从长远看，经济全球化仍是历史潮流。各国分工协作、互利共赢是长期趋势。因此，不能因为极少数国家逆全球化就降低对外开放力度，搞封闭经济。当前继续加大对外开放对中国经济十分有利。其一是可以依托国际市场满足和创造国外需求，促进就业和经济增长。目前中国已经建立了相对完整的工业体系，产品国际竞争力较强，未来出口潜力依然巨大；其二是出口可以倒逼国内企业积极深度参与国际竞争，进一步提升国内企业的竞争力，持续紧跟世界技术和产品发展趋势，加快企业转型升级；其三是可以谋求更大市场空间，近年来中国外贸企业竞争力逐渐增强，产品出口结构持续优化，通过深度参与全球市场有助于企业进一步扩大生存空间；其四是有助于外资进一步流入境内，助力国内产业链转型升级。总之，对外贸易对于提高经济效率大有裨益。尤其是在中国宏观杠杆率较高的情况下，积极发展对外贸易对于破解国内经济面临的多重矛盾更加重要。没有高水平的对外开放，国内大循环既是脆弱的，也是不长久的。不管是过去、现在还是将来，高水平对外开放对于中国经济提质增效、转型升级都具有重要意义。中国作为全球具有重要影响力的大国，应高举新一轮全球化的

①　杨英杰：“发展必须遵循两个规律”，《学习时报》2014年8月18日。

大旗，继续推进高水平对外开放，降低贸易壁垒，实现与更多国家的利益融合，促进全球经济增长，这样才能实现双循环新发展格局重要战略部署。[①]

二是持续强化人力资本建设。关于中国人口结构存在的问题，这是一个发展中国家不断走向发达国家必须经历的进程，并无特殊之处。虽然也可以说 20 世纪 70 年代计划生育政策有所偏颇之处，但是把目前乃至未来的生育率下降全部归罪于计划生育政策，也是片面的。随着女性社会地位的提升，教育程度的提高，少生乃至不生、晚婚乃至不婚，是发达国家已经经历过的现象，中国人的生育观未来大概率也会走这样一条道路。关于世界人口的减少对全球的影响，著名的"古德哈特"定律（Goodhart's law）提出者、英国科学院院士、伦敦政治经济学院荣休教授查尔斯·古德哈特（Charles Goodhart）在 2021 年接受《北大金融评论》专访时表示："我们正在经历一个转折点：随着'甜头变酸'，世界范围内发生着由人口变化带来的戏剧性逆转。过去，中国的崛起及其人口带来的'甜头'强力影响过去 40 年全球通胀、利率的变化走向，现在，中国人口增长率减缓正值世界'反全球化'兴起之际，不仅是中国，欧美发达国家也一同身处这一人口大'逆转'的最前沿，这将从根本上改变世界经济。"[②]

"未富先老"使得我国现代化迥异于西方国家现代化之初的人口背景，这一特点决定了必须首先实现以工业化为基础的经济现代化，不断提升人力资本。我国人口规模巨大，现代化的过程，也是人口素质显著提升、民生福祉不断增进的过程。2020 年，全国共有普通高校 2738 所，各种形式的高等教育在学总规模 4183 万人，高等教育毛入学率达到 54.4%。诺贝尔经济学奖获得者菲尔普斯曾经指出："我认为，如果不是因为过去人口的快速增长，人们很难想象我们今天会多么贫穷，因为我们今天享受了大量的技

---

① 杨英杰等："新发展格局背景下推进高水平对外开放的若干建议"，《行政管理改革》2021 年第 1 期。

② "独家专访：老龄化的中国会将世界带入全新的全球化"，《北大金融评论》2021 年第 2 期。

术进步……如果我能重演世界历史，在某种随机的基础上，从一开始每年将人口减少一半，我就不会重演，因为我害怕在这个过程中失去莫扎特。"①对人类发展有重大推动作用的天才理论家和发明家等的随机出现，必须有较大的人口数量基础。在一个有 14 亿多人口的、比现在所有发达国家人口总和还要多的世界上最大的发展中国家实现现代化，将是人类历史上一件前无古人的伟大事业，必将产生更广泛的积极的世界性影响，对人类进步事业作出更大的贡献。

三是做好应对老龄化人口的基础设施建设。城镇化是经济现代化的重要抓手。我国实现现代化，绕不开的是城镇化。党的十八大以来，我们坚持走以人为核心的新型城镇化道路，在城镇化率持续提高的同时，城镇化质量也不断改善，以城市群发展为主体的区域经济布局初具规模，京津冀、长三角、粤港澳大湾区、成渝地区双城经济圈等城市群建设加快推进。2020年末，我国常住人口城镇化率超过 60%，城镇就业率的提升、规模经济的实现对促进我国经济社会持续稳定发展居功甚伟。

2019 年，我国人均预期寿命达到 77.3 岁，城镇居民人均预期寿命超过 80 岁，居民主要健康指标优于世界中高收入国家平均水平。改革开放以来，多层次社会保障体系不断健全。目前，我国以社会保险为主体，包括社会救助、社会福利、社会优抚等制度在内，功能完备的社会保障体系基本建成，基本医疗保险覆盖超过 13 亿人，基本养老保险覆盖近 10 亿人。社会保障水平的不断提高，为推进人口规模巨大的现代化提供了有利条件。

---

① Phelps, E.S. 1968. Population increase. Canadian Journal of Economics 1 (3): 497−518.

第二节　全体人民共同富裕的现代化

在《雇佣劳动与资本》中，马克思有一段话很切合孔子所说的"不患寡而患不均"的思想："一座房子不管怎样小，在周围的房屋都是这样小的时候，它是能满足社会对住房的一切要求的。但是，一旦在这座小房子近旁耸立起一座宫殿，这座小房子就缩成茅舍模样了。这时，狭小的房子证明它的居住者不能讲究或者只能有很低的要求；并且，不管小房子的规模怎样随着文明的进步而扩大起来，只要近旁的宫殿以同样的或更大的程度扩大起来，那座较小房子的居住者就会在那四壁之内越发觉得不舒适，越发不满意，越发感到受压抑。"①

实现全体人民共同富裕的现代化，需要解决的是如何实现共同富裕，实现社会的公平正义，实现社会现代化。社会现代化是当代社会学范畴中讨论的一个重要命题，指的是人们利用近现代的科学技术，全面改造自己所生存的社会的物质条件和精神条件的过程。具体地说，社会现代化是指人类社会（尤其是生产力和科学技术）发展到一定高度时，经济体制、政治体制、社会结构以及人们的生活方式、思维方式等各个方面发生社会变迁，努力谋求社会物质条件和精神条件极大改善，以满足社会持续发展需要的过程。②

我国的社会现代化是伴随政治现代化、经济现代化、思想现代化以及

---

① 《马克思恩格斯选集》（第一卷），人民出版社 2012 年版，第 345 页。
② 李嘉曾："社会现代化与澳门社会建设的方向"，《澳门探析》2012 年第 5 期。

生态现代化而自然形成的一种社会文明，更多的是中华优秀传统文化之创造性转化／创新性发展在政治、经济、思想及生态诸方面的文明表象。

　　西方发达国家在现代化进程中，经历了贫富差距急剧扩大的过程，导致社会分裂、经济停滞、政治动荡，这些经验值得我们汲取。全体人民共同富裕，是中国式现代化的一个基本特征，凸显了我国现代化的社会主义性质，丰富了人类现代化的内涵，为解决人类问题贡献了中国智慧和中国方案。

　　党的十八大以来，以习近平同志为核心的党中央采取一系列重大举措，大力消除贫困、改善民生、促进实现共同富裕。习近平指出："我们追求的发展是造福人民的发展，我们追求的富裕是全体人民共同富裕。"① 习近平也多次强调，中国绝不能出现"富者累巨万，而贫者食糟糠"② 的现象。党的十九届五中全会提出了"全体人民共同富裕取得更为明显的实质性进展""扎实推动共同富裕"③ 的明确要求。在庆祝中国共产党成立 100 周年大会上的重要讲话中，习近平"代表党和人民庄严宣告，经过全党全国各族人民持续奋斗，我们实现了第一个百年奋斗目标，在中华大地上全面建成了小康社会，历史性地解决了绝对贫困问题"④。共同富裕是中国特色社会主义的本质要求，我们既要做大"蛋糕"，又要分好"蛋糕"，在现代化进程中通过完善制度设计，解决好地区差距、城乡差距和收入差距问题，扎实推进共同富裕，坚决防止两极分化，使全体人民共享现代化成果。

　　中国共产党的宗旨决定了中国式现代化道路必定是一条共同富裕的现代化道路。新中国成立后，中国共产党变革生产资料所有制，丰富和拓展社会主义工业化的内涵，在艰难曲折中探索共同富裕的现代化。毛泽东在

---

①　《习近平关于社会主义社会建设论述摘编》，中央文献出版社 2017 年版，第 35 页。
②　《习近平关于社会主义社会建设论述摘编》，中央文献出版社 2017 年版，第 36 页。
③　《〈中共中央关于制定国民经济和社会发展第十四个五年规划和二〇三五年远景目标的建议〉辅导读本》，人民出版社 2020 年版，第 73 页。
④　习近平：《在庆祝中国共产党成立 100 周年大会上的讲话》，人民出版社 2021 年版，第 2 页。

《论十大关系》中提出，我国要探索出一条不同于苏联的工业化道路，虽然重工业是我国发展的重点，但是也不能忽视轻工业与农业的作用，要平衡好生产资料与生活资料的关系，进而"更好地供给人民生活的需要"①。在1978 年底《解放思想，实事求是，团结一致向前看》的讲话中，邓小平提出："在经济政策上，我认为要允许一部分地区、一部分企业、一部分工人农民，由于辛勤努力成绩大而收入先多一些，生活先好起来。一部分人生活先好起来，就必然产生极大的示范力量，影响左邻右舍，带动其他地区、其他单位的人们向他们学习。这样，就会使整个国民经济不断地波浪式地向前发展，使全国各族人民都能比较快地富裕起来。"②

在确定整体发展方向的同时，邓小平也敏锐地察觉到"避免两极分化"的重要性。还在改革的初期，1981 年 12 月，他就有预见性地提出："坚持社会主义制度，始终要注意避免两极分化。"③ 到 20 世纪 80 年代中后期，我国逐渐告别计划经济体制，这时社会上产生的一定程度的收入差距，引起了强烈争论。这是否会造成"两极分化"？是否会影响社会主义现代化事业的大局？甚至是否会改变我国的社会性质？邓小平对这些问题的考虑是十分慎重的。邓小平强调："社会主义的目的就是要全国人民共同富裕，不是两极分化。如果我们的政策导致两极分化，我们就失败了。"④ 关于两极分化的危险，邓小平强调："我们讲要防止两极分化，实际上两极分化自然出现。""少部分人获得那么多财富，大多数人没有，这样发展下去总有一天会出问题。分配不公，会导致两极分化，到一定时候问题就会出来。这个问题要解决。"⑤ 邓小平指出："社会主义的本质，是解放生产力，发展生产力，

---

① 《毛泽东文集》（第七卷），人民出版社 1999 年版，第 25 页。
② 《邓小平文选》（第二卷），人民出版社 1994 年版，第 152 页。
③ 《邓小平年谱（1975—1997）》（下），中央文献出版社 2004 年版，第 790 页。
④ 《邓小平文选》（第三卷），人民出版社 1993 年版，第 110–111 页。
⑤ 《邓小平年谱（1975—1997）》（下），中央文献出版社 2004 年版，第 1364 页。

消灭剥削，消除两极分化，最终达到共同富裕。"① 共同富裕是社会主义的本质，是社会主义现代化的显著特征。"社会主义的特点不是穷，而是富，但这种富是人民共同富裕。"②

习近平也十分重视两极分化问题，他指出："发展仍然是我们党执政兴国的第一要务，仍然是带有基础性、根本性的工作，但经济发展、物质生活改善并不是全部，人心向背也不仅仅决定于这一点。发展了，还有共同富裕问题。物质丰富了，但发展极不平衡，贫富悬殊很大，社会不公平，两极分化了，能得人心吗？"③2021年8月，习近平在中央财经委员会第十次会议上对实现共同富裕进行了规划部署。

实现共同富裕总的思路是，坚持以人民为中心的发展思想，在高质量发展中促进共同富裕，正确处理效率和公平的关系，构建初次分配、再分配、三次分配协调配套的基础性制度安排，加大税收、社保、转移支付等调节力度并提高精准性，扩大中等收入群体比重，增加低收入群体收入，合理调节高收入，取缔非法收入，形成中间大、两头小的橄榄型分配结构，促进社会公平正义，促进人的全面发展，使全体人民朝着共同富裕目标扎实迈进。

第一，提高发展的平衡性、协调性、包容性。要加快完善社会主义市场经济体制，推动发展更平衡、更协调、更包容。要增强区域发展的平衡性，实施区域重大战略和区域协调发展战略，健全转移支付制度，缩小区域人均财政支出差异，加大对欠发达地区的支持力度。要强化行业发展的协调性，加快垄断行业改革，推动金融、房地产同实体经济协调发展。要支持中小企业发展，构建大中小企业相互依存、相互促进的企业发展生态。

第二，着力扩大中等收入群体规模。要抓住重点、精准施策，推动更

---

① 《邓小平文选》（第三卷），人民出版社1993年版，第373页。
② 《邓小平文选》（第三卷），人民出版社1993年版，第265页。
③ 习近平：《做焦裕禄式的县委书记》，中央文献出版社2015年版，第35页。

多低收入人群迈入中等收入行列。高校毕业生是有望进入中等收入群体的重要方面，要提高高等教育质量，做到学有专长、学有所用，帮助他们尽快适应社会发展需要。技术工人也是中等收入群体的重要组成部分，要加大技能人才培养力度，提高技术工人工资待遇，吸引更多高素质人才加入技术工人队伍。中小企业主和个体工商户是创业致富的重要群体，要改善营商环境，减轻税费负担，提供更多市场化的金融服务，帮助他们稳定经营、持续增收。进城农民工是中等收入群体的重要来源，要深化户籍制度改革，解决好农业转移人口随迁子女教育等问题，让他们安心进城，稳定就业。要适当提高公务员特别是基层一线公务员及国有企事业单位基层职工工资待遇。要增加城乡居民住房、农村土地、金融资产等各类财产性收入。

第三，促进基本公共服务均等化。低收入群体是促进共同富裕的重点帮扶保障人群。要加大普惠性人力资本投入，有效减轻困难家庭教育负担，提高低收入群众子女受教育水平。要完善养老和医疗保障体系，逐步缩小职工与居民、城市与农村的筹资和保障待遇差距，逐步提高城乡居民基本养老金水平。要完善兜底救助体系，加快缩小社会救助的城乡标准差异，逐步提高城乡最低生活保障水平，兜住基本生活底线。要完善住房供应和保障体系，坚持房子是用来住的、不是用来炒的定位，租购并举，因城施策，完善长租房政策，扩大保障性租赁住房供给，重点解决好新市民住房问题。

第四，加强对高收入的规范和调节。在依法保护合法收入的同时，要防止两极分化、消除分配不公。要合理调节过高收入，完善个人所得税制度，规范资本性所得管理。要积极稳妥推进房地产税立法和改革，做好试点工作。要加大消费环节税收调节力度，研究扩大消费税征收范围。要加强公益慈善事业规范管理，完善税收优惠政策，鼓励高收入人群和企业更多回报社会。要清理规范不合理收入，加大对垄断行业和国有企业的收入分配管理，整顿收入分配秩序，清理借改革之名变相增加高管收入等分配乱象。

要坚决取缔非法收入，坚决遏制权钱交易，坚决打击内幕交易、操纵股市、财务造假、偷税漏税等获取非法收入行为。

经过多年探索，我们对解决贫困问题有了完整的办法，但在如何致富问题上还要探索积累经验。要保护产权和知识产权，保护合法致富。要坚决反对资本无序扩张，对敏感领域准入划出负面清单，加强反垄断监管。同时，也要调动企业家积极性，促进各类资本规范健康发展。

第五，促进人民精神生活共同富裕。促进共同富裕与促进人的全面发展是高度统一的。要强化社会主义核心价值观引领，加强爱国主义、集体主义、社会主义教育，发展公共文化事业，完善公共文化服务体系，不断满足人民群众多样化、多层次、多方面的精神文化需求。要加强促进共同富裕舆论引导，澄清各种模糊认识，防止急于求成和畏难情绪，为促进共同富裕提供良好舆论环境。

第六，促进农民农村共同富裕。促进共同富裕，最艰巨最繁重的任务仍然在农村。农村共同富裕工作要抓紧，但不宜像脱贫攻坚那样提出统一的量化指标。要巩固拓展脱贫攻坚成果，对易返贫致贫人口要加强监测、及早干预，对脱贫县要扶上马送一程，确保不发生规模性返贫和新的致贫。要全面推进乡村振兴，加快农业产业化，盘活农村资产，增加农民财产性收入，使更多农村居民勤劳致富。要加强农村基础设施和公共服务体系建设，改善农村人居环境。①

---

① 习近平："扎实推动共同富裕"，《求是》2021 年第 10 期。

第三节 物质文明和精神文明相协调的现代化

　　物质文明和精神文明相协调的现代化，其基本旨向是精神文明的不断提升亦即思想现代化。虽说是强调二者之协调，但更注重的是精神文明不能落后于物质文明的发展，更强调在现代化进程中精神思想的现代性。杜任之编著、1936 年出版的《民族社会问题新辞典》就已经提出了"思想现代化"的词条，① 虽未有清晰的阐释。在我国较早使用"思想现代化"者，有贺麟、周谷城、钱端升等。贺麟在 1940 年《物质建设现代化与思想道德现代化》一文中感慨时人谈现代化只谈实业化、工业化："何以竟寂寂无人在那里谈现代化的思想，现代化的道德？何以很少人倡导道德思想应力求现代化？……假如思想道德不现代化，单求实业，军事，政治的现代化是否可能？"还说："离开思想道德的现代化而单谈物质工具的现代化便是舍本逐末。"② 周谷城在 1943 年《论中国之现代化》一文中强调："现代化云云，非易言者；思想未能现代化之人，生活习惯未能现代化之人，皆不足以语此。"③ 钱端升在 1944 年《现代化》一文中提出："我们要注意到要求现代化，不能单单侧重于物质方面，必定要思想现代化，政治现代化，然后物质现代化方有意义。"④ 张熙若虽然没有使用"思想现代化"一词，但也提出了相应的说法，并且认为，思想的"科学化"或"现代化"，需养成使用抽象的、

---

① 杜任之编：《民族社会问题新词典》，1936 年民国觉民书报社刊本，第 109 页。
② 贺麟："物质建设现代化与思想道德现代化"，《今日评论》1940 年第 3 卷第 1 期，第 6—16 页。
③ 周谷城："论中国之现代化"，《新中华》1943 年第 1 卷第 6 期，第 11—20 页。
④ 钱端升："现代化"，《中国青年》1944 年第 10 卷第 6 期，第 1—6 页。

普通的、科学方法的习惯，实现思想、态度和做事的方法科学化、效率化、合理化。①

思想现代化是一个过程。钱端升以长时段的历史视野，将"现代化"及其观念的孕育、形成、累积和发展，视为一个动态的渐进变化过程。在他看来，诞生于西方的"现代化"观念拥有深厚的哲理背景，至少应追溯到欧洲宗教改革时期，随着中世纪宗教思想的束缚被打破，理智主义、人文主义逐渐兴起，"科学发达、自由传统、相信进步"的核心价值理念得以确立。以此为基点，在长期的历史实践中，"现代化"的表现形式不断丰富和拓展。如在政治方面，表现为法律上的平等关系，知识教育的普及，民主制度的形成，行政组织效率的提高；在物质方面，表现为通过产业革命使得人类对自然的控制力提升，自给经济制度的打破带来经济单位扩大、国家之间的联系显著增强，富有的普遍化使得有闲阶级产生，更加促成科学的倡导和自由的争取等后果。②思想现代化是政治观念上的初步转型，为后来人的素质能力、行为方式、社会关系、文化价值观等方面的现代转型提供了条件。比如启蒙运动。启蒙运动是发生在17—18世纪的一场反封建、反教会的思想文化运动，是继文艺复兴后的又一次反封建的思想解放运动，其核心思想是理性崇拜。这次运动，在较高的程度上批判了封建专制主义、宗教愚昧和特权主义，宣传了自由、民主和平等的思想，加速了人的意识形态现代化进程，为人的素质能力、行为方式、社会关系、文化价值观等方面的现代转型提供了更加现实的基础。③在理论界，也有文化现代化（Cultural Modernization）的说法，但一般是"把商业、奢侈品、艺术和科学的扩张和

---

① 张熙若："全盘西化与中国本位"，《国闻周报》1935年第12卷第23期，第3-13页。
② 钱端升："现代化"，《中国青年》1944年第10卷第6期，第1-6页。
③ 杨鹏飞："思想现代化是人的现代化的重要步骤与核心内容"，《中国科学院中国现代化研究中心——2019年科学与现代化论文集（上）》，中国科学院中国现代化研究中心，2019年66-67页。

相互加强称为'文化现代化'"①。

思想现代化是精神文明建设的重要内涵，是构建社会主义核心价值体系的基石。借用英格尔哈特的术语，我国当前处于"物质主义"与"后物质主义"相互交织的发展时期，价值观的迁移变化不同于英格尔哈特基于西方发达国家现代化进程所提出的代际价值观转变的理论。英格尔哈特也承认，正是在战后前所未有的经济增长背景下，个人优先价值观才发生变化，但是只有出现代际更替现象，社会主导价值观才发生变化。② 这一点，我们不敢苟同。我国改革开放仅仅 40 余年，已成为全球排名第二的经济体，现代化进程的"时空压缩"现象使得代际价值判断逐渐趋同，比如我国 20 世纪 60 年代、20 世纪 70 年代出生的人和 20 世纪 90 年代、21 世纪 00 年代出生的人，其价值观并无明显差异，如英格尔哈特所说的从老年一代的物质主义价值观向年青一代后物质主义价值观转变。③ 关于人的基本人格结构表现为一个人在成年时才明确定性的性格特征一般在成年后不会再发生太大的变化，即在成年后，基本人格发生变化的统计学概率会急剧下降。④ 这种观点忽略了类似我国改革开放以来经济的超高速发展所带来的价值观的代内转变的可能性。出现这种现象则意味着，经济社会的快速发展，促使中老年一代从重视物质需求和安全保障的物质主义价值观，自然转向注重生活质量、自我表现和幸福感的后物质主义价值观。其表现是代内的价值观转变，而非基于西方发达国家特征事实的代际价值观转变。我们认为，这一认识为社会主义核心价值体系在全社会的构建和认同，提供了理论支撑。

---

① Mendham, Matthew D.2010."Enlightened Gentleness as Soft Indifference: Rousseau's Critique of Cultural Modernization."History of Political Thought, 31(4):605−637.

② Inglehart Ronald, Scott C. Flanagan.1987."Value Change in Industrial Societies." The American Political Science Review, 81(4):1289−1319.

③ Abramson, Paul R., Ronald Inglehart.1987.Generational Replacement and the Future of Post−Materialist Value." The Journal of Politics, 49(1):231−241.

④ 英格尔哈特：《发达工业社会的文化转型》，张秀琴译，社会科学文献出版社 2013 年版，第 69 页。

英格尔哈特指出："截至 20 世纪中叶，'现代化'这个用词一直都没有歧义，它指的是城市化、工业化、世俗化、官僚化以及建立在官僚化基础上的一种文化。"① 伴随着工业化的进行，科学技术的进步使得经济发展获得持久动力，某些重要变化应运而生——城市的快速发展、城市人口的不断增加、工业制造的高效率、宗教传统的衰落、官僚机构的日益膨胀。所有这些都是同一个轨迹的核心组成部分，而这个轨迹就是我们通称的"现代化"。② 但是现代化进程不是线性发展的，它最终会到达一个转折点，开始转到一个新的轨迹上去，这个轨迹或可称为"后现代化"。③ 英格尔哈特指出："现代化的一致观点是，经济增长不但是好事，而且从道义上说也是善，经济增长因此成为现代化的核心工程。"④ "后现代化不仅淡化了对经济增长本身的强调，也淡化了对造就经济增长的科技发展的强调，强调的内容也从应对生存问题转移到最大化主观幸福感的问题。"⑤ 进入新时代，中国社会主要矛盾的变化也使得社会主义核心价值体系、社会主义核心价值观如何在变化的社会起到引领作用的问题，变得更为紧迫更加重要。

党的十六届六中全会提出了"社会主义核心价值体系"这一重大命题，"马克思主义指导思想，中国特色社会主义共同理想，以爱国主义为核心的民族精神和以改革创新为核心的时代精神，社会主义荣辱观，构成社会主义核心价值体系的基本内容"⑥。党的十六届六中全会以来，中共中央多次以

① 罗纳德·英格尔哈特：《现代化与后现代化：43 个国家的文化、经济与政治变迁》，严挺译，社会科学文献出版社 2013 年版，第 28 页。
② 罗纳德·英格尔哈特：《现代化与后现代化：43 个国家的文化、经济与政治变迁》，严挺译，社会科学文献出版社 2013 年版，第 25-30 页。
③ 罗纳德·英格尔哈特：《现代化与后现代化：43 个国家的文化、经济与政治变迁》，严挺译，社会科学文献出版社 2013 年版，第 2 页。
④ 罗纳德·英格尔哈特：《现代化与后现代化：43 个国家的文化、经济与政治变迁》，严挺译，社会科学文献出版社 2013 年版，第 35 页。
⑤ 罗纳德·英格尔哈特：《现代化与后现代化：43 个国家的文化、经济与政治变迁》，严挺译，社会科学文献出版社 2013 年版，第 86 页。
⑥ 《中共中央关于构建社会主义和谐社会若干重大问题的决定》，人民出版社 2006 年版，第 26 页。

不同的方式提出，要推进社会主义核心价值体系建设。党的十七大报告强调，要切实把社会主义核心价值体系融入国民教育和精神文明建设的全过程，转化为人民的自觉追求。党的十七届四中全会指出，要推进马克思主义中国化、时代化、大众化，用中国特色社会主义理论体系武装全党，开展社会主义核心价值体系学习教育。党的十七届六中全会提出，在国民教育、精神文明建设和党的建设全过程，在改革开放和社会主义现代化建设各领域，在精神文化产品创作生产传播各方面，全面推进社会主义核心价值体系建设。

党的十八大提出，积极培育和践行社会主义核心价值观，倡导富强、民主、文明、和谐，倡导自由、平等、公正、法治，倡导爱国、敬业、诚信、友善。党的十九大提出，要培育和践行社会主义核心价值观，把社会主义核心价值观融入社会发展各方面，转化为人们的情感认同和行为习惯。社会主义核心价值观是社会主义核心价值体系的具体化或语言形式上的提炼和凝聚，并无不同。核心价值观是一个民族赖以维系的精神纽带，是一个国家共同的思想道德基础。培育和弘扬核心价值观，有效整合社会意识，是社会系统得以正常运转、社会秩序得以有效维护的重要途径，也是国家治理体系和治理能力的重要方面。

我们党始终注重物质文明和精神文明协调发展，避免了西方发达国家曾经因经济飞速发展而带来精神空虚造就出所谓"垮掉的一代"的社会悲剧。党的十八大以来，习近平高度重视物质文明和精神文明协调发展，强调"以辩证的、全面的、平衡的观点正确处理物质文明和精神文明的关系"①，"没有中华文化繁荣兴盛，就没有中华民族伟大复兴。一个民族的复兴需要强大的物质力量，也需要强大的精神力量。没有先进文化的积极引领，没有

---

① 习近平："人民有信仰民族有希望国家有力量 锲而不舍抓好社会主义精神文明建设"，《人民日报》2015 年 3 月 1 日第 1 版。

人民精神世界的极大丰富，没有民族精神力量的不断增强，一个国家、一个民族不可能屹立于世界民族之林"①。"只有物质文明建设和精神文明建设都搞好，国家物质力量和精神力量都增强，全国各族人民物质生活和精神生活都改善，中国特色社会主义事业才能顺利向前推进。"②

现在，全面建成小康社会取得伟大胜利，全体人民不仅物质生活水平显著提高，而且精神文化生活日益丰富。习近平指出："实现中国梦是物质文明和精神文明均衡发展、相互促进的结果。没有文明的继承和发展，没有文化的弘扬和繁荣，就没有中国梦的实现。"③ 这要求我们在为实现中华民族伟大复兴不懈奋斗的每个阶段、每个环节，都要推动物质文明与精神文明协调发展。

习近平强调："社会发展以人的发展为归宿，人的发展以精神文化为内核。"④ "一切精神文明都应该以尊重人的尊严和价值为其出发点和归宿。所以在以人为本的大前提之下，政治上就应该是归属于由人民做主人的政治民主，在经济上就应该是尊重人民的生存权的经济民主，在社会上就应该是保障人民享有安全与福利的社会民主，在思想上就应该是保障人民享有一切精神活动的自由权利的文化民主。"⑤ 在实现中国梦的征程中，我们必须始终坚持社会主义核心价值观，加强理想信念教育，弘扬爱国主义、集体主义、英雄主义精神，传承弘扬中华优秀传统文化，努力在现代化进程中协调实现物的全面丰富和人的全面发展。

2015年，习近平在第七十届联合国大会一般性辩论时首次提出了全人

---

① 习近平："在文艺工作座谈会上的讲话"，《人民日报》2015年10月15日第2版。
② 中共中央宣传部：《习近平总书记系列重要讲话读本》，学习出版社、人民出版社2016年版，第187页。
③ 习近平：《出席第三届核安全峰会并访问欧洲四国和联合国教科文组织总部、欧盟总部时的演讲》，人民出版社2014年版，第16—17页。
④ 习近平：《干在实处　走在前列——推进浙江新发展的思考与实践》，中共中央党校出版社2016年版，第291页。
⑤ 何兆武："应重视精神文明的现代化"，《人民论坛》2005年第7期。

类共同价值的重要论断："和平、发展、公平、正义、民主、自由，是全人类的共同价值，也是联合国的崇高目标。"① 此后，习近平在多个不同场合强调要坚守和弘扬全人类共同价值。在 2021 年 7 月 6 日召开的中国共产党与世界政党领导人峰会上，习近平全面、完整地陈述了中国共产党人对待全人类共同价值的立场和态度："我们要本着对人类前途命运高度负责的态度，做全人类共同价值的倡导者，以宽广胸怀理解不同文明对价值内涵的认识，尊重不同国家人民对价值实现路径的探索，把全人类共同价值具体地、现实地体现到实现本国人民利益的实践中去。"② 这番承诺饱含辩证智慧，既体现了中华民族善解能容的精神品格和中国共产党为中国人民谋幸福、为中华民族谋复兴、为人类谋进步、为世界谋大同的高度责任感，也是全人类共同价值辩证本性的必然要求。

　　中国式现代化所体现的思想现代化之要求的"价值"，既有民族特色，又具世界属性。盖伦指出："我们在地球上可以看到有许多现象大致上是彼此独立的，它们被称为文化（cultures）。各种文化——倒是更有甚于各个民族或国家——应当被认为是世界史研究的恰当单元。尽管各种文化都有一些特殊性，但它们都显示出某些一致性或者构造上的相似性。"③ 这里的"某些一致性或者构造上的相似性"恰恰就是各种文化所内蕴的公约数——人类共同价值。习近平提出的"价值"或"价值观""价值体系"，在其普遍性意义上体现为全人类共同价值，在其特殊性意义上体现为社会主义核心价值观、社会主义核心价值体系。历史上，民主、自由、平等作为现代价值精神首先是由西方资产阶级提出来的，故有人习惯将其等同于"西方"价值观，

---

　　① 习近平："携手构建合作共赢新伙伴 同心打造人类命运共同体——在第七十届联合国大会一般性辩论时的讲话"，《人民日报》2015 年 9 月 29 日第 2 版。
　　② 习近平："加强政党合作 共谋人民幸福——在中国共产党与世界政党领导人峰会上的主旨讲话"，《人民日报》2021 年 7 月 7 日第 2 版。
　　③ 阿诺德·盖伦：《技术时代的人类心灵问题：工业社会的社会心理问题》，何兆武、何冰译，上海科技教育出版社 2003 年版，第 101 页。

进而认为倡导共同价值就是向"西方"价值观"看齐"或"回归"。这种简单化的认识只是看到了这些价值精神的"诞生地",却忽视了其世界—历史的意义。如同冯友兰所言:"所谓西洋文化之所以是优越底,并不是因为它是西洋底,而是因为它是近代底或现代底。"①冯友兰此处"近代底"或"现代底"之意几同于现代化。也就是说,无论是全人类共同价值还是社会主义核心价值观、核心价值体系,皆是中国式现代化进程之必需,也是中国式现代化最根本的价值底色。

全人类共同价值的普遍性品质需要从两个方面来把握。第一,共同性或公共性,即共同价值是全人类共同的价值目标,这是普遍性在数量或范围上表现出来的形式规定性。第二,客观性、必然性,即共同价值是合乎历史发展趋势、体现时代必然性的客观价值精神。这是普遍性的质的规定性。形式普遍性表明,全人类共同价值是当今世界各国人民在价值认同方面的最大公约数,体现了中国共产党积极凝聚全球共识的责任担当。社会主义核心价值体系、社会主义核心价值观的特殊性表现为结合中国具体实际和中华优秀传统文化所表现出的切合中国式现代化的全人类共同价值的具体化。以民主为例,作为现代价值精神,民主是在反对独裁、专制的斗争中确立起来的,其核心要义就是人民当家作主。无论我们对其做出何种具体的阐释,都不能脱离其核心要义。换言之,我们既要承认共同价值在表现形式上的丰富多样性,又要看到各种不同形式中存在确定性的内容。

英国学者戴维·赫尔德说:"全世界所有的政治制度都把自己说成是民主制度,而这些制度彼此之间无论是在言论还是在行动方面都常常迥然不同。"②任何一种阐释—实践样式都与特定民族、国家的历史文化息息相关,具有鲜明的地域色彩。所以,对于民主这一价值精神的普遍认可并不意味

---

① 冯友兰:《三松堂全集》(第四卷),河南人民出版社1986年版,第225页。
② 戴维·赫尔德:《民主的模式》,中央编译出版社2008年版,第1页。

着人们在这个问题上的一切分歧全部被消除了。但是，我们应当注意，这些不同样式之间的分歧并不是民主与反民主的对立，而是民主这一普遍价值精神"家族"内部的冲突。习近平指出，"民主不是哪个国家的专利，而是各国人民的权利"①。西方发达国家是现代民主进程的先行者，晚发民族也同样需要根据自身的条件和特点做出顺应历史潮流的探索和抉择。作为普遍价值精神的具体存在，各种阐释—实践样式应平等相待、包容互鉴，而不是相互排斥和取代，这种立场本身就是平等、自由、民主等现代价值精神的体现。中国式现代化所体现的物质文明和精神文明相协调的现代化，或曰思想的现代化，就是在追求全人类共同价值，创造性转化与创新性发展中华优秀传统文化所蕴含的中华文明价值底蕴，实现社会主义核心价值观，将社会主义核心价值体系融入现代化体系建设的道路进程中，所必然遵循的价值导向。

价值观是意识形态的核心，意识形态的种种表现皆为一个国家或民族的自立或执政组织的正当性或曰合法性提供价值支撑。正如黄仁宇在《万历十五年》中所一再论述的，中华帝国以意识形态为政，政治的头等大事就是使全体文官士大夫尊信"四书""五经"得到的教训，按照孔孟之道做人办事，习惯于将种种治理问题翻译为道德问题，总是把技术办法的问题转化为加强内在道德修养的问题，一方面导致国家治理大而化之，一方面导致道德成了遂行私欲的幌子，甚至争权夺利的武器，孔孟之道不免形骸化、虚伪化，从此人心散失，这正是传统王朝国家衰亡的根本原因所在。所以说，全体尊信的、能于危机中激发人心的价值共识，对于一个社会的生存发展来说至关重要。

不仅仅是社会主义国家，资本主义国家同样对价值共识有强烈的要求，

---

① 习近平："坚定信心 共克时艰 共建更加美好的世界"，《人民日报》2021年9月22日第2版。

因为价值共识是避免国家民族信念分裂、信心崩塌的根本基础。美国作家厄普代克（John Updike）为黄仁宇《万历十五年》所写的书评发表于《纽约客》1981 年 10 月号，强调如何处理宣讲的道德论调与隐蔽的欲望动机之间的矛盾。厄普代克说，这是当今世界范围的一个大问题："更明白地说，我们这个充满创新精神和原始清教徒主义的农业国家已经历过二百年，公开宣称的道德论调已经落到低谷。"他深深忧惧于当代美国社会的价值共识正在形骸化、虚伪化以至于虚无化，"开明利己主义"正在走向它的反面。他以自己的耳闻目睹举证："美国的个人主义似乎也已看到它自己的恶果：在市区，滥建工程，垃圾遍地，毁坏公物，抢劫横行；在城郊，无序发展，四分五裂，破坏严重，到处流露着俗丽的气息。"① 可见，在一个倡行契约、法治、管理的社会，人们对价值公信的忠实恪守，仍然是最根本的治理之道。即使在晚明时代，虽然"四书""五经"之教、孔孟朱王之道已经虚伪化，但仍足以感召人心激励志士，于沧海横流之际勉力维持甚至奋不顾身，不能不说中华传统优秀文化中所体现出的昂扬奋进、光明亮丽的价值观，在维护家国秩序、恒定公序良俗、安稳庙堂江湖中所起到的中流砥柱作用。

习近平在《中共中央关于坚持和完善中国特色社会主义制度　推进国家治理体系和治理能力现代化若干重大问题的决定》的说明中，强调指出："当今世界正经历百年未有之大变局，国际形势复杂多变，改革发展稳定、内政外交国防、治党治国治军各方面任务之繁重前所未有，我们面临的风险挑战之严峻前所未有。"② 在这样一个重大的历史关节点，社会主义核心价值观为中华民族的伟大复兴提供强大的精神意志，为中国共产党的执政提供强大的价值源泉，显得尤为关键。

---

① 转引自江湄"这个世界会好吗？"，《读书》2022 年第 7 期。
② 《中国共产党第十九届中央委员会第四次全体会议文件汇编》，人民出版社 2019 年版，第 74—75 页。

第四节　人与自然和谐共生的现代化

人与自然和谐共生的现代化，其基本旨向是生态文明的不断提升亦即生态现代化。生态现代化理论视环境问题为现代社会发展过程之后果，探讨环境问题如何引发现代社会变迁及环境改革，强调在现代化轨道上克服环境危机之可能性。[①]"生态现代化代表了一种重要转型，即一种从工业化进程到考虑维持供养基础方向的生态转型。如同可持续发展概念一样，生态现代化表明克服环境危机不脱离现代化路径的可能性。生态现代化可以被解释为生产和消费过程的生态重建。"[②]

虽然生态问题不是马克思、恩格斯所处时代面临的主要问题，但马克思、恩格斯在《1844年经济学哲学手稿》《德意志意识形态》《共产党宣言》《乌培河谷来信》《自然辩证法》《资本论》等著作中系统论述了人和自然的辩证统一关系、历史观和自然观的辩证统一、资本主义制度和生产方式、资本的空间生产所造成的环境问题、人的解放和自然的解放的统一等思想，包含着丰富的生态文明思想。

马克思、恩格斯主要是从三个方面系统阐发了人和自然的辩证统一关系，构成了他们的生态自然观。其一，马克思、恩格斯强调，自然既是人的实践活动的对象，但同时又是人的实践活动的前提，人的实践活动必须

---

① Spaargaren, Gert & Arthur P.J. Mol. 1992. "Sociology, Environment and Modernity: Ecological Modernization as a Theory of Social Theory." Society and Natural Resources, 5(4):323−344.

② Spaargaren, Gert & Arthur P.J. Mol. 1992. "Sociology, Environment and Modernity: Ecological Modernization as a Theory of Social Theory." Society and Natural Resources, 5(4):334−335.

受自然生态规律的制约，人的生存和发展必须依赖于自然。对此，马克思明确指出："没有自然界，没有感性的外部世界，工人什么也不能创造。自然界是工人的劳动得以实现、工人的劳动在其中活动、工人的劳动从中生产出和借以生产出自己的产品的材料。"①

马克思、恩格斯在《德意志意识形态》中进一步肯定了人类的生存与发展必须以自然界为基础："全部人类历史的第一个前提无疑是有生命的个人的存在。因此，第一个需要确认的事实就是这些个人的肉体组织以及由此产生的个人对其他自然的关系……任何历史记载都应当从这些自然基础以及它们在历史进程中由于人们的活动而发生的变更出发。"②

其二，和一般动物仅仅依靠本能被动适应自然不同，人的劳动具有目的性，并根据自身的需要积极能动地改造自然，从而使"自然人化"。马克思指出："自然界是个有缺陷的存在物。不仅对我说来而且在我看来是有缺陷的存在物，即就其本身说来是有缺陷的存在物。"③ 如何克服这一缺陷而为我服务，就需要做到"自然人化"。对于人类的生存来说，自然界的价值不仅体现在它的生存性的经济价值方面，而且更体现在其存在性的超经济价值方面。也就是说，自然对人的内在意义，不仅包括自然作为"劳动本身的要素"或"劳动的自然要素"④ 的意义，而且包括自然界是人类生存的家园的意义。人类正是通过不断的认识与实践活动，将自在自然转化为人化自然从而使人与自然结合为一体，也正是人类实践的中介作用，才使得自然的经济价值和生态价值获得极大的提升。但是在自然人化的过程中，大自然遭到了破坏，马克思、恩格斯即揭示和批判了资本主义制度和生产方式、资本的空间生产对自然资源的浪费和对环境的破坏。

---

① 《马克思恩格斯文集》（第一卷），人民出版社 2009 年版，第 158 页。
② 《马克思恩格斯文集》（第一卷），人民出版社 2009 年版，第 519 页。
③ 《1844 年经济学哲学手稿》，人民出版社 2018 年版，第 116 页。
④ 《马克思恩格斯全集》（第四卷），人民出版社 1979 年版，第 42 页。

恩格斯在《论权威》中首次以"报复"为关键词描述了社会生产引发的人与自然的关系矛盾："如果说人靠科学和创造性天才征服了自然力，那么自然力也对人进行报复。"①此后他在《劳动在从猿到人转变过程中的作用》中阐明了自然报复论的经典论述："我们不要过分陶醉于我们人类对自然界的胜利。对于每一次这样的胜利，自然界都报复了我们。"②在作为劳动对象的自然面前，我们要始终保持敬畏，自然是我们人类生存的唯一源泉。再聪明的头脑，再高的科技创新发明，没有大自然的慷慨，仍然是巧妇难为无米之炊。千万不要以为，GDP 是人类靠着聪明的大脑创造出来的，离开了自然界的慷慨，一切都将是无源之水。

其三，"自然人化"与"人的自然化"相统一。"人的自然化"这一哲学命题源自马克思《1844 年经济学哲学手稿》中的"自然人化"，并成为符合马克思主义理论内核的合理阐发。这一命题的明确提出较早见于 1962 年法兰克福学派第二代代表人物施密特的《马克思的自然概念》一书，提及"青年马克思的梦想"时认为"即自然的人化同时也包含人的自然化"。③"人的自然化"是一个一直存在的历史过程，生态问题是这一过程中出现于当今的时代现象。环境问题古已有之，但那时自然环境的自我净化能力未被破坏，尚未构成困境。20 世纪以来，生态问题已从区域性扩展到全球，成为当今社会的中心问题之一。与此同时，生态科学迅速发展，为人与自然的生态整体观念提供了实证的依据。危机与科学共同向人类揭示了单向的"自然人化"所造成的生存弊端，同时让"人的自然化"方向与维度得到彰显。

由于马克思、恩格斯指认资本主义制度和生产方式是生态危机的根源，因此他们把破除资本主义制度和生产方式、建立共产主义社会看作是解决生态危机的根本出路。马克思在《1844 年经济学哲学手稿》中断定资本主义

---

① 《马克思恩格斯文集》（第三卷），人民出版社 2009 年版，第 336 页。
② 恩格斯：《自然辩证法》，人民出版社 2018 年版，第 313 页。
③ 施密特：《马克思的自然概念》，欧力同、吴仲坊译，商务印书馆 1988 年版，第 169 页。

私有制造成了人和自然的双重异化，把共产主义社会设想为人和自然异化的完全克服。"共产主义是对私有财产即人的自我异化的积极的扬弃，因而是通过人并且为了人而对人的本质的真正占有，因此，它是人向自身、也就是向社会的即合乎人性的人的复归，这种复归是完全的复归，是自觉实现并在以往发展的全部财富的范围内实现的复归。这种共产主义，作为完成了的自然主义，等于人道主义，而作为完成了的人道主义，等于自然主义，它是人和自然界之间、人和人之间的矛盾的真正解决，是存在和本质、对象化和自我确证、自由和必然、个体和类之间的斗争的真正解决。它是历史之谜的解答。"① 在马克思看来，共产主义是"自然主义和人道主义"的内在统一，是人和自然界之间、人和人之间的矛盾的真正解决。共产主义是人的自由和解放的实现，但是人的自由和解放并不是绝对的，同样应该承认自然界的限制，遵循自然界的物理规律，并通过生产关系的变革和生产力水平的提高，来实现人的自由和解放，而人的自由和解放内在地包含着自然界的解放。

我们走的是一条中国式现代化道路，是在社会主义制度不断完善和不断发展过程中的现代化道路，我们的旨向和目标是共产主义。我们以先进的马克思主义思想为指导，人与自然和谐共生，自然是我们追求的目标。党的十八大以来，以习近平同志为核心的党中央对中华优秀传统生态文化进行创造性转化、创新性发展，将生态文明建设作为关系中华民族永续发展的根本大计。

习近平指出："人类经历了原始文明、农业文明、工业文明，生态文明是工业文明发展到一定阶段的产物，是实现人与自然和谐发展的新要求。"② 他还指出："建设生态文明，关系人民福祉，关乎民族未来。"③

---

① 《马克思恩格斯文集》（第一卷），人民出版社 2009 年版，第 185 页。
② 《习近平关于全面建成小康社会论述摘编》，中央文献出版社 2016 年版，第 164 页。
③ 《习近平谈治国理政》，外文出版社 2014 年版，第 208 页。

一些西方国家在走向现代化的过程中，曾发生多起环境公害事件，引发人们对资本主义发展模式的深刻反思。卡尔·波兰尼在《大转型》中较早地从自然资源商品化的角度抨击了资本主义国家市场原教旨主义对自然环境的破坏："自然界将被化约为它（指市场）的基本元素，邻里关系和乡间风景将被损毁，河流将被污染……食物和原材料的生产能力也将被破坏殆尽。"[①] 用霍克海默的话来说，就是"社会对自然的暴力达到了前所未有的程度"[②]。资本主导的西方国家的现代化历程也是将生态危机转嫁给发展中国家的历程：一是通过经济技术霸权向发展中国家大肆转移污染、逃避责任；[③] 二是以所谓比较优势原理从发展中国家掠夺以生态破坏为代价的各种经济资源，满足本国的经济发展需要。

2021 年，美国两位学者撰文，实证考察了跨代环境变化对文化传承延续性的影响。[④] 近年来不少实证文献发现文化对经济发展具有重要的影响，因而也涌现了大批围绕文化本身的研究。一部分研究发现，某些文化特质即使经历成百上千年也几乎没有改变，另一部分研究则指出，历史上还是有很多文化发生突变的例子。比如，宗教改革运动深刻改变了许多欧洲社会的文化与习俗。这些结论各异的研究都指向了这样一个问题：文化何时能够延续，又何时会发生突变？本文作者从演化人类学得到启示，实证检验了跨代环境变化对文化延续性的影响。

为了理解上述逻辑，首先设想一个居住在稳定自然环境中的人类族群。在这一情景中，上一代人的生活习惯和社会风俗对于指导下一代的生产、生

---

① 波兰尼：《大转型——我们时代的政治与经济起源》，冯钢、刘阳译，浙江人民出版社2007 年版，第 63 页。
② 马克斯·霍克海默、西奥多·阿道尔诺：《启蒙辩证法》，渠敬东、曹卫东译，上海人民出版社 2006 年版，第 4 页。
③ 詹姆斯·奥康纳：《自然的理由——生态学马克思主义研究》，南京大学出版社 2003 年版，第 315 页。
④ Paola Giuliano & Nathan Nunn.2021. "Understanding Cultural Persistence and Change." Review of Economic Studies, 88: 1541−1581.

活活动具有重要的借鉴意义，所以当代人会更易于接纳上一代的传统。两代人所处环境相似程度越高，上一代的传统就越易于被下一代传承。因此，在长时间跨度内生活环境变化较小的族群会更多地保留该族群的文化传统。与之相反，如果某个族群生活在变化剧烈的环境中，上一代的传统对于指导下一代的活动没有太大参考价值，下一代人就会倾向于接纳新的风俗习惯。因此，在长时间跨度内生活环境变化较大的族群会更少地保留该族群的文化传统。

接下来，作者对这一猜想进行了实证检验。其核心是如何测量跨代环境的变化程度。作者采用了美国气候学家和地球物理学家迈克尔·E.曼恩2009年在《科学》杂志上公布的500—1900年全球温度栅格数据。[①] 以20年为一代，作者计算了在这期间70代人所处环境温度的标准差，将其作为环境变化程度的测量指标。

在计算得到上述核心解释变量后，作者运用四套不同的反映文化延续性的数据来识别跨代温度变化对文化延续性的影响。作者首先使用了来自世界价值观调查（WVS）的数据。作者采用被调查者对"传统是否重要"这一问题的回答来衡量文化的延续性。不论是基于国家层面还是基于个人层面的回归结果均发现，历史上跨代温度变化更加剧烈会导致当下人们对传统更不重视。除此之外，作者还使用了一套衡量各类文化特征的数据（女性参与劳动，一夫多妻，近亲结婚）、美国移民后代是否仍与原族群异性婚配数据，以及美国和加拿大土著人群中会说本族群语言数据，这些回归结果都表明历史上跨代环境变化更加剧烈（温和）会导致文化延续性更弱（强）。文化根植于人类社会，但其留存或激变却受到自然环境的影响。从本文的结论来看，文化的保护与传承似乎是天意的选择。然而，文化本身的兼容

---

① Mann, M. E., Zhang, Z., Rutherford, S. et al. 2009. "Global Signatures and Dynamical Origins of the Little Ice Age and Medieval Climate Anomaly." Science, 326:1256−1260.

性和应变性也决定了其是否能在激荡的环境中留存。总体而言，这篇文章从环境的角度，为我们理解现今的文明格局提供新的思路。这也正是习近平所指出的，生态兴则文明兴，生态衰则文明衰。[①]

西方现代化模式遵循主客二分、二元对立的思维模式，带来了人与自然的对立以及对自然的破坏。在这一问题上，西方现代化道路遇到了很大的困境，付出的代价也是巨大的，随后兴起的自然主义、后现代主义等思潮即是对这一现代化模式在思想上的反动。我国当前生态文明建设所面临的则是现代化进程与后现代化进程相互交织的特殊发展场景，既有对经济增长的必然要求，同时也有民主、法治、公平、正义、安全、环境等方面日益增长的要求。简言之，我国社会主要矛盾已经转化为人民日益增长的美好生活需要和不平衡不充分的发展之间的矛盾，在此背景之下我国生态文明建设具有其他发达国家现代化进程中所面临的更为复杂的特点。

中国式现代化坚决按照自然规律办事，抛弃那种以破坏自然为代价的现代化模式，绝不走西方国家先污染后治理的现代化老路，坚定不移走节约资源、保护环境、绿色低碳的新型发展之路，建设人与自然和谐共生的现代化。中国传统文化重视"天人合一"是与马克思主义高度相通的。恩格斯指出："我们每走一步都要记住：我们决不像征服者统治异族人那样支配自然界，决不像站在自然界之外的人似的去支配自然界——相反，我们连同我们的肉、血和头脑都是属于自然界和存在于自然界之中的。"[②] 我们以"共同构建地球生命共同体"之大国自觉担当精神，为推进世界可持续发展提供了中国方案。我们积极应对全球气候变化，力争 2030 年前实现碳达峰，努力争取 2060 年前实现碳中和，为全人类作出积极贡献。

---

① "习近平在中共中央政治局第六次集体学习时强调 坚持节约资源和保护环境基本国策 努力走向社会主义生态文明新时代"，《人民日报》2013 年 5 月 25 日第 1 版。
② 恩格斯：《自然辩证法》，人民出版社 2018 年版，第 313-314 页。

第五节　走和平发展道路的现代化

　　走和平发展道路的现代化，其基本旨向是政治文明的不断提升亦即政治现代化。政治现代化指的是由危机诱发的政治领域响应，主要表现为较高的解决问题能力的建立与制度化。[①] 这是从"冲击—反应"模式出发而对政治现代化所做的定义。当然，也有学者认为"冲击—反应"模式是典型的欧洲中心论模式 [②]，其实大谬不然。国家或社会作为有机体，对任何冲击都会产生反应，至于这种反应是否最终导致国家文明或社会制度的变迁或传统文化的更生，则是另一回事；另外，冲击—反应模式是一种双向而非单向模式。中国走和平发展之路，也是一种冲击—反应模式。所谓冲击，当然是指和平发展仍是当前世界发展的主流，同时世界科技发展的迅速为解决曾经导致战争冲突的资源危机创造了条件；所谓反应，指中华民族内在的和平基因所体现出的"美美与共"的国际发展战略，成为应对当前国际局势的以不变应万变的最佳对策。这是中国共产党执政能力和执政价值观在政治文明领域的反映。

　　在马克思眼中，现代国家的政治文明是与集权制相对立的一个范畴或一种执政权力形式。[③] 现代政治文明是 18 世纪西方社会的产物，是对封建社会的集权制的一种否定。西方的现代民主是以西方的分权理论以及权力

---

①　Jänicke, Martin. 2009. On Ecological and Political Modernization. In Arthur P.J.Mol et al. (ed.), The Ecological Modernisation Reader. Routledge:28−41.
②　徐洛："评近年来世界历史编撰中的'欧洲中心'倾向"，《世界历史》2005 年第 3 期。
③　《马克思恩格斯全集》（第四十二卷），人民出版社 1979 年版，第 238 页。

制衡理论为理论背景的，是这种理论在政治生活中的集中体现。毋庸讳言，人类政治文明的重大进步首先是由于西方资本主义民主制度的建立而实现的。马克思讲的政治文明，其核心就是资本主义社会的民主政治。

从历史到今天，资产阶级创造的政治文明成果是多方面的。

资产阶级创造了共和国的国家形式，建立了代议制的民主制度。在长期的封建社会，国家是君主制国家，皇帝或国王至高无上，是国家的最高主宰。资产阶级推翻封建专制以后，创造了主权在民的共和国的国家形式，国家元首和官员由选举产生。英美等国代议制民主制度由一定数量的议员组成议会或国会，代表选民讨论决定国家重大事项制定法律。奴隶社会和封建社会都有法制，但那是神治（宗教神学的统治）和人治社会，法制是最高统治者实行统治的工具，而且，最高统治者的意志高于法律。资产阶级建立了现代法治。英法美等国的资产阶级建立了自己的国家以后，制定了宪法，作为国家的根本大法。宪法体现了人民主权、至高无上、稳定性等特点。他们又以宪法为根本依据，制定了一整套法律，形成现代法律体系。以宪法为根本法的现代法治，否定了原始的神治，改变了封建专制统治的人治，确立了依法治国的政治体制。

资产阶级建立了政党制度，形成了政党政治。近代政党是随着民主政治的发展而出现的，是政治文明发展的重要成果和标志。资产阶级在国会制度的基础上，建立了政党。人们用组织政党的形式，通过政党的活动，来实现自己的政治目的，这是一个重要的创造，是政治智慧的结晶。政党是政治组织。自从有了政党以后，就有了政党政治。政党联结着政治体制中的各个环节，广泛深入地参与了社会政治生活的各个领域和各个方面，成为政治活动的中枢。各个国家都用法律规定政党在国家政治生活中的地位和活动方式，建立了政党制度。

资产阶级建立了权力制衡制度和强有力的权力监督机制。资产阶级掌握政权以后，鉴于封建统治者集大权于一身所造成的弊端，提出了分权制衡的理论，以防止政治权力过于集中。掌握权力的人往往滥用权力，而不受制约的权力必然走向腐败。为了防止权力被滥用，资产阶级建立了比较完备的监督制度和机制。邓小平曾说："斯大林严重破坏社会主义法制，毛泽东同志就说过，这样的事件在英、法、美这样的西方国家不可能发生。"①实践证明，资产阶级建立的一套监督制度和机制是比较有效的。

资产阶级建立了新闻制度，形成了强有力的舆论监督机制。自17世纪以来的几个世纪中，报纸、杂志、通讯社、广播、电视、互联网等新闻事业发展迅猛，影响很大。资产阶级通过法律建立了新闻制度。各种传媒不但报道新闻，而且成为监督政府和官员的有力工具，新闻舆论监督成为资本主义国家最有力的监督方式之一。

资产阶级提出了人权思想，形成了人权保障机制。针对封建专制统治者压迫人、蔑视人的现实状况，资产阶级启蒙思想家提出了人权思想，认为一切人生来都是平等的，他们均享有生存、自由、追求幸福的天赋权利。马克思曾说，资产阶级革命的胜利也是人权对神权的胜利。人权思想成为资产阶级立法的基本指导思想。资产阶级建立了一整套保障人权的制度和机制。

在马克思看来，资本主义政治文明的确立是人类政治文明形态的一个巨大历史进步，它在一定意义上"使人的世界和人的关系回归于人自身"②。"资产阶级的这种发展的每一个阶段，都伴随着相应的政治上的进展。"③资本主义社会的现代民主制度，在民主历史上是一次重大的历史进步。这种政治上的进步不仅使得资本主义社会内部的矛盾有所缓解，同时也为无产阶级参与政治生活，争取自身的政治权利与社会福利提供现实的途径。如

---

① 《邓小平文选》（第二卷），人民出版社1994年版，第333页。
② 《马克思恩格斯全集》（第三卷），人民出版社2002年版，第189页。
③ 《共产党宣言》，人民出版社2018年版，第29页。

果说资本主义的物质生产力为资本主义过渡到共产主义准备了丰富的物质基础，那资本主义社会的现代民主制，则是无产阶级取得政治统治的现实历史条件，故而恩格斯认为："一切文明国家中民主运动的最终目的都是取得无产阶级的政治统治。"① 如果无产阶级不能使用暴力手段，而只能采用和平方式在资本主义社会取得政治权力，并最终实现政治统治的话，资产阶级的这种现代民主的政治形式，必然是一个很好的政治平台。

在资本主义社会，阶级斗争主要表现为资产阶级与无产阶级之间的对立。当这种对立难以调和时，必然爆发为无产阶级革命。但在资本主义社会还没有完全把其所容纳的社会生产力全部释放出来以前，在资本主义生产关系还能适应其生产力发展以前，无产阶级对资产阶级的暴力革命就缺乏有效的社会历史条件，"如果还没有具备这些实行全面变革的物质因素，就是说，一方面还没有一定的生产力，另一方面还没有形成不仅反抗旧社会的个别条件，而且反抗旧的'生活生产'本身、反抗旧社会所依据的'总和活动'的革命群众，那么，正如共产主义的历史所证明的，尽管这种变革的观念已经表述过千百次，但这对于实际发展没有任何意义"②。因此，在马克思恩格斯晚期著作中，他们更多的是主张利用资本主义现有的经济条件与政治条件，来实现工人阶级的政治主张和利益要求，而不像他们年轻时那样主张用暴力的手段夺取资产阶级的政权。

资本主义政治文明既然是历史发展的产物，必有其历史合理性在。当然，我们也应该看到，资本主义政治文明具有两重性。一方面，从其根本制度来说，具有阶级局限性和虚伪性，它本质上是维护资产阶级统治的根本利益的，比如两次世界大战的爆发深刻地揭露了资本主义国家政治文明的虚伪性。另一方面，其政治体制和政治运行机制，也体现着民主的制度化、

---

① 《马克思恩格斯全集》（第四卷），人民出版社1958年版，第386页。
② 《马克思恩格斯选集》（第一卷），人民出版社2012年版，第173页。

规范化、程序化，不同程度地包含、传承和发展了人类政治文明中具共通性的内容。资本主义虽然不可能改变被社会主义所取代的长期趋势，但是资本主义社会中属于人类创造的文明成果，资本主义可以利用，社会主义也可以利用，不能因为资本主义利用了，就变成资本主义特有的东西，就谈虎色变而不敢去吸收和借鉴。毛泽东1956年在《论十大关系》中说："我们的方针是，一切民族、一切国家的长处都要学，政治、经济、科学、技术、文学、艺术的一切真正好的东西都要学。但是，必须有分析有批判地学，不能盲目地学，不能一切照抄，机械地搬用。"①

社会主义政治文明与资本主义政治文明有着完全不同的本质，是人类历史上新型的政治文明。它抛弃了资本主义政治文明中作为维护私有制、压迫劳动人民工具的本质部分，并代之以一种新的政治关系、政治制度和政治文化模式。资本主义政治文明是建立在资本主义私有制的基础之上的，由于资本主义私有制的限制和资本主义社会无法克服的内在矛盾，资产阶级所标榜的自由、平等、民主并不能真正落到实处，资本主义政治文明在本质上是为资产阶级服务的，是少数人的政治文明。与资本主义政治文明根本相区别，社会主义政治文明是建立在生产资料公有制基础之上的，为广大人民群众享有广泛的参与国家政治生活的权利奠定了切实的基础，从根本上否定了人剥削人、人压迫人的政治制度，第一次实现了多数人对少数人的统治，标志着人类政治文明进入了一个崭新的发展阶段，具有资本主义政治文明所不可比拟的优越性，代表了人类政治文明的发展趋势。

改革开放以后，党领导人民坚持中国特色社会主义政治发展道路，发展社会主义民主，取得重大进展。党的十八大以来，我们党从国内外政治

---

① 《毛泽东著作选读》（下册），人民出版社1986年版，第740页。

发展成败得失中深刻认识到，坚定中国特色社会主义制度自信首先要坚定对中国特色社会主义政治制度的自信，建设社会主义民主政治，发展社会主义政治文明，必须使中国特色社会主义政治制度深深扎根于中国社会土壤，"必须坚持党的领导、人民当家作主、依法治国的有机统一，积极发展全过程人民民主，健全全面、广泛、有机衔接的人民当家作主制度体系，构建多样、畅通、有序的民主渠道，丰富民主形式，从各层次各领域扩大人民有序政治参与，使各方面制度和国家治理更好体现人民意志、保障人民权益、激发人民创造"[①]。

发展社会主义民主政治，最根本的是要坚持党的领导、人民当家作主和依法治国的有机结合和辩证统一。这是我们推进社会主义政治文明建设必须遵循的基本方针，也是我国社会主义政治文明有别于资本主义政治文明的本质特征。

党的领导是人民当家作主和依法治国的根本保证。中国共产党领导是中国特色社会主义最本质的特征。习近平指出，中华民族近代以来180多年的历史、中国共产党成立以来100年的历史、中华人民共和国成立以来70多年的历史都充分证明，没有中国共产党，就没有新中国，就没有中华民族伟大复兴。[②] 我们必须深刻地认知，中国共产党的领导是历史和人民的选择。中国共产党从成立起就肩负着实现中华民族伟大复兴的历史使命。自成立以来，我们党坚持把马克思主义基本原理同中国具体实际和时代特征结合起来，独立自主走自己的路，历经千辛万苦，付出各种代价，胜利完成了新民主主义革命、社会主义革命，胜利进行了改革开放新的伟大革命，开创和发展了中国特色社会主义，从根本上改变了中国人民和中华民

① 《中共中央关于党的百年奋斗重大成就和历史经验的决议》，人民出版社2021年版，第39页。
② 习近平：《在庆祝中国共产党成立100周年大会上的讲话》，人民出版社2021年版，第10—11页。

族的前途命运。一代一代中国共产党人的理想和探索，千千万万革命先烈的奋斗和牺牲，全国各族人民的奋斗和实践，汇聚于中国共产党的旗帜之下，凝聚起推动历史前进的磅礴伟力，成就着中华民族伟大复兴中国梦的美好愿景。事实告诉我们，中国共产党的领导，是历史和人民的选择。

1942年，毛泽东指出，我们研究党史，只从1921年起还不能完全说明问题。研究中国共产党的历史，还应该把党成立以前的辛亥革命和五四运动的材料研究一下，不然，就不能明了历史的发展。在1945年党的七大上，他指出："一九二一年产生了中国共产党，中国就改变了方向，五千年的中国历史就改变了方向。我们中国共产党是中国历史上的任何政党都比不了的，它最有觉悟，最有预见，能够看清前途。"① 在去世前的1973年，毛泽东更是明确强调："政治局委员要懂一点历史，不仅中国史、世界史，分门别类的政治史、经济史、小说史也要懂一点。从乌龟壳到共产党这一段历史应该总结。"②

从以上引文可以看出，毛泽东十分强调研究中共党史要上溯五千年，强调中国共产党诞生之后，"五千年的中国历史就改变了方向"，强调"从乌龟壳到共产党这一段历史应该总结"。在这里，毛泽东如此强调要把中国共产党的历史纳入中华文明的历史长河中去看待，如此强调这样一种大历史观，有很深刻的含义。概而言之，就是要从中国共产党的诞生、成长、壮大，进而带领中华民族持续奋进，完成中华民族伟大复兴历史使命之角度，更深刻地理解其历史合法性。

近代以来，太平天国运动、戊戌变法、义和团运动、辛亥革命接连而起，但农民起义、君主立宪、资产阶级共和制等种种救国方案都相继失败。在中国人民顽强前行的伟大斗争中，中国共产党诞生了。自成立之日起，中

---

① 《毛泽东文集》（第三卷），人民出版社1996年版，第397页。
② 《毛泽东年谱（1949—1976）》（第六卷），中央文献出版社2013年版，第480页。

国共产党就以实现中国人民当家作主和中华民族伟大复兴为己任，进行艰苦卓绝的革命斗争，建立了人民当家作主的新中国。社会主义革命和建设，特别是改革开放以来所取得的历史性伟业，在让世界震撼于中国共产党的领导力之同时，也深深地为中国特色社会主义道路之正确、理论之先进、制度之稳定、文化之厚重所折服。特别是此次抗击新冠疫情战斗，更加充分地彰显了中国特色社会主义制度的优越性。百年来跌宕起伏而又光荣辉煌的历程已经充分证明，中国共产党的领导，是历史和人民的选择，其历史合法性，在人民的心中。

人民当家作主是社会主义民主政治的本质要求，共产党执政就是要领导和支持人民当家作主，最广泛地动员和组织人民群众依法管理国家和社会事务。正如邓小平所指出的："没有民主就没有社会主义，就没有社会主义的现代化。"① 党的十七大以来，中国共产党多次强调加强社会主义民主政治建设的同时加强社会主义政治文明建设，加强政治文明建设的重点就是不断加强法治建设，并通过法治建设的中介环节进一步加强政治文明建设。"社会主义愈发展，民主也愈发展。在发展中国特色社会主义的历史进程中，中国共产党人和中国人民一定能够不断发展具有强大生命力的社会主义民主政治"②，扩大社会主义民主建设，要求尽快建设法治国家，因为只有法治才能保证国家的长治久安，只有加强政治文明建设才能保证全过程人民民主的政治文明特性，从而"扩大社会主义民主，加快建设社会主义法治国家，发展社会主义政治文明"③。

加强社会主义政治文明建设有利于提升我国的民主国家形象，为全人类政治文明作出中国贡献，体现中国全过程人民民主的政治智慧。全过程人

---

① 《邓小平文选》（第二卷），人民出版社 1994 年版，第 168 页。
② 胡锦涛："高举中国特色社会主义伟大旗帜 为夺取全面建设小康社会新胜利而奋斗——在中国共产党第十七次全国代表大会上的报告"，《求是》2007 年第 21 期。
③ 《十八大以来重要文献选编》（上），中央文献出版社 2014 年版，第 20 页。

民民主具有战略性，在社会主义国家建设布局中发挥重要作用，通过全过程人民民主，将使"我国物质文明、政治文明、精神文明、社会文明、生态文明全面提升。"①

依法治国是党领导人民治理国家的基本方略，是发展社会主义市场经济的客观需要，是社会文明进步的重要标志，也是国家长治久安的重要保障。依法治国把坚持党的领导、发扬人民民主和严格依法办事统一起来，从制度上保证党的基本路线和基本方针的贯彻实施，保证民主的落实，"不因领导人的改变而改变，不因领导人的看法和注意力的改变而改变"②。

我们党自成立之日起就高度重视法治建设。新民主主义革命时期，我们党制定了《中华苏维埃共和国宪法大纲》和大量法律法令，创造了"马锡五审判方式"，为建立新型法律制度积累了实践经验。社会主义革命和建设时期，我们党领导人民制定了宪法和国家机构组织法、选举法、婚姻法等一系列重要法律法规，建立起社会主义法制框架体系，确立了社会主义司法制度。改革开放和社会主义现代化建设新时期，我们党提出"有法可依、有法必依、执法必严、违法必究"的方针，确立依法治国基本方略，把建设社会主义法治国家确定为社会主义现代化的重要目标，逐步形成以宪法为核心的中国特色社会主义法律体系。

党的十八大以来，党中央把全面依法治国纳入"四个全面"战略布局予以有力推进，对全面依法治国作出一系列重大决策部署，组建中央全面依法治国委员会，完善党领导立法、保证执法、支持司法、带头守法制度，基本形成全面依法治国总体格局。党的十八届四中全会明确提出全面推进依法治国的总目标是建设中国特色社会主义法治体系、建设社会主义法治国家。我们抓住法治体系建设这个总抓手，坚持党的领导、人民当

---

① 《十九大以来重要文献选编》（上），中央文献出版社 2019 年版，第 20 页。
② 《邓小平文选》（第二卷），人民出版社 1994 年版，第 146 页。

· 272 ·

家作主、依法治国有机统一，坚持依法治国、依法执政、依法行政共同推进，坚持法治国家、法治政府、法治社会一体化建设，全面深化法治领域改革，统筹推进法律规范体系、法治实施体系、法治监督体系、法治保障体系和党内法规体系建设，推动中国特色社会主义法治体系建设取得历史性成就。

"坚持党的领导、人民当家作主、依法治国的有机统一"，作为我国政治文明构建、发展、进步的重要基石，对内为创造经济社会和谐发展提供了坚实保障，对外为构建人类命运共同体、实现和平发展的国际环境提供了鲜明的导向和借鉴。

习近平指出："一个民族最深沉的精神追求，一定要在其薪火相传的民族精神中来进行基因测序。"① "中国人的血脉中没有称王称霸、穷兵黩武的基因。"② 我们始终把和平共处、互利共赢作为处理国际关系的基本准则，坚持多边主义，反对霸权主义、单边主义，积极推动构建人类命运共同体。

中国的现代化成就，得益于走和平发展的道路，得益于我国政治文明的创建，从根本上相异于西方发达国家通过殖民和掠夺完成其现代化所需的资本积累。我们是世界和平的受益者，也是弥补世界和平赤字的积极贡献者。新中国成立 70 多年来，中国从没有主动挑起过任何一场战争和冲突。中国在坚定维护世界和平中谋求自身发展，又以自身发展更好地维护世界和平。中国走和平发展之路，致力于解决中国面临的历史课题和现实问题，既顺应了中华民族走向复兴的历史大势，又顺应了当今时代发展大势，符合中国国情、符合中国人民愿望。中国在加快自身发展的同时，也创造了人类现代化历史上的发展奇迹。

习近平强调："中国走和平发展道路，不是权宜之计，更不是外交辞令，

---

① 习近平："在德国科尔伯基金会的演讲"，《人民日报》2014 年 3 月 30 日第 2 版。
② 习近平："弘扬和平共处五项原则　建设合作共赢美好世界——在和平共处五项原则发表60 周年纪念大会上的讲话"，《人民日报》2014 年 6 月 29 日第 2 版。

而是从历史、现实、未来的客观判断中得出的结论，是思想自信和实践自觉的有机统一。和平发展道路对中国有利、对世界有利，我们想不出有任何理由不坚持这条被实践证明是走得通的道路。"①

① 习近平："在德国科尔伯基金会的演讲"，《人民日报》2014年3月30日第2版。

第三章　中国式现代化
内蕴人类文明新形态

第一节　"倒逼"出来的现代化

恩格斯在晚年的一封信中曾指出："我们人类却如此愚蠢，如果不是在几乎无法忍受的痛苦逼迫之下，怎么也不能鼓起勇气去实现真正的进步。"[①]中国的现代化何尝不是如此。

1840 年鸦片战争之后，中华帝国在西方列强的坚船利炮之下不堪一击，被强行拖入了经济全球化的大潮，国人心目中的帝国在东亚乃至世界的核心位置似乎出现了飘移动摇。从器物自卑、制度自卑，最终到文化自卑，一个领先世界数千年的文明帝国瞬间崩塌，实"数千年未有之变局"。

"数千年变局"一语出自晚清重臣李鸿章。李鸿章曾言："历代备边多在西北，其强弱之势。主客之形，皆适相埒，且犹有中外界限。今则东南海疆万余里，各国通商传教，往来自如。阳托和好，阴怀吞噬，一国生事，诸国构煽，实为数千年来未有之变局。轮船电报，瞬息千里，军火机器，工力百倍，又为数千年来未有之强敌。而环顾当世，饷力人才，实有未逮，虽欲振

[①]　《马克思恩格斯选集》（第四卷），人民出版社 2012 年版，第 640-641 页。

奋而莫由。易曰：'穷则变，变则通。'盖不变通，则战守皆不足恃，而和亦不可久也。近时拘谨之儒，多以交涉洋务为耻，巧者又以引避自便。若非朝廷力开风气，破拘挛之故习，求制胜之实际，天下危局，终不可支。日后乏才，且有甚于今日者。以中国之大，而无自强自立之时，非惟可忧，抑亦可耻。"①

同治十一年五月，李鸿章在《复议制造轮船未可裁撤折》中说："臣窃惟欧洲诸国，百十年来，由印度而南洋，由南洋而中国，闯入边界腹地，凡前史所未载，亘古所未通，无不款关而求互市。我皇上如天之度，概与立约通商，以牢笼之，合地球东西南朔九万里之遥，胥聚于中国，此三千余年一大变局也。"

周策纵于1945年大发感慨："'三千余年一大变局'，李氏这句名言，我们在今日看来，事实明若观火，尤觉得现时代意义之丰富。"② 可见李鸿章对晚清之变局有清晰的认知，但仍然是无可奈何而已。雷海宗在《无兵的文化》中写道：

> 中国虽屡次被征服，但始终未曾消灭，因为游牧民族的文化程度低于中国，入主中国后大都汉化。只有蒙古人不肯汉化。所以不到百年就被驱逐。游牧民族原都尚武，但汉化之后，附带地也染上汉族的文弱习气，不能振作，引得新的外族又来内侵。蒙古人虽不肯汉化，但文弱的习气却已染上，所以汉人不很费力就把他们赶回沙漠。
>
> 鸦片战争以后，完全是一个新的局面。新外族是一个高等文化民族，不只不肯汉化，并且要同化中国。这是中国有史以来所未曾遭遇过的紧急关头，惟一略为相似的前例就是汉末魏晋的大破裂时

---

① "李鸿章传"，《清史稿》卷四一一列传第一九八。
② 周策纵、冯大麟："论中国历史大变局的序幕"，《三民主义半月刊》1945年第7卷第8期，第13-18页。

代。政治瓦解到不可收拾的地步，因而长期受外族的侵略与统治。旧文化也衰弱僵化，因而引起外来文化势力的入侵，中国临时完全被佛教征服，南北朝时代的中国几乎成了印度中亚文化的附庸。但汉末以下侵入中国的武力与文化是分开的，武力属于五胡，文化属于印度。最近一百年来侵入中国的武力与文化属于同一的西洋民族，并且武力与组织远胜于五胡，文化也远较佛教为积极。两种强力并于一身而向中国进攻，中国是否能够支持，很成问题。并且五胡与佛教入侵时，中国民族的自信力并未丧失，所以仍能得到最后的胜利：五胡为汉族所同化，佛教为旧文化所吸收。今日民族的自信力已经丧失殆尽，对传统中国的一切都根本发生怀疑。①

雷海宗上述两段话的中心思想，用许纪霖的概括，即为："中国过去所遭遇的外敌，一种是像佛教那样有文明而没有实力，另一种是像北方游牧民族那样有实力而没有文明，这些都好对付。然而鸦片战争之后所出现的西方，既有实力，又有文明，都比中国要高级，于是引发了前所未有的文明危机。"② 周策纵在《五四运动：现代中国的思想革命》一书中亦写道："在中国开始与现代西方接触之前，除了印度佛教之外，中国文明从未受到任何外来影响的全面严重的挑战。佛教曾触及中国思想和社会的许多方面，但对政治和经济制度却没有产生多大影响。由于西方在科学和其他领域领先了几百年，又由于社会差异造成的许多其他附加因素，使得西方对中国产生的冲击势不可挡。"③

王造时在同一时期亦有类似观点，他写道："欧风美雨，骤然而至，不

---

① 雷海宗："无兵的文化"，见《中国兵史》，中央编译出版社 2016 年版。
② 见许纪霖博客"另一半梦"，2013 年 8 月 29 日。
③ 周策纵：《五四运动：现代中国的思想革命》，周子平等译，江苏人民出版社 1996 年版，第 14 页。

但把我们的门户打得四开，并且把我们的藩篱也捣毁无余。……若是这般不速之客，还是使以前北方一带的部落民族那样那么落后，他们进来之后，我们不过享以酒馔，赠以玉带，馈以美女了事；再若不然，不过让他们在中国做若干时日的上宾，结果他们还是要被我们同化。现在这般从西方来的不速之客便不同了，他们挟有优越的文化，优越的政治，优越的经济以临我们，我们既不能挥指使去，又不能化之归我，更不能驱之以从，结果只有冲突，冲突之下当然是优胜劣败。我们中国社会受了无数次的挫败，对于向日的全个社会基础，自不能不失去信念，而逐渐加以怀疑。于是，内外夹攻，全个社会，不得不发生根本动摇，由动而静（原文如此，疑应为'由静而动'——引者），变化起来。酿成数十年来的混乱大观——即李鸿章所谓'三千余年一大变局'。"①

中国一步一步地沦落，将自己逼入绝境。周策纵等认为，鸦片战争之后，"一泻千里的汹涌史潮不能不逼着中国'变'，要使中国在火烧焰灼中，脱胎换骨，把乡愿、官僚、阿Q，那些腐化的人生型式，根绝净尽，铸出一幅新的民族人格型，建立一套新的人生观来，要把宽松的政治体制，无为的政治精神，从转旧为新出死入生的建国历程中，增加它的'能战'的性能和'应战'的力量，要将古老的农业经济社会，从'破产''崩溃''没落'的深渊里，改造成崭新的现代工业社会，这是中国近代三大历史任务，也是建设新中国的首要课题。"②周氏等人于抗战几于胜利之时所提出的这"三大历史任务"，如今闻之仍有振聋发聩之声。政治、经济、文化的改造与发展、演化与变迁，仍是我们当今于两个大局交织激荡中所需要不断深化以期止于至善的伟大历史使命。

---

① 王造时："三千年来一大变局——中西接触与中国问题的发生"，《新月》1932 年第 3 卷第 10 期。

② 周策纵、冯大麟："论中国历史大变局的序幕"，《三民主义半月刊》1945 年第 7 卷第 8 期，第 13–18 页。

习近平指出："近代以后，中华民族复兴进程曾多次被打断。鸦片战争和帝国主义列强的入侵，不仅使我国落伍了，而且一次又一次摧毁了中国人民寻求民族独立和复兴的努力。列强通过签订一系列不平等条约，迫使清政府割地赔款，先后侵占我国一百八十多万平方公里的领土；至一九〇一年中国对外八次主要赔款（包括庚子赔款应付的利息）总计约折合十九亿五千三百万银元，相当于清政府一九〇一年收入总额的十六倍；到一九一七年，强迫中国开放的通商口岸达到九十二个，租界遍布各个通商口岸。辛亥革命后，我国虽然结束了绵延两千多年的君主专制制度，但军阀混战、日本帝国主义入侵、国民党蒋介石反动统治，又"把中国拖到了绝境"。新中国成立后重新开启的中华民族伟大复兴进程也遇到了很多风险挑战，比如，美国等西方国家全面封锁、抗美援朝战争、三年自然灾害、中苏决裂和边境冲突、抗美援越战争、'文化大革命'等。这些风险挑战性质和程度不同，但处理不好、处理不当都会对我国发展进程产生重大冲击和干扰。"[1]

比如"文化大革命"对中国经济造成的损失可谓极其惨重。1977年12月，李先念在全国计划会议上说，"文革"十年在经济上仅国民收入就损失了人民币5000亿元。这个数字相当于新中国成立30年全部基本建设投资的80%，超过了新中国成立30年全国固定资产的总和。胡绳主编的《中国共产党的七十年》引用了这一数据。席宣、金春明据此认为：如果按照正常年份每100元投资的应增效益推算，"文革"期间国民收入损失达5000亿元，相当于败掉了与1949—1979年全部国营企业固定资产原值同等的一份家当。[2]

"文化大革命"结束之时，亦是中国经济濒临崩溃之时，此时再不改革，中国会走向何方不可想象。正如习近平所指出的："党的十一届三中全

① 《习近平关于"不忘初心、牢记使命"重要论述摘编》，党建读物出版社、中央文献出版社2019年版，第319页。
② 席宣、金春明：《"文化大革命"简史》，中共党史出版社1996年版，第349、352页。

会是在党和国家面临何去何从的重大历史关头召开的。当时，世界经济快速发展，科技进步日新月异，而'文化大革命'十年内乱导致我国经济濒临崩溃的边缘，人民温饱都成问题，国家建设百业待兴。党内外强烈要求纠正'文化大革命'的错误，使党和国家从危难中重新奋起。邓小平同志指出：'如果现在再不实行改革，我们的现代化事业和社会主义事业就会被葬送。'①"文革"带给中国人民的险境，逼出了改革开放。正如习近平所指出的："改革是由问题倒逼而产生。"②

中国的现代化也是由各种问题倒逼而来的，关键是，我们要清醒地认识到，要实现中华民族伟大复兴，我们就必须坚定不移推进改革开放。没有改革开放，就没有中国的今天；离开改革开放，也没有中国的明天。正如习近平所强调的："改革开放是决定当代中国命运的关键一招，也是决定实现'两个一百年'奋斗目标、实现中华民族伟大复兴的关键一招，实践发展永无止境，解放思想永无止境，改革开放也永无止境，停顿和倒退没有出路，改革开放只有进行时、没有完成时。"③亦如李克强在2022年两会结束后回答记者提问时所强调的："长江、黄河不会倒流。中国这40多年，从来都是在改革中前进、开放中发展。只要是有利于扩大高水平开放的事情，我们都愿意积极去做，而且要坚定地维护多边贸易体制，这也是我们自身发展的需要。中国对外开放40多年了，发展了自己，造福了人民，也有利于世界。这是个机遇的大门，我们决不会、也决不能把它关上。"④

---

① 习近平：《在庆祝改革开放四十周年大会上的讲话》，人民出版社2018年版，第2—3页。
② 《习近平关于全面深化改革论述摘编》，中央文献出版社2014年版，第13页。
③ 《中国共产党第十八届中央委员会第三次全体会议文件汇编》，人民出版社2013年版，第85页。
④ "李克强总理出席记者会并回答中外记者提问"，《中国青年报》2022年3月12日。

第二节　"两创""两结合"内蕴新的文明形态

2014 年 9 月 24 日，习近平在纪念孔子诞辰 2565 周年国际学术研讨会暨国际儒学联合会第五届会员大会开幕会上发表重要讲话，强调要"努力实现传统文化的创造性转化、创新性发展，使之与现实文化相融相通，共同服务以文化人的时代任务"①。党的十九届六中全会通过的《中共中央关于党的百年奋斗重大成就和历史经验的决议》，立足于理论和实践发展，再次提出"推动中华优秀传统文化创造性转化、创新性发展"②。在党的二十大报告中，习近平总结十年来的工作时强调指出，"我们确立和坚持马克思主义在意识形态领域指导地位的根本制度，新时代党的创新理论深入人心，社会主义核心价值观广泛传播，中华优秀传统文化得到创造性转化、创新性发展"③。

这种创造性转化和创新性发展，十分生动地体现于"两结合"上面。习近平在庆祝中国共产党成立 100 周年大会上的重要讲话中旗帜鲜明地提出，"把马克思主义基本原理同中国具体实际相结合、同中华优秀传统文化相结合"④ 这一重大时代命题。"两个结合"的提法，出现于党的文献中尚属首次，我们以为主要体现在三个方面。

---

① 习近平："在纪念孔子诞辰 2565 周年国际学术研讨会暨国际儒学联合会第五届会员大会开幕会上的讲话"，《人民日报》2014 年 9 月 25 日第 2 版。
② 《中共中央关于党的百年奋斗重大成就和历史经验的决议》，人民出版社 2021 年版，第 46 页。
③ "高举中国特色社会主义伟大旗帜 为全面建设社会主义现代化国家而团结奋斗——在中国共产党第二十次全国代表大会上的报告（2022 年 10 月 16 日）"，《人民日报》2022 年 10 月 26 日第 1 版。
④ 习近平：《在庆祝中国共产党成立 100 周年大会上的讲话》，人民出版社 2021 年版，第 17 页。

一是共产主义远大理想与中华优秀传统文化的契合。在中华民族积贫积弱、任人宰割的时期，各种主义和思潮都进行过尝试，资本主义道路没有走通，改良主义、自由主义、社会达尔文主义、无政府主义、实用主义、民粹主义、工团主义等"你方唱罢我登场"，但都没能解决中国的前途和命运问题。十月革命一声炮响，给中国送来了马克思列宁主义。在中国人民和中华民族的伟大觉醒中，在马克思列宁主义同中国工人运动的紧密结合中，中国共产党应运而生。中国产生了共产党，这是开天辟地的大事变，深刻改变了近代以后中华民族发展的方向和进程，深刻改变了中国人民和中华民族的前途和命运，深刻改变了世界发展的趋势和格局。

中国共产党的先驱们，于中国历史发展的十字路口，为什么会义无反顾地选择马克思主义？

因为马克思主义是科学的理论，创造性地揭示了人类社会发展规律。在马克思提出科学社会主义之前，空想社会主义者早已存在，他们怀着悲天悯人的情感，对理想社会有很多美好的设想，但由于没有揭示社会发展规律，没有找到实现理想的有效途径，因而也就难以真正对社会发展发生作用。正如李大钊在《我的马克思主义观》中所指出的："马氏（马克思——引者注）以前也很有些有名的社会主义者，不过他们的主张，不是偏于感情，就是涉于空想，未能造成一个科学的理论与系统。"[1] 马克思创建了唯物史观和剩余价值学说，揭示了人类社会发展的一般规律，揭示了资本主义运行的特殊规律，为人类指明了从必然王国向自由王国飞跃的途径，为人民指明了实现自由和解放的道路。

更为重要的是，马克思主义以科学的理论为最终建立一个没有压迫、没有剥削、人人平等、人人自由的理想社会指明方向——共产主义社会，完

---

[1] 中国李大钊研究会编著：《李大钊文集》（第三卷），人民出版社1999年版，第18页。

全契合了中华优秀传统文化所蕴含的人类"大同"理念。"共产主义"虽是外来政治术语，但建立一个类似的没有剥削、没有压迫的人人平等的大同世界的理想，在中国却是古已有之。从较为系统地阐述理想世界的《礼记·礼运》到康有为的《大同书》，从孔夫子到孙中山，中国的志士仁人们对此一理想进行了不懈的追求和探索。马克思主义以其科学性、真理性，为肩负实现中华民族伟大复兴历史使命的中国先进知识分子提供了强大理论武器，催生了掌握这一理论武器的中国共产党。从此，"中国就改变了方向，五千年的中国历史就改变了方向"①。为中国人民谋幸福，为中华民族谋复兴，为世界谋大同，推动构建人类命运共同体，自此成为中国共产党自觉的大党担当。

二是同中华优秀传统文化相结合是马克思主义中国化的必由之路。1938年10月14日，毛泽东在中国共产党第六届中央委员会扩大的第六次全体会议上做的报告《论新阶段》中，首次正式提出使马克思主义中国化的任务。他说："成为伟大中华民族的一部分而和这个民族血肉相联的共产党员，离开中国特点来谈马克思主义，只是抽象的空洞的马克思主义。因此，使马克思主义在中国具体化，使之在其每一表现中带着中国的特性，即是说，按照中国的特点去应用它，成为全党亟待了解并亟须解决的问题。"② 使马克思主义中国化，这是以毛泽东为代表的中国共产党人在走过艰难曲折的道路之后所达到的认识上的升华。党的六届六中全会上，毛泽东明确提出要总结和承继从"孔夫子到孙中山"这份数千年的珍贵历史遗产。他在《改造我们的学习》的报告中指出，我们党认真研究中国历史的空气不浓厚，批评道："许多马克思列宁主义的学者也是言必称希腊，对于自己的祖宗，则对不住，忘记了。"③ 这里，毛泽东把总结和承继中国自己的老祖宗思想资源，看作马

①　《毛泽东文集》（第三卷），人民出版社1996年版，第397页。
②　《毛泽东选集》（第二卷），人民出版社1991年版，第534页。
③　《毛泽东选集》（第三卷），人民出版社1991年版，第797页。

克思主义中国化的文化之根。

1973 年，已到人生暮年的毛泽东更是谆谆教诲，"政治局委员要懂得一点历史，不仅中国史、世界史，分门别类的政治史、经济史、小说史也要懂一点。从乌龟壳到共产党这一段历史应该总结"。① 毛泽东强调要把中国共产党的历史纳入以"乌龟壳"象征的中华文明历史长河中去看待，这样一种大历史观，是有很深刻含义在的：就是要从中国共产党的诞生、成长、壮大，进而带领中华民族持续奋进，实现中华民族伟大复兴历史使命之角度，更深刻地理解其文化合法性、历史正当性。

2021 年 3 月，习近平在福建武夷山朱熹园考察时指出："我们走中国特色社会主义道路，一定要推进马克思主义中国化。如果没有中华五千年文明，哪里有什么中国特色？如果不是中国特色，哪有我们今天这么成功的中国特色社会主义道路？我们要特别重视挖掘中华五千年文明中的精华，把弘扬优秀传统文化同马克思主义立场观点方法结合起来，坚定不移走中国特色社会主义道路。"②

马克思主义源于西欧，但其理论实质的世界性、未来性，则体现为全人类的共同精神财富。马克思主义理论要真正掌握世界不同民族、掌握不同国家的为更美好生活而奋斗的人民群众，就必须经历一个民族化的过程。其中所表现出的共同特征，就是马克思主义基本原理不但要同接受国的具体实际相结合，还要同其优秀传统文化相结合。

同理，马克思主义基本原理与中华优秀传统文化相结合，进而马克思主义从内到外都具有中华民族自身的特色，自然融入中华文明内核，则是马克思主义中国化的不二路径。

三是文化自信是习近平新时代中国特色社会主义思想的重要理论品格。

---

① 中共中央党史和文献研究院：《毛泽东 邓小平 江泽民 胡锦涛关于中国共产党历史论述摘编》，中央文献出版社 2021 年版，第 62 页。
② 《习近平谈治国理政》（第四卷），外文出版社 2022 年版，第 315 页。

习近平指出："坚定文化自信，是事关国运兴衰、事关文化安全、事关民族精神独立性的大问题。"① 这一重要论述从战略高度指明了坚定文化自信在新时代中国所具有的重要意义。没有高度的文化自信，没有文化的繁荣兴盛，就没有中华民族的伟大复兴。

坚定中国特色社会主义道路自信、理论自信、制度自信，说到底是要坚定文化自信。文化自信，是更基础、更广泛、更深厚的自信，是更基本、更深沉、更持久的力量。对文化自信之理论逻辑、历史逻辑、现实逻辑的高度自觉，不仅源于习近平对中华民族五千多年文明史所孕育的中华优秀传统文化、党领导人民在革命建设改革中创造的革命文化和社会主义先进文化的深刻认知，更源于对已成为世界第二大经济体、第一大工业国、第一大货物贸易国、第一大外汇储备国的中国未来之发展动力、潜力的深刻认知。

当今世界正经历百年未有之大变局。我们沉着应对，实现经济社会平稳发展。其中，中华优秀传统文化创造性转化、创新性发展的积极成果——社会主义核心价值观对于全社会的凝聚向心作用彰显无遗。尽管当前经济全球化面临不少阻力，但中国开放的大门不会关闭，只会越开越大。我们敞开大门欢迎各国分享中国发展机遇。和平、和睦、和谐是中华民族一直追求和传承的理念，因时而动、与时俱进，创造了博大精深的中华文化，为人类文明进步作出了不可磨灭的贡献。文化自信，是中华民族数千年来不断探索自身发展道路所积淀的最深层精神追求在新时代中国的自然表达，是中国人民胜利前行的强大精神力量，是习近平新时代中国特色社会主义思想的重要的理论品格。

沟口雄三认为："社会主义的土壤在中国，作为民间的社会机制、生活

---

① 习近平："在中国文联十大、中国作协九大开幕式上的讲话"，《人民日报》2016 年 12 月 1 日第 2 版。

伦理以及政治上的统治理念本来就是存在的。""如果我们把目光从十九世纪以降的这种世界性马克思主义运动上面转移开来，去注视十七世纪以降在中国大陆展开的历史过程的话，我们就会发现：正是在中国强有力伸展着的相互扶助的社会网络、生活伦理以及政治理念，才是中国的所谓社会主义革命的基础。就是说，社会主义机制对于中国来讲，它不是什么外来的东西，而是土生土长之物；马克思主义不过是在使这些土生土长之物得以理论化的过程中，或在所谓阶级斗争理论指导下进行革命实践的过程中，起了极大刺激作用的媒介而已。"[①] 舒衡哲在《中国启蒙运动——知识分子与五四遗产》一书中写到她于 1979—1980 年在北京大学进修，以及 1981 年和 1983 年到中国访问，有幸与八位 1919 年"新青年"一代的知识分子晤谈。许德珩、俞平伯、叶圣陶、朱光潜、冯友兰、金岳霖、张申府、梁漱溟这些五四时期反传统的斗士，"'五四运动'形塑了他们之间互异的观点，但是，在其后 60 年的现在，他们却都坚信着，中国直至今日仍需要去实现一个能真正与中国特有的文化传统和谐一致的现代化理想境界"[②]。爱德华·霍尔认为："我们必须接受这样一个事实：有许许多多通向真理的道路；在探索真理的过程中，没有哪一种文化能在寻求真理的道路上独霸一方，也没有哪一种文化比其他文化拥有更多得天独厚的条件。"[③]

近代以来的马克思主义中国化，亦即在革命、建设和改革以及中国特色社会主义新时代以来的历史进程中，基于中华优秀传统文化的创造性转化和创新性发展，把马克思主义基本原理同中国具体实际相结合、同中华优秀传统文化相结合，通过阶级斗争的方式，实现并巩固无产阶级专

[①] 沟口雄三：《中国的冲击》，王瑞根译，生活·读书·新知三联书店 2011 年版，第 124 页。
[②] 舒衡哲：《中国启蒙运动——知识分子与五四遗产》，刘京建译，新星出版社 2007 年版，第 2 页。
[③] 爱德华·霍尔：《超越文化》，何道宽译，北京大学出版社 2010 年版，第 7 页。

政，建立并逐步完善具有中国特色的社会主义制度，并以达致大同世界之目的作为最高追求。其实现路径之独特性，不仅仅取决于"两创"，亦决定于"两个结合"，此即为中国式现代化所体现出来的人类文明新形态。

第三节 中华文明的"大责任"与"大贡献"

可以看出，中国式现代化的人类价值体现于政治文明或政治现代化方面，表现为各国之国家制度、政治架构、治理模式，必须深深根植于本土文明才能源远流长。我国政治文明或政治现代化的重要特征，即是中国共产党的领导，是中国历史和文化的选择，是中国人民的选择。中国式现代化的人类价值体现于物质文明或人口规模巨大的现代化方面，表现为老龄化社会在物质基础尚需进一步巩固的背景之下，如何通过不断提升人力资本实现平稳的现代化，这对于发展中国家走出一条行稳致远的现代化道路尤具借鉴价值。中国式现代化的人类价值体现于社会文明或全体人民共同富裕的现代化方面，表现为如何通过经济、法律等制度化方式推动城乡区域的平衡发展，特别是降低两极分化对社会的伤害，实现最大程度的社会和谐，这不仅仅对于发达国家有借鉴意义，对于那些正在选择现代化道路的发展中国家，更是提供了理论和现实的借鉴。中国式现代化的人类价值体现于精神文明或物质文明和精神文明相协调的现代化方面，表现为一国现代化道路通过思想的现代化，推动优秀传统文化的创造性转化和创新性发展，寻求执政理念的历史文化合法性，弥合传统与现代的疏离。中国式现代化的人类价值体现于生态文明或人与自然和谐共生的现代化方面，表现为作为地球村的一员，在气候变化已成为全球性重大议题的时刻，每个国家都应该承担起相应的职责，为护佑我们共同的家园作出各自的贡献。最后，我们走的是一条和平发展道路的现代化，通过深化改革扩大开放，与全球同频共振，积极引领构建人类命运共同体这一伟大事业。正如习近平所说，我们所做的一切都是为人民谋幸福，为民族谋复兴，为世界谋大同。①

在党的二十大报告中，习近平再次庄重提出中国式现代化推动构建人类命运共同体，创造人类文明新形态。②

马克思主义基本原理告诉我们，人类文明的发展，有两对主要矛盾贯穿其中，即生产力和生产关系，经济基础和上层建筑。中国式现代化所推进的中华民族伟大复兴伟业，所创造的人类文明新形态之"新"，也必须从这两对矛盾中来探求。综前所述，从生产力来看，我们走的是一条和平发展之路，天人合一之路，没有采取殖民他族、掠夺自然的西方国家曾经走过的所谓现代化道路；从生产关系看，我们更加强调公平正义的理念，强调社会的和谐可持续，而不是像西方发达国家曾经走过的通过残酷的阶级斗争，通过资产阶级对工人阶级的残酷剥削和压榨来实现所谓的现代化道路。从上层建筑来看，我们通过强化民主法治建设，特别是实行全过程人民民主，满足人民对自由民主的追求，而不是西方有些国家那种虚伪的"民主"形式。2021年10月25日，习近平在中华人民共和国恢复联合国合法席位50周年纪念会议上的讲话中强调，"我们应该大力弘扬和平、发展、公平、正义、民主、自由的全人类共同价值，共同为建设一个更加美好的世界提供正确理念指引。和平与发展是我们的共同事业，公平正义是我们的共同理想，民主自由是我们的共同追求"。③ 如下图所示，我们可以清晰地看到，在中国式现代化道路中，在我们的这条道路所体现的人类文明新形态之中，全人类共同价值作为其核心价值理念而熠熠闪光。

---

① "习近平会见联合国秘书长古特雷斯"，《人民日报》2018年4月9日第1版。
② "高举中国特色社会主义伟大旗帜 为全面建设社会主义现代化国家而团结奋斗——在中国共产党第二十次全国代表大会上的报告（2022年10月16日）"，《人民日报》2022年10月26日第1版。
③ "在中华人民共和国恢复联合国合法席位50周年纪念会议上的讲话（2021年10月25日）"，《人民日报》2021年10月26日第2版。

人类文明新形态

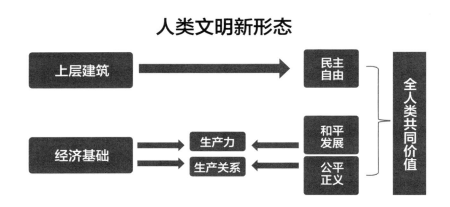

回溯中华民族 5000 年文明史，我们这个民族真正跳出"马尔萨斯陷阱"，也只是始于 1978 年率先在农村启动的改革开放。当时农村改革的三条主要措施立足于提高粮食产量：实行联产承包制、取消种植计划、大幅度提高粮食价格，同时放开其他农产品价格和销售。[①] 改革极大地调动了农民的积极性，粮食产量增长迅速。十数亿规模的人口，短期内一下子解决吃饱的问题并向吃好发展，不能不令人唏嘘感叹。仅此一点，就可以说是中国共产党对全人类做出了重大贡献，更不用说领导全国各族人民历史性地解决了 14 亿人的绝对贫困问题，全面建成了小康社会。孙中山先生曾经憧憬："中国如果强盛起来，我们不但是要恢复民族的地位，还要对于世界负一个大责任。"[②] 中国共产党人作为孙中山先生革命事业最忠实的继承者，前赴后继，在前进道路上实现了一个又一个伟大飞跃，取得举世瞩目的伟大成就。毛泽东在纪念孙中山先生诞辰 90 周年时指出："中国应当对于人类有较大的贡献。"[③]

这个对于世界的"大责任"，对于人类"较大的贡献"，正体现于中国

---

① 楼继伟：《中国政府间财政关系再思考》，中国财政经济出版社 2013 年版，第 6 页。
② 张革、张磊编：《中国近代思想家文库（孙中山卷）》，中国人民大学出版社 2015 年版，第 308 页。
③ 《毛泽东文集》（第七卷），人民出版社 1999 年版，第 157 页。

共产党带领全国各族人民成功走出的中国式现代化道路，创造的人类文明新形态。中国式现代化所彰显的人类文明新形态，极大地拓展了发展中国家走向现代化的途径，给世界上那些既希望加快发展又希望保持自身独立性的国家和民族提供了全新选择。这也正是中国共产党人为构建人类命运共同体所贡献的中国智慧、中国方案。

"以中国为方法，就是以世界为目的。"[1] 我们关于中国式现代化的全人类共同价值的阐述，其实质就是要"从中国的内部出发，根据中国的实际情况，试图发现相对于欧洲原理的另一种譬如中国原理……"[2] 我们不是为"原理"而"原理"，因为这种"中国原理"确实存在。正如沟口雄三所指出的，"实际上在中国思想中存在着不同于欧洲思想史的展开的中国独自的思想史的展开，而且在人类史上，在这个中国独自的思想史的展开和欧洲思想史的展开之间，能够发现也可称为人类的普遍性的共同性。"[3] 这里沟口所提出的"人类的普遍性的共同性"不正是中国式现代化所蕴含的"全人类共同价值"吗？不正是中国式现代化为人类文明作出的"大贡献"吗？

---

[1]　沟口雄三：《作为方法的中国》，孙军悦译，生活·读书·新知三联书店2011年版，第130页。
[2]　沟口雄三：《作为方法的中国》，孙军悦译，生活·读书·新知三联书店2011年版，第131页。
[3]　沟口雄三：《中国前近代思想的屈折与展开》，龚颖译，生活·读书·新知三联书店2011年版，第40页。

附图：中国式现代化的全人类共同价值

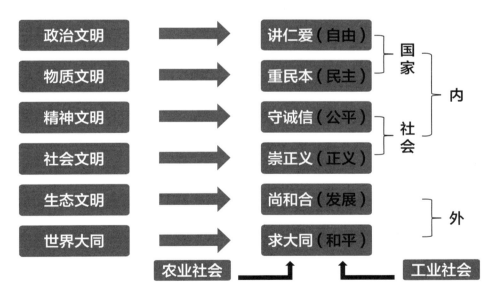

（上图农业社会之价值观用以支撑中国数千年农业生产方式，如何转化为工业社会之价值观，将仰赖于中华优秀传统文化之创造性转化、创新性发展。）

后　记

　　从本书的结构和逻辑来看，似乎存在着"在中国之中领会欧洲的因素"①，事实是，尽管有欧洲近代化或现代化的参照或媒介，但总体上我们在理解中国式现代化过程中，参照的依然是数千年来中华优秀传统文化中某种一以贯之的"基因"。这里的"基因"，更多表达的是某种信仰。中华文明的来源，中华民族多元一体的形成，仍然需要我们去认真探索，作为一种"对象""客体"，如何确定其生成过程和存在方式，极有可能因信仰的差异而先天地出现观念和判断的分裂。

　　中国式现代化或近代化的演进（这里的近代化以西欧为参照），完全源于异质文明的强烈冲击，这种冲击在日本那里通过明治维新得到了很好的消化，而在大清则是通过帝国的消解，中西方文明才得以稍稍和解。而消解之后的帝国，政治方面在转向共和的过程中，历经磨难和曲折；经济方面在走向现代化的过程中（这里的现代化仅具狭义的内涵），亦非光明坦途。

　　后人看今天的历史，改革开放之后的场景，是会让读者松一口气的。

---

　　① 岛田虔次：《中国近代思维的挫折》，甘万萍译，江苏人民出版社 2008 年版，第 208 页。

思想解放，制度演化，经济发展，政治民主，文化繁荣，社会和谐，生态文明，这一连串的事件，逐渐演绎成了一个醒目的且一以贯之的主题，即中国式现代化的生成。正如习近平所指出的，中国式现代化，深深植根于中华优秀传统文化，体现科学社会主义的先进本质，借鉴吸收一切人类优秀文明成果，代表人类文明进步的发展方向，展现了不同于西方现代化模式的新图景，是一种全新的人类文明形态。中国式现代化，打破了"现代化＝西方化"的迷思，展现了现代化的另一幅图景，拓展了发展中国家走向现代化的路径选择，为人类对更好社会制度的探索提供了中国方案。中国式现代化蕴含的独特世界观、价值观、历史观、文明观、民主观、生态观等及其伟大实践，是对世界现代化理论和实践的重大创新。中国式现代化为广大发展中国家独立自主迈向现代化树立了典范，为其提供了全新选择。①本书已经从某些维度展示了中国式现代化不能不是人类文明的一种新形态，特别是这种文明新形态中的中华文明基因的倔强，正昭示着中华文明伟大复兴的光明前景。

　　是为后记。

杨英杰

2023 年 4 月于中央党校

---

　　① "习近平在学习贯彻党的二十大精神研讨班开班式上发表重要讲话强调 正确理解和大力推进中国式现代化"，《人民日报》2023 年 2 月 8 日第 1 版。